아름다운
테러리스트를
위한
지침서

아름다운 테러리스트를 위한 지침서

제4회 김만중문학상 수상작품집―소설부문

1판 1쇄 인쇄 2013년 10월 20일
1판 1쇄 발행 2013년 10월 25일

저 자   황경민
저작권자   남해군·김만중문학상 운영위원회
발행인   박현숙
펴낸곳   도서출판 깊은샘

디자인   파피루스
인 쇄   임창P&D

등 록   1980년 2월 6일 제2-69
주 소   서울시 종로구 낙원동 58-1 종로오피스텔 606호 우편번호 110-320
전 화   02-764-3018, 3019
팩 스   02-704-3011

ISBN 978-89-7416-236-8 03810

아름다운
테러리스트를
위한
지침서

황경민 장편소설

제 4 회 김만중문학상 금상 수상작

고은샘

차례

0. 오래된 유물

이철기는 삼촌의 창고 안에 첫 발을 들여놓으며 아득한 현기증에 사로잡혔다. 여기를 둘러봐도, 저기를 둘러보아도, 사방에 보물이 아닌 것이 없었기 때문이다. 훑어보고, 만져보기도 하는 동안 심장이 두근거리고, 맥박이 성난 방아깨비처럼 튀어 올라, 진정을 위해서는 연신 숨을 가쁘게 들이켜야 했다. 세월의 무게만큼이나 켜켜이 내려앉은 먼지는 손대는 곳마다 풀풀 피어올라 코를 맵게 했으나 오히려 그의 입은 점점 더 벌어졌다.

"왔구나아아아아!"

그는 자신도 모르게 그렇게 외쳤다. 어딜 왔단 말인가. 삼촌의 창고에 지금 도착했다는 지당한 말이었을 리는 없고, 황금의 도시 엘도라도를 발견하고야 말았다는 감탄사였을 것이다. 어쩌면 얼마 전 시청률 잘 나왔다고 화제가 됐던 오래된 살롱 가수 특집에 등장해, 그 연세에도 불구하고 청아한 목소리로 열창했던 송창식 아저씨의 시대의 히트곡, '담배 가게 아가씨'의 아라라라라라라라라라라라라, 와자자자자자자

자자자자, 하는 후렴구가, 난데없이 번뜩 떠올라 무의식적으로 터져 버린 일종의 방언 같은 것이었을 수도 있다. 사실 그가 방금 내뱉은 말은 정확히 왔구나가 아니었다. 왔구나와 와뜨뜨의 중간 정도였다.

내비게이션에 목적지를 입력할 때만 해도 성급한 기대감으로 가득 차 있었던 덕분인지 막연히 두어 시간 걸릴 것으로 기대했으나, 결국 네 시간이나 잡아먹혔다. 목적지는 서울의 북동쪽에 위치한 군소 도시의 면 소재지였고, 그는 서울 서남쪽의 끝자락, 거의 시 경계에 살고 있으니 거리상으로도 꽤 멀었지만, 주말이라 간선도로가 심한 체증을 앓고 있었던 것이다. 가다 서다를 반복해대며 제 운전에 거의 멀미가 날 지경이 되어서야 겨우 도착했다.

내비가 안내 종료를 알렸을 때, 그는 사방을 둘러보며 좀 이상하다고 생각했었다. 주변에 삼촌이 묘사한 창고를 찾을 수가 없었다. 그래서 좀 헤맸다. 주변을 빙빙 돌다가, 차를 세워놓고 도보로 이곳저곳을 탐색하다가 결국 공인중계사 사무실에 들른 후에야 알아냈다. 사실 삼촌은 정확한 지번을 외우고 있지 못해 동네 이름과 근처의 카페 이름을 대신 알려주었던 것이다. 부동산 사장이 가르쳐준 대로 주택가 골목 안으로 차를 몰고 20여 미터쯤 들어갔을까, 갑자기 광활한 논과 밭이 펼쳐졌다. 차의 전진 방향으로 공터가 이어져 있었고 그 끝에는 나지막한 야산이 자리 잡고 있었는데, 그 산자락 아래, 응회암이 거칠게 드러난 절개 면을 벽 삼아 비닐하우스 한 동이 있었다.

바로 삼촌이 '창고'라고 부른 곳이 틀림없었다. 동네가 러브모텔과 갤러리, 그리고 카페촌으로 변모해가는 동안 개발의 훈풍을 빗겨가며 모진 세월을 견뎌냈지만 이제 몇 달이 지나면 이곳도 헐리게 된다고 했다. 개발업자가 이 일대를 별장 역할을 하는 전원주택 단지로 개발하기 위해 땅을 죄다 사들였다고 했다. 그 바람에 삼촌도 재미를 톡톡히 본 것 같았다.

땟국이 줄줄 흐르는 비닐하우스는 초라하기 짝이 없었다. 자물쇠를 열고 안으로 들어섰을 때는 마치, 외딴 바닷가에 떠밀려와 아무도 모르는 사이 부패되어가는 거대한 고래 배 속으로 들어선 기분이었다.

침을 꿀꺽 삼키며 다소곳한 발걸음으로 오래된 유산들로 다가갔다. 그리고 천천히 살피기 시작했다. 차츰 얼굴 근육이 불수의근처럼 제멋대로 꿈틀거리며 움직여댔다. 눈꺼풀이 활짝 위로 올라갔고 입꼬리는 반원을 그리며 솟아올랐다. 벌름대는 콧구멍은 평소보다 두 배는 더 확장되어버렸다.

그리고 마침내 심 봤다를 외치듯, 그렇게 송창식처럼 감탄사를 내뿜었던 것이다.

이철기는 쌀쌀한 날씨임에도 불구하고 흥분으로 인해 육수처럼 흘러내리는 이마의 땀방울을 훔치며 바쁘게 뒤적였다. 그의 손끝에 쓸려 한 장씩 넘어가고 있는 것은 바로 LP들이었다.

그것도 죄다 해적판. 다른 말로는 '빽판'이라 불리는 그것.

진작 제 시대에는 싸구려 취급을 받았던 그것은 언젠가부터 수집가들의 표적이 되어 귀한 대접을 받고 있는 중이었다.

빽판을 주로 노리는 자들은 외국의 콜렉터들이다. 그들은 단색의 커버에, 판 중심에 붙어 있는 중심 레이블 딱지조차 허접하기 짝이 없는 이 별종 아이템에 거의 열광적인 수집 욕구를 보인다.

대략 6개월여 전, 그는 외국의 한 경매 사이트에 빽판으로 된 Deep

Purple*의 동명 타이틀 앨범을 올렸었다. 경매 초반부터 슬슬 입질이 오는가 싶었는데, 중반이 되어가자 더 이상 금액은 오르지 않았다. 하기야 10,000원에만 낙찰이 되어도 그게 어딘가. 원가는 1,000원이다. 당시는 500원이나 700원 정도 했겠지만 그는 1,000원에 사왔다. 어쨌든 마지막 날이 되고 경매 마감 시간이 가까워오자 느닷없이 불이 붙기 시작했다. 숨어 있던 입찰자들이 경매 종료를 앞두고 죄 몰려든 것이다. 가슴을 졸이며 계속 페이지를 고쳐나갔는데, 마감 5분여를 앞두고, 정말 거칠 줄 모르고 수직 상승했다. 마침내 경매가 끝나고 확정 금액을 보았을 때, 그는 의자에서 굴러 떨어질 뻔했다. 우리나라 돈으로 거의 50만 원에 낙찰이 된 것이다.

하기야 처음 올릴 때부터 어느 정도 상종가를 치리라고 예상은 했었다. 그 앨범은 단순히 외국 앨범을 복사만 한 게 아니라, 한글 손 글씨로 떡하니 디퍼플이라고 인쇄가 되어 있었다. 게다가 커버의 종이 질도 푸석푸석한 것이 일반적인 빽판들과 달랐다. 이런 식의 특징 있는 아이템은 희귀본으로 대접받을 수밖에 없다.

어쨌든 그날 이후 경매에 맛을 들린 철기는 눈에 불을 켜고 LP들을 사냥하러 다니기 시작했다. 그가 즐겨 찾는 곳은 홍학동의 벼룩시장이다. 그곳은 별천지다. 구형의 냉장고나 TV 같은 가전제품이나 중고 카메라, 중고 가구 같은 것이 주요 판매 품목이긴 하지만, 도대체 저런 걸 왜 팔고 사나 싶은 어이없는 제품들도 활발히 거래된다. 그것도 아주

---

* 영국 출신의 하드록 밴드.

비싼 값에. 태엽을 감으면 노래와 함께 종이로 된 화면이 움직이는 장난감 TV, 미니카 세트, 인형, 출처와 기원을 알 수 없는 조선시대 풍의 갑옷 같은 것들. 그 모두, 일반인들에게는 쓰레기처럼 보이나 수집가들에게는 보물처럼 떠받들여지는 물건들이다.

시장 안에는 서너 군데의 LP 음반 가게들이 있다. 그리고 그보다 많은 수의 노점들이 근처 곳곳에 포진하고 있다. 그는 일주일에 한 번가량 들려 손가락이 때에 절고 피부가 까질 만큼 LP들을 뒤적여댄다.

그런데 하도 헤집고 다녔더니 더 이상 살 만한 게 잘 안 보였다. 그렇게 물건 수급이 정체되어 있을 때였다. 삼촌 철수가 집에 놀러왔다. 집안 행사 때나 제사, 명절 때는 꼬박꼬박 얼굴을 보지만, 다 큰댁에서 만났다. 집에 놀러온 것은 몇 년 만의 일이었는데, 철수는 철기 방에 들어왔다가 방 한 쪽에 쌓여 있는 빽판들을 보더니 깜짝 놀라는 것이었다.

"이게 다 뭐냐?"

철기는 철수에게 사실대로 말했다. 외국에 팔아먹는다고. 철수는 감탄 반, 기가 막힌다는 표정 반의 반에, 기타 여러 오묘한 감상이 뒤섞인 얼굴을 만들어 보이며, 그중 한 앨범을 집어 들고 이렇게 말했다.

"이걸 내가 찍어낼 때만 해도……."

철기는 철수 삼촌이 무슨 소리를 하나 싶었다.

"예?"

"내가 이걸 찍을 때."

"예에?"

"내가 이걸 찍었을 때 말이야."

"예에에? 삼촌이 이걸 찍으셨다구요?"

철수는 집히는 대로 마구 판들을 끄집어내 바닥으로 내던져 미끄러 뜨리며 호방한 웃음을 터트렸다.

"이것도. 또 이것도. 이것 역시. 얘도 마찬가지. 어라, 이놈도 있네. 이 거 다 내가 찍은 거지."

철기는 감탄하고 말았다. 삼촌이 해적판업자, 그것도 단순한 판매자 가 아니라 생산자였을 줄 꿈엔들 상상했겠는가.

삼촌의 현직은 음반 회사 사장이다. 요즘은 다 종합 연예 매니지먼 트 회사로 개념이 바뀌었는데도 삼촌은 여전히 자신의 직함을 음반 회 사 사장으로 소개하곤 한다. 명함에도 그렇게 찍혀 있다. 평소 편하게 말할 때는 음반 대신 레코드를 써서, 자신의 회사를 레코드 회사로 부 른다. 삼촌이 운영하는 것은 그러니까 말하자면 독립 레이블이다. 요즘 가수는 노래만 부르는 게 아니라 다방면의 연예 프로그램에 출연해 재 간둥이 만능 엔터테이너 역할을 수행하지만, 삼촌 회사에 속한 가수들 은 노래만 부른다. 그것도 홍대 앞이나 신촌 등지에 산재한, 공연비도 제대로 안 나오는 그런 소규모 무대에 주로 오른다. 더러 일본 등지에 서 열리는 록페스티벌 같은 데 초대되어 가기도 하고, 또 가끔 심야시 간대의 공중파 음악 전문 프로그램 등에 등장하기도 하나, 그건 가뭄에 콩 나듯일 뿐, 노래 부를 수 있는 무대가 있는 것만으로도 행복하다며 소규모 클럽을 고집한다. 하기야 일부러 고집하는 건 아니고 마니아들 만 듣는 음악을 하니 화려한 메이저 쇼 프로그램에는 출연할 수가 없 는 것이다. 삼촌이 자신의 회사를 매니지먼트 회사가 아니라 음반 회사 라 부르는 이유도 그 때문이다. 다양한 연예 산업 현장에서 수익을 거 두는 게 아니라, 요즘 세상에 팔리지도 않는 음악, 그러니까 CD나 음

원만으로 매출을 올리니 그저 레코드 회사일 수밖에.

삼촌이 물었다.

"이런 걸 모은다고 매주 몇 시간씩 벼룩시장을 돌아다닌단 말야? 지방까지 내려가서 쓸어오겠다고?"

"어떻게 해요. 이제 서울에는 씨가 마른 듯한데."

"회사 일 안 바쁘냐?"

"삼촌 말도 마세요."

그동안 연예 산업에 몸담고 있다는 공통점에도 불구하고 서로 계열이 다른 까닭에, 일에 대해서는 대화를 나눈 적이 없는 두 사람이었다. 철기는 말이 나온 김에 삼촌에게 자신의 회사에 닥친 일을 털어놓기 시작했다.

철기는 원래 이 연예 매니저일을, 이 바닥에서는 선두를 다투는 한 거대 회사에서 시작했다. 그러다 예전에 모시고 있던 부사장이 독립을 할 때 따라 나왔다. 그런데 전 회사에서는 마이다스 킴이라고 불리며 손대는 프로젝트마다 대박을 터트리던 부사장, 아니 현 회사 사장이건만 어째 발족시키는 팀마다 빛을 보지 못했다. 그러다 최후의 카드라고 내놓은 게 여성 5인조 아이돌 가수팀이었는데, 사장은 그들에게 회사의 앞날이 달려 있다며 사채까지 내 그들을 키우는 데 공을 들였다. 그는 단숨에 대중의 주목을 받기 위해서는 비장의 카드가 필요하다며, 섹시 코드를 들고 나왔다. 그런데 그게 좀 과했다. 이미 종아리 각선미 춤이나 엉덩이 춤 등으로 인기를 끈 아이돌이 있기에 어느 정도 해가지고는 씨도 안 먹힐뿐더러 오히려 아류 소리나 듣는다고 판단한 나머지, 욕심을 과하게 부린 것이다. 사장은, 공중파 첫 데뷔 무대에 노출이 심해도 너무, 너무 심한 옷을 입게 했다. 그런데 노출도 노출이지만 의상 콘셉트 자체가 좀 이상했다. 말하자면 기괴한 SM 분위기였는데, 가사도 수상했고 춤사위도 매우 노골적이었다. 그 덕분에 심의에 걸리고 말았다. 공영 방송사는 물론이고 관대하던 상업 방송사들도 심의의 철퇴를 내렸다. 음악방송 케이블 TV들까지 기피하기 시작했다. 졸지에 설 무대가 없었다. 수많은 가수들이 등장했다 사라지는, 전쟁 아닌 전쟁터에서 앨범을 발표한 뒤 방송을 타지 못하면 그건 바로 사장을 의미했다.

방송사들이 그처럼 과민반응을 하게 된 데에는 정부의 엄포도 큰 작용을 했다. 한 정부 여당 고위 인사가 국회 대정부 질문 과정에서 문화체육부 장관을 세워 놓고 요즘 등장하는 아이돌 가수들이 노골적으로 성을 상품화하고 있는데 장관의 생각은 어떠냐 물었고, 장관이, 나도 심하다고 생각합니다, 라고 한 이후로, 정부가 좀 규제 할 움직임을 보이자 각 방송국이 지레 단속을 강화해버렸다.

"거 참. 그놈의 심의, 검열. 정말, 시대가 어느 시대인데 아직도 그러지."

"삼촌 젊은 시절에는 요즘보다 더 심했죠?"

"당연하지. 그 당시에는 포르노조차 불법이었어."

"에이, 삼촌. 포르노는 요즘도 불법이에요."

"그러네. 그때나 지금이나 여전히 불법이네. 심의가 있는 것도 마찬가지이고."

"그때는 정부가 심의한 것 아니에요? 요즘은 민간에서 자체 심의하잖아요."

"그거나 저거나."

"그래도 어느 나라에나 정도의 문제지만 심의가 존재하잖아요."

"그러니까 그 정도라는 것과 규제 방법을 따져봐야지."

"그런데 정말 억울한 건 우리가 내세웠던 아이돌팀이 좀 심하긴 했지만 별로 심한 것도 아니었는데 말이죠!"

"응? 아무튼 그때나 지금이나 본질적으로는 변함이 없는 것 같아. 여전히 타의에 의해서 창작의 자유를 압박받는 건."

"창작의 자유라고 하니까 좀 거창하네요. 하하하."

이철수는 이철기의 냉소적인 반응에도 웃지 않고 깊은 시선을 허공에 던져둔 채 말을 이어나갔다.

"우리 때는 정말 심했지. 사람이 사는 게 아니었어. 그렇다고 지금 그 시절과 많이 달라졌나 하면, 실제로 핵심적인 것은 바뀌지 않았단 말이야."

이철수는 방바닥에 내던졌던 빽판을 몇 장 들어 올리더니,

"삼촌이 이 불법 복제판을 찍어내던 시절 이야기나 해줄까?"

라고 말했다.

"그러실려구요?"

"아, 그 시대는 정말 포르노 같은 세상이었어."

"삼촌? 빽판과 포르노가 무슨 상관이죠?"

"이야기가 좀 긴데. 오늘은 그렇고. 내가 좀 바빠서. 언제 날 잡아서 우리 회사로 놀러오렴. 그때 들려주마. 그 전에 말이다. 이런 백판들이 필요하다면 삼촌이 줄 수 있다. 안 그래도 창고 자리를 내줘야 할 판이었는데, 잘 됐구나. 가서 네가 필요한 것들을 골라 가렴."

그리하여 철기는 삼촌으로부터 창고의 열쇠를 건네받았던 것이다.

창고에는 이철수가 당시에 찍어냈던 생산품들뿐만이 아니라 샘플들과 스탬프용으로 사용되었던 오리지널 LP들까지 잔뜩 있었다. 진정 보물 창고였다. 철기는 차가 그득 찰 정도로 보물들을 싣고 집으로 돌아왔다. 그리고 며칠 뒤 철기는 삼촌의 회사로 놀러갔다. 삼촌은 긴 이야기를 시작했다.

1. 메카, 경운상가

명작 비디오

입장객에게 돌아가며 돈을 거둔 주인아저씨가 테이프를 골라냈을 때부터 변상대는 불만이었다. 제목부터가 별로 안 당겼다. 사이드 라벨에는 볼펜으로 '미망인의 외출(미국)'이라고 적혀 있었는데, 미국산으로 저런 식의 이름을 단 작품치고 여태껏 눈을 만족시키는 것을 본 적이 없었다. 아저씨는 제목을 불러주며 본 사람이 있는지 물었다. 아무도 손을 들지 않았기에 아저씨는 테이프를 기계에 넣고 플레이 시켰었다.

그때 손을 들었어야 했다! 그랬다면 영화 보는 내내 후회감에 시달릴 일도 없었을 텐데.

제목부터 왠지 그럴 것 같다는 생각이 들었지만, 영화 초반에 등장하는 회사 마크를 보고 역시 짐작이 틀리지 않았음을 확인했다. 요즘 명작 시리즈를 내놓고 있는 한 미국 회사 작품이었다. 나이가 좀 있는 분들은 이 회사의 작품을 좋아한다고 한다. 앞뒤 없이 들입다 하기만

하는 영화는 금방 질리는데 반해, 이 회사 작품들은 영상미도 뛰어나고 무엇보다 스토리가 있어 볼 만하다는 이유 때문이다.

과연 미망인의 외출도 그러해서, 배우들이 10분이 지나도록 옷을 입고 있었다. 상대는 짜증이 났다. 세트가 아무리 성을 연상시키는 대저택이면 뭐할 것이며, 배우들이 입고 있는 의상이 허리우드산 메이저 영화만큼 화려해봤자 무슨 소용이 있는가. 어차피 포르노 아닌가! 포르노는 포르노다워야지 대작 영화를 흉내 내면 안 된다. 이런 영화에 스토리가 있어봤자 뭐 얼마나 감동적이라고, 어차피 다 거기서 거기다. 결국은 이리저리 파트너 바꿔가면서 하는 것뿐, 괜히 스토리 만든답시고 사연을 끼워 넣으면 지루해지기만 한다. 그리고 설상 스토리가 좋다고 해도 히어링 좀 되는 자 아니면, 업자들이 작업해 넣은 자막이 턱없이 함량 미달 수준이기에 내용을 제대로 이해하며 감상하기가 쉽지 않다.

미망인의 외출은 한마디로 상대를 하품 나게 만들었다. 배우들이 예쁘긴 하지만 다들 선이 굵직굵직한 서양적 미인들이라 영 이질감이 느껴졌고, 그보다 영상에 있어서 도무지 사실적인 디테일이 없다는 크나큰 결함이 있었다. 아마추어 촬영처럼, 카메라 한 대만 들고 쭉 찍더라도 확실히 보여줄 데는 보여줘야 하는데, 카메라 감독이 로코코 양식에 지대한 관심이 있는지, 하는 장면에서도 자꾸 배경에 배우를 집어넣고 있었다. 그러니까, 유리처럼 비치는 대리석 바닥과 두꺼운 커튼, 치렁치렁하게 늘어뜨려진 거대한 샹들리에를 화면에 담으려고 애쓰는 바람에, 이런 종류의 영화에서 가장 중요한 세부적인 묘사가 희생돼 버리는 것이었다.

귀족적인 표현미의 포르노는, 포르노가 허용이 되는 나라에서, 기존 포르노에 질린 자들이나 보는 거다. 포르노 한 편 보려면 이런 개고생을 해야 하는 나라의 관람객들에게 무슨 배경, 스토리 따위가 필요할까. 대사도 필요 없다. 대사가 왜 필요해. 신음소리만 있으면 되지.

그런데 영화가 재미없다고 중간에 나갈 수는 없다. 요금으로 낸 400원이 아까워서이기도 하지만, 상영 중에는 단속을 염려한 아저씨가 이 골방으로 통하는 통로의 문을 아예 걸어 잠그기 때문이다.

이곳은 원래 만화방이다. 만화방인데, 주인아저씨가 부업으로 포르노 영화 상영을 하고 있다. 만화로 가득 찬 책장 한쪽이 이중 구조로 되어 있는데, 힘을 주어 스르륵 젖히면 놀랍게도 골방으로 통하는 비밀 통로가 나타나게 된다.

미망인의 외출이라는 그 첫 번째 명작 포르노가 드디어 끝이 나고, 아저씨가 테이프를 갈기 위해 골방으로 들어왔을 때, 상대는 의사표현을 확실하게 했다. 아저씨가 또 미국 영화를 틀려 하기에 소리쳤다.

"아저씨!"

"뭐냐."

"일본 거는 없나요?"

"일본 거?"

"솔직히 아까 건 너무 재미없었어요. 와, 진짜 지루해서 죽는 줄 알았네. 아저씨, 일본 걸로 화끈한 거, 화끈한 걸로 좀 틀어줘요."

"화끈한 거 뭐. 모자이크?"

"말구요."

아저씨가 다른 사람들을 둘러보았다. 하지만 아무도 싫다 좋다, 표현하는 사람이 없었다.

"흐음, 일본 거라, 보자. 근데 그 자식, 참 귀찮게 구네. 그냥 틀어주는 대로 볼 것이지?"

아저씨는 테이프가 담긴 상자를 마구 뒤적거리더니 제일 밑에 있던 것을 꺼냈다. 그건 한글 자막 작업이 안 된 것인지 일본 글씨로 제목이 붙어 있었다. 그래, 역시 자막이 왜 필요해.

하지만 아뿔싸, 모자이크 처리가 돼 있다. 아저씨 말이 농담이 아니었다. 어쩌면 지금 이 가게에 있는 일본 것은 죄다 모자이크된 것들일지도 모르겠다.

"에이 진짜!"

화가 난 건 상대뿐만은 아니었다. 연신 담배를 피워대 환기도 안 되는 방 안을 너구리 잡는 굴처럼 해놓던 20대의 청년도 기분을 잡쳤는지, 재떨이로 쓰는 분유 깡통을 거칠게 다뤘다. 그는 그게 모두 상대 탓이라도 되는 듯, 한참을 쏘아보기도 했다.

그런데 모자이크가 들어갔다면 배우라도 A급이 나오든가, 아니면 일본 물에서만 볼 수 있는 그 독특한 표현 양식인 예술적 결박 플레이 따위가 등장해야 함이 마땅한데, 이건 뭐 C급, 아니 한 E급 정도인 배우가 무슨 3류 호텔방의 싸구려 침대에 누워 거의 30여 분이 흐를 때까지 딜도만 한 세 개 바꿔가면서, 다채롭기도 하지, 자위를 해대는 것이었다. 하품이 나왔다. 하지만 좋다. 그런 것까지도 모두 이해해주겠다. 하지만 뭐가 보여야 보지.

빌어먹을 놈의 모자이크.

상대는 영화가 끝나자마자 벌떡 일어나서 영화가 끝났다는 사인인 벨을 마구 눌렀다. 골방을 나서자 비밀 책장 문 안쪽에 있는 통로 문의

잠금장치가 틱, 하고 해제되는 소리가 들렸다. 아저씨가 전기 도어 장치를 따준 것이다. 그는 문을 벌컥 연 다음 책장 비밀 문을 거칠게 활짝 열어젖힌 뒤 성큼성큼 밖으로 걸어 나갔다. 카운터를 스쳐 지나갈 때, 신경질적인 그의 태도를 유심히 지켜보는 주인아저씨가 마음에 걸리긴 했지만, 상관없었다. 이런 후진 데는 다시는 오지 않을 작정이니까.

하지만 그렇다고 절대로 발을 끊는다고는 말할 수 없다. 여기가 아니면 포르노 영화 볼 데가 마땅찮으니. 갑자기 아버지가 원망스러웠다. 아직도 상대적으로 고가이긴 하나, 그동안 일본제가 독식하던 영상기기 시장에 이제는 국산 제품도 많이 출시돼 비디오플레이어는 예전보다 가격이 훨씬 싸졌다. 우리 집 형편이라면 구입 못할 정도는 아닌 것 같은데 아버지는 살 마음이 전혀 없는 것 같다. 하기야 TV조차 뉴스 아니면 안 보는 분인데 하물며 비디오야 말할 것도 없다. 만약 상대가 아버지의 소원대로 좋은 대학에 합격했다면 무슨 일이 있어도 비디오기를 사자고 졸랐을 거다. 하지만 아버지의 기대에 훨씬 못 미치는 학교에 들어간지라 떼를 쓸 수 있는 형편이 아니었다. 게다가 비디오 하면 불법 포르노 보는 기계, 라는 식으로 이상한 공식이 형성되어 있는 사회적 분위기도 문제였다. 자꾸 비디오, 비디오, 해대면 아버지나 어머니가 그의 의도를 의심할지도 모른다. 의심이 아니라 제대로 보는 거지만.

상대는 시간을 확인했다. 네 시 십오 분. 화창한 주말 오후, 집으로 돌아가기에는 매우 어중간한 시각이었다. 그는 굴다리 밑의 단골 서점, 김씨의 서점이나 들르기로 했다. 오늘은 비디오를 봤으니 책은 안 살 작정이었는데, 비디오에서 영 만족을 못했다 보니 그 결심을 지킬 수가 없었다.

경운상가

상대의 발길이 향한 곳은 외따로 떨어져 있는 '외국서적'이었지만, 사실 포르노의 집산지, 총본산, 메카는 경운상가이다. 원래 그곳은 컴퓨터를 중심으로 각종 전기, 전자 부품 따위를 파는 상가지만, 언제부터인가 각종 불법업자들이 입성하는 바람에 이제는 블랙마켓의 국가대표가 되어버렸다. 포르노 서적상, 포르노 테이프 판매상, 포르노 영화 상영업소, 섹스 기구나 흥분제 따위를 파는 도매상 등 성 관련 업소뿐만이 아니라, 장물을 취급하는 전당포와 중고 가전제품상, 조폭들의 근거지가 되는 카바레, 해적 음반 가게 등도 자리 잡고 있다.

포르노 애호가들은 가끔 착각한다. 수많은 관련 업소들이 포진하고 있으니 쇼핑이 용이할 것이라고. 하나 실상은 전혀 그렇지 않다. 포르노 판매상들은 폭력배들로 매우 거친 자들이다. 살벌하다. 부르는 대로 돈 다 내고 사는데도 심히 마음의 불편을 느끼게 되는 경우가 왕왕 발생한다.

게다가 이 동네는 손님으로 온 사람들만 피곤한 게 아니다. 아무 상관없이 그냥 제 갈 길 가는 사람들마저 종종 봉변을 당한다. 상인들은 극심한 호객 행위를 해대는데, 행인의 팔이나 옷을 잡고 강제로 끌어당기는 게 아주 고질적으로 습관이 되어 있다. 그러한 과정에서 분위기 파악 못하고 이거 왜 이래, 하며 배짱 내밀다가는 험한 꼴을 당하고 만다. 그곳은 그들의 소굴이다. 그냥 조용히, 모른 척 다소곳이 지나치는 게 상책이다.

호객꾼에 따라서는 아예 들고 있는 소지품을 확 낚아채 자기 가게로 들어가버리는 경우도 있다. 황당해하며 물건을 찾으러 따라 들어가게 되면 책 한 권 안 사고 나오기는 힘들다. 실실 웃으며 윽박질러대니 버팅기기도 곤란하고, 사실 또 좋은 가격에 주겠다고 달래면 견물생심이라고 혹 해서 구입하고 말게 되는 거다.

비디오플레이어가 없는 상대는 테이프를 살 일이 없으니 그런 변을 당해보진 않았지만, 경운상가에서 테이프를 구입했다가 피 봤다는 일화, 이를테면, 포르노라고 신이 나 사왔는데 성룡이 등장하는 무술 영화였다, 같은 류의 이야기는 너무 자주 들어 이젠 웃기지도 않지만, 그보다 한 단계 위, 더 교묘한 사기를 치는 장사치들이 있다. 그들은 돈이 많아 보이는 아저씨들을 골라, 연예계의 소문난 미녀 톱 탤런트의 이름을 거론하며 그녀가 등장하는 비디오라고 권하곤 일반 포르노 테이프의 열 배, 스무 배에 해당하는 값으로 팔아넘긴다. 부푼 가슴을 안고 집으로 돌아가 테이프를 플레이시키는 아저씨, 하지만 그는 이내 극도의 혼란에 사로잡히게 된다. 다른 영화보다 훨씬 예쁜 여자가 등장하긴 하는데, 아무리 봐도 그녀가 아닌 것이다. 도대체 몇 번째 카피 본인지, 얼마나 많이 덧입혀졌는지, 화질도 최악이라 구별하기가 용이하지 않지만, 그래도 헛된 희망을 포기하지 않고 두 눈을 부릅떠서 계속 들여다보는데, 아뿔싸, 급기야 기대를 산산이 깨는 대사들.

야메, 야메떼~, 이빠이~, 모또 모또, 오니짱 이따이요! ……

톱 탤런트와 닮은 여자가 등장하는 일본 AV테이프였음을 깨닫게 되는 순간이다. 주머니 탈탈 털어 구입했던 아저씨는 혈압에 뒤로 넘어가며 거품을 물다 테이프를 들고 상가로 뛰어가지만 그거 모두 헛일이다. 상대는 거친 3류 폭력배들임을 잊지 말아야 한다. 그들의 사전에 환불이란 단어는 없다. 어쩌면 아예 처음 들어보는 말처럼 당황해할지도 모른다. 그러니 아저씨는, 그제까지 한 번도 들어본 적 없는 별의별 해괴한 욕설들, 말하자면, 창자를 뽑아 줄넘기를 어쩌고, 눈깔을 파버려 시파 넘이 어쩌고, 살갗을 발라 젓을 담가서 어쩌고 저쩌고, 와 같은 이상한 해부학적 협박들만 한 아름 듣고 터덜터덜 돌아오게 된다.

게다가 그쪽 가게들은 호객꾼이나 판매상이 계속 바뀐다. 거의 매일, 다른 사람들로 교체가 된다. 가게는 여러 군데지만 운영은 그 지역을 장악하고 있는 단일한 조직이 맡아 하고 있는데, 조직원들과 아직 정식 조직원이 되지는 못했지만 충성을 다하기로 맹세한 젊은 인턴들이 매일 순환 근무하고 있기 때문인데, 그게 모두 단속을 대비한 조치이지만, 겁 없이 클레임을 걸어오는 자들을 효과적으로 대처하기 위해서이기도 하다. 어, 그새 주인이 바뀌었네? 이 테이프 판 놈 어디 갔어, 그 그그 왜 그, 있잖아, 반질반질하고 짜리몽땅한 젊은 놈, 해봤자, 소 귀에 경 읽기. 아저씨 무슨 소리 하는 거예요. 이 아저씨 가게 잘못 찾아오셨구만. 여기가 미로처럼 복잡해서 헷갈리셨나 봐요. 다른 데 가서 알아보세요. 어라라? 거 이상하네? 분명 여기가 맞는데?

그런데 닮은 꼴 배우가 등장하는 일본이나 홍콩 테이프로 구라를 치는 수법도 시간이 지나자 통하지 않게 되었다. 피해자가 속출하니 소문이 퍼지는 게 당연지사, 고객들은 더 이상 그들의 농간에 농락당하지 않았다.

하지만 장사꾼들로서는 속임수를 그만둘 수가 없다. 그런 테이프 하나만 팔아도 일반 테이프 수십 개 파는 것과 같은 이문을 남기는데 그 유혹을 어떻게 뿌리칠 수 있겠는가. 그리고 그냥, 테이프 사세요, 테이프! 하는 것보다 누구누구 나오는 섹스 비디오 있어요, 라고 하는 게 행인의 관심을 끌기가 훨씬 수월하다. 우연히 근처를 지나가던 사정에 어두운 아저씨들은 테이프 사라는 말에는 결코 걸음을 멈추지 않지만, 연예인의 이름이 언급되면 호기심에라도 뒤를 돌아보게 되는 것이다.

업자들은 고객에게 테이프를 잠깐 틀어줘서 확인시키는 한 단계 진보된 방식을 쓰기도 했다. 이 단계로 진입한 시기에, 상가에 나돌았던 것 중에서 제일 유명한 품번은 한 유명 중견배우가 등장한다는 섹스 비디오였다. 여자 배우가 아니라 중년 남성이 주인공인 영상이다.

그들이 그를 희생양으로 택한 이유는 풀리지 않는 수수께끼로 남아 있다. 그는 섹시함과는 거리가 먼, 전형적인 아저씨 타입으로, 주로 아버지 역을 맡곤 하는, 근엄한 분위기의 연기파 배우였다. 비디오 제작자는 왜 그를 등장인물로 정했던 것일까. 우리 시대의 존경받는 아버지도 다 섹스 한다는 사실을 확인시켜주고 싶었던 것일까. 제작자가 그 배우의 광팬일 수도 있고, 어쩌면 이 비싼 등급의 테이프를 사가는 주요 고객은 역시 경제적 여유가 있는 아저씨들이니까, 아저씨들이 테이프를 사가지고 집으로 돌아가서는 부인에게, 이봐 여보 내가 희한한 걸 하나 구했는데 아 글쎄 정원일기의 최우람 씨가 나오는 섹스 비디오라네? 라고 할 것이고, 그러면 부인은 깜짝 놀라 서둘러, 아직 밤도 깊지 않았는데 아이들을 억지로 잠재운 뒤, 테이프를 보려 할 것이라고 생각했기 때문일까. 그 배우의 최대의 팬 층은 부녀자다. 최우람 씨가 낙점된 데에는 어쩌면 제작업자의 그러한 깊은 고려가 숨어 있을지도 모르는 일이다.

결론부터 말해서 그건 가짜였다. 완전히 엉터리는 아니었고 화면이 합성된 사기였다. 일본 AV배우의 몸에 우리나라 대표 배우의 얼굴을 따다가 붙인 것이다. 비디오 장비의 발달은 그러한 획기적인 작업을 가능하게 했지만, 그래도 그런 일에 긴 시간을 들여 꼼꼼히 작업을 할 리 없고, 게다가 아무리 신기술이라고 하지만 아직은 개발된 지 얼마 안 돼 어설퍼, 자세히 보면 다 합성 티가 난다는 문제점을 안고 있었다. 하여간 방송 기술이 이 정도에 이르렀다는 걸 잘 알지 못하는 일반인들로서는, 설마 이런 식으로까지 노력해가면서 사기를 치리라 전혀 예상하지 못하고, 확인시켜준다며 잠깐 틀어준 장면에 혹하고 만다. 아니 진짜네 최우람 씨가 맞는데? 그들도 가장 정교하게 합성이 이루어진 장면에 미리 테이프를 맞춰놓는 정도의 수고는 하는 것이다.

하지만 그럼에도 어쩐지 부자연스러움을 느끼고, 안 사고 그냥 나가려 하는 눈썰미 있는 고객들도 있다. 말했다시피 그건 아주 순진한 행동에 지나지 않는다. 일단 가게 안으로 들어서면, 업자들은 문을 걸어 잠그고 커튼까지 쳐서 실내를 동굴처럼 껌껌하게 만든 다음 테이프를 재생한다. 몇 초간 화면을 손가락으로 툭툭 치며, 맞죠? 최우람 씨? 확인했죠? 파하하하하하하. 그러고는 서둘러 기계에서 테이프를 빼내 획획 종이봉투에 담아 척 안기는데, 아무래도 이상한데, 최씨가 아닌 거 같은데? 저기요 오늘은 일단 그냥 가고 뭐 담에 한 번 들르든가 하죠, 하며 나가려는 순간, 큰일이 난다. 가게 안에는 보통 한 명의 업자만 있는 게 아니다. 서랍을 돈통으로 쓰는 낡은 철제 책상을 앞에 두고 앉은 판매자와 고객을 끌고 들어온 삐끼, 그리고 구석의 플라스틱 의자에 앉아서 꽁초를 입에 물고 연기 때문인지 원래 인상이 그런지 오만상 찌푸린 채 조그만 줄칼로 열심히 손톱을 다듬고 있는 엄청난 덩치의 남자가(물론 이 조합이 항상 같을 수는 없다. 가게마다 당일의 형편에 따라 달라지나, 평균적인 풍경은 대체로 그런 식이다.) 일제히 그 간 부은 고객을 향해 쓰윽 도끼눈을 뜬다. 이 정도에서 자신이 얼마나 무서운 사람들에게 둘러싸여 있는지 깨닫고 똥 밟았다 셈치고 순순히 돈 내고 그 엉터리 테이프를 가지고 가면 되는데, 거기서 괜히 뻗대거나 하면, 그날 하루 종일, 또는 며칠간 울컥울컥 떠올라 부르르 몸을 떨게 만드는, 아주 나쁜 기억을 얻게 되고 만다.

물론 이들도 직접적으로 사람을 패거나 돈을 강제적으로 빼앗지는 않는다. 그런 식으로 실정법을 정면으로 위반하면 문제가 복잡해진다는 것을 알기 때문이다. 폭행이나 강도질을 당한 사람이 어디 가만히 있겠는가. 경찰서로 달려갈 것이고 그러면 아무리 경찰 쪽과 커넥션이 있는 그들이라도 곤욕을 치르게 된다. 불법 판매를 묵시적으로 허용하고 있는 관할서도 개별적 폭력 사건에까지 면죄부를 주지는 않는다. 그들은 말과 몸짓으로 상대를 주눅 들게 하는 효과적인 통제 방식을 즐겨 사용한다. 한마디로 공갈. 고객이 비협조적으로 나오면 공포 분위기를 조성한다. 철제 책상 옆 판을 발로 한 번 툭 차 요란한 소리로 화들짝, 기선을 제압한 뒤 탁한 저음의 음성으로 살 거여 말 거여 어서 정하랑께, 하고 위협을 가한다. 이때 고릴라처럼 흉통을 부풀리는 몸짓이 추가되기도 한다. 그리고 이마로 이마를 툭툭 찧어 밀어대며 테이프 든 봉투를 마구잡이로 품에 안기는데, 여기까지 하면 보통 강심장이 아니고서는 계산을 안 하고는 버텨내지 못한다.

경운상가는 도시의 중심가에 자리 잡고 있다. 최대 번화가와 다소 낙후된 지역의 경계선에, 매우 이질적이고 매우 폐쇄적인 공간으로, 섬이나 독립된 성처럼 위치하고 있다. 그런 그곳에서 호객꾼들은, 호객 행위의 범위를 점차 넓혀나갔다. 단속이 뜸할 때는 상가의 외곽, 사람들의 통행량이 엄청난 번화가 쪽의 출구까지 나와 손님을 끌었다.

변상대도 그들에게 당한 적이 있다. 하지만 그날의 사건을 계기로 마음 편하게 들를 수 있는 최고의 가게를 발견했으니 전화위복이라고 할 수 있을까.

상대는 그날, 상가의 남쪽 출구로 들어가 2층의 가장 구석진 가게에서 미국 잡지 한 권을 구입했다. 그러고는 전자 부품과 컴퓨터 부품 가게들이 몰려 있는 곳을 지나 북쪽 출구로 내려가기 위해 계단으로 발길을 옮기던 중이었다. 이 북쪽 출구 계단 쪽에도 호객꾼들이 진을 치고 있었는데, 그들의 성가신 호객 행위를 물리치고 내려갈 것을 생각하니 벌써부터 머리가 아팠지만, 그리로 내려가야 먼 길을 돌지 않고 버스 정류장으로 갈 수 있었다.

상대가 계단의 시작점에 닿기도 전에 갑자기 어디서 두다다다, 시멘트 바닥을 요란하게 울리는 운동화 발소리가 났다. 깜짝 놀라 보니까 웬 남자가 마구 달려오고 있었다. 남자는 갑자기 상대를 두 팔로 와락 감싸 안았다. 사정을 모르는 누군가가 봤다면 한 10년 만에 죽마고우가 상봉하는 줄 알았을 것이다. 남자는 그 어떤 위협적인 제스처도 취하지 않았다. 전혀 뜻밖에도 쾌활한 미소를 지었다.

"책 사세요."

"책……."

"잡지 한 권 사요. 플레이보이, 체리, 클럽, 허슬러, 시발 다 있어, 다. 사진 살래?"

삐끼는 방금 된장찌개 백반 한 그릇 뚝딱 해치웠는지 지독한 구린내를 풀풀 풍겨댔다. 상대가 얼굴을 찌푸리며 고개를 틀어 외면하자, 오히려 코 쪽으로 입을 바짝 들이대고는, 폐부 깊숙한 곳에서 끌어올린 뜨끈한 숨을 마구 내뿜었다.

"안 사요!"

"뭐 안 사?"

상대는 몸을 꽉 부둥켜안은 남자의 팔을 털어내기 위해 어깨를 실룩였다. 하지만 그럴수록 남자는 팔에 힘을 주었다. 그러고 보니 남자는 상대를 부둥켜안은 것이라기보다 결박하고 있었다. 남자는 팔에 바짝 힘을 주더니 손으로는, 잡히는 대로 상대의 살을 잡아 뜯었다. 상대는 아파서 아아아, 소리쳤다. 갑자기 남자가 상대가 쥐고 있던 종이봉투를 확 낚아채더니 너무 해맑은 웃음소리를 터트리며 아까 올 때 그랬던 것처럼, 두다다다 하는 발소리를 내면서 가게 안으로 쏙 들어가버렸다.

상대는 얼이 빠져 그냥 멍하니 있었다. 남자는 자신의 가게 앞에서 와하하하, 또 웃음을 터트리며 상대의 봉투를 흔들었다. 그러면서 그를 손짓하며 불렀다. 상대는 그 순간 잠깐 갈등을 했다. 그들이 어떤 사람들인지, 어떤 행동을 하는 인물들인지 잘 알기 때문이었다. 하지만 그렇다고 이대로 갈 수는 없는 것 아닌가. 상대는 그에게 가서 봉투를 달라고 했다. 그때 주변에 있던 포르노상 세 명이 다가왔다. 그들은 상대를 에워쌌다.

"내 이 새끼 이럴 줄 알았어."

그에게서 봉투를 뺏어갔던 남자가 내용물을 꺼내 살펴보고 있었다.

"딱 보니까 이 새끼, 책 사러 온 놈이더라고."

남자의 표정에는 뭔가, 배신감이랄까, 그 비슷한 종류의 불쾌감이 서려 있었다. 무슨 이유에서인지 상대 역시 남자를 속인 것 같아 미안한 마음이 들어, 스스로 의아하기도 했다.

"얼마 주고 샀냐."

많아봤자 상대보다 고작 네 댓 살 정도 많을 뿐일 텐데, 남자는 이제 아예 말을 탕탕 놓고 있었다. 상대는 울상이 되었다. 그때 무리 중에서 나이가 제일 많은 남자가 책을 훑어보면서 상대에게 말을 건넸다.

"고등학생이여?"

"예."

"몇 학년?"

"삼학년요."

"어디 다녀? 인문계?"

"예."

"허이구 자식아, 고 삼이라는 놈이 공부나 하지 섹스 책을 사러 와? 에그, 너도 텄다, 텄어, 쯔쯔."

그는 책을 둘둘 말더니, 용 문신이 시커멓게 새겨진 팔뚝을 드러내 보이며 상대의 머리를 툭 치고는 아무렇게나 책을 던졌다. 상대는 재빨리 두 손을 내뻗어 떨어뜨리지 않고 받아내는 데 간신히 성공했다. 용 문신 아저씨가 말했다.

"보내줘라."

그러자 그때서야 그를 이 자리로 오게 만들었던 그 해맑은 웃음소리를 가진 자가 상대를 풀어주었다. 다만 욕을 막 하면서. 위협적인 몸짓과 함께.

상대는 그 이후 한동안 포르노를 안 샀다. 봉변을 당하고 났더니 의욕이 안 일었던 거다.

하지만 신작에 대한 강렬한 욕구는 그를 결코 그대로 방치하지 않았다. 그는 고작 두 달도 안 돼 상가를 다시 찾고 말았다. 그때의 그 삐끼를 그 가게 근처에서 다시 만날 가능성이 그리 높지 않다는 걸 알고 있지만 어쩐지 찜찜하여 그는 좀 귀찮긴 해도 일부러 빙 둘러 길을 걷다 우연히 한 서점을 발견하고 만 것이다. 바로 김씨의 '외국서적'이었다.

한정판 오리지널

미국판 명작 포르노와 일본산 모자이크에 실망한 상대는 여느 때보다 발걸음을 서둘렀다. 정신없이 걷다보니 어느덧 근처였다. 이제 모퉁이만 돌면 완만한 경사를 그리는 길이 나타나고, 그 길의 끝에 굴다리로 불리는 철로 다리가 모습을 드러낼 것이다. 외국서적은 나란히 붙은 네 개 고만고만한 가게 중 세 번째로 자리하고 있다. 첫 번째는 꽃집, 두 번째 집은 골동품상, 그리고 바로 외국서적, 네 번째 마지막 집은 부동산이다. 그런데 그곳은 본업인 중계업에 열중하기보다 화투나 트럼프, 내기 장기 두는 노름꾼들에게 장소를 빌려주고 자릿세 받는 일을 주 업무로 하는 눈치였다.

굴다리 아래에 숨어 있듯 자리 잡고 있는 외국서적의 자태는, 상대에게 무한한 심리적 안정감을 가져다주었다. 이곳은 여전히 깡패 같은 호객꾼들이 판을 치는 경운상가와는 너무 딴판이다.

상대가 가게 앞에 섰을 때 때마침 완행열차가 굴다리 위로 지나갔다. 하지만 그 시끄러운 열차 소리도 상대의 편안한 마음을 흩뜨리진 못했다. 오히려 일정한 리듬의 소음은, 주변을 지나는 행인들과 차들의 시선을 분산시키는 역할을 한다. 덕분에 그는 눈치를 보지 않고 서점 안으로 쉽게 들어갈 수 있었다.

이 서점은 제대로 된 이름도 없다. 오래되어 비틀리고 곳곳이 깨진 낡은 플라스틱 간판이 미닫이문 위에 걸려 있긴 한데, 보통 다른 평범한 서점들처럼 XX서점, 이런 식이 아니라, 그저 외국서적이라고만 되어 있다. 그 점도 마음에 드는 점 중의 하나이다. 역시 이런 계열에는 뭔가 구구절절한 설명이나 이름 따위, 필요 없는 것이다. 업태를 극명하게 드러내는 외국서적, 이 한마디면 충분한 것 아닌가. 그건 간판 외에도 출입구인, 나무 미닫이문의 격자 진 유리창에도 적혀 있다. 붉은 페인트로 붓글씨 쓰듯 세로로 굵직하게 씌어 있다.

외
국
서
적

상대는 안으로 얼른 들어선 다음, 재빨리 문을 닫았다. 폭이 좁고 길쭉한 형태의 서점 안, 한쪽 구석의 책상 앞에 앉아 있던 아저씨가 반색

하며 맞았다.

"어서 와."

아저씨는 사람 좋은 미소를 건넨다. 저번 주에도 두 권이나 사갔던 상대로서는 너무 자주 오는 것 같아 좀 창피한데, 주인이 저렇게 편안히 맞아주니 겸연쩍은 마음이 순식간에 사라진다. 이 아저씨는 경운상가 삐끼들에 비하면 거의 천사 수준이다. 인상도 그렇게 좋을 수가 없다. 성깔이 있는데도 발톱을 감춘 채 친절을 위장하는 타입이 아니라 정말 사람이 좋다.

이곳은 마음 놓고 책을 고를 수 있다. 경운상가는 고객이 자기가 살 물건을 편하게 선택할 수가 없다. 그들은 단속을 피하기 위해 손님이 가게로 들어오면 책을 살 것인지 잡지를 살 것인지 물은 뒤 가게 밖으로 나가 한 권씩 가지고 오는데, 여기서 책이라 함은 대체로 A5 크기 판형에 스무 장 남짓한 사진첩을 뜻하고, 잡지란 말 그대로 잡지, 미국 등에서 발간된 포르노나 누드 사진을 담고 있는 B4 크기의 매거진이다. 그들이 물건을 숨겨두는 장소는 포르노와 전혀 관계없는 근처 공구상이나 컴퓨터 가게 같은 곳들이다. 때로 가게 바로 앞에 있는 시멘트로 만들어진 환풍기 집 안에 넣어두기도 한다. 어차피 세상사람 모두 그곳이 포르노 판매 지역이라는 걸 알고 있으니, 상가 방문객들이 빈번히 지나다니는 통로 중간의 환기통 하우스에서 이상야릇한 책을 꺼낸다고 해도 크게 놀라는 행인은 없다. 그러니까 그들은 일단 가게 안에 물건을 놔두지 않으면 되는 모양이었다. 단속이 뜨더라도 경찰은 오로지 가게 안만 뒤지는 걸까. 가게 안에서 아무것도 나오지 않으면, 아 여기는 없구나, 하고 그냥 돌아가는 모양인데, 세상사람 다 알고 있는 걸 경찰만 모르는 모양이다.

어쨌든 그렇게 외부에서 책을 한두 권씩만 가져다주기 때문에 경운상가에서는 책을 고르기가 어렵다. 취향 따위는 고려되지 않는다. 딱히 살 만한 게 안 보여도 대충 적당히, 가져온 것들 중에서 그나마 나은 쪽을 사가는 것이다.

또한 경운상가는 사람들의 왕래가 빈번하다. 가게 안에서 다른 손님들과 마주치기 일쑤이다. 사람들은 참 이상하지, 어차피 포르노 사러 온 입장은 다 같은데 서로에게 위축이 되고 만다. 창피해 한다. 상대도 마찬가지. 자기보다 나이 많은 손님들이 있으면 쑥스러워 제대로 고를 수가 없다.

그 모든 거지 같은 점들의 경운상가에 비해, 이곳 외국서적은 정말, 정말로 좋다. 외따로 떨어져 있어서 손님도 많지 않다. 책도 안에 비치해두기 때문에 취향 따라 고를 수 있다. 선택의 범위가 무진장 넓다.

"앉아."

상대는 아저씨가 권해주는 소파에 엉덩이를 댄다.

"별일 없고?"

"네, 뭐. 그간에 무슨 일이 생기겠어요. 하하하. 하하."

아저씨는 아무 말도 하지 않고 그냥 물끄러미 미소 띤 얼굴로 상대를 쳐다보았다. 마치 그냥 놀러온 사람을 대하는 폼이다. 만약 상대가 온 목적을 이야기하지 않는다면 언제까지라도 그저 잡담이나 나누고 말 기세다. 상대가 아저씨 쪽으로 슬쩍 몸을 틀며 입을 열었다.

"아저씨, 최신."

"최신? 최신이라. 음, 보자. 네가 언제 왔었지? 그래, 며칠 안 됐잖아.

그간에 새로 들어온 건 없는 거 같은데. 있던 것도 거의 다 나가고."

30대 중후반? 40대 초반일 아저씨는 아직 그럴 나이도 아닌데, 끙 소리를 내면서 무릎을 짚고 자리에서 일어나더니, 비밀의 함을 열었다. 약간 오목하게 꺼진 낡은 소파의 매트를 들어 올리자 나무판자 덮개가 드러나고, 그걸 열어젖히자 잡지와 책들의 무더기가, 울긋불긋 고운 자태를 드러낸다. 상대는 벌써 달아오르기 시작한다.

아저씨는 대략 열 권 정도의 책을 꺼냈다. 그런데 슬쩍 훑어도 마지막으로 들렀을 때와 레퍼토리에 변함이 없다는 게 느껴진다. 상대가 실망하자 사장 아저씨가 미안한 표정을 지었다.

"다예요? 이게?"

"응."

"정말 이것들 말고 더 이상 새로운 건 없나요?"

"없을 텐데."

아저씨는 안으로 손을 집어넣어, 고무줄로 묶인 책 다발들을 꺼내기도 했지만, 모두 이미 꺼내서 펼쳐둔 책들과 중복됐다. 그래도 아저씨는 세심히 살피는 수고를 아끼지 않았다. 하지만 끝내 고개를 젓고 만다.

"없네, 없어."

아저씨는 책 뭉치를 다시 소파 안으로 던져 넣으며 안타까워했다. 그리고 물었다.

"넌 잡지는 별로 안 좋아하잖아?"

맞다. 상대는 잡지를 별로 안 좋아한다. 고 3 때 경운상가 삐끼에게 당한 기억도 있지만, 일단 잡지는 보관이 불편하다. 판형이 크기 때문에 숨기기에 어려움이 크다. 대학생이 되고부터 부모님의 소지품 검사가 없어졌기에, 책상 서랍에 넣고 잠가두어도 되긴 하지만, 어째 찜찜하다. 가끔 방 청소를 해주는 어머니가 여기에 뭐가 있어서 이렇게 잠가놓고 다닐까, 얼마나 궁금해 할 것인가. 사실 중학교 때 포르노 책이 걸려서 경을 친 적이 있다. 그래서 부모님에게 이놈이 아직도 정신을 못 차리고, 라는 생각을 들게끔 하고 싶지가 않다. 그뿐만 아니라 취향이 시뻘건 하드코어인 상대로서는 뭔가 있어 보이려고 노력해대는 잡지가 식성에 맞지도 않다. 특히 인지도가 높은 잡지들은 괜히 뭔가 좀 있어 보이려고 정치기사, 경제기사, 유명인과의 인터뷰 따위를 싣거나 심지어는 소설까지 넣는데, 그렇게 지면 낭비해대는 꼴을 상대는 못 본다. 상대는 이렇게 모든 면에 직선적이다.

그래도 워낙 사갈 게 없어 혹시 하는 마음으로 들쑤셔 보는데, 그나마도 모두 소프트코어물들. 상대는 절망적으로 고개를 흔들었다.

"역시 안 되겠어?"

"힘들어요, 이걸론."

갑자기 아저씨가 손가락을 탁 튕겼다.

"네가 안 본 게 한 권 있긴 한데 말이야."

"예?"

"그런데 말이야……."

아저씨는 어두운 눈빛을 했다. 상대가 초조하게 재우쳤다.

"뭔데요. 아 빨리요."

"음. 원판이야."

"원판? 원판이라뇨?"

원판이라 함은, 복사판에 반대 되는 개념으로, 주로 음반계에서 복사판을 찍어내는 데 사용하는 미국산 레코드를 가리키는 말일진대?

아저씨는, 이번에는 아예 쭈그리고 앉더니 팔을 끝까지 집어넣고 끙 끙댄 끝에, 마침내 비닐에 싸인 책 한 권을 꺼냈다. 보니까 비닐도 우리나라 비닐이 아니다. 미제 비닐인 것 같았다. 아저씨는 책상 서랍을 뒤적이더니 흰색 면장갑을 꺼냈다. 그는 양손에 장갑을 끼고서야 문제의 그것을 비닐로부터 끄집어냈다. 상대가 아저씨의 손끝에 들린 그 원판이라는 놈에게 긴장 어린 시선을 모으고 있는 순간, 갑자기 미닫이문이 왈칵 열렸다. 드르륵, 하는 소리가 너무나 커서, 상대도, 아저씨도 숨을 훅 들이켜고 말았다.

"안녕하세요!"

안경에 더벅머리를 한 검정 면 점퍼를 입은 20대 후반의 남자가 들어섰다.

에이 씨 깜짝이야.

상대는 좀 짜증이 나서 속으로 중얼거린 뒤, 다시 책으로 눈길을 돌렸다. 뭔가 다소 복잡하고 조심스럽고 긴장감을 느끼게 하는 과정을 거쳐서 자태를 드러낸 것이기에 상대의 기대감은 꽤 높아져 있었다.

"아저씨, 이건?"

하지만 상대의 손은 다소 무안하게 허공에서 헛손질을 하고 말았다. 아저씨가 매우 재빠른 동작으로 날름 피했기 때문이다. 대답 없이 흐뭇한 얼굴로 책을 받들고 있는 아저씨에게 상대가 다시 물었다.

"원판이라 하심은, 오리지널이라는 말씀인가요?"

"바로 그러네."

그때, 문을 왈칵 열어젖히고 들어온 남자가 상대와 아저씨 틈 사이로 자라처럼 고개를 들이쑤셔 밀더니, 신음 소리를 냈다.

"오오오, 이 진귀한 걸 오늘 여기서 보게 될 줄이야!"

상대가 남자를 쓱 쳐다보았다. 하지만 그는 상대가 쩨려보는 것도 전혀 의식하지 않고, 부식이 상당히 진행돼 푸르스름한 녹이 쓴 금테 안경 너머로, 흰자위가 유난히 넓은 안구를 허여 번뜩거려 대는 것이었다.

"이건 바로 스웨덴의 대 포르노 스타 빌헤름 라르손과 님프 오브 아이스라는 애칭의 떠오르는 북구의 신예, 울리카 레이나 카브네카이제가 짝을 맞춘, 텍스트조차 저 아름다운 스웨덴 원어로 작성된 이번 연도 스웨디쉬에로티카 특별판 리미티드 버전이 아닌가!"

뭐래? 뭐라는 겨?

남자는 허둥지둥하며 책을 향해 손길을 뻗였다. 하지만 이번에도 아저씨는 재빨리 남자의 손길로부터 책을 보존하는 데 성공했다.

"어허, 이 사람."

아저씨는 차분하지만 위엄이 서려 있는 목소리로 남자를 책망했다. 남자가 엣? 하는 표정으로 여전히 손길을 거두지 못하고 있는데, 아저씨는 분위기를 경직시킨 것이 미안한 듯 갑자기 미소 짓더니 말을 이었다.

"지문 묻어 이 사람아."

"헐."

상대는 너무 유난스럽게 구는 아저씨가 웃겨서 헛웃음을 터트리고 말았다. 아저씨는 상대의 그런 반응에 정색을 했다.

"원판이니까 지문이 묻으면 안 돼."

"왜요?"

"아, 이걸로 인쇄를 뜨잖애. 지문 묻으면 지문 자국까지 인쇄가 돼잖여."

"아……하?"

그래서 고려청자를 감정하는 문화재 감정위원처럼 흰 목면장갑을 꼈구나. 그리고 보니 평소에 구입하곤 하는 사진첩과 종이부터 달랐다. 손이 벨 정도로 두껍고 빠닥빠닥한 재질로 되어 있는 통상적인 것에 비해, 이것은 외국 잡지와 똑같은 종이로 되어 있었다. 인쇄 쪽으로 지식이 없는 상대로서는 이런 종이를 뭐라고 부르는지 모르지만, 하늘하늘해서 쉽게 구김이 가고 일단 구김이 가면 회복되지 않는 근원적 손상이 일어나 펄프 본연의 허연 속살을 드러내는 특성을 가진 바로 그 종이. 그리고 보니 두께도 달랐다. 훨씬 더 분량이 많았고 무슨 소설책처럼 책등에 제목도 인쇄돼 있다. 고급스러운 기품이 넘치는 것이, 호치키스로 마무리한 일반 사진첩과는 근본부터 달랐다.

그러니까 이제까지 내가 본 게 모두 복사판이란 말이지.

그리고 생각해보니 가끔씩 흔들려 찍힌 사진처럼 인쇄 질이 좋지 않은 사진첩도 있었는데 그게 다 원 필름으로 작업을 한 것이 아니라 외국에서 발매된 기성 단행본을 복사한 해적판이라 그랬던 모양이었다.

어쨌든 책의 내용을 봐야 구입을 하든 말든 하지. 그래서 상대는 아저씨에게 좀 넘겨보라고 했다. 아저씨는 조심스러운 동작으로 책을 훑었다. 하지만 너무 빨리 사르륵, 넘어갔기 때문에 도통 뭐가 뭔지 알 길이 없었다. 상대가 알쏭달쏭해하자 아저씨는 예의 그 사람 좋은 미소로써 물끄러미 쳐다보다가 갑자기 씨익, 입꼬리를 올리며 웃음 지었다.

그러고는 상대에게 책을 안겼다. 상대는 깜짝 놀라며, 지문을 묻힐까봐 최대한 촉수가 안 닿도록 손바닥을 쫙 펼친 채 받아 올렸다.

"어어? 어어어어어." 이런 감탄사를 내뱉으며.

아저씨가 껄껄 웃었다.

"됐어, 그냥 편히 봐. 이건 백업본이니까 지문 좀 찍혀도 상관없어. 찍혀도 지우면 되지 뭐. 어허허."

기가 막힌 상대가 아저씨에게 물었다.

"아니, 아저씨. 그럼 지금까지 왜 그런 거예요?"

"음 뭐, 난 원판은 늘 그렇게 다루니까. 어쨌든 원판 아냐, 혹시 작업용 원판에 무슨 일이 생기면 이걸로 돌려야 되니까."

"그렇지만 그럼에도 지금 팔려고 하고 있잖아요. 그럼 다 의미가 없잖아요."

"그러네."

상대는 아무래도 저리 유난을 떨어댄 이유가 가격을 비싸게 매기기 위한 책략이 아니겠는가 싶어 긴장을 늦추지 않았다.

상대는 차근차근히 책장을 넘겼다.

그런데, 이건 취향과 거리가 너무 멀었다. 하드코어물이긴 한데 옷 입고 나오는 장면이 뭐가 이렇게 많은지, 무슨 특별판 어쩌고 하더니 모델들의 일상적 생활을 담은 캔디드 포토 같은 것들과 시상식 장면 따위들이 서너 페이지를 차지하는가 하면, 아! 하는 얼굴 클로즈업과, 토마토를 입에 물고 즙을 내는 장면, 혀로 우유병을 핥아대고 있는 따위의 멋을 부린 컷들이 주가 되어 있었던 것이다.

하드코어 사진집의 대표적 출판업체인 스웨디쉬에로티카가 플레이

보이 흉내를 내다니.

그런데 남자가 상대의 손에서부터 자꾸 책을 건네받으려 했다. 상대는 남자의 소리 없는 요청을 무시하고 아저씨에게 질문했다.

"그래서 얼만데요?"

살 마음도 없지만 그냥 가격이 궁금했다. 마음속으로는 이미, 에이 너무 비싸다, 하고 책을 내려놓을 준비를 하고 있었다.

"음. 글쎄, 얼마를 받아야 할지."

아저씨는 손바닥으로 눈을 마구 비비며 하품을 했다. 그러다 눈물이 질퍽하게 고인 눈동자를 깜박이며 말했다.

"삼만 원만 줘."

"헉!"

3만 원이면 포르노 테이프 관람을 75편이나 할 수 있고, 일반 사진첩 열 권을 살 수 있는 대단한 금액이다. 상대는 낙담한 표정으로 책을 쥐고 있던 손을 아래로 내려뜨렸다. 그리고 역시 준비했던 대로 비싸다고 안 산다고 하려 하는데, 갑자기 옆에 서 있던 남자가 꽥, 소리를 질렀다.

"삼만! 아니 이렇게 쌀 수가."

남자가 상대의 손에서 책을 낚아채 갔다.

"아저씨, 진짜죠? 제가 살게요."

상대는 갑자기 혈압이 치솟았다. 그는 남자의 손에서 책을 다시 빼앗아 왔다. 그리고 지갑을 꺼내 만 원짜리 석 장을 뽑아 착착 센 다음 아저씨에게 내밀었다. 손이 다 떨렸다. 그러나 상대는 일부러 더 거침없이 굴었다. 남자는 아저씨와 상대를 번갈아 보면서 안절부절못해 했고, 아저씨는 이 어색한 상황을 어서 벗어나고 싶었는지 서둘러 계산을 마쳤다. 상대는 아저씨에게 인사를 하고 뒤도 돌아보지 않고 밖으로 나갔다.

"잘 가. 또 와."

뒤돌아서서 걷는데, 상대는 마음이 너무 아팠다. 돈이 아까워서. 벽돌 3만 원 어치를 들면 이렇게 무거울까. 쓸데없는 자존심과 근성을 부린 손이 얄밉기 짝이 없었다. 내 마음과 다르게 움직인 손이니 내 손이 아니다. 잘라버릴까. 평소 술 마실 때도 늘 선배들에게 빌붙거나 친구들 틈에 끼어 빈대를 쳐서, 돈에 관한 한 상당히 추저분하다는 평가를 들어왔지만 그래도 끄덕도 않고 오직 취미 생활을 위해 자금을 비축하던 상대로서는 이렇게 예기치 않게 헛돈을 써버렸으니 가슴이 찢어지는 것이 당연했다. 이따 돌아가서 아저씨에게 환불을 요청할까. 진짜 그럴까.

그런데 갑자기 어깨 부근으로부터 턱 쪽을 향해 무엇인가가 쓱 나왔다. 상대는 깜짝 놀라 얼른 피했다. 그건 아까 그 남자의 얼굴이었다. 언제 따라붙었단 말인가. 어두운 굴다리에서, 아래위로 검은 옷을 입은 남자는 머리통만 살아 움직이는 것 같았다. 아까도 그러더니 이런 식으로 머리를 들이대는 게 습관인 모양이었다.

"저기요."

"예?"

"아까 사신 사진집이요."

"예."

"그 사진집 사실 거예요?"

"예? 이미 샀는데요?"

"그거 꼭 사가셔야 하나요?"

남자는 턱을 쓸면서 곰곰이 생각하는 표정을 짓더니 이렇게 말을 이었다.

"제가요, 그 사진집이 꼭 필요해서 그러는데요. 저한테 넘기지 않으실래요?"

"예에?"

"일단 저기로 좀."

남자는 상대를 이끌고 굴다리에서 벗어나 근처 조그만 공원으로 갔다. 상대는 그때쯤 남자가 어쩐지 낯이 익은 것 같다는 생각을 했다. 실은 아까도 그런 생각이 들긴 했는데, 다시 보니 확실히 그랬다.

벤치에 앉자마자 남자는 점퍼 주머니에서 담배와 라이터를 꺼내더니 상대에게 한 대 권했다. 하지만 담배를 피우지 않는 상대는 손을 저었다. 남자가 깜짝 놀라는 시늉을 했다.

"담배를 안 피우시네. 신기하네."

하기야 그의 과 동기 남자 스무 명 중에서 담배를 안 피우는 사람은 상대 포함 세 명이 다이다. 교회를 열심히 다니는 친구와 학창 시절 내내 1번을 놓친 적이 없다는 병아리처럼 작은 친구, 그리고 상대.

남자는 담배를 쭉 빨아 당겨 깊숙이 삼킨 뒤, 말하는 것과 동시에 연기를 콱콱 내뿜어 댔다.

"그 책 꼭 필요해요?"

전혀 안 그런데도 상대의 고개는 저절로 끄덕여졌다.

"그러지 말고 나한테 넘기죠? 솔직히 사려고 했던 것도 아니잖아요."

"아니거든요? 나도 원래 사려고 했던 거거든요?"

"무슨? 아저씨가 가격 이야기하니까 깜짝 놀라서 금세 의욕 상실하더만."

"아닌데요? 내 마음을 그렇게 잘 알아요?"

"에헤이, 맞는 거 같은데 왜 그러시나? 이봐요. 그러지 말고, 가만, 나이도 나보다 아래인 거 같은데. 몇 년생이요?"

"나이는 갑자기 왜?"

"동생 같아서 그러지. 몇 살이요?"

"스무 살인데요."

"아니 진짜? 난 한 스물다섯 정도 된 줄 알았어. 생각보다는 굉장히 어리네."

상대는 짜증이 났다.

"대학생이야? 일 학년? 어쨌든 그럼 나 말 놓을게? 이봐, 동생, 자네, 고집이 좀 있구만? 그냥 산 가격에 넘기라는 게 아냐. 거기에 돈을 더 쳐주겠다는 이야기야."

"?"

쓸데없는 책을 넘기는 데 오히려 돈을 더 주겠다니.

"어때? 넌 몇 분도 안 돼 그냥 돈 버는 거잖아."

"얼마나요?"

"얼마면 되겠어? 흐음, 삼만 오천 원 어때?"

오천 원이나 더 얹어준다니! 봉투를 쥔 상대의 손이 남자를 향해 움직이려는 찰나, 남자가 말을 덧보탰다.

"그리 많이 본 사람 같지도 않은데 굳이 그 책 가질 필요 없잖아. 오천 원 벌어서 그냥 허슬러나, 아니면 카피 사진첩이나 한 권 더 사는 게 훨씬 이득일 거 아냐."

상대의 손이 순간 멈췄다. 그리고 남자의 눈을 똑바로 쳐다보면서 말했다.

"나도 봤다면 꽤 본 사람이거든요?"

남자의 눈썹이 꿈틀거렸다. 한 1, 2초간 아무 말도 없이 상대를 쳐다보던 남자가 갑자기 와하하하, 웃음을 터트렸다.

"보긴 뭘 봐, 네가. 크하하하."

뭐야, 이 남자, 처음부터 끝까지 너무 무시하잖아.

상대는 자리에서 벌떡 일어났다. 새로운 담배를 꺼내 막 입에 물려던 남자는, 돌발 상황에 허둥지둥 불을 붙이더니 상대의 소매를 잡아끌어 앉혔다.

"에헤이, 왜 그래. 동생, 성격 급하네? 삼만 오천 원이 적어? 그럼 내, 책 한 권 더 살 돈 얹어 줄게. 삼만 팔천 원 어때? 잔돈 있어? 잔돈? 이천 원 있어?"

상대가 아무 말이 없자, 남자는 씨익 웃더니 재빨리 말을 이었다.

"이천 원 없구나? 그래, 그럼. 딱 떨어지게 줄게. 사만, 사만 원 줄게."

으으, 돈이 자꾸 올라가네.

그러자 갑자기 의혹이 솟았다. 이 책이 대체 뭔데 이 남자, 이렇게 목을 매지? 불현듯 수상한 생각이 들었다.

이거 얼마까지 올라가는지 한 번 보자.

"다른 데 가서 알아보시죠. 저도 다 필요해서 구입한 거니까."

상대는 몸을 획 돌리고 빠른 속도로 휘적휘적 걸어 나갔다. 그때 상대의 뒷머리를 근질이는 공포. 남자가 안 따라오면 어떡하나. 하지만 걱정은 찰나, 남자가 후다닥, 달려오는 소리가 났다.

"에에이, 이거봐. 흥정을 하다가 가버리면 어떡해. 어허, 이 친구! 안 그래 보이는데 진짜로 성격이 급하네? 평소 그런 소리 많이 듣지? 성격 급하다고. 자아, 자, 진정하고. 동생, 진짜 이러면 형이 화낸다? 그래, 그래. 잠깐 앉아봐."

남자는 바로 5만 원을 외쳤다. 상대로서는 눈이 튀어나올 지경이었다. 5만 원이라면 사고 싶어도 너무 비싸 사지 못했던 신형 타이맥스 시계를 구입할 수 있는 돈이고, 돌핀 전자시계 두 개를 사고도 왕창 거스름돈이 남는다.

상대는 한숨을 푹 내쉰 뒤 고개를 끄덕였다.

"형의 재력에는 더 이상 버틸 재간이 없군요. 그렇게 하죠."

시무룩한 표정을 지었지만 속으로는 웃고 있었다. 그런데 상대의 말이 끝나자 남자의 얼굴이 확 밝아졌다. 그걸 보자 한 6만, 7만 원까지 올리는 것도 가능했을 거 같아 살짝 후회가 들기도 했다.

남자가 돈을 건네고, 상대는 그에게 봉투를 주었다. 남자는 바쁜 손길로 봉투를 열어 내용물을 꺼내 확인한 뒤 씩 웃어보였다. 그리고 어깨를 두어 번 실룩거려서 옷매무새를 고치더니 그럼 이만, 하듯 손을 들어 올렸다.

"잠깐만요, 형."

"응?"

"나 모르겠어요?"

"엉?"

"진짜 모르겠어요? 저를?"

남자는 뒷걸음치며 의혹이 가득한 시선으로 상대를 보았다. 상대는 남자의 얼굴을 다시 한 번 확실히 확인하려는 듯 바짝 접근했다. 남자는 질린 표정으로 바로 앞까지 다가온 상대의 얼굴을 피해 몸을 외로 꼬았다.

상대는 뒤로 물러났다. 그리고 자신의 판단이 틀리지 않았다는 것을 드러내기 위해 고개를 크게 끄덕였다.

"경운상가 자주 가죠? 나, 형 거기서 엄청 자주 봤던 거 같아. 거의 갈 때마다 본 거 같은데. 직원인 줄 알았는데."

"엥? 경운상가? 예전에는 좀 다녔는데, 요즘은 잘 안 가."

"하긴 저도요."

그렇게 거래 외의 다소 개인적인 대화의 물꼬가 트이자 그가 왜 그렇게 이 책을 수중에 넣으려 했는지 이유를 물을 수 있는 여유가 생겼다.

2. 서적상 김씨

지하 출판계의 대부

외국서적 사장 김씨는 상대가 괜한 자존심 때문에 별로 살 마음도 없던 책을 구입했다는 사실을 잘 알고 있었다. 그래서 어쩐지 미안했다. 그깟 돈 몇 만 원 벌자고 단골의 등을 친 것은 아닐까 싶은 것이었다. 하지만 그 책을 꺼냈던 이유는 안 팔리는 책을 팔아먹기 위해서가 아니었다. 노골적으로 실망하는 상대를 보자 안타까운 마음에 뭐라도 권해야겠다는 생각으로 그리했던 것이다. 하지만 그럼에도 양심의 가책을 느끼는 건, 솔직히 얼른 그 책을 처분하고 싶은 심정이 마음 한쪽에 도사리고 있었던 것을 부인하기 어렵기 때문이다.

원래 그 책은 한 권만 들여오기로 한 것인데, 오더가 잘못되어 두 권이 오고 말았다. 사실상 필요가 없는 책이었다. 상대에겐 백업용이라고 했지만 사실 백업 따위는 필요치 않다. 필름 작업을 한 다음 실질적인 인쇄에 들어가기 때문에 필름을 분실하지 않는 한 한 권만 있어도 수

48

천 권이라도 찍어낼 수 있다. 장갑까지 끼고 호들갑을 떨었지만 어쩐지 괜한 연기를 벌인 것 같아 영 마음이 찝찝했다.

그 책은 이미 300권 인쇄해서 지방에 먼저 풀었다. 그런데 영 반응이 좋지가 않다는 소식이었다. 카피된 책을 사는 이 나라의 고객들은, 아무리 이쪽 계통에서 유명한 모델이 등장해도, 무슨 특별판, 희귀판이라 해도, 별로 쳐주지 않는다. 그저 모델의 미모와 하드코어적 분위기를 최우선적으로 따질 뿐이다.

시끄럽게 문을 밀치고 들어와 자기가 사겠다고 상대와 실랑이를 벌인 인물, 창균이 상대에 앞서 가게에 왔더라면 이렇게 마음이 무거울 일도 없었을 터인데.

그런데 하기야 창균은 상대가 나가자마자 서둘러 가게를 나갔다. 눈치를 보아하니 상대의 뒤를 뒤쫓는 것 같았는데, 자기에게 물건을 넘기라고 하기 위해서였을지 모른다. 창균과 상대가 개인 간의 거래를 성사시켰다면 좋을 텐데 싶었다.

그토록 세심한 마음의 소유자 포르노상 김씨지만, 사실 그는 알고 보면 또 다른 면모를 지닌 인물이다. 그는 전국 포르노 서적 생산과 유통의 70퍼센트를 책임지고 있는 지하 출판계의 대부 격인 인물이다.

그가 포르노계에 몸담게 된 건 형 때문이었다.

형은 학창시절부터 문제아였다. 그냥 문제아 정도가 아니라 학교 짱이었다. 이미 중학생 때부터 애들을 하도 패서 학교에서 잘렸다. 형식은 자퇴였으나 실은 퇴학이었다. 다른 학교로 전학을 가서도 짱을 잡았는데, 고등학교에 진학해서도 버릇은 여전했다. 가출을 밥 먹듯이 해서, 아버지가 형을 잡으려고 회사에 휴가를 내고 이 지방, 저 지방, 추적에 나서기도 했었다.

그래도 형은 아버지를 무서워했다. 문제아들의 대장 정도가 되면 선생도 잘 못 건드리고, 부모도 손을 놓고 있는 경우가 대부분일 텐데, 희한하게 형은 아버지에게는 기를 못 폈다. 그건 아버지가 기골이 장대한 무술 유단자인데다가, 어린 시절부터 워낙 엄격했기에 본능적으로 두려움이 뼈에 박혀 있기 때문이기도 할 것이다.

하지만 아버지는 형의 일탈을 끝내 막지 못했다. 형이 고등학교를 중퇴하자 아버지는 크게 낙담하여, 너는 내 아들이 아니다, 라고 선언하기에 이르렀다. 그 며칠 후 형은 완전히 집을 나가버렸다.

아버지와는 연을 끊다시피 한 형이지만 그래도 어머니와는 연락을 주고받고 지냈다. 처음에는 형의 이름을 아예 꺼내지도 못하게 했던 아버지지만, 본 지 오래되다 보니 미움의 마음도 얼마간 가라앉았는지, 어머니가 이따금 조심스레 전하는 형의 소식을 묵묵히 듣고 있곤 했다. 하지만 형이 군대 가 있는 동안 아버지는 단 한 번도 면회를 가지 않았었다.

그러던 형이 이십 대 중후반 때 사고를 치고 교도소에 들어가자 아버지는, 그놈은 이제 진짜로 모르는 남이다, 라고 또다시 천명하기에 이르렀다. 길에서 만났는데 혹시 아는 척 하면, 누구시오, 할 것이라고 했다.

교도소로 면회를 갔더니 형은, 인생이 이렇게 풀릴 줄 알았더라면 군대를 갔다 오기 전에 사고를 쳤을 것이라고 후회를 했다. 전과가 있으면 현역 복무를 안 하기 때문이었다. 게다가 언제 그랬는지 등판과 팔뚝에 엄청난 문신을 새겼는데, 그것 역시 진작 했더라면 현역 복무

안 했을 것 아니냐고, 계획성 없는 삶을 자책했다.

김씨는 형과 열 살이나 터울이 졌다. 그래서 어린 시절부터 그리 살갑게 지내지 못했다. 형이 김씨에게 못되게 군 적은 없었지만 워낙 나이가 차이 나고 원체 집 밖으로 나돌았기에 미처 형제의 우애를 나눌 사이가 없었다. 그리고 형이라는 사람이 교도소에 들어가 있다는 것은 어린 김씨에게는 너무 큰 충격이었다. 그래서 형과 친하고 싶은 마음이 별로 없었다. 부모님도 친척들에게 형의 근황을 알리지 않았다. 하지만 이모나 삼촌 등 가까운 직계들은 어쩔 수 없이 형의 수형 생활을 알게 될 수밖에 없었다. 언젠가 아버지는 이놈 때문에 창피해서 살 수가 없다며 큰아버지와 고모 앞에서 오열을 터트리기도 했었다.

형이 그렇게 풀리다 보니 부모님은 김씨에게 기대를 걸 수밖에 없었다. 김씨도 형처럼 되고 싶지는 않아 나름대로 심혈을 기울였지만, 부모님의 기대를 충족시킬 수가 없었다. 대학 입시에 실패한 후 재수를 했지만 성적은 오히려 더 떨어졌다. 공부와는 거리가 멀다는 사실을 깨닫고 삼수는 포기했다. 군대를 갔다 온 후 일자리를 알아보려 다녔는데, 인문계 고등학교 졸업장을 가진 그로서는 직업 선택의 폭이 넓지가 않았다.

그는 조그만 인쇄소에 취직했다. 그때쯤 어느덧 30대 중반에 들어선 형도 기반을 잡은 모습이었다. 교도소에 갔다 온 후에는 표면적으로 큰 문제를 일으키지 않았다. 전세라고 하지만 18평형 소형 아파트에 보금자리를 얻었고, 그 나이 대의 젊은 사람에게는 과분한 고급 승용차를 몰았다. 김씨의 기준으로는 차에 그렇게 많은 돈을 쏟아붓는 것은 어리석은 짓이었다. 그런 데 돈을 쓰느니 집에 투자를 하든가 저축을 함이 마땅하지 않겠는가. 어쨌든 형의 일이니 상관할 바는 아니었다. 형은 무슨 무슨 개발이라는 이름의 회사의 부장이라는 직함을 새긴 명함을 가지고 다녔다. 그러니 그도 어엿한 직장인처럼 보이긴 했는데, 김씨는 그 회사가 폭력배 회사에 다름 아니라는 것을 잘 알았다.

언젠가 형이 김씨에게 월급이 얼마냐고 물은 적이 있었다. 주말에 가족 회식을 한다고 부모님을 뒷자리에 태운 형이 김씨가 일하는 인쇄소 근처까지 온 날이었다. 그때는 아버지도 형을 용서한 지 이미 좀 지난 시점이었다. 아무리 그래도 부모 자식 간의 연이란 쉽게 끊기는 것이 아닌 모양이었다. 신호에 걸려 있는데, 형이 엄지손가락을 세운 주먹 쥔 손으로 방금 그를 태웠던 부근을 어깨 너머로 가리키며 말했다.

"너 저런 데서 일하면서 얼마나 받냐, 한 달에?"

김씨가 대답하자, 형은 깜짝 놀란 듯 비명을 지르며 오른손을 뻗어 그의 뒷머리를 마구 헝클이는 것이었다.

"아이구, 이놈의 자식아. 그 돈을 받고 그걸 직장이라고 다니고 있냐. 엄마 말 들어보니까 너 만날 야근한다고 밤중에 들어온다고 하더만."

"요즘 일이 좀 많아서."

"너 형 밑에서 일할래?"

그때 김씨가 차에 탔을 때도 아는 척 하지 않고 창문 밖으로 고개를 돌리고 있던 아버지가 굵직한 목소리로 말했다.

"시끄러버. 쓸데없는 소리하지 말고 어서 가기나 해."

그것이 형의 첫 제안이었지만, 그때만 해도 김씨는 형과 같은 업계에 종사하게 될 줄은 상상도 하지 않았었다.

김씨는 한눈을 팔지 않고 계속 인쇄업계에 머물렀다. 물론 그동안,

다니던 곳이 부도가 나거나 폐업을 해서 어쩔 수 없이 업체를 옮기기도 했지만, 한 번도 인쇄 골목을 떠나지 않았다.

그리고 10년 만에 김씨는 자신의 꿈을 이루었다. 폐업의 위기에 몰린 한 가게를 좋은 가격에 인수하여 사장이 된 것이다. 이쪽에서 일한 지 오래되다 보니 업계가 어떻게 돌아가는지 사정에 밝아 그는 자신의 사업이 잘 풀리리라고 낙관했었다.

적은 이익이었으나 그럭저럭 잘 운영을 해나갔다. 조금 더 참고 견디면서 기반을 다져나가면 안정 궤도에 오를 것이라 생각했다. 그랬는데 덜컥, 믿었던 거래선이 부도가 나고 말았다. 납품했던 물품 대금을 고스란히 뜯겼고, 돈을 받으면 주기로 했던 자재 대금은 모두 그가 갚아야 할 빚이 되어버리고 말았다. 연말까지 버티면 달력이라든가, 크리스마스 시즌 특수가 기다리고 있지만, 더 이상 버텨낼 재간이 없었다.

어쩔 수 없이 형에게 구조 신호를 보냈고, 형은 기꺼이 돈을 융통해 주었다.

도깨비시장

동생이 처한 딱한 사정을 알게 된 형은, 동생에게 자신과 같이 일을 하자고 또다시 제안했다.

형은 그때 이미 도심의 몇몇 블록을 장악한 조직의 우두머리가 되어 있었다. 부동산 개발업에서는 손을 뗀 지가 오래였지만, 대신 3류 나이트클럽 두 개와 몇 개의 카바레를 직접 운영하는 큰 사업가인 동시에,

경운상가 번영회장이라는 직함 아래 실질적으로 상가를 지배하는 막대한 영향력을 가진 거물로 성장해 있었던 것이다.

형은 자신의 본부 업소가 위치한 경운상가에서 펼칠 새로운 사업 아이템을 구상하고 있었다.

바로 포르노 사업이었다.

형이 그 사업을 하기로 결정한 것은 우연한 계기에 의해서였다.

그가 모시고 있던 형님이 신장암으로 세상을 떠나자 조직은 몇 개의 파벌로 나뉘어졌다. 그 와중에 '나와바리'를 접수하려는 외부 조직의 침탈로 피비린내 나는 전쟁도 있었지만, 형님 살아 계실 적부터 돈독하게 지내던 동료들과는 우호적인 방계 패밀리 관계를 유지했다.

어느 날 김씨의 형은 그 연합 패밀리 중 한 명의 사무실에 놀러 갔었다. 그런데 사무실에 이상한 외국 잡지들이 굴러다니고 있는 게 아닌가. 그동안 야한 책이라고 해봤자 정식으로 허가받고 발간되는 종류들, 이를테면, 그저 비키니 입은 모델들이 등장하는 세틸데이서울 같은 것만 접했던 형으로서는 아주 깜짝 놀랐다. 차원 자체가 달랐던 것이다. 어마어마한 장면들이 아무 거리낌 없이 족족 펼쳐지고 있었다.

이게 대체 어디서 난 물건이냐고 물었더니 미군 부대로부터 흘러나온 것이라고 했다. 그 사무실의 주인, 형의 친구는 시내의 한 재래시장을 장악하고 있었는데, 그 시장에는 수십 년 전부터 자연스럽게 형성된 외국 물품 상점 거리가 있었다. 이른바 도깨비시장이라고 불리는 곳이었다. 왜 도깨비시장인가. 다른 곳에서는 절대 볼 수 없는 별의별 신기한 외국 물건들을 판다고 해서 붙은 이름이라는 설도 있지만, 워낙 귀신처럼 장이 섰다가 귀신처럼 사라진다고 해서 그리 불리게 되었다고 한다. 도깨비시장 상인들은 단속이 뜨면 재빨리 물건들을 후다닥 치우거나 아예 상가의 셔터를 내려버린다. 안에 들어와 있던 손님들도 단속반이 돌아갈 때까지 꼼짝없이 갇혀 있어야만 한다. 하지만 어떤 손님도 불만을 표출하지는 않는다. 오히려 이런 첩보 작전 같은 상황을 재미있다고 즐기는 눈치다. 어차피 이 나라 국민들은 사이렌이 울리면 지하도나 골목 안으로 튀어 들어가 꼼짝 않고 기다리는 훈련을 한 달에 한 번씩 정기적으로 받고 있는데다가 비정기적으로 야간 공습 훈련까지 해오고 있는 터라, 그 정도쯤은 아무렇지 않게 견딜 수 있는 인내심을 가지고 있다.

그곳 상점들이 물건을 들여오는 데는 대체로 두 가지의 루트가 있는데, 무역으로 들어오는 것과 미군 부대 루트가 그것이다. 무역 루트는 비행기보다는 배로, 물건을 들여와서는 통관 서류 등을 조작해 밀수를 하는 밀수업자로부터 물건을 받는 거다. 그런데 그들은 미군 부대 루트를 더 애용한다. 무엇보다 간편하기 때문이다.

미군 부대에서 물건을 빼돌리는 자들은 대부분 부양가족, 또는 식솔이라는 의미의 디펜던트(dependent)로 불리는, 미군과 국제결혼을 한 내국인 여자들이다. 그들은 미군 부대의 PX에서 물건을 사서 부대 밖으로 가지고 나와 시장에 팔아넘긴다.

그런데 한 사람이 살 수 있는 양에는 제한이 있다. 하지만 그런 원칙은 아무 문제도 되지 않는다. PX에 근무하는 판매원들과 그들은 모두 한통속이기 때문이다. 디펜던트들은 판매원에게 일정양의 판매 수수료를 주고 물건을 제한 없이 공급받는다.

또 하나의 장벽이 있긴 있는데 정문 통과의 문제다. 아무리 들고 날 때 서명이 필요 없는 프리패스권을 가진 군인 가족 차량이라 하더라도 민간인이고 또한 그곳이 부대이니만큼 정문을 통과할 때 종종 트렁크를 열어 조사를 받게 된다. 때때로 부대 돌아가는 사정에 밝지 않은 정문 초소의 신병 따위가 차에 실린 물건이 너무 많은 것을 꼬투리 잡을 때가 있는데, 그때는 파티가 있어 물건을 좀 많이 샀다고 둘러대거나 하면 된다. 그래도 계속 수색을 하려고 하면 초소의 상사로부터 얼른 통과시키라는 명령이 떨어진다. 어차피 정문 초소 경비 책임자의 한국인 마누라도 그 장사를 하고 있기 때문이다. 다들 부패의 고리로 끈끈이 연결되어 있는 것이다.

물론 때때로 분위기가 엄격해질 때도 있다. 한미 합동 군사 훈련 기간이나 휴전선 위쪽 동태가 심상치 않아 내부적으로 비상이 걸릴 경우가 그렇다. 그럴 때는 업자들도 알아서 조심을 한다. 그리고 연합사 사령관이나 부대장 교체기에도 몸을 사린다. 새로 부임한 장군이 어떤 성향을 가지고 있는지 모르기에 여유를 두면서 관찰하는 것이다.

그런데 처음에는 PX 물건이 암시장으로 빠져나간다는 사실에 화를 내며 근절을 천명했던 부대장이라 할지라도 몇 개월 지나면 기지의 오래된 관행을 묵과할 수밖에 없게 된다. 이 나라로 수입되는 물건의 양이 많으면 많을수록 오히려 자국에서는 수출 잘 됐다고 좋아하는데, 뭐하러 엄격하게 단속을 할 것인가. 관세를 물지 않은 면세품이 시장에 풀리는 것은 한국 세관 당국에게나 골치일 뿐이다. 그렇다고 한국 당국이 미군 부대에 항의라도 할 수 있느냐 하면, 절대로 못……안 한다. 이것이 그 엄청난 양의 밀수품들이 시중에 풀리는 이유이다.

어쨌든 미군 부대 PX 내의 서점에서는 포르노 서적을 마음대로 구입할 수가 있다. 물론 그들에게도 엄격한 법이 있어 미성년자들에게는 절대 판매 불가이며, 애들이 커버조차 보지 못하도록, 상단 타이틀만 노출되게 규격 맞춰 제작된 진열장에 진열해둔다. 그렇다 하더라도 유치원생도 마구 출입을 하는 그냥 일반 서점에서 포르노가 버젓이 판매되고 있는 것만은 사실이다.

물론 김씨의 형이 개입하기 전 시기에는 디펜던트들이 돈벌이를 위해 그런 잡지들을 밖으로 가지고 나왔던 것이 아니라, 식료품 따위를 공급하는 단골 거래선 사장들에게 재미 삼아 보라고 던져두고 갔던 것뿐이다. 미군 가족들에게야 그런 잡지들이 집 안에 아무렇게나 굴러다니는 싸구려에 불과하지만, 이 나라 사람들에게는 진귀한 눈요깃감이라는 것을 잘 아는 까닭이었다.

그렇게 돌아가는 사정을 알게 된 김씨의 형은 그런 책들이 전도유망한 새로운 사업 아이템이 되리라는 사실을 간파했다. 사업가인 그의 머릿속에서는 이미 주판알이 튕겨지고 있었고, 사업 전반에 관한 여러 가지 세부적인 계획과 지침들이 발딱 세워졌다.

그는 이따 저녁에 술이나 마시자는 친구의 말도 못 들은 척하고 바로 그 길로 사무실로 달려갔다. 그리고 전문대까지 졸업하여 박식함을 자랑하는 조직의 상무이사에게, 애들 몇 명을 풀어 도깨비시장으로 보내라고 했다. 어디까지나 이것은 비즈니스적인 일이기 때문에 상대를 윽박지르거나 완력을 행사하지 말도록 지시했다. 혹시 시끄럽게 굴다가 친구가 거느리고 있는 그쪽 조직원들의 눈에 띄면 골치 아파진다. 마주치더라도 미제 깡통 사러 왔노라고 둘러대라 지시했다.

그렇게 파견된 똑똑한 조직원들은, 물색 끝에 말이 잘 통하는 아주머니 도깨비 물품상을 찾아냈고, 그녀를 통해 PX 물건 공급업자와 연결이 되었다. 원래 이쪽의 생리상 물품 공급업자를 바로 소개시켜주는 경우는 없다. 자기도 거간꾼이 되어 거래 때마다 개입해서는 마진을 챙기는데, 그 아줌마는 어찌된 영문인지 소개비조로 약간의 돈을 받고는 그냥 디펜던트를 알려주었다. 서적은 자신의 취급품목이 아니기 때문이었을 것이다.

그렇게 해서 소개받은 공급자가 미 육군 스미스 부대 특공상사인 헨리의 와이프였다.

미국 시민권자 미세스 헨리와 로날도 2세 일병

그녀는 원래 미군 주둔지 근처의 클럽에서 접대부로 일하던 여자였다. 그런데 못생긴 여자였다. 어떻게 저렇게 천하박색으로 클럽에 취직을 했을까 싶게 인물이 안 좋았는데, 키도 난쟁이똥자루만해서 몸매조차 볼품이 없는데, 그럼에도 클럽 내 초이스 1, 2위를 다퉜던 이력을 지닌 미스터리한 인물이었다. 그 이유는 바로 그녀가 다른 여인들에게서는 찾아볼 수 없는 엄청난 방중술을 지닌 덕택이었다.

이 섹스머신 특공상사 와이프는 포르노 서적들을 유통시키려는 세력이 있다는 사실을 알자, 그 어떤 새로운 거래선을 뚫었을 때보다 기뻐했다. 오랜 훈련을 통해 태산이라도 들어 올릴 수 있는 허벅지 힘과 사이다 병뚜껑도 뻥뻥 따내는 타의 추종을 불허하는 아랫배 흡인력을 지닌 그녀였지만, 키가 작다는 선천적 신체의 한계로 팔 힘이 좀 별론

데, 그래서, 그놈의 것, 무겁기 짝이 없는 맥주 패키지와 코카콜라 박스를 운반할 때마다, 내가 이래봬도 미 태평양 군단 캠프 스미스 소속 특공상사 헨리의 와이프인데, 미국 시민권까지 가지고 있는 사람인데, 그깟 돈 몇 푼 남겨 먹으려고, 이 무겁디무거운 것들을 땀 뻘뻘 흘려가며 이 비좁고 침침한 시장 바닥을 누비고 있구나, 하는 좌절감을 때마다 사무치게 느끼곤 했었는데, 그런 개고생 필요 없이 깔끔하게 서적 거래로 돈을 벌 수 있게 되었다는 점은 그녀의 마음을 즐겁게 하기에 충분하고도 남았던 것이다. 그건 섹스 이즈 라이프가 삶의 모토인 그녀에게 딱 어울리는 사업이었다. 그러니 김씨의 형은 얼마나 운이 좋았던 것인가. 단번에 마음이 착 맞는 사업 파트너를 만났으니.

그런데 문제가 생겼다. 그녀가 캠프 스미스 서점의 모든 포르노 잡지들을 나오는 족족 다 쓸어가자 매달 신간이 나오면 재깍재깍 구입하던 병사들의 불만이 속출하기에 이르렀다. 급기야 한 병사가 난동을 부리는 사건까지 벌어졌다.

바로 텍사스에서 온 로날도 2세 일병이었다. 어린 나이에도 불구하고 한국의 군인자본주의독재 수호를 위해 이역만리 타국 땅으로 건너와 근무하고 있던 그는 이번 달, 유난히 향수병에 시달렸다. 그럼에도 사고 안 치고 이겨낼 수 있었던 것은, 이번 호 채리 지에, 평소부터 여왕으로 숭배하던 H컵의 소유자, 미스 푸에토리코 출신의 포르노 배우 스캇 더 빅 홀 엘리자베쓰의 브로마이드가 실린다는 소식을 들었기 때문이었다.

그는 신간이 들어오기 며칠 전부터 서점에 가서 책이 입고되었는지 확인하곤 했다. 내국인 출신의 서점 매니저는 매일처럼 들르는 로날도

2세 일병이 짜증스러워서 선적 날짜를 확인하고 평균 소요 시간을 계산하여 입고 예상 날짜를 알려주었었다.

그런데 그날에 딱 맞추어 서점에 들른 로날도 주니어는 도저히 믿을 수 없는 현실에 그만 폭발하고 말았다. 서점 매니저가, 아침에 책이 들어왔는데 다 팔리고 없다고, 아주 배 째라 하고 나온 것이었다. 사실 요 몇 달 사이에 이런 적이 한두 번이 아니었다. 늘 재고가 남아 본국으로 되돌려 보내곤 하던 잡지들이 언제부터인가 씨가 마르고 있었다. 처음에는, 별로 안 팔려서 입고량이 줄어서 그렇다, 웬일인지 갑자기 구입하는 사람들이 늘어서 그렇다, 라는 매니저의 설명을 곧이곧대로, 아 그렇구나, 하고 받아들였었다. 하지만 이번 달에도 또 그러니 그도 바보가 아닌 이상 뭔가 심각하게 왜곡된 곡절이 있음을 눈치챌 수밖에 없었다.

매니저는 기대에 부풀어 싱글벙글거리는 얼굴로 서점을 들어서는 일병을 딱 보는 순간 아차 싶었다. 저놈 몫으로 한 권 빼놓는다는 것이 그만 정신이 없어서 챙기지 못했다. 매니저는 미안함 때문에, 그리고 켕기는 마음에, 오히려 더욱 무뚝뚝하게 대했다. 하지만 그것은 로날도의 성질을 돋우었을 뿐이다. 그의 입장에서야 그렇지 않겠는가, 방귀 뀐 놈이 성 낸다고, 오히려 뻔뻔하게 나오는 매니저에게 분노를 느낄 수밖에. 하지만 중늙은이인 매니저는, 자기보다 40센티미터는 더 크고 덩치가 두 배는 더 되는 곰과 같은 로날도에게 두려움을 느끼고 있었다. 그리하여 방어 심리 때문에 오히려 더 성을 냈던 것인데, 깔보듯 일단 선son이라고 부른 뒤, 이봐 로드 일병, 너는 나이가 어린데도 불구하고 어떻게 시니어에게 공격적으로 나올 수가 있는 것이니, 하고 영어

60

로 소리쳤다.

평균적으로 보자면 그 어느 나라 국민보다 예의 바르고 친절한 태도를 지닌 미국인이지만 이 나라 사람들처럼 어른에게 무조건 대들면 안 되는 것으로 배워온 것도 아니고, 그래서 로날도는 그만 성질을 이기지 못하여 발음 안 좋은 영어를 내뱉는 매니저를 번쩍 들어 올린 뒤 거꾸로 잡고 아래위로, 마치 슬러쉬를 쉐이크 하듯 마구 흔들다 내동댕이쳐 버렸다.

이 일로 해서 안타깝게도 일병은 영창에 가게 되었다. 분통 터지는 일이었다.

그런데 그 사건 이후 서점 매니저도 몸을 사리기 시작했다. 그는 미세스 헨리에게 당분간이라도 책을 넘기지 않겠다고 했다. 다음 달부터 오더 양을 세 배로 늘리겠다고 한 사람이 갑자기 그렇게 나오자 그녀는 아주 난감했다.

김씨 형도 난감하긴 마찬가지.

이러한 수급의 불안정성 때문에 김씨의 형은 새로운 타계 책이 필요하다는 사실을 절감하게 되었던 것이다.

그는 그간 미세스 헨리로부터 공급받은 책들을 자신이 지배하고 있는 경운상가의 비어 있던 점포에서 조직원들을 시켜 팔고 있었더랬다. 그런데 예상했던 것보다 반응이 엄청났다. 가히 폭발적이라고 할 만했다. 이 나라 사람들이 이렇게 밝힘증이 심한 사람들이었나 싶을 정도로 가져다놓는 족족 금세 빠졌다. 수익성이 좋은 사업이라는 사실에 고무받고 있던 요즘이었는데, 이런 식으로 공급에 애를 먹는다면 소용이 없다.

미세스 헨리는 김씨의 형에게 지금처럼 PX에서 찔끔찔끔 떼 오는 것이 아니라, 아예 책임자와 손잡고 차떼기로 하는 방법이 있다고 조언했다. 차떼기란, 각 기지의 PX에 공급할 물건을 싣고 매달 부산항에 입항하는 화물선으로부터 인보이스 조작을 통해 컨테이너째 빼돌리는 수법이었다.

배떼기라고도 하고 어떤 분들은 탕치기라고도 하지요. 잡지 같은 경우는 공항을 통해서 들어오지만 원리는 다 비슷비슷하답니다.

형은 그녀의 설명을 들으며 상상해보았다. 포르노 서적을 가득 실은 탑차가, 입고를 기다리고 있는 캠프들을 도는 대신 자신의 소굴로 직행해 들어오는 아름답고 환상적인 장면. 그려보는 것만으로도 행복했다. 그런데 이 사업을 시작한 지 얼마 되지 않는 그로서는, 그 엄청난 양을 과연 소화할 수 있을지 의문이었다. 종류가 다양하면 몰라도, 플레이보이 셉템버 이슈 삼천 권, 이런 식이라면 그걸 어떻게 다 팔아 먹는단 말인가.

그는 대규모로 빼돌리는 것은 전국적으로 유통시킬 수 있는 배급망을 완성한 뒤에 생각해보기로 하고, 다른 방법을 강구하기로 했다.

형제애

그럴 때쯤 동생으로부터 돈을 빌려달라는 부탁을 받았던 것이다.

동생이 자신에게 아쉬운 소리를 하는 건 처음이었다. 하나밖에 없는 아우가 어려움을 겪고 있다는 사실을 알게 된 그는 매우 가슴이 아팠

다. 동생이 요구하는 대로 재깍 돈을 맞춰둔 그는 그제야 동생이 인쇄
업을 하고 있다는 사실을 떠올렸다.

　형의 두뇌가 마구 회전을 하였다. 형은, 깡이라도 하랍시고 쓰레기
딱지 같은 어음을 들고 온 동생을 측은히 바라보다가 준비해놨던 현금
뭉텅이가 가득 담긴 새로나 백화점 쇼핑백을 건네주었다. 형은 사업적
특성상 늘 현금이 풍부했다. 그는 동생에게 저녁을 먹으러 가자고 했
다. 그는 동생이 무슨 음식을 좋아하는지도 몰랐다. 중화요리에 빼갈이
당겼던 그는 유산슬과 팔보채에 중국 술을 먹으러 가자고 동생을 이끌
었다. 그는 대만 출신 사장이 운영하는, 밀실이 여러 개 있는 중국집으
로 갔다. 자리를 잡고 앉으며 이곳이 시내에서 매우 이름난 유명 음식
점이라는 점을 강조했다. 그는, 동생이 자신 덕분에 이런 곳도 와보는
구나, 라는 생각에 흐뭇해하며, 너는 옛날부터 중국 음식을 좋아했지,
라고 했다. 그러자 동생은 무슨 소리냐는 표정으로 나는 중국 음식 기
름기가 많아서 별로 안 즐기는데, 라고 대답했다. 만약에 다른 자가, 이
를테면 부하가 그런 방식으로 자신의 말에 토를 달았다면, 차마 재떨이
는 좀 그렇고 아리랑 성냥통을 집어 들어 이마를 찍었을 것이다. 하지
만 그는 오히려 나이 차이 많이 나는 동생에게 그간 너무 무신경했던
자신을 반성했다.

　어쨌든 비싼 요리에 독주를 나누어 먹으며 한동안 아버지, 어머니
이야기에 꽃을 피우다 사업 이야기로 들어갔다. 그는 봉투에서 책을 꺼
냈다.

　"동생아. 내가 너한테 좀 물을 게 있는데."

　형은 잡지 하나와 스웨디쉬에로티카 한 권을 내밀었다. 책을 받아든

김씨의 안색이 바뀌었다. 눈썹이 꿈틀거리고 거꾸로 팔자가 되었다. 동생의 표정이 변하는 것을 보면서 형은 킬킬대고 웃었다. 잡지를 넘겨본 동생은 이런 요물은 처음 본다고 말했다.

"내가 인쇄업에 종사하면서 해마다 비키니 입은 여자들 등장하는 달력을 제작하고, 사진작가가 펴낸 누드 사진집도 여러 권 찍었지만, 이렇게 홀딱 벗고, 오히려 자세히 보라는 듯 활짝 들이대는 여자들 사진은 처음이네."

"내가 이걸로 사업을 본격적으로 하려고 하는데."

형은 동생에게 이제까지의 진행 상황들을 모두 다 이야기했다. 그리고 이런 잡지들을 원본으로 하여 재인쇄할 수 있겠냐고 물었다.

동생 김씨는 인쇄하는 것은 문제가 없다고 했다. 원 소스와 거의 차이나지 않을 정도로 뽑아낼 수가 있다고 말했다.

"형, 시내 구루마에서 파는 판넬* 사진들 알지? 소피 마르소, 브룩 실즈, 피비 케츠 같은 배우 사진들, 액자에 끼워서 비닐 커버 씌워 파는 것들 말이야. 그런 것들이 뭐 어디 원 필름으로 작업해요? 모두 외국 잡지에 실린 브로마이드 같은 걸 복사해서 찍어내는 거지."

"아, 그런 거였어?"

"우리나라에서 발간되는 팝송 잡지나 영화 잡지들도 다 마찬가지예요. 걔네들이 무슨 돈이 있다고 외국에 특파원을 보내겠어. 외국에는 저작권, 뭐 그런 게 있대. 그렇지만 우리나라는 대충 얼렁뚱땅 다 넘어

---

* 패널. panel.

가잖아. 외국 잡지 구해다가 사진 그대로 복사하고 기사는 얼렁뚱땅 번역을 해서 실어버리는 거지. 우리나라 문화 잡지들은 한마디로 거의 카피 판이야. 외국 잡지랑 우리나라 잡지랑 나란히 놔두고 페이지 넘겨봐. 아주 가관이야, 가관. 짜깁기도 그런 짜깁기가 없수."

"그런 거였어?"

"근데 형은 이 잡지를 그대로 떠서 찍자는 거 아냐."

"그렇지. 똑같이 나온다고 했지?"

"문제없지. 물론 예민한 사람은 미묘한 색상 차이를 느낄 수도 있겠지만, 방금 이야기했듯이 영화 잡지, 음악 잡지 다 그렇게 하는 마당에, 어느 독자가, 게다가 이런 걸 보는 음란한 자들이 무슨 색 분해 잘못됐다고 따지고 들겠어요. 근데 문제는 경제성이에요. 한 권당 수량을 얼마나 찍어낼 것인가가 문제인데, 잡지는 판형도 크고 페이지수도 적지 않은데, 게다가 사진보다 오히려 기사가 더 많네. 권당 절대 단가가 올라갈 수밖에 없지."

동생은 작업복 점퍼에서 간이세금영수증 쪼가리와 볼펜을 꺼내, 영수증 뒤편에 계산을 하기 시작했다. 대충한 것이나 결과가 좋지 않았다.

"그러면 말이야, 여기 미국 말로 된 기사들은 다 놔두고 사진들만 오려서 편집해 찍으면 어때?"

동생은 끙, 소리를 내며 탁자 쪽으로 바투 앉더니 작은 사진첩을 들어올렸다.

"형, 뭐 하러 그렇게까지 잡지 카피 판을 만들려고 하는 거야? 그냥 이 사진첩이나 제작하지?"

형의 취향에는 사실, 남녀가 등장하여 부끄러운 행위들을 펼치는 것보다, 아름다운 모델이 귀족적인 배경의 세트에서 은은한 실루엣을 드러내는 사진들이 맞았다. 나이가 들어갈수록 자꾸 그렇게 돼가는 것 같았다. 그래서 잡지를 카피하는 데 더 관심을 두었던 것인데, 하지만 그렇듯 현실적인 어려움에 부딪치다 보니, 어쩔 수 없이 잡지는 오리지널로 공급하고, 사진집이나 복사해서 찍자 싶었다.

"형, 내가 보기에는 누드 잡지보다 이 사진 책이 더 인기가 좋을 것 같은데. 이게 훨씬 더 잘 팔릴걸."

"맞아, 그렇더라고? 차암."

이제까지의 판매량을 두고 본다면 동생 말이 맞았다. 잡지나 사진집이나 계속 매진을 기록해왔지만 사진집이 빠지는 속도가 확실히 더 빨랐다.

형은 동생이 책을 생산하겠다는 확답을 하자 만족한 표정으로 악수를 건넸다. 그들은 건배를 하며 동업을 자축했다. 이렇게 하여 형제는 본격적으로 포르노 사업을 시작하게 되었다.

3. 해적판 생산업자 이철수

빽판 가게

이철수는 경운상가에서 조그마한 레코드 숍을 운영하는 사람이다. 김씨의 외국서적이 그러하듯 그의 가게는 이름이 없다. 그저 2층 306호라는 주소만 있을 뿐인데, 그것도 집배원에게나 필요할 숫자일 뿐, 주소가 인쇄된 플라스틱 패찰도 떨어져 나간 지 오래다. 단골손님들은 철수아저씨네가게, 라고 부른다.

종종 사람들은 철수라는 이름을 가명으로 생각한다. 철수라는 이름 자체가 주는 어감이 그러한데다가 불법적인 상품을 판매하고 있으니 가명을 쓰고 있을 것이라 여긴다. 하지만 그 이름은 엄연한 주민등록상의 본명이다.

이철수가 경영하는 이런 형식의 레코드 가게들은 경운상가에만도 여러 군데다. 하지만 모두 이철수가 생산, 공급하는 물건들을 받고 있기에 취급하는 품목이 동일하다. 가격도 같고 종류도 같지만 손님들은 이 가게, 저 가게 왔다 갔다 하며 순례를 한다. 똑같은 물건을 받아도 가게에 따라 목의 영향도 있고 해서 소진되는 속도가 달라 타이틀 당 재고의 유무가 차이가 나는 까닭이다.

손님들은 다른 곳에서 잔뜩 산 음반 보따리를 들고 들어가는 것에 민망해하지 않고, 장사들도 전혀 싫은 눈치를 주거나 하지 않는다. 튀는 음반을 교환하는 것도 굳이 샀던 가게에서 하지 않아도 된다. 어떤 가게이든 군말 없이 다 바꿔준다. 구질구질하게, 턴테이블에 걸어 튀는지 안 튀는지 확인해보지도 않는다. 이철수가 업자들에게 그렇게 당부했었다. 교환이 들어오면 무조건 바꿔줘라. 그래야 사람들이 안심하고 재구매를 한다. 거친 음질을 감수하고 구입하는 고객들이지만 튀거나 제자리 돌기까지 하면 도저히 참을 수 없기 때문이다. 이철수 입장에서야, 커버는 재활용하면 되고 PVC재질로 된 판만 녹여서 다시 찍어내면 되니 교환에 대한 부담이 크지 않다. 가게 주인들도 마찬가지이다. 같은 상가 내에 생산업자 이철수가 있으니 반품하는 데 물류비용이 들지 않는다.

이철수는 원래 음악 애호가였다. 일찍이 팝송을 들어왔다. 보통 어린 시절부터 외국 음악 감상의 길로 들어선 사람들은 형이나 아버지의 영향을 받은 경우가 많다. 식구 중에 음악을 좋아하는 사람이 있으면 어릴 때부터 음악에 노출이 되고, 쌓여 있는 음반들을 뒤적거리다 보면 자연스레 취미가 붙게 된다. 형이나 누나들은 스크래치가 나거나 커버 구겨질까봐 어린 동생이 음반에 손을 못 대게 하는 경향이 있는데, 이러한 엄격한 금지는 오히려 호기심을 증폭시키는 역할을 할 뿐이다.

그러나 이철수는 혼자 음악계에 발을 디뎠다. 국민학교 5학년 때였다. 길을 가는데 동네의 한 레코드 가게에서 음악이 흘러나왔다. 그 음악이 귀로 파고 들어오는 듯했다. 그는 발길을 옮기지 못하고 굳은 듯이 멈춰 서고 말았다. 선율은 피부를 훑더니 온몸에 전율을 일으켰다. 마치 전기에 감전이 된 듯했다. 그건 그가 그제까지 느껴보지 못한 특별한 경험이었다.

그는 쇼 윈도를 통해 레코드 가게 안에서 벌어지는 장면을 볼 수 있었는데, 주인아저씨가 카세트덱 안에서 꺼낸 테이프를 케이스에 담아 한 남자에게 건넸고 그 남자는 아저씨에게 돈을 냈다. 그는 방금 흘러나왔던 그 음악이 저 테이프에 담겨 있던 것이라는 사실을 알 수 있었다. 그때서야 출입구에 붙어 있는 종이에 적힌 글귀를 보았다.

테이프 녹음	국산 테이프	1000원
	일제 테이프	2000원
	SK 크롬 테이프	4000원

그 레코드 가게는 돈을 받고 테이프에 음악을 녹음해주고 있었던 거였다. 그의 집에도 카세트라디오가 있다. 아버지는 하일성 씨가 해설하는 고교 야구 중계를 라디오로 듣곤 한다. 철수는 1,000원만 있으면 방금 흘러나온 그 엄청난 음악을 사서 집에서 들을 수 있다는 사실을 알았지만 국민학생인 그에게는 그건 너무 큰돈이었다.

집으로 돌아간 그는 뒷방에 있던 카세트라디오를 꺼내왔다. 그 와중에 이상한 테이프 몇 개도 찾아냈다. 그 테이프들 안에는, 아무 감흥이

오지 않는, 오히려 짜증만 나는 이상한 노래들만 실려 있었다. 그래서 테이프들은 갖다놓고 라디오나 듣기로 했다. 책상 한쪽에 카세트라디오를 턱하니 올려놓고 주파수를 맞췄다.

그는 그렇게 라디오를 들으며 음악에 빠져들어갔다. 중학교 때까지만 해도 성적이 좋았기 때문에 부모님은 공부하면서 라디오 듣는 것에 대해 뭐라고 하지 않았다. 그는 공 테이프를 잔뜩 사와 라디오에서 나오는 음악을 열심히 녹음해댔다.

그런데 녹음할 때는 상당한 집중력과 요령이 필요하다. 녹음 시작 지점에서는 큰 어려움이 없다. DJ가 가수 명과 노래 제목을 말할 때 바로 녹음 버튼을 누르면 된다. 문제는 끝날 때다. 노래가 끝이 나기 대략 1분 전부터 스톱 버튼 위에 손을 올려두고 조마조마한 마음으로 마지막 순간을 기다리지만 제대로 딱 맞춰서 멈추는 건 결코 호락호락한 일이 아니다. 과욕을 안 부린다고 조금 일찍 누르게 되면 곡의 꼬리가 가위로 툭 자른 것처럼 되고, 너무 깔끔하게 끊으려 하다가는 DJ의 멘트가 끼어들게 되는 것이다. DJ들은 종종 곡이 끝나기도 전에 인위적으로 페이드아웃을 시키고 멘트를 뿌려대곤 하니까.

그렇다고 DJ들의 그러한 형태를 마냥 욕할 수는 없다. 그들에게도 사정이 있다. 곡이 끝난 뒤 아차 하는 순간 다음 곡의 인트로가 치고 나가버릴 수가 있으니. 그런 실수가 일주일에 한두 번만 반복되어도 실력 없는 DJ라는 소리를 듣고, 그보다 더 되풀이 되면 시말서도 쓴다고 한다.

그런데 전문 DJ들이 진행하는 방송은 좀 다르다. 이 나라 음악 애호가들이 얼마나 힘들게 음악을 듣고 있는지 너무나 잘 알고 있는 그들은, 일부러 청취자들에게 음악을 녹음할 기회를 주기 위해 노력한다. 가수와 곡목 소개를 정확한 발음으로 또박또박 말하며, 곡이 시작하기 전과 끝난 후에 확실한 공백을 둔다. 몇 곡씩 연달아 틀 때도 곡의 차례를 명확히 알린다. 아예 '녹음 특집-DJ프리' 따위의 타이틀을 내걸고, 시작할 때 곡목과 가수 소개를 하고는, 멘트 없이 시간 내내 음악만 트는 방송도 있다. 과부 심정 홀아비가 안다고 전문 음악 DJ들은 청취자들의 음악에 대한 갈증이 얼마나 강한지, 하지만 구할 길이 없어서 항상 목말라 하고 있음을 잘 알고 있는 것이다.

진짜 바늘 같은 전축 바늘

이철수는 중학교 2학년 때 처음으로 LP를 구입했다. 그때 그의 집에는 턴테이블도 없었다. 들을 방법도 없는 LP를 무작정 샀던 건 무작정 그 앨범이 가지고 싶었기 때문이었다. 이유는 그뿐이다. 앞면에는 아름다운 그림이 실려 있고 뒤에는 자신이 가장 좋아하는 가수의 사진이 박힌 커버가 단지 좋았다. 너무 좋았다. 커버를 열고 반짝이는 판을 꺼낼 때는 가슴 두근거리는 감동을 느끼기까지 했다.

그렇게 일단 한 번 구입하자 자꾸 사게 되었다. 그래서 2학년 동안 LP를 열 장이나 모았다. 다른 칸보다 훨씬 더 높은 책장 제일 밑 칸에 세워두고 괜히 한 번씩 꺼내서 쓰다듬어보기도 하며 설레어 하곤 했다.

그런데 시간이 갈수록 듣고 싶어지는 것이었다. 귀로 감상하는 음반을 보고 만지기만 하니 답답한 노릇이었다. 배고파 죽을 지경인데 음식을 앞에 두고 구경만 하는 심정이었다랄까.

같은 반 친구 중에 팝송을 좋아하는 친구가 있었는데, 그 친구는 집에 전축이 있다고 했다. 그때만 해도 전축은 고가인데다 살아가는 데있어 절실히 필요한 제품이 아니어서 보유하고 있는 가정이 드물었다. 게다가 친구 집에는 LP가 1,000장이나 있다고 했다. 모두 아버지와형이 모은 것들이라는데, 판을 가지고 있으면서도 듣지 못하는 상대가딱했든지 친구는 그것들을 들고 자기네 집에 놀러오라고 했다.

친구의 집은 으리으리한 2층 집이었다. 새파란 잔디와 각종 정원수들이 심어진 마당은 과장해서 축구장만큼 넓었고, 한쪽 구석에는 커다란 바위들로 장식된 연못까지 있었다. 자연석 디딤돌 위를 다리 아플정도로 한참 걸어 당도한 현관에는 박물관 출입구처럼 육중한 출입구가 서 있었는데, 싯누런 이빨을 드러낸 사자가 양각된 손잡이가 달려있었다. 집 안에 들어서서 기름걸레질 해 거울처럼 반짝이는 나무 바닥을 미끄러지듯 지나자 TV 드라마에서나 봤던 화려한 응접세트가 놓인거실이 나타났고, 바로 그곳에 전축이 있었다. 장식장에는 그 1,000장이나 된다는 LP들이 빽빽이 꽂혀 있었다.

친구는 굉장히 비싸 보이는 대단한 응접세트에 아무렇게나 더러운가방을 내팽개치고 털썩 몸을 던졌다. 철수는 조심스럽게 친구의 발이놓인 쪽에 엉덩이를 걸쳤다. 얼마 후 앞치마를 두른 가정부로 보이는아주머니가 콜라 두 잔과 참외를 담은 접시를 쟁반에 실어 들고 왔다.콜라를 마시고 참외를 먹으니 맛이 좀 이상했지만 불만을 표시하지는않았다.

철수는 오디오로 다가갔다. 그랬다. 그건 전축이 아니라 오디오였다.

둘 다 같은 말이긴 하지만, 그래도 양쪽 가에 스피커가 위치하고 전면에 주름 문이 달린 네 발 달린 구식 기계를 전축이라 한다면, 무슨 역할을 하는지 철수로서는 짐작도 안 되는 번쩍거리는 것들이 5, 6단씩 쌓여 있고 진공관이 잔뜩 꽂힌 앰프에 정교하게 가공된 금속추가 달린 묵직한 암의 턴테이블이 조합된 기계는 오디오라는 말이 더 어울린다 싶었다. 스피커도 구식 전축처럼 나무 함에 일체형으로 들어 있는 게 아니라 외따로 서 있었는데, 얼마나 큰지 키만 해도 거의 그의 목 아래까지 닿을 정도였다.

철수는 그 기계의 아름다운 자태에 빠져 한동안 넋을 잃고 바라보았다. 그러다 누워서 포크로 참외를 찍어먹고 있던 친구에게 어떻게 켜는지 물었다. 버튼이 하도 많아 뭐가 뭔지 알 수가 없었다. 친구가 보지도 않고 발로 뺑, 정확히는 엄지발가락으로 스위치 하나를 찼다. 평소 늘 그런 식으로 해오지 않았다면 나오지 않을 정확성과 각도였다. 스위치가 눌러지자 순간 기계는 찬연한 오렌지색 불빛으로 물들여졌다.

철수는 들고 온 음반을 봉투에서 꺼냈다. 그리고 턴테이블의 플레이트에 올렸다. 하지만 그 이후의 진행은 또 친구에게 부탁할 수밖에 없었다. 단골 레코드 가게에서 가끔 음반을 직접 플레이 시켜보기도 하지만, 친구네 집의 턴테이블은 달라도 너무 다르게 생겨 도무지 만질 엄두가 나지 않았다. 암에 수치가 적힌 이상한 금속 봉이 마구 달려 있었다. 친구는 스위치 대신 손으로 암을 들더니 판 위에 툭 내던졌다. 레코드 가게 사장은 바늘 상한다고 어마어마하게 조심스럽게 살포시 내려놓던데, 가게의 것과 비교할 수 없을 정도로 고급스럽게 생긴 걸 친구는 그처럼 시종일관 함부로 다루고 있었다.

라디오에서 듣고 매혹돼 구입했으나 한 번도 듣지 못해 안타깝게 만들던 멜로디가, 응접실 가득 꿈결처럼 울려 퍼지며 감동에 빠졌다기보다, 일단 꽥하고 놀라버렸다. 소리가 너무 컸다. 철수가 귀를 두들기며 귀가 째질 것 같다고 호소하자 친구는 원래 음악은 이렇게 들어야 한다며 오히려 더 키우는 것이었다. 쿵쾅거릴 때마다 스피커가 북처럼 떨어댔다. 앞에 서니까 진짜 훅훅, 바람이 나왔다.

그런데 좀 지나자 신기하게도 귀도 아프지 않고 음악이 몸으로 파고드는 것만 같은 것이었다. 그날 그는 음악이란 그처럼 온몸으로 듣는 게 아닐까, 하고 생각하기도 했다.

어쨌든 철수는 가지고 간 음반들을 골고루 들었고 친구네 집에 있는 다른 음반들도 구경했다. 그런데 친구가 추천한 것 중에 철수 취향인 건 하나도 없었다. 주로 클래식들과 재즈 음반들이었다. 득의양양한 표정으로 전설적 명반 어쩌고 하면서 마지막으로 꺼낸 게, 이름도 괴상한 지휘자가 해석한 어쩌고 심포닉 오케스트라의 무슨 무슨 교향곡이라는 거였는데, 200만 원짜리 판이라고 했다. 하지만 아주 졸려서 죽는 줄 알았다. 메탈에 빠져 있는 중학생 철수가 클래식을 이해할 순 없었다.

어쨌든 그날 이후 철수는 더욱 열심히 LP를 샀다. 그는 이제까지 자신이 그래도 판을 많이 가지고 있다고 믿고 있었는데, 친구 집에 갔다 오고 나서 한문 시간에 배운 사자성어 조족지혈이 무슨 말인지 실감했던 것이다.

그런데 또 친구는 자기 집은 아무것도 아니라고 했다. 음악세계라는 심야 음악 프로그램을 진행하는 전문 DJ 중의 한 명인 전 모모 아저씨는 이사를 가고 싶어도 이사를 못 가고 있다 했는데 그게 모두 판이 너무 많은 까닭이라고 했다. 성 모모 DJ는 소장 판들로 아주 박물관을 차릴 준비를 하고 있다고도 했다.

철수의 부모님은 그의 방에 하루하루 음반이 늘어나는 것을 신기해했다. 판을 들고 들어오면 또 샀냐고 꾸중을 듣기 때문에, 인터폰으로 대문을 따주면 일단 마당에 숨겨놨다가 밤에 수거해서 침투해 들어오는 수법을 즐겼던 것이다. 그걸 모르는 어머니는 방 청소 때마다 나날이 늘어나는 LP들을 보며 도대체 무슨 조화인지 모르겠다고 고개를 내젓곤 했다. 그때마다 철수는 기분 탓이라거나 착시 현상 같은 거라고, 어머니를 억지로 안심시키곤 했었다.

친구 집에 가서 듣는 것도 하루 이틀이지, 가지고 있어도 듣지 못하는 음악에 대한 갈망은 나날이 더해만 갔고, 그가 너무 간절히 원했기 때문에 부모님은 결국 전축을 마련해주기로 했다. 하지만 구입한 건 아니었다. 마침 이모네가 신형 오디오로 바꾸면서 낡은 전축을 철수네에게 버리기로 약속했던 것이다.

어머니는 그걸 택시에 싣고 왔다. 이모가 전축을 주겠다고 했을 때부터 실제로 받아 오기까지 몇 달은 걸린 것 같은데, 그 기간 동안 매일매일 조바심을 치며 그 순간만을 기다려왔건만, 도착하고 나서 몇 분 지나지도 않아 기계가 너무 고물이라는 사실에 그는 절망하고 말았다.

일단 판이 제대로 안 돌아갔다. 툭, 하고 골을 건너뛰는 거라면 눈 한번 질끈 감으면 되는데, 제자리 맴을 돌았다. 그건 참을 수 없는 스트레스였다. 앉아 있다 일어나서 전축까지 가 바늘의 위치를 수동으로 조절해줘야 하니까 진득하니 감상을 할 수가 없었다. 암의 추를 아무리 무겹게 조절해도 소용이 없었다. 이때 받았던 어린 상처가 훗날, 업자가 된 그에게 무조건 교환의 원칙을 세우게 만들었음은 불문가지다.

게다가 잡음을 너무 심하게 유발시켰다. 그가 주로 듣는 것이 아무리 메탈 음악이라 하더라도, 앨범의 전 곡이 모두 시끄러운 건 아니다. 애절한 발라드가 한두 곡씩은 끼어 있기 마련이며, 시끄러운 곡이라도 인트로는 잔잔한 경우도 많다. 그렇게 서정을 불러오는 부분에서 찍찍, 지이이이익, 판 긁어대는 소리가 들려오면, 가슴이 찢어지는 것만 같았다.

그게 모두 바늘 때문이었다. 그래서 그는 당장 새 바늘을 사러 시내의 대형 레코드 가게로 나갔다. 사장은 그가 들고 온 바늘을 확인하더니 진열장에서 같은 종류의 새 바늘을 꺼내 주었다. 얼마냐고 물으니 700원이라고 했다. 놀랐다. 그는 턴테이블 바늘은 굉장히 비싼 줄 알고 있었었다.

어쨌든 사 가지고 와서 교체했더니, 조금 나아진 것도 같았다. 하지만 얼마 지나지 않아 같은 현상의 반복. 가게로 다시 가서 사장에게 증상을 이야기했다. 사장은 안타까운 표정을 지었다.

"어쩔 수 없는 일이지. 이건 진짜 말 그대로 바늘이야, 바늘. 옷 꿰매는 철 바늘과 거의 동급인 거지. 아니다. 어쩌면 바느질 바늘보다 표면이 더 거칠지도 모르겠구먼."

그러면서 사장은 다른 바늘을 꺼내 보여주었다.

"이 정도는 되어야 전축 바늘이라 할 수 있는데, 가격은 삼만 원. 끝에 사파이어 가루가 묻어 있지. 이것도 고급 제품이 아냐. 다이아몬드 가공이 된 건 훨씬 더 비싸지. 이건 뭐 그냥 무난하게 듣는 보급용이야.

학생, 솔직히 그 바늘 그거 다시 사가지고 가봤자 부질없는 일이네. 금방 또 그럴 텐데, 뭐. 그걸로 들으면 판 다 망가져. 웬만하면 턴테이블 바꾸는 게 좋을 걸세."

상황이 그렇다 보니 전축이 있음에도 거의 들을 수가 없었다. 그에게는 정말 큰마음을 먹고 구입한 원판이 한 장 있었는데, 그건 헤비메탈 음반이 아니고, 신시사이저락이라는 새로운 장르를 개척한 한 밴드의 메가 히트 앨범이었다. 상당한 출혈을 감수하고 구입한 레코드였지만, 몇 번 플레이 했다가 결국 왕창 상하고 말았다. 듣고 싶은 욕구를 참지 못하고 안일하게 행동한 덕분이었다. 판이 훼손된 것을 알았을 때 감내할 수밖에 없었던 낭패감은 정말 고통이었다. 기분 같아서는 턴테이블을 다 부셔버리고 싶었다. 이래서 이모가 버린다고 했던 거구나. 그걸 우리 엄마가 주워온 거구나.

멕시코 라이브 부틀랙

중학교 3학년이 되자 철수의 성적은 왕창 떨어졌다. 1학년 때만 하더라도 반에서 1, 2등을 다투던 그였지만 어느 사이엔가 공부를 못하는 학생이 되어 있었다. 그는 고등학교 입시를 앞두고 독한 마음으로 공부해, 가까스로 인문계 고교에 진학했다. 그는 자신이 마치 무슨 대단한 업적이라도 이뤘다는 듯 당당하게 전축을 사달라고 요구했다. 처음에는 난색을 보이던 철수의 부모도 결국 그를 이기지 못하고 최신형 국산 오디오 세트를 사주었다. 너무 고급이지 않나 싶을 정도였는데,

원래 그의 부모님은 무조건 비싼 게 좋은 거다 살 때 좋은 걸로 사서 천 년 만 년 쓰자, 라는 주의를 가진 사람들이었다.

그는 대학 진학은 일찌감치 포기했다. 졸업 후 바로 군대를 다녀온 후 제대를 한 다음 집에서 6개월간을 놀았다. 할 것이 없어 책을 싸들고 도서관을 다니던 중 음악 잡지에서 한 레코드 회사가 낸 사원 모집 광고를 보았다. 생산직 사원도 구하는 중이었다. 그는 망설임 없이 그 회사의 면접을 보았다. 며칠 후, 회사로부터 출근을 하라는 연락을 받았다. 부모님들은 그에 대한 속절없는 기대를 그제까지도 버리지 않았는지, 취직이 되었다는 말에도 전혀 기뻐하지 않았다. 어머니는 '공돌이' 되어서 뭐할래, 라며 그의 심정을 복잡하게 만들었다.

그런데 자신이 그렇게 좋아하는 음반 제작의 실무를 담당하게 되었음에도, 기쁨은 잠시, 생활은 고생의 나날이었다. 월급이 박한 데다가 무엇보다 공장이 너무 멀었다. 시의 경계선 너머 위치한 공장까지 출근하는데 한 시간 삼십 분에서 때에 따라서는 두 시간도 더 걸렸다. 다른 직원들은 거의 다 차를 가지고 다녔는데, 사회 초년생에 불과한 그가 자가용을 구입할 수는 없었다. 새벽같이 일어나서, 너무 사람이 많이 타 문도 못 닫고 출발하는 버스를, 두 번이나 갈아타며, 그래도 꼬박꼬박 출근을 했다. 어떤 때는 늘 반복되는 일상이 끔찍하기도 했지만, 몇 달 지나고 나자 점점 적응이 되었고 묵묵히 일을 해나갈 수 있었다.

이 회사에 지원할 당시에만 해도 그는 막연히 이런 생각을 했었던 것 같다. 회사를 다니다가 기회를 잘 잡으면 음반 기획 파트 쪽으로 옮길 수도 있지 않을까. 레코드와 테이프들을 산더미처럼 쌓아놓고 일을 하는 광경은 생각만 해도 근사했다. 음반 해설지도 쓰고 가끔 FM 방송에도 나가 음악도 소개하고. 하지만 얼마 지나지 않아 그것이 얼마나 순진한 생각인가, 깨달았다. 일단 자격 요건부터가 4년제 대학 졸업 이상에 영어 능통 자였다. 팝에 대한 지식은 기본일 뿐이었다. 음악 많이 들었다고 할 수 있는 일이 아니었다.

그래도 회사 분위기는 좋았다. 생산직과 사무직, 영업직, 녹음 관련 기술직, 모두 합쳐 서른여 명에 불과해 가족 같은 분위기를 유지했다.

회사에는 철수보다 여덟 살이 많은 팝 음악 기획자가 있었다. 팝 음악 파트라고 해봤자 두 명이 다녔는데, 한 명은 과장이고, 그 사람은 평사원이라, 철수는 그를 형이라고 불렀다. 그는 철수가 하고 싶은 일을 하고 있는 사람이었다. 외국에서 보내 온 최신 음반들에 둘러싸여 새로운 음악을 누구보다 먼저 듣고 발매할 음반을 결정하고, 막 찍어낸 따끈따끈한 음반을 들고 잡지사와 방송국을 돌며 홍보하고, 그리고 또 글을 기고하거나 음악 방송에 출연해 직접 음반을 소개하기도 했다. 그 형과 함께라면 밤새도록 음악에 대해서 이야기할 수 있었다.

그 형은 특이한 성품의 소유자였다. 겉으로 보아서는 명문 사립대 영문과를 졸업한 인재답게 평범한 모범생 같지만, 사실은 굉장히 비판적이면서 또 한편으로는 상당히 자유스러운 인물이었다. 말하자면 과격한 리버럴리스트였다. 운동권 아니면 반공주의자인 세상에서 그는 어디에도 속하지 않는 사람이었던 것이다. 그는 어린 시절부터 팝송을 들었다고 했는데, 그냥 듣지 않고 꼭 가사를 해석하면서 들었다고 했다. 당장이라도 세상을 확 날려버릴 것 같은 반항의 폭탄을 가슴을 안고 사는 것도, 어쩌면 시위로 유명한 대학 출신이어서가 아니라 어릴 때부터 가사를 음미하면서 들었던 음악의 영향 때문일지도 몰랐다.

어느 날, 퇴근을 하려고, 공장 동에서 나와 운동장이라고 부르는 회사의 앞마당으로 나서고 있는데, 막 퇴근을 하는지 차에 앉아 시동을 걸던 그 음반 기획자 형이 철수를 불렀다.

"집에 가니?"

"예!"

그날 그 형을 보는 것은 처음이었다.

"타라. 버스 갈아타는 데까지 데려다줄게."

철수가 올라타자 형이 말했다.

"칠산시장 앞에서 갈아탄다고 했지?"

"그렇죠."

그런데 시장이 가까워지자 형이 말했다.

"오늘 술이나 한잔 할까?"

형은 차 때문에 그러니 자기 집에 가서 마시자고 했다.

술이 몇 잔 들어가자 형은 흥분하기 시작했다. 더러워서 도저히 일을 못하겠다고 했다. 형은 한 밴드의 이름을 꺼냈다. 그들의 데뷔 앨범을 심의 넣었는데, 어김없이 반려되었다고 했다. 각오는 하고 있었지만, 여덟 곡 중에서 세 곡이나 금지곡 판정이 내려졌다는 것이었다. 게다가 재킷 사진도 수정하지 않고는 출간이 불가능한 상황이었다.

"재킷 사진이 많이 야해요?"

"야하긴 뭐가 야해. 그냥 차 안에서 키스하고 있는 장면이야."

"아니 그 정도도 심의에 걸려요?"

"남자 손이 문제지. 남자가 여자 가슴 쪽으로 손을 넣고 있거든."

철수는 알 만하다는 듯 고개를 끄덕였다.

"심의에 걸릴 만하네요."

형이 하도 낙담을 하고 있어 그저 한마디 거든다고 한 소리였을 뿐
인데, 좀 빨리 마신다 싶더니 술이 도는지, 과민반응을 보였다.

"그게 정말 심의에 걸릴 정도라 생각하냐? 여자가 가슴을 드러내고
있는 것도 아니고, 그냥 남자 손의 위치가 그런 건데, 그러면, 남녀가
키스를 하는데 팔짱을 끼고서 하니? 두 손 머리 위로 올려 깍지 끼고
해야 하니? 아니 심의하는 놈들은 키스도 안 해봤대?"

"그냥 얼굴 만지거나 하면 되죠, 왜 꼭 가슴에 손을…… 캬캬."

"너까지 이러기냐. 그래, 좋다고. 재킷 바꿔서 나온 게 뭐 한두 번
이야, 그건 그렇다 치고."

철수도 수많은 라이선스 음반들의 재킷이 오리지널과 다르게 발매
된 사실을 잘 알고 있었다. 조금만 노출이 심하거나 성적으로 상상할
수 있는 여지가 있으면 수정되었다. 문제가 되는 부분의 범위가 좁을
때는 밴드의 로고나 글씨로 가리거나 미술적인 보완을 가하기도 하지
만(그래서 그 따위 치욕적 작업을 위해 음반사에 미술부라는 괴이한 부서가 있는
것이다. 물론 한국 가수 재킷 작업을 위해서이기도 하지만……) 그림이 전체적
으로 말썽이 되었을 때에는, 오리지널 음반의 재킷 안에 들어 있는 LP
보호용 종이 봉투에 새겨진 속그림으로 대체하기도 한다. 뒷면 사진까
지 문제가 되면 그 자리에 주르륵 가사를 인쇄해 넣기도 한다.

"세 곡이나 잘렸으니, 어떻게 하란 말이야. 여덟 곡 중에 세 곡이야.
그것도 가장 긴 곡이 포함되었어."

"그럼 못 내겠군요."

"차라리 그랬으면 좋겠다. 하지만 사장이 저렇게 난리를 치니."

"발매하래요?"

"무조건. 팔린다고, 무조건 내래."

철수는 예전에 들은 바 있던 심의를 교묘하게 피해가기 위한 사례들을 떠올렸다. 그중의 한 가지는 위험한 부분을 원 가사와 다르게 해석을 해서 심의를 넣는 것이다. 그렇게 해보지 그랬냐고 했더니 형은 고개를 저었다. 지금 담당자가 워낙 깐깐한 사람이라 그런 꼼수를 모른 척하고 지나치지 않는다는 것이었다.

심의에서 반려된 곡들을 마치 들어낸 것처럼 재킷과 라벨에는 표기하지 않는 대신 실제로는 버젓이 수록하여 발매한 경우도 있음을 상기시켰다. 하지만 형은, 요즘 분위기가 좋지 않아 그랬다가는 더 큰 문제가 될 것이라고 했다.

결국 그 앨범은 세 곡이 빠진 채 발매되고 말 모양이었다. 소비자들은 얼마나 황당할까. 게다가 더 억울한 건, 원 작품에서 반 가까이나 잘려나가 걸레 꼴이 되었다는 걸 나중에서야 알고, 그래서 환불을 하고자 해도 그게 안 된다는 점이다. 일단 뜯었으니까. 그보다 상품에는 '문제가 없기' 때문에. 이 나라에서는 그게 문제가 아니기에. 그러니까 이 나라에서는 난도질된 그게 정상 제품인 것이다.

형은 어느새 뽑아 든 담배에 불붙여 깊이 빨아들이더니 한숨을 토해냈다.

"정말 더러워서 일 못하겠어. 그냥 하는 소리가 아니라, 이렇게는 치사해서 더 일 못하겠다. 코미디도 아니고, 심의 넣은 가사들 반려 사유 보면 정말 개도 웃을 일이 한두 가지가 아니야. 가사가 노골적이면 몰라. 요즘은 완전 심의하는 놈 마음이야. 일관성도 없고 엿장수 마음대로라니까."

형은 감정이 점점 고양되는지 무서운 소리들을 마구 거침없이 하기 시작했다. 아무리 안 듣는 데서는 나라님 욕도 한다고 하지만, 잘못하다가는 제일 무서운 죄목인 불순분자 혐의가 찍힐 수 있는 소리들을 내뱉는 것이었다.

대통령은 군인 출신답게 혹독했다. 그는 자신이 다스리는 백성들 모두를 자신의 군사로 생각하는지 늘 엄격한 군인 정신을 강조했다. 그의 눈에는 국민들이 너무 절도 없고 방만하게 살아가는 것으로 비춰지는 모양이었다.

철수는 형을 달랬다. 이 방에는 분명 형과 자신밖에 없는데도 대통령 욕을 자꾸 하니까 간담이 서늘해졌다. 쥐도 새도 모르게 끌려가 지우개로 쓱 지워지는 것처럼 세상에서 사라진 사람들에 대한 괴담들이 떠올랐고, 반란죄, 내란획책죄 같은 무시무시한 죄목을 달고 굴비 엮듯 엮어져 신문에 대문짝하게 간첩단 일망타진 하고 나더니 한 20년간 교도소에 수감되어버리는 장면 같은 것들도 스쳐지나갔다.

"사회도 그렇지만, 회사는 무조건 돈 버는 데만 혈안이 되어 있으니. 유럽 밴드인데 들어봤는지 모르겠네, 일 발레띠 디 아이언조라고. 주옥 같은 작품들만 내놓는 밴드인데, 계약 성사 직전이었지. 그런데 사장이 갑자기 하지 말래잖아. 장난치는 것도 아니고. 팩스만 스무 통씩 주고 받았다. 그런데 안 팔릴 것 같다며 내지 말라는 거야. 내가 그쪽에 미안해서 얼굴을 들 수가 없어. 뭐라고 하겠냐, 그 사람들이."

형은 진정으로 자신이 처한 현실에 환멸을 느끼는 것 같았다. 그는 퇴사해서 유람 삼아 유학을 가거나, 프리로 팝 칼럼니스트 일을 하거나, 일반 회사에 취직을 하거나, 등등, 몇 가지 길을 두고 갈등 중이라고 했다. 하지만 눈치를 보니 당장 회사를 그만둘 것 같진 않았다.

형의 한탄이 잠깐 소강상태에 들어갔을 때, 철수는 재빨리 화제 전환을 시도했다. 그는 자리에서 벌떡 일어나 LP장 쪽으로 갔다. 역시 음반 기획자라 오리지널 LP가 셀 수도 없이 많았다. 부러워하며 판들을 넘겨가면서 구경하던 철수는 희한하게 생긴 앨범을 발견했다.

그것은 책처럼 양쪽으로 펼쳐지는 게이트 폴더 커버의 LP였는데, 단박에 눈길을 사로잡았던 이유는 매우 이질적이었기 때문이었다. 커버는 흑백 복사를 한 것처럼 단색으로 인쇄되어 있었다. 커버 사진과 로고를 보고 그 앨범의 주인공이 불세출의 하드록 그룹인 Kisses Axe라는 것을 알 수 있었지만, 그들이 내놓은 앨범이라면 다 알고 있는 그였는데, 아무리 생각해봐도 이런 앨범이 있었던가 싶었다. 도넛판이라고 불리는 싱글 앨범이라면 철수가 알지 못하는 앨범이 있을 수 있겠지만, 이것은 12인치 LP였다.

"형, 이건 무슨 앨범이에요? 애네 앨범 중에 이런 것도 있었어요?"

"부틀랙."

"부틀랙이 뭐예요?"

"해적판. 멕시코에서 한 라이브를 밀매업자들이 현장에서 녹음해서 찍어낸 건데, 이탈리아에서 발매된 거야. 그 판 찍어낸 레이블은 해적판 회사 중에서 제일 유명한 곳이다."

철수는 그 특별한 변종 아이템에 대한 호기심이 무럭무럭 피어오르는 것을 느꼈다. 일일이 손으로 접고 풀칠하여 만든 것으로 보이는 커버의 거친 촉감조차 이제까지 한 번도 경험해보지 못한 외계의 것을 만지는 기분을 선사했다.

철수는 한참 동안 그 앨범을 살펴보다가, 판을 꺼내 턴테이블에 올렸다. 확실히 음질이 조악했지만 그렇다고 심하진 않았다.

"그래도 들을 만하네요?"

"그렇지? 이건 아무리 봐도 그냥 공연장에서 몰래 녹음한 게 아니야. 투어 관계자들 중에 음향 쪽 애가 몰래 믹서에서 다이렉트로 뽑아낸 것 같아."

"정말요?"

"그런 것 같아. 마스터링을 제대로 못해서 음질이 좀 조악할 뿐이지, 관중석에서 대충 녹음한 게 절대로 아니야."

"그렇군요."

"그 레이블 건 다 그래. 정식으로 발매된 것보다야 못하지만, 이제까지 나왔던 그 어떤 해적 음반보다 음질이 좋아. 마피아가 관련돼 있을 거라고 하지만, 그건 이탈리아 회사니까 괜히 추측해서 하는 소리일지도 모르고."

"이 앨범은 진짜 귀하겠어요? 레어 아이템이네요."

철수는 조심스러운 손길로 폴더 커버를 덮으며 감탄하듯이 말했다.

"그렇지도 않아. 유럽 로드 숍 가면 쉽게 구할 수 있어."

"그래요?"

"그냥 우리나라에서나 희귀 아이템일 뿐이지."

결과적으로 말하자면 그 멕시코에서 녹음된 이탈리아산 부틀랙 앨범은 그에게 인생의 새로운 단초를 제공한 물건이었다.

기계 인수

그로부터 몇 달이 지난 어느 날, 철수는 공장의 기계를 신형으로 바꾼다는 소식을 들었다. 요즘 찍어냈던 몇몇 판들이 대박을 쳐서 회사 자금 사정이 좋아진 모양이었다. 100만 장 이상 팔리면 수상하는 플래티늄 디스크를 받은 앨범들 몇 장이 라이선스로 출시됐는데, 그게 반응이 매우 좋았다. 주문량을 맞추기 위해 이철수도 연일 야근과 주말 근무까지 해왔다. 신형 기계로 바꾼다면 시간당 생산량도 지금보다 두 배로 늘어난다고 하니 그도 훨씬 수월해질 터였다.

이철수는 부장과 생산주임이 기존 기계 처리 방법에 대해 의논하는 것을 들었다. 기존 기계는 해체되어 고철로 팔리게 될 것이라고 했다. 중고 값에도 기계를 넘길 데가 없기 때문이었다. 음반 레이블은 현재 스무 개가 넘게 난립하다시피 하고 있지만 생산 설비를 가지고 있는 곳은 다섯 개에 불과한데, 그들 중에 지금 시점에서 구식 기계를 살 곳은 없었다.

"고철 값 받고 엿 장사한테 넘기는 거야. 모르지 예그린 같은 놈들이 중간에 껴서 사가려고 할지."

생산주임의 말이었다.

예그린은 정식으로 라이선스 계약을 맺고 음반을 출시하는 풍토가 정착되기 이전, 저작권 계약을 체결하지 않고 외국 음반들을 생산하던 공장 중에서 가장 규모가 큰 곳이었다. 성실히 세금 납부를 했다는 납부필증지까지 중앙 레이블에 붙이고 있으나 우리나라에서만 정식 음반이지 사실은 알고 보면 완전 해적판인 음반이었다. 예그린과 비슷한 방법으로 장사를 해나가던 업자들은 변화된 사업 환경을 견디지 못하고 다들 폐업을 했다. 하지만 그중에는 사명을 바꾸고 지하로 스며들어 장사를 이어나가는 곳도 있다고 했다. 절차를 밟지 않은 불법 음반이면서도 그럴 듯하게 꾸며 정식 라이선스판인 것처럼 위장하여 출간하고 있었다.

이철수는 고철로 팔려나갈 기계를 자신이 인수하기로 결심했다. 그는 그때까지도 기획자 형 집에서 보았던 그 변종 앨범에 대한 특별한 감촉을 잊지 못하고 있었다. 그는 그런 물건을 생산하는 자신의 모습을 그려보았다. 형편없는 꼴로 마구 난도질된 국내 판에 대한 아쉬움과 이탈리아산 부틀랙이 주는 특별한 감상 사이에서 그는 어떤 새로운 지점을 보고 있었다. 그는 정식으로 찍어낸 것처럼 위장하는 예그린의 수단을 고려하고 있었던 게 아니다. 그는 노골적으로 해적판임을 드러내는 반항적인 방법을 써야 한다고 생각했다. 가수와 원 레이블사에 대한 저작권료는 어떻게 처리해야 될지에 대한 고민은 별로 깊지 않았다. 가수들과 밴드들은 판매량에 따른 저작권료가 입금되는 것보다는, 어떤 방법을 쓰든지 간에 자신들의 음악을 찾아 들으려 하는 이 나라, 문화 최후진국의 레지스탕스형 팬들을 지원하는 데 더 많은 희열을 느낄 것이라고 봤다. 어차피 그들은 음악 선진국에서 충분히 많은 돈을 벌고 있지 않은가. 자신들의 예술 작품이 매우 악질적으로 가위질 되어 팬들의 가슴을 아프게 한다는 점에 크나큰 슬픔과 분노를 느낄 그들이, 온전히 앨범을 다 들을 수 있도록 하려는 자신의 의도를 그저 해적판이라고 폄훼할 리는 없다고 믿었다.

기획자 형의 탄식이 계속 귓전에 머물러 있는 것만 같았다. 형의 불만은 어린 시절부터 음악을 들어왔던 철수의 고민이기도 했다. 이 땅에서 음악을 듣는 사람들 모두의 갈망이기도 할 것이다.

왜 우리는 최소한의 일관성조차 갖지 못한 자들이 마음대로 가위질하여 만신창이로 던져주는 것을 취해야 하는가. 왜 우리는 우리가 좋아하는 것을 마음껏 향유할 수 없는가. 왜 우리는 저들의 허락을 받고 나서야 사랑하는 것을 사랑할 수 있는가. 그들의 눈에는 우리가 변소 가는 것조차 담임선생의 허락을 맡아야 하는 어린아이로 보이는 것일까. 그들은 우리의 소박한 권리를 자신들의 허가 이후에나 누릴 수 있는 어떤 대단한 것으로 여기는 걸까.

생산주임에게 이철수는 자신의 계획을 살짝 흘렸다. 이철수보다 스무 살이 많은 생산주임은, 그가 단순히 돈을 위해 불법 공장을 차리려는 것으로 알고 괜한 짓 그만두라며 나무랐다. 그는 생산주임에게 이른바 총대론을 설파했다. 자신이 총대를 메겠다는 주장이었다.

음악을 듣지 못해서 죽는 사람은 없다. 사람은 물과 공기가 있고 365일 삼시세끼 맨밥만 먹어도 충분히 목숨을 부지할 수 있다. 맨밥이 뭔가. 스님이나 사슴처럼 풀만 먹고도 살 수 있다. 하지만 나는 참을 수가 없다. 마치 죽을 것만 같이 세상이 부당하다고 여겨진다. 내가 사랑하는 밴드가 부른 노래를 누구의 간섭도 없이 즐길 권리가 있다고 믿는다. 예술가가 출간한 작품을, 총과 탱크로 정권을 잡은 군인들이 만든 날강도 정부 관리들에 의해 난도질당할 하등의 이유가 없다. 그래서 내가 나서는 것이다.

총과 탱크, 군인 따위의 단어들은 사실 그날 기획자 형과 밤을 새우며 대화를 나눌 때 새겨진 것들이긴 했다. 형은 짧은 그 하룻밤 동안 이철수에게 많은 영향을 주었던 것이다.

그의 이야기를 다 듣고 난 생산주임은 고개를 절레절레 내저었다. 차라리 돈이 궁해서 못된 짓을 한다고 하면 이해가 갈지 모르지만, 빤한 이야기를 너무 비장하게 한다고 타박했다. 하지만 말은 그렇게 해도 철수의 의지에 내심 공감한 것 같았다.

이철수가 생산주임을 잡고 구구절절이 이야기를 늘어놓았던 것은 결국 자신이 설비를 인수할 수 있게 도와달라는 부탁을 하기 위해서였다. 생산주임은 부장의 눈치 때문에 어렵다고 했지만 말끝을 흐리는 것을 보니 흔들리고 있음이 분명했다.

마침내 새 기계 수입을 위한 계약이 체결된 뒤, 부장은 당장 헌 기계를 처분할 곳을 수소문하라는 지시를 생산주임에게 내렸다. 주임은 그 사실을 이철수에게 알렸다. 그는 공장 구석으로 이철수를 부르더니 윽박질렀다. 잔뜩 낮춘 목소리가 가늘게 떨렸다. 그는 긴장하고 있었다.

"너 진짜 약속한 대로 할 거지?"

"그럼요."

이철수는 금지곡이 있거나 재킷이 수정 또는 변경이 됐거나 우리나라에 발매가 안 되는 음반만 찍겠다고 약속했다. 또한 회사에서 발매하는 음반은 금지곡이 있어도 찍지 않겠다고 했다. 주임의 신신당부를 뒤로 하고 그는 곧바로 개별화물 트럭을 수배했다.

마침내 그날이 되어 트럭과 물색해두었던 일꾼 두 명이 왔다. 부장과 사장이 모두 나와 그 광경을 지켜보고 섰는데 철수의 마음도 왜 그렇게 두근거리는지, 그제야 생산주임의 심정을 이해할 수 있을 것 같았다. 부장이 요즘 고물상 경기는 어때요, 어쩌고 하면서 일꾼들에게 말

을 거는데 그들에게 미리 고물상에서 나온 것처럼 행동하라고 일러뒀
으나 식은땀이 다 났다.

설비를 집 지하실에 들여놓은 뒤 철수는 기획자 형과 생산주임을 불
러 조촐한 파티를 열었다. 형에게 그런 유머가 있을 줄 몰랐는데, 술안
주로 준비한 돼지고기 삶은 것과 소주를 기계 앞에 늘어놓더니 절을
하라고 했다. 게다가 술을 기계에 가볍게 뿌리기까지 했다.

어쨌든 그렇게 하여 이철수는 해적판 생산업자가 되었던 것이다. 물
론 이철수가 1세대 해적판업자는 아니었다. 그 이전에도 약간씩 스타
일은 다르지만 빽판을 찍어내던 여러 업자들이 존재했다. 하지만 그 시
기에는 공교롭게도 그들 중 상당수가 개인적 사정에 의해 자취를 감추
었거나 이 나라 안 좋다고 이민 갔거나, 단속에 의해 조직이 와해되어,
일종의 공백기가 되어 있었다. 신념에 의해 시작했던 일이지만, 사업적
으로 아주 좋은 환경이 펼쳐지고 있었던 것이다.

그가 처음으로 찍어냈던 판은 전면 금지 아티스트로 묶여 있던 앨리
스 클락의 앨범들이었다. 만약 이 일을 하게 된다면, 이라고 희미하게
구상하고 있을 때부터 염두에 뒀던 바였다.

앨리스는 당대의 가장 과격한 음악인 중 한 명이다. 가사와 앨범 재
킷 등에 반종교적 메시지를 담고 있다는 혐의를 받고 있었고, 무대에서
는 점잖은 사람들을 경악시키기에 충분한 퍼포먼스를 선보이곤 했는
데, 성별이 모호한 마네킹들을 모아놓고 그것들과 성행위를 하는 시늉
을 하거나 단두대로 목을 댕강 잘라버리기도 했고, 커다란 뱀을 칭칭
감고 나와 관객으로 하여금 징그럽게 느끼도록 만드는 몰염치를 부리
기도 했으며, 심지어 죽음을 사랑한다는 문구를 외치기도 했다. 때문에

그는 악마의 무대를 창조했다는 평가를 받는데, 하지만 지지자들로부터는 그 이전 누구도 시도하지 않았던 금단의 영역을 넘어선 무대 예술을 창시했다는 찬사를 받기도 했다.

이 나라는 세계에서 유일하게 그를 전면적 금지 아티스트로 묶어놓고 있는 곳이었다. 전면 금지라 함은 그의 어떤 앨범도 출간될 수 없으며 어떠한 곡도 전파를 탈 수 없다는 의미다.

안 된다고 하면 더 하고 싶어지는 것이 사람의 마음 아니겠는가. 이 나라 밖에서는 밀리언셀러를 기록하고 있는 슈퍼 밴드임에도 정상적인 방법으로는 접할 수 없으니 팬들의 갈급증은 더욱 커져만 간다. 그러했기에 이철수는 오아시스 파는 심경으로 앨리스 밴드의 앨범을 잔뜩 찍어내기 시작했다.

4. 첫 포르노의 추억

컬렉터스 아이템

"난 김창균이라고 해. 대학원생이야. 나이는 스물아홉."

"전 변상대요."

상대는 창균에게 도대체 그 비싼 돈을 얹어주면서까지 굳이 이 책을 구입하려는 이유가 무엇인지 물었다. 모르고 헤어지면 궁금해서 밤에 잠도 못 잘 것 같았다. 역시 내가 되판 가격보다 몇 배의 값어치가 있는 건 아닐까? 상대는 의혹에 떨었다.

그러나 창균의 대답은 한결 같았다. 빌헤름 머머와 얼음의 요정, 울리카가 나온 특별판이라는 설명.

"그게 뭐라구요? 슬쩍 봤는데 별 재미도 없는 거 같더만."

창균은 혀를 찼다.

"하기야 너처럼 값싼 카피 판이나 보는 애가 컬렉터스 아이템의 진가를 어떻게 알겠어."

"저기요, 형."

"뭐."

"제가 알고 싶은 건요, 이 책, 혹시 되게 비싼 거 아니에요? 설마 한 이십만 원? 나한테 오만 원에 사서 수십 배 남겨 먹는 거 아녜요?"

창균이 차분한 음성으로 말했다.

"글쎄, 지금 이 시점에서 이 책의 가격을 따진다는 건 무의미해. 아무리 리미티드 버전이라 하더라도 아직 발간된 지 얼마 안 돼 구입하는 데 큰 어려움은 없거든. 다만 우리나라에서는 구하는 게 불가능하지. 이 책이 발간된다는 사실은 이미 알고 있었는데, 내가 한동안 너무 바빠서 이쪽에 신경을 못 쓰다 보니 깜박 잊고 있었지 뭐가. 출판사 판매 분은 이미 절판이 되어버린 후고, 그래서 메일오더 숍에 재고 문의 편지를 보냈지. 근데 아직도 답장이 없는 거야. 당연하지. 귀찮게 책 한 권 팔려고 한국에 답장을 쓰겠어? 그래서 다른 숍에 떼어먹히는 셈치고 송금을 할까 하고 있었는데, 오늘 김씨 아저씨네서 발견하게 된 거 잖아. 와 나 진짜 놀랐네. 이 책을 거기서 보게 될 줄이야? 거의 기적이다 기적. 나한테는 말이야. 이 책의 현실 가격이 얼마이든 간에 적어도 나에겐 수십만 원의 값어치가 있어."

"아하."

상대는 그제야 마음이 놓였다.

창균이 상대에게 물었다.

"너 책 많이 가지고 있니?"

"좀 돼요."

"어떤 것들 가지고 있어? 카피 본 말고 오리지널 판으로 말이야."

상대는 자신의 방 안 곳곳과, 무슨 천재지변이 발생하지 않는 한 다른 식구들이 뒤질 가능성이 없는 자신만 아는 집 구석구석에 고루 분포한 비밀 장소에 숨겨둔 책들을 떠올려보았다. 얼마 전에, 구입한 지 오래되어 수십 번은 넘게 봐왔던 싫증난 것들을 왕창 정리한 적이 있지만, 그래도 스무 권 정도는 남아 있을 것이다. 하지만 그중에 오리지널 판이 있는지는 확신할 수 없었다.

"지금으로서는 사진책 중에 오리지널이 있는지는 잘 모르겠네요. 집에 가서 확인을 해야 알 수 있어요. 하지만 잡지들은 몇 권 있는 것 같아요. 보관 고민 안 하고 옛날에 샀던 것들인데."

"그래?"

창균은 상대의 전화번호를 물었다. 알고 보니 서로 간에 집도 그리 멀지 않았다. 창균은 교환해서 보자며 모아놓은 책과 잡지들을 들고 언제 한 번 오라고 했다. 상대로서야 대찬성이었다. 물론 경운상가나 단골가게인 외국서적에서도 책과 잡지들을 교환해주지만, 책값의 1/3에 해당하는 교환비를 내야 한다.

상대는 일주일 뒤에 창균에게 전화를 걸었다. 주말인데도 그는 집에 있었다. 상대는 오늘 시간이 어떤가 물었고, 창균의 괜찮다는 대답을 듣자 바로 가방에 책과 잡지들을 쓸어 놓고 창균의 동네로 향했다.

창균은 직전까지 누워 있었는지 새가 집을 튼 형상의 머리를 하고 나타났다. 무릎 부분이 늘어나고 반질반질해진 회색 체육복의 주머니에 두 손을 꽂은 채, 폐타이어로 만든 얇은 슬리퍼를 질질 끌고 걸어오다가 상대를 발견하자 손을 번쩍 쳐들었다.

상대는 그의 손에 아무것도 들려있지 않은 것이 의아했다. 책을 교환하는 자리에 왜 빈손으로 나왔을까.

"책은요?"

"집에 있지."

창균은 찢어질 듯이 하품을 하더니 상대의 어깨를 툭 쳤다.

"가자, 우리 집에."

첫 포르노

창균을 따라가면서 상대는 문득 어린 시절의 추억에 사로잡혔다. 자신이 처음으로 포르노를 본 것이 언제였던가 떠올려보았다. 그건 아마 국민학교 6학년 때였을 것이다.

동주라는 친구로부터였다. 그는 선생님에게 찍힌 문제아였다. 아이들을 괴롭히거나 나쁜 행동을 저지르진 않았는데 장난이 너무 심했다. 아드레날린이 과다분비가 되는지 1분을 가만히 있지 못하고 설쳐댔다. 연통을 타고 2층을 오르거나 높은 곳에서 훌쩍 뛰어내리는 등, 온갖 위험한 짓을 도맡아 했다. 팔도 어찌나 자주 부러뜨리는지 깁스 안 한 모습이 오히려 어색할 정도였다.

하루는 그런 동주와 주번이 돼 다른 애들보다 늦게 교실을 나서게 되었다.

동주가 갑자기 씩 웃더니 가방 안에서 여러 등분으로 각을 맞춰 접은 컬러 인쇄된 종이 한 장을 꺼냈다. 이미 너덜너덜해질 대로 너덜너덜해진 그것을 펼치자, 코르셋만 걸친 알몸의 금발 여인의 가랑이가 떡, 튀어 나왔다.

상대는 생전 처음 보는 이런 종류의 사진에 눈이 튀어나올 것 같았다. 사진을 손에 든 채 벌겋게 얼굴이 달아오르는데, 동주는 그런 상대를 보며 에헤헤헤, 하는 괴상한 웃음소리를 냈다. 그리고는 금방 사진을 빼앗아갔다.

"그만 봐, 시발놈아."

상대는 아쉬움에 몸서리치며 다시 보자고 매달렸는데, 그러나 그는 야멸차게도 예의 그 염소 울음 같은 웃음소리를 흘릴 뿐 다시 사진을 내놓지는 않았다.

상대는 동주의 뒤를 졸졸 따랐다.

"한 번마안, 한 번마아안. 응? 나 못 봤단 말이야."

"씹새끼가 졸라 실컷 봐놓고."

"이러기냐? 보려고 할 때 니가 낚아채갔잖아!"

"닳아."

정신없이 동주를 뒤따라가다 보니 어느새 완전 모르는 동네였다. 집으로 가는 길을 찾는 데 아주 혼이 났다.

다음 날 동주를 보고는 약이 올라, 선생님에게 고자질을 할까도 싶었다. 그런데 며칠 지나지 않은 방과 후, 동주가 또 불렀다. 그는 엄지손가락을 집게손가락과 가운뎃손가락 사이에 집어넣고 주먹을 쥔 채 쑥 내밀어 보였다. 이른바 '빠구리' 사인이었다. 그리고 살짝 윙크했다. 상대는 너무 좋아 입을 함지박 만하게 벌린 채 고개를 재빨리 끄덕여 댔다. 학교 담벼락을 따라 좀 걷다가 으슥한 골목길로 들어간 뒤 동주는 가방에서 작은 책 하나를 꺼냈다. 그런데 그건 먼젓번 본 것과 종류가 완전 달랐다. 그때 것은 사이즈가 큰 종이 한 장을 뜯어 접은 것으로 여자 혼자 벗고 있는 것이었지만, 이것은 온전한 한 권의 책으로, 여자만이 아니라 남자도 등장했다. 상대가 하드코어 사진첩을 처음으로 접하는 순간이었다.

생전 처음 보는, 실로 해괴하기 짝이 없는 장면에 얼굴로 피가 다 몰리는 듯했다. 상대는 자기도 모르게 으허, 오예, 우앗, 따위의 감탄사를 내질러댔다. 동주는 그런 상대의 꼴이 우스운지 퍼질러 앉은 채 연신, 아이의 것으로는 도무지 어울리지 않는 웃음소리를 뿜어 댔다.

상대는 그 사진책의 장면들을 모두 이해할 수는 없었다. 따지고 보면 거의 반도 이해하지 못했다.

일단 의문이 풀린 것 한 가지는, 남자들의 성기가 꼿꼿이 발기해 있는 부분이었다. 그동안 상대는, 이런 사진을 찍는 데 있어서 남자 모델들은 성기 상태를 어떻게 하고 임하는지 궁금했었다. 왜냐하면 어린 상대에게 있어서 발기란 자연스러운 것이 아니었기 때문이다. 부끄러운 것이었다. 아버지는 정례 행사처럼 일요일만 되면 상대를 목욕탕에 데리고 갔는데, 휴일을 맞아 그 넓은 실내를 빽빽이 채우고 있는 그 어떤 사람도 발기한 것을 못 봤다. 하기야 당연한 일이지, 누가 목욕탕에서 세우고 있겠는가. 그런데 어린 상대는 입장이 좀 달랐다. 그저 야한 생각을 조금만 해도, 아니 한 것도 아니고 그냥, 앗 이러다가는 야한 생각이 떠오를지 몰라, 정도의 불길한 예감만 스쳐도 바로 발딱발딱 서니, 젊잖게 축 늘어뜨리고 있는 어른들 앞에서 몸을 건사하기가 여간 어렵지 않았다. 불현듯 발기가 되더라도 그 즉시 탕으로 뛰어 들어가거나 개인용 수도꼭지 앞으로 달려가 쪼그리고 앉아서 괜히 세수하는 척, 경망스럽게 빳빳이 힘이 들어간 그놈을 감춰야 하는 고달픈 삶을 살아왔었다.

그런데 희한하게도, 포르노에서 남자가 성기를 어떻게 하고 찍는가 하는 문제는 상대만 궁금해 하던 것은 아니었나 보다. 상대가 주체적으로 포르노물을 구입하고 다루게 된 이후, 은총을 내리듯 친구들에게 포르노물의 세례를 베풀 때, 아이들은 남자 것은 처음 본다며 이렇게 발딱 세우고 찍는구나, 하고 신기해하곤 했으니까.

상대는 동주가 건네준 사진책을 보며, 하지만 또 다른 혼란에 빠졌다. 왜 남자와 여자가 서로의 사타구니에 입을 대고 있는지, 왜 코 같은 액체를 들이마시는지 알 수가 없었던 것이다. 특히, 여성의 신체 구조에 대해 지식이 없는 상대로서는, 침대 위에 네 다리로 엎드린 여자의 엉덩이에 왜 남자가 얼굴을 묻고 있는지, 왜 그래야만 하는지, 어쩌자고 그런 일을 벌이는지 영문을 알 길 없었다. 그중에서도 가장 희한했던 장면은, 소파에 누운 채 다리를 벌리고 있는 여자에게, 남자가 뒤돌아서서 앉을 듯이 몸을 웅크린 뒤 성기를 뒤로 빼서 결합하고 있는 장면이었다. 그는 그날 집으로 돌아가 그 장면을 흉내 내보기도 했는데, 달린 것이 아직 고추에 불과한 그로서는 자세의 원리를 깨닫기가 어려웠다.

그런데 이번에는 동주도 야박하게 굴지 않았다. 상대가 몇 번이나 책을 복습 삼아 되돌려 보는데도 가만히 놔두고 있었다. 헤어지기 전 동주는, 이제 자기에게는 더 이상 필요 없다며 일전에 보여주었던 그 너덜너덜한 잡지 낱장을 선물로 주기까지 했다. 상대는 너무 고마워 동주가 부탁한 것도 아닌데, 있던 돈을 다 털어, 버스 정류장 근처, 손수레에서 팔고 있던 쥐포를 사주기도 했다.

하지만 그 이후 상대는 국민학교를 졸업할 때까지 책이나 잡지 등, 포르노 관련 서적을 일절 구경하지 못했다. 그 이후 동주는 더 이상 포르노를 학교로 가지고 오지 않았기 때문이다. 상대가 자존심 다 접고 몇 번이나 동주를 졸라댔지만 그는 이제 그런 것은 안 본다고 했다. 끊었다며 막 화를 내기도 했다. 도저히 믿기지 않는 말이었다. 상대는 친구가 자신을 농락하고 있다고 생각했다. 하여간, 그런 연유로 상대는 1년이 넘도록 새로운 포르노물을 접하지 못했었다.

그러나 궁하면 통한다고 했던가, 중학교에 들어가자 상대 앞에 새로운 의인이 나타났다.

대범은 같은 반 친구로 사실 학기 초에는 별로 친하지 않았다. 생긴 건 점잖게 생기고 말수도 그리 많지 않아, 모범생인 줄 알았었다. 그런데 시험을 한 번 치르고 난 뒤에서야 그가 관상과는 달리 공부를 매우 못하는 놈이라는 걸 알게 되었다. 가끔 가다, 조용히 혼자 열심히 공부만 하는 것 같은데 성적은 개판인 돌대가리 친구들이 있는데, 대범은 그것도 아니었다. 공부를 전혀 안 했다. 수업시간에 떠들거나 몰래 장난을 치는 것만 아니라, 선생님의 강의에 도무지 집중을 하지 않았다. 그는 늘 연습장을 꺼내놓고 낙서를 하거나 만화 따위를 그리곤 했다. 언제 한번은 전교에서 제일 무섭다는 수학 선생님 시간에 칠판 안 쳐다보고 고개 숙인 채 낙서하다가, 정말 뒈지도록 맞았다. 잠깐 크로키 상태에서 고개를 숙인 사이 쏟아낸 코피가 책상에 한 가득일 정도였다. 모르지 또, 세상이 바뀌면 그러한 사랑의 주먹질도 범죄 행위로 지탄 받아 교단에서 파면되거나 구속되는 요상한 세상이 올지도. 그러나 수학 선생의 폭행은 워낙에 일상적인 일이라, 피범벅이 된 당사자도 씩 웃고 치웠다. 선생님께서도 쿨하게 가서 씻고 와! 한마디 하고 상황을 종료시켰다.

잠시 그 스승님 이야기를 하자면, 그는 가히 폭력의 왕이었다. 수십 년의 세월 동안 군인들이 돌아가며 지배해먹은 이 나라의 다른 대부분의 선생들도 마찬가지로 수업시간마다 늘 매질을 습관적으로 해댔지만, 그는 약간 독특한 면이 있었다. 그가 제일 즐기는 체벌은 회초리로 엉덩이 때리기였다. 그런데 그냥 세워놓고 때리는 것이 아니라, 앞으로 나오게 한 뒤 바지를 벗어 내리게 해서 팬티 바람이 된 채 90도 각도로 허리를 굽히게 한 다음에서야 엉덩이를 쳤다. 그때는 그저, 선생님이 엄하신 나머지 한 대를 때리더라도 더욱 아프게 때리기 위해서 그러는 줄 알았다. 어린 그가 스팽킹이라는 성행위 장르가 있는 줄 어떻게 알았겠는가. 하기야 그 군인의 시대에, 그런 가학적 동성소아애호자들이 어디 그 학교에만 근무하고 있었을까만.

대범과 친하게 된 후, 상대는 대범의 진면목을 서서히 깨달아갔다. 녀석도 변태였다. 음란한 상상이라면 누구 못지않다고 자부하던 상대였는데, 대범 앞에서는 한없이 작아지기만 했다. 그 말 없는 돌부처 같은 자식의 입에서, 일단 한 번 음란한 이야기가 쏟아지면, 제발 그만하라고 울부짖지 않고서는 귀가 썩는 것 같은 음란의 고문에서 벗어날 길이 없었다.

그런 대범이 어느 날, 포르노 책을 보여주겠다고 자기 집으로 가자고 했다. 상대와 상대의 짝이 대범을 따라나섰다. 그는 아파트에 살고 있었다.

대범은 상대와 상대 짝을 비상계단에 기다리게 하고는 집 안으로 들어가더니 잠시 후 어마어마한 크기의 종이보따리를 들고 나왔다. 잡지 한두 권 들어가는 일반 크기의 누런 갱지 종이봉투가 아니라, 저런 사이즈의 봉투도 나오는구나, 하고 놀랄 정도의 특대 사이즈였다. 미역용 봉투일지도 모른다. 그런데, 더 놀라운 건 그 안에 책이 가득 차 있었다는 사실이었다.

그런데 대범은 책을 던져준 다음 집 안으로 들어가버렸다. 라면을 먹으러 간다 했다. 의외의 행동이었다. 대범이 혼자 라면을 먹는 것이 섭섭했던 게 아니다. 어차피 그들은 그 친구 집에 놀러간 것이 아니었다. 책을 보기 위해 따라간 것뿐이니 설령 집에 들이지 않는다 하여도 치사하다고 느낄 이유가 없다. 상대가 놀란 것은 그 많은 책을 맡겨둔 채 그냥 집으로 들어가버리는 녀석의 담대함이었다. 이름다운 행동이었다. 상대는 같이 온 짝에게 말했다.

"와, 저 인간, 우리가 책 뜯어 가면 어떻게 하려고?"

그런데 좀 지나니까 같이 온 짝이 굉장히 불안해했다. 복도를 지나는 사람들의 발자국 소리와 출입문 여닫는 소리, 엘리베이터가 멈출 때 울리는 땡, 하는 종소리 들이 끊이질 않고 계속 났던 까닭이었다. 인기척이 날 때마다 짝은 깜짝깜짝 놀라며 어서 돌아가자고 난리를 피웠다. 사실 짝은 책을 거의 보지 않았다. 처음에만 조금 상대의 어깨 너머로 들여다보았을 뿐, 그 이후로는 계단 끝에 서서 누군가 이쪽으로 오는 것은 아닌지 감시하는 데 열중했다. 짝은 계속, 걸리면 어쩌려고, 걸리면 어쩌려고, 했다. 짝은 어른들의 눈에 띨까봐 무서워하고 있었다. 동네 주민 누군가 지나가다가 중학 1학년생들이 포르노 잡지를 산더미처럼 쌓아놓고 들여다보고 있는 꼴을 본다면 문제가 심각해지긴 심각해질 것이다. 학교와 집에 연락을 할지 모른다.

짝이 소리쳤다.

"똥상대 새끼, 진짜 더럽게 밝히네. 빠구리가 그렇게 좋냐? 그렇게 좋냐? 어? 어? 평생 빠구리만 할 놈아."

어쩔 수 없이 일어서며 다음에는 이 녀석과 절대 같이 오지 말아야지, 하고 마음먹었다. 실제로 그렇게 했다. 며칠 후, 상대와 대범이 방과 후 일정을 잡는 걸 보더니 짝은 샘과 경멸이 골고루 섞인 시선을 보내기도 했다.

두 번째 갔을 때, 대범은 상대를 집 안으로 들였다. 집에는 아무도 없었다. 그는 자신의 방으로 안내한 뒤 무슨 허례 따위 생략하고 바로 잡지들을 내놓았다.

그런데 상대가 의아했던 건 책을 보관한 장소였다. 대범은 잡지들을 그냥 옷장 서랍에 넣어두고 있었다. 서랍에 보관한 것은 그렇다 쳐도, 잠겨 있지도 않았다. 아니 어떻게 안 잠가둬? 라고 묻자, 대범은 이 서랍은 고장이 나서 자기 외에는 뺄 수가 없기 때문이라고 주장했다. 버팀목이 내려앉거나 레일에 문제가 생긴 모양이었는데, 하기야 실제로 그는 서랍을 열 때 독특한 동작을 동원했었다. 상당히 힘을 주어서 각도를 조절하는 것 같더니, 뭔가 아귀를 딱 맞추는 행동을 여러 차례 한 다음, 왔다 갔다 몇 번이나 왕복을 한 끝에서야 어영차, 뽑아냈었다.

아무튼 그날 대범도 상대에게 선물을 주었다. 동주처럼 쫀쫀하게 뜯어진 한 장을 주는 수준이 아니었다. 무려 통째 한 권 가져가라고 했다. 그것도 마음대로 골라서. 실로 놀라운 아량이었다. 보통 친구들에게 책을 넘길 때는 제일 질이 떨어지는 걸 주는 경향이 있는데, 그는 스케일이 달랐던 것이다. 상대는 기뻐서 정신이 없었으나 이내 집중하기 위해 숨을 골랐다. 이 현란한 책들의 향연에 들떠 자칫 방심하다가는 그릇된 판단을 내릴 수 있기 때문이다. 고르다, 고르다, 지쳐 손끝이 아파올 때쯤, 상대의 손에는 두 권의 책이 마지막으로 남았다. 너무 고민이 심했다. 대범은 한 번 더 놀라게 했다. 두 권 다 가져가라고 했다. 상대는 이놈이야말로 평생을 두고 사귈 벗이로구나 싶었다.

그런데 대범과의 관계는 2학년으로 올라가고 흐지부지되었다. 무슨 특별한 이유가 있었던 것은 아니고, 반이 멀리 갈리고 서로 다른 친구들을 사귀다 보니 그렇게 되었다.

어쨌든 대범은 상대를 본격적으로 포르노계로 이끈 은인이었다. 갈급증을 한 방에 풀어주었으니 은인이 아니고 무엇이랴. 무엇보다 중요한 건 대범이 지속 가능한 감상의 토대를 마련해주었다는 점이었다. 그는 학교 내에 퍼져 있던 일련의 포르노 커넥션에 대한 정보를 상대에게 제공했다.

대범이 연결시켜준 포르노 친구들은 일단 두 명이었다. 하지만 그 두 명이 또 다른 친구들을 연결시켜주는 등 포르노 인맥은 갈수록 확장되었다. 그 친구들은 책을 사러 갈 때 상대를 데리고 가기도 했다. 그러다 혼자서도 아무렇지도 않게 포르노 가게에 들를 수 있게 됐다. 그는 단독으로 가서 산 책들을 친구들에게 돌림으로써 상부상조의 기틀을 마련했다.

수집 취미

상대는 창균이 부르는 바람에 어린 시절의 추억에서 깨어났다.

"음료수 마실래? 뭐 좋아해? 커피? 주스? 콜라?"

"물요."

창균의 집은 일반 주택이었다. 군데군데 칠이 벗겨지고 낡은 폼이, 지어진 지 1, 20년은 돼 보였으나 2층까지 합치면 방이 다섯 개는 넘을 것이 분명한 꽤 규모 있는 집이었다.

창균은 대범의 경우보다 더했다. 그가 물 가지러 간 사이 상대는 방을 휘둘러볼 수 있었는데, 그는 책장에 포르노 서적들을 그냥 꽂아두고 있었다. 그것도 엄청나게, 아주 빽빽이.

물 잔을 들고 들어온 창균에게 상대가 소리쳤다.

"아니, 형. 여기 책장, 죄다 빨간 책인 거 같은데?"

"응. 거기 왼쪽 책장 두 개는 다 포르노 관련 서적들."

"우와!"

"왜?"

"으아아~!"

"왜 그러는데?"

"형, 진짜 많다. 형 진짜 대단하다."

"뭐가. 하하."

"정말 많이 모았네요. 나 이런 사람 처음 봤네. 근데 형, 이런 위험한 책들을 그냥 이렇게 대놓고 꽂아둬요?"

"그럼 땅에 묻어두나?"

"가족들이 뭐라고 안 해요? 형 부모님? 다른 식구들은?"

"나 혼자 살아."

"아 그래요?"

"다른 식구들은 이민 갔어. 뉴질랜드."

"아하. 뉴질랜드. 거기도 괜찮은 포르노 많이 나올 거예요? 그죠, 응? 평화로운 곳이니까."

식구들이 다 떠났는데 왜 형만 남아 있느냐(대학원생이니 학업을 마치려고 그런 거겠지 뭐), 혼자 산다면 문 잠가놓고 다니기 편한 아파트나 오피스텔에서 살지 왜 이런 단독주택에서 사냐(이 집은 원래부터 살던 집인데 죽어도 안 팔려 아파트로 이사 가고 싶어도 갈 수가 없었다, 또는 어린 시절의 추억이 너무 많이 남은 장소라 그냥 계속 살기로 한 거다.) 같은 질문들과 예상 가능한 대답들이 스쳐갔지만, 따로 묻지는 않았다. 상대의 관심은 오로지 창균의 컬렉션에게로만 향해 있었다.

아래 두 칸은 길쭉한 잡지들이 쫙 꽂혀 있었고 중간에는 각종 사진첩들이, 그 위쪽에 또 다른 잡지들이 자리를 차지하고 있었다. 몇 줄은 비디오테이프들이었다. 모두 알록달록한 종이 케이스가 씌어져 있는 오리지널들이었다.

상대는 이것저것 꺼내서 실컷 훑어보았다. 한 20여 분 정도 들여다보자 어느새 좀 지루해졌다.

바닥에 퍼질러 앉아 있던 그는 책상 앞 회전의자에 앉아 있는 창균을 우러러봤다.

"형님은 정말 난 분이십니다. 이 많은 것을 어떻게 다 모았어요?"

"차근차근히. 때로는 공격적으로."

창균의 목소리에는 자부심이 서려 있었다. 상대는 그에게 흐뭇한 미소를 지어주었다.

그런데 개중에는 비닐포장도 안 뜯은 것들도 다수 있었다. 자위용으로 보려고 모아놓은 게 아니라 수집을 위한 물건들일 것이다.

"이걸 왜 이렇게 모아요?"

"취미지."

"따로 특별한 이유가 있는 건 아니고?"

"취미에 무슨 특별한 이유가 필요해? 넌 취미가 뭐야?"

"나?"

내 취미가 뭐지, 상대는 잠깐 고민에 휩싸여 이마를 쓸었다.

"글쎄요, 학교에서 조사할 때는 영화 감상 앤 독서라고 했는데."

"가장 무난한 대답이지. 영화 감상 앤 독서. 음악 감상은 안 넣고?"

"난 음악이 너무 싫어요."

"음악 싫다는 사람은 처음이네."

"난 말이에요, 왜 사람들이 음악을 좋아하는지 모르겠어."

"그래, 그럼 계속 싫어하도록 하고."

"형."

"왜?"

"어쩌면 형님은 마치 우표 수집 하듯이 책을 모으시는 건가요?"

"비슷하지."

그러다 창균이 화제를 돌리듯 턱짓을 하면서 말했다.

"책 꺼내봐."

상대는 곤혹스러웠다. 안 그래도 이 격조 높은 컬렉션에 감탄하는 동안, 교환한답시고 가방에 넣어온 자신의 물건들이 한없이 부끄러워지그시 밟아대고 있던 참이었다. 상대는 자신의 행동을 뉘우쳤다. 그냥 가만히 있었다면 어쩌면 창균은 오늘 회합의 목적을 잊었을지 모른다. 자격지심 때문에 방바닥에 놓아둔 가방을 자꾸 깔아뭉갠 것이 창균의 기억을 자극했을 것이다. 상대는 머리를 긁적이다가 부끄러움을, 웃음을 터트리는 행동으로 무마해보려 하였다. 그러고는 입맛을 다시며 고백하는 어조로 털어놓았다.

"형의 수집품을 보니까 정말 제 것은 아무것도 아니네요. 쑥스럽군요, 이것, 참."

상대는 가방을 들고 품에 안은 채 몇 번이나 눈을 깜박거렸다. 자비를 구하는 몸짓 언어였다.

"보자."

"아유, 이것 참."

가방의 지퍼를 열려던 상대는, 또다시 아주 세게 도리질을 치며 꼭 끌어안았다. 가방에 코를 묻기까지 했다. 그리고 혼자 웃으면서 이거 참 부끄러워서, 하는 소리를 또 몇 번씩 반복했다.

"아 이게 뭐 하는 짓이지?"

어쩔 수 없다는 듯 상대는 가방을 건넸다. 예상대로 창균의 얼굴에는 실망의 빛이 가득했다. 잡지 몇 권은 겉장도 낡았고 군데군데 페이지가 떨어져 나간 상태고 사집첩들은 모두 카피 판이었다. 아무리 찾아도 원판은 없었다. 역시 그의 수중에 그런 것은 원래 없었던 것이다.

그래도 창균은 인내심을 가지고 묵묵히 책들을 들여다보았다. 상대는 어색한 분위기를 누그러뜨리기 위해서 무슨 농담이라도 건네려 했지만 몰두를 흩뜨릴 만한 조그만 틈새도 발견할 수가 없었다. 대단한 포르노적 응집력이었다.

마침내 마지막 책을 내려놓으며, 그제야 창균은 표정에 서려 있던 긴장을 풀었다.

"너는 진짜 취향이 로하다."

"노하다?"

"로하다고."

"로하다가 뭐예요?"

"아니다."

"아, 로하다고? 로? 알, 에이, 더블유?"

"그래."

"그냥 센 거 좋아하는구나, 하면 되지 뭘 미국말을 써서. 아무튼 그건 정확한 지적이시네요. 제가 센 걸 좋아하거든요. 진짜, 진짜, 제일, 젤~ 싫어하는 게 뭔지 아세요? 포르노에 스토리 있는 거요. 아 제가 지난번에, 그 왜 형 처음 만났던 날, 실은 비디오를 보러 갔더랬는데……. 아니에요. 하여간 난 포르노에 옷 입고 나오는 것도 이해가 안 가. 어차피 하는 걸 보여주는 게 목적인데 뭘 옷을 입어, 얼렁얼렁 하기나 할 것이지."

"너 성격 급하지?"

"그런데 형, 제가 가지고 온 것들 중에서 혹시 마음에 드는 게 있으신지요?"

"없다."

"죄송해요. 그럴 것 같았어요. 저도 형의 장서들에 비해 제 것들이 너무 헐한 것들인 것 같아 마음이 무거웠거든요."

상대는 갖고 온 책을 주섬주섬 챙겨 가방에 넣었다. 그냥 다음에 자기 또래의 포르노 계통 친구들과 바꿔보는 수밖에는 없겠구나 생각했다.

그런데 그제까지도 창균의 손에 들려 있는 것이 있었다. 사진첩이었다.

"그럼 그냥 이거나 한 권 바꿔볼까."

상대는 창균이 그것을 지목한 것에 의아함을 느꼈다. 가장 떨어지는 걸 고르다니?

"이건 모델도 영 아닌데. 아줌만데."

"아니 뭐, 그래도."

상대는 무릎을 치며 주억거렸다.

"아하. 형도 로하시네요. 엘-오-더블류, 로. 난 뭐 형님은 수집 값어치 있는 것들만 모으는 줄 알았더니. 진짜 로네. 로. 로."

"야."

"네?"

"조용히 하구."

"네." 상대는 눈을 깜빡였다. "형. 죄송."

아름다운 테러리스트를 위한 지침서

교환 거래가 끝난 뒤 마음이 여유로워진 상대는, 그제야 다른 책장에 꽂힌 책들에도 눈이 갔다. 그런데 거의 다 원서였다. 역시 대학원생이라 다르군, 상대는 중얼거리다 그중에서 한 권을 꺼냈다. 제목이 외국어로 되어 있었는데 아무래도 스페인어 같았다.

그 책이 특히 눈에 띄었던 것은 검정 바탕에 붉은 글씨가 선명히 박혀 있었기 때문이기도 했는데, 표지 사진도 특이했다. 탱크와 군화 사진을 배경으로 빨간 장미를 쥔 손과 권총을 든 손이 엇갈려 있었다.

페이지를 넘겼지만 도통 무슨 이야기인지 알 길이 없었고, 다만 글씨 외 그림들이 많이 있었는데, 어떤 단계를 설명해놓은 도표들과 설계도 같은 것들이었다. 그런데 언뜻 보아도 심상치 않았다. 그중 어떤 건 아무래도 폭탄 제조 장면 같았다.

"이건 무슨 책이에요?"

상대는 겉장의 제목을 손가락으로 가리키며 물었다.

"제목이……?"

"우리말로 번역하면 아름다운 테러리스트를 위한 지침서 정도 되나?"

"테러리스트? 아름다운?"

상대는 말의 끝을 잔뜩 올려 물었다. 그러다 이어서 빠르게 질문했다.

"이거 혹시 불온서적 뭐 그런 거 아니에요?"

창균은 대답 대신 우물거릴 뿐이었다. 상대는 어쩐지 그런 책을 손에 들고 있는 것부터 괜히 찝찝해 얼른 책꽂이에 꽂아버렸다.

이 형, 혹시?

창균은 상대의 의혹이 깃든 눈빛을 그냥 지나치지 않았다. 그는 자신의 입장을 설명했다.

"난 그냥 진귀한 책들이 있으면 모아. 꼭 포르노가 아니더라도, 특이

하거나 소장 가치가 있다면 모은단 말이지."

하기야 어떤 테러리스트가 포르노 서적을, 책장 두 개를 가득이 채우고 남을 만큼 모으겠는가. 그리고 그 책은 불온의 기운을 걷어낸다면 시각적으로 매우 아름다웠다. 한 장이라도 더 페이지를 넘겨보게 만드는 어떤 매혹적인 페르몬 같은 게 방출되고 있는 것만 같았다.

"저녁 먹고 가지?"

창균이 시계를 보더니 불쑥 말했다.

"그럴까요?"

창균은 된장 라면 세 개를 꺼내서 달걀을 두 개씩이나 넣고 폭폭 끓였다. 창균은 식탁에 앉을까, 방에 들어가서 먹을까, 거실에서 먹을래, 이렇게 물었다. 그러더니, 상대의 대답을 기다리지도 않고 개다리소반 하나를 내와서 거실에 상을 차렸다. 상 위에는 라면이 담긴 냄비만이 아니라 김치 종지와 냉장이 아주 잘 되어 이슬이 송골송골 맺힌 소주병이 놓였다.

"어우, 된장 라면 오랜만에 먹는데 너무 맛있네요."

"맛있지, 응? 이 라면이 최고야. 뭐랄까 라면의 진정한 역작이야."

"형, 라면 진짜 잘 끓이시네요."

"혼자 살잖아. 만날 라면만 먹어. 밀가루 냄새에 질렸어."

그렇게 말하면서도 그는 잘 먹었다. 둘은 라면을 안주 삼아 연신 소주를 들이켰다. 금세 한 병이 바닥났고 창균은 새로운 병을 들고 왔다.

대화가 잠시 끊겼을 때 상대는 상 옆에 굴러다니던 일간지를 들추다가, 사회면 하단, 광고 위에 있는 해외토픽 난을 보게 됐다. 상대는 혀를 차면서 그 기사를 읽어 내렸다.

"학교에서 스트립쇼를 펼친 교사. 허어, 참."

"교사가? 학교에서?"

"미국 미시건주의 한 하이스쿨에서 이십 사세의 여교사가 체육시간 중에 스포츠 댄스를 시범해 보인다고 하더니 갑자기 홀렁 다 벗고 춤을 췄다네요."

"오우."

"애들 난리났겠는데요."

"횡재했네. 진정한 교사다. 애들이 보고 싶어 하는 걸 보여주는."

상대는 목이 탔다. 폭력 교사가 난무하는 한국과 사랑의 교사가 포진한 미국의 그 극심한 교육 환경의 차이가, 사막의 열기처럼 뜨거운 울화통을 치밀어 오르게 해, 아까 중간에 창균이 가져다준 살얼음 낀 냉수를 벌컥거리며 들이켜야만 했다.

"어우, 형네 냉장고 성능 끝내주나봐요. 물에 얼음이 서렸어. 냉동실에 넣어뒀던 거예요?"

"아니, 냉장고가 맛이 갔어. 일주일에 한 번씩 얼음 채굴해야 돼. 그 선생님 어떻게 생겼을까. 신체 사이즈 같은 건 언급 안 되어 있지?"

"형, 취미생활에 투자할 돈 약간만 돌려서 냉장고나 바꾸세요. 전기 무지 먹을 텐데? 그리고 보니 아까 김치도 얼었더라. 무 깨먹는데 이빨 시려 죽는 줄 알았어."

"난 사실 말이야, 꿈이 있어."

"꿈이요?"

"스트립쇼를 운영하는 쇼 단체를 만들고 싶어."

"쇼 단체요?"

"그래. 넌 스트립쇼 같은 거 안 보고 싶니?"

"보고 싶죠, 너무."

"그래, 책을 모으고 있다지만 라이브, 쌩으로 보는 것에 비할 수 있겠니."

"당연하죠, 당연하죠. 형? 우리 말 나온 김에 어우동쇼나 한번 보러 갈까요? 제가 학교 오가면서 본 건데요, 이상한 나이트클럽들이 많던데요? 어우동쇼, 춘향쇼, 뱀쇼, 신데렐라쇼, 란제리쇼. 쇼 종류도 상당해요?"

"너 학교가 어딘데."

"국동대요."

"경운상가 근처구나."

"근처까지는 아니지만 멀지는 않죠. 걸어서 한 십오 분?"

"십오 분은 무슨. 바로 앞이잖아."

"바로 앞 아니거든요? 우리 단대 건물이 제일 꼭대기에 있다구요."

"그쪽에 이상한 나이트들 많지. 한데, 그런 쇼는 한계가 있어. 매일 밤, 매 스테이지마다 격식에 짜인 똑같은 동작을 반복하지. 게다가 다 벗지도 않아요. 그냥 토플리스 차림으로 가슴만 요란하게 흔들다가 끝나지."

"아니라든데? 다 벗는다든데? 홀딱쇼라 하든데?"

"그건 실정법 위반이야. 그들이 실정법을 어기면서까지 쇼를 할 것 같나?"

"그런가요. 전 모르죠. 못 봤거든요. 제 생각에는 벗을 것 같은데, 형이 아니라니 아니겠죠. 형이 나보다 오래 살았는데 아는 게 더 많겠죠."

"음? 그리고 설혹 그런 쇼에서 모델이 다 벗고 나온다고 해도 그게 무슨 의미가 있어?"

"왜요?"

"험한 취객들이 꽥꽥 소리 질러대는 음침한 지하 공간에서 피곤에 찌들어 억지로 연기하는 그런 쇼에 무슨 성적인 공감을 느낄 수 있을까?"

"그래요?"

"난 자발적으로 자신의 신비한 몸을 드러내며 성적인 욕망을 아낌없이, 두려움 하나 없이, 오히려 자랑스럽게 활딱 발산하는 여왕의 주체적인 쇼를 보고 싶은 거야."

"아하……."

상대는 느린 속도로 고개를 끄덕여주었다. 그냥 자기가 벗고 싶어서 막 벗는 여자, 라고 하면 될 텐데 쓸데없는 수식어가 너무 많다 싶었다.

어쨌든 상대도 홀딱쇼가 보고 싶었다. 하루에도 수십 번, 대가리를 쳐드는 성적인 욕망에 시달리면서도, 상대는 아직 한 번도 실제로 본 적이 없었다. 만날 사진과 비디오만 보는 것도 지쳤다. 실물을 보고 싶단 말이다!

"형, 구상하고 있는 계획이 구체적으로 어떻게 되는데요?"

묘령, 그리고 섭외

창균은 자신의 계획을 실현하기 위해 실무 작업에 들어갔다. 일단 멤버들을 더 뽑아야 했다. 상대라는 놈과 자신, 둘이서 감당하기에는 까다로운 계획이었기 때문이다.

그가 영입 1순위로 떠올린 인물은 외국서적의 사장, 김씨였다. 그는 이런 일에 가장 적합한 자로 여겨졌다. 하고 있는 일부터가 그렇지 않은가. 게다가 그는 그런 어두운 일의 종사자답지 않게 상당히 친절하다. 믿을 만하다 싶었다.

창균은 그다음 날, 당장 외국서적으로 달려갔다. 그런데 말을 꺼내기 전에 할 이야기들을 정리해보았지만 아무리 되뇌어보아도 정상적인 이야기가 아니었다. 김씨가 그냥 농담하지 말라고 웃고 치우면 그만이지만 미친 놈 취급을 하지는 않을지, 소심한 기분이 들었다. 그러나 그건 기우에 불과했다. 그는 크게 웃음을 터트리긴 했지만 웬일인지 뜨거운 반응을 보였다. 기차가 계속 왔다 갔다 하는 이 시끄러운 굴다리 아래의 은밀한 공간에서 단 둘이 앉아 대화를 나누고 있음에도, 그러니까 이야기가 새어나갈 리 없다는 것을 잘 알면서도, 창균은 목소리를 잔뜩 낮추고 속삭이듯 말했었는데, 창균 쪽으로 바짝 붙어 귀를 기울이던 김씨는, 갑자기 캬하! 하고 감탄사를 터트리며, 어떻게 그런 재미있는 생각을 다 했냐고, 막 즐거워했다.

"난 참여하겠어. 그러면 쇼를 할 사람은 구했어?"

"아뇨?"

"제일 중요한 쇼걸을 못 구했단 말이야?"

"그게 제일 큰 문제긴 하죠."

"게다가 멤버는 나까지 합쳐서 세 명?"

"그렇죠."

"너무 적지 않아?"

"더 뽑아요?"

"그러는 게 좋을 것 같은데."

"아저씨 주변에 적당한 인물 없나요?"

김씨는 곰곰이 생각에 잠겨 발바닥을 바닥에 딱딱 두들겨댔다. 그러다 자기가 좀 알아보겠다고 말한 뒤 창균을 돌려보냈다.

김씨의 머릿속으로 몇 명의 얼굴들이 스쳐지나갔다. 그런데 일단 급선무는 여성 멤버를 물색하는 것이었다. 사실 남자들 모집하는 건 일도 아니다. 이런 계획에 마다할 남자가 어디 있겠는가.

김씨가 쇼걸로 염두에 둔 인물은 묘령이라는 여자였다.

그는 그녀가 어디에 사는지, 직업이 무엇인지, 나이가 몇 살인지, 아무것도 몰랐다. 정체가 묘한 여성이었다. 묘령이라는 것도 실은 그가 마음대로 갖다 붙인 이름이다. 그녀가 처음 가게에 들려 포르노 책들을 사가지고 간 후, 여성 고객, 그것도 젊은 여성 고객은 처음이라 다른 업자들에게 이야기 전할 때 동원한 단어였다.

어제 한 묘령의 여성이 가게에 와서 책을 사갔네, 글쎄?

혼자?

응, 혼자 와서.

희한하네. 남자 친구랑 같이 오는 여자들이 더러, 가끔 있지만, 여자 혼자 와서 책을 사갔단 말일씨?

것도 아주 늘씬한 여자가.

몇 살쯤 되어 보이디?

묘령이라 함은 스무 살 안팎의 여자를 가리키는 단어지만, 그녀는 그렇게까지 어려 보이진 않았다. 그런데 왜 묘령이라는 단어를 동원했을까. 그 당시 김씨는 묘령이란 말이 나이를 잘 알 수 없는 젊은 여성을 뜻하는 말 정도로 잘못 알고 있었던 것이다.

글쎄, 어떻게 보면 30대 초반 같기도 하고, 또 어떻게 보면 20대 중반 같기도 하고. 하여간에 아리송.

처음 그녀가 가게에 발을 들였을 때 김씨는 미국 시사 잡지나 일본 쪽 인테리어 잡지를 사러온 사람인 줄 알았다. 실제로 물정에 어두운 여성들이 분위기 파악 못하고 종종 가게 안으로 그런 거 사려고 들어오는 경우가 있다. 남자들이야 그의 서점이 그렇고 그런 책들을 취급하는 곳이라는 걸 한눈에 척 알아보지만, 여성들은, 순진하면 순진할수록 뻔히 보면서도 뭘 모른다. 그들은 간유리에 외국 서적이라고 써놓은 광고용 붉은 페인트 글씨에 일단 발길을 멈춘다. 그리고 가로로 길게 쳐놓은 검정 고무줄을 지지대 삼아 창틀에 놓아둔 몇 몇 위장용 평범한 외국 잡지들에 주목한다. 평소에 대형 서점 등에서 정식으로 수입된 걸 비싼 가격에 구입하는 사람이라면 이런 허름한 가게에서는 싸게 팔 것이라고 추측하는 게 당연하다. 위장용 서적을 가리키며 이건 얼마에요, 라고 물을 때, 파는 거 아니에요, 하면 그들은 좀 어이없어 한다.

그럼 안 팔면, 대체 뭔데요?

유리창 가림막입니다.

미친…….

그런 손님들이 방문할 때마다 김씨는 아주 곤혹스럽다. 남자 손님들과 흥정을 위해 책상에 잔뜩 포르노 잡지들을 늘어놓고 있는데, 드르륵, 간 떨어지는 소리를 내며, 아저씨 이번 달 타임지 있어요!!? 이러면서 학구파 관상의 얼굴을 들이밀어 넣는 여성의 출현에, 전방에 수류탄 자세로 책들을 향해 몸을 날려 가슴으로 뒤덮으며, 어서오세요, 라는 일반적인 인사 대신, 얼떨결에 왜요!!! 따위의 가당치 않은 소리를 내지르고 말게 되니까.

그와 같은 상황이 펼쳐지면, 대충 분위기 파악하고 문 닫고 나가주면 감사한데, 안 판다 분명 말했는데도, 이상하다고 고개 갸웃거리며 기어코 들어오는 여자들도 있다. 그러면 그렇게 불편하게 엎드린 자세로, 손님께서 찾으시는 책은 명동 중국 대사관 근처 가시면 된다고 또 친절하게 알려주는데, 약도까지 받아낼 심산으로 자꾸 캐물으면, 울고 싶어져 버리는 것이다.

묘령이 찾아온 날, 가게에는 김씨 혼자였다. 예기치 않게 그녀가 포르노에 노출될 일은 없었던 거다. 그녀는 가게 안으로 들어와서는 인사도 없이, 머리를 휘둘러 어깨 뒤로 긴 머리카락을 자꾸 넘겨댔다. 마치 상모꾼처럼. 그녀는 알이 큰 흰색 뿔테의 선글라스를 착용하고 있었으나, 뚫어져라 시선을 자신에게로 향하고 있음을 김씨는 알 수 있었다.

그녀가 한쪽 어깨에 메고 있던 빽을 어깨를 들썩여 고쳐 멘 뒤 팔짱을 끼고는 실내를 한 바퀴 휘둘러보았다. 그러더니 어쩐지 실망한 표정을 지었다. 진열된 책의 가짓수가 적어서였을까. 그녀가 책 받침대 쪽을 가리키며 입을 열었다.

"아저씨."

"네?"

"이게 다예요?"

"뭐가요?"

"이 가게에 있는 책이 이게 다냐구요?"

"뭐 찾으시는데요?"

"책이 얼마 안 되네."

"찾으시는 책이 뭡니까?"

"일부러 멀리서 왔는데."

"패션지 찾으세요?"

"좀 실망이네."

"일본 보그는 작년 거 한 권 있긴 있어요."

"다리 아파."

"일본 보그, 구하기 어려운 건데. 다리 아프면 잠깐 앉으시든가요. 자꾸 머리를 흔드시니 어지러운데요?"

"그러까."

털썩 소파에 주저앉은 그녀에게 김씨는 찾는 책이 뭐냐고 다시 물었다. 그는 당연히 교보문고 같은 데서도 파는 책을 찾겠지 싶어, 미리부터 없어요, 라고 대답을 준비하고 있었다. 하지만 그녀는 갑자기 벌떡 일어나더니, 책 받침대 쪽으로 다가가서는 서커스와 히트퍼레이드 같은 헤비메탈 잡지들 앞에서 고개를 갸우뚱거리는 것이었다.

"이상한 책만 있공."

뭐 찾냐고 더 묻기도 짜증 나 그냥 내버려두었다. 그녀는 트위스티드 시스터즈*의 디 스나이더가 소 뼈다귀를 물고 있는 사진이 커버로

---

*Twisted Sisters. 헬스 트레이너 저리가라 할 정도의 건장한 체구의 남자들이 엽기적인 여성 분장을 트레이드마크로 삼아 활동하던 80년대의 인기 헤비메탈 밴드. 괴물 같은 드랙퀸들이라고 욕을 먹었다.

실린 히트퍼레이드지를 들어 훑어보기 시작했다. 김씨는 그녀의 태도에 실망했다. 그녀는 책을 너무 조심성 없게 획획 다루었다. 메탈 잡지들은 위장용이 아니다. 주력 품목은 아니지만 단골로 들리는 음악팬들을 위해 구비해놓은 엄연한 판매용 물건이었다. 그녀가 또 불렀다.

"아저씨."

"아 왜요?"

"플레이보이나 펜트하우스, 그런 건 취급 안 하세요?"

짧은 순간이었지만 김씨는 많은 생각을 했다. 이 여자, 혹시 함정수사 중인 여경이 아닐까. 하지만 이 지역의 관활 경찰서와 김씨는 끈끈한 유대관계를 맺고 있다. 이렇게 경우 없이 야박한 짓을 할리 없었다. 혹시 세관에서 나온 자일까. 일반적인 사법권은 없으나 그들도 밀수품은 단속할 수 있다. 그렇다고 해도 세관이 함정수사를 할 리는 없잖은가. 기자인가. 기자 같아 보이진 않는다. 활동하기 편하게 입는 기자에 비해 너무 의상이 화려하다. 갈등하던 김씨는 자신의 감을 믿기로 하고 비밀의 함을 열었다.

김씨가 소파 밑에서 책을 꺼내자 그녀는 손으로 입을 가리며 어머, 하고 감탄사를 터트렸다. 그녀는 기쁨을 감추지 못하고 책장을 마구 넘겨댔다. 그때서야 김씨는 농담조의 가락을 실어 주의를 주었다.

"좀 살살 넘기세요. 구겨지잖아요!"

그녀는 배시시 웃음을 터트렸다.

"죄송해요. 너무……."

"너무?"

"너무 흥분한 나머지."

그러나 타박을 준 것이 미안하게도 그녀는 자기가 손댔던 열 권이나 되는 잡지들을 모두 다 구입했다.

그 이후 그녀는 단골이 되었다. 한 달도 못 되어 그녀는 교환을 위해 다섯 권을 들고 왔다. 그녀가 책을 꺼내기 전에 김씨는 좀 긴장했다. 책을 고를 때 보이던 거친 태도를 생각하면 그녀의 수중에 있던 책들은 필시 낡았을 것으로 짐작됐다. 하지만 의외로 아주 깨끗한 것이었다. 다행한 일이었다. 왕고객에게 책의 상태가 좋지 않다는 이유로 교환 불가를 선언하거나 정상 교환비에 추가 요금을 물리는 야박한 짓을 하지 않아도 됐다.

그녀는 정기적으로 가게에 들렀다. 그녀는 신간이 들어오면 연락을 해달라며 집 전화번호까지 가르쳐주었다. 그는 그녀가 혼자 살고 있다는 것을 알 수 있었다. 다른 식구가 받을 때를 대비해 이름을 물었지만, 그 전화로 전화를 걸면 무조건 자기가 받는다며 이름을 가르쳐주기를 거부했다.

어쨌든 그 이후로 김씨는 신간이 들어오면 그녀에게 꼬박꼬박 전화를 했다. 가끔씩 물건이 조금밖에 입고되지 않아 그녀에게 알릴 새도 없이 다 팔리는 경우가 있는데, 그럴 때 그녀는 화를 냈다. 문제가 생겨서 물건이 안 들어왔다고 대충 둘러대는 방법은 그녀에게 통하지 않았다. 그녀가 그따위 어림 반 푼 어치도 없는 소리하지 말라며 불신 가득한 시선으로 노려보면 김씨는 고객에 대한 도리를 다하지 못했다는 자책감에 시달려야 했다.

거래가 반복되어 갈수록 서로 간에 믿음이 싹텄다. 무슨 볼펜이나 휴지 같은 것을 팔고 사면서 맺은 인연이라면 특별한 우정을 쌓기 힘들었을 것이다. 하지만 그들 사이에 놓여 있는 건 솔직한 본능을 자극하는 원초적인 물품이었기에 상행위가 끝난 후 음료수를 나눠 먹으며 나누는 잠깐의 대화로도 끈끈한 신뢰가 자리 잡을 수 있었던 것이다. 일종의 동지의식?

김씨는 그녀가 매우 진보적인 인식의 소유자라는 사실을 알게 되었다. 그녀는 성욕이란 아주 자연스러운 감정이며 하등 부끄러울 것이 없음에도 이 나라 사람들은 쿠데타적 통치 이념에 지배당하여 무려 육백 년 가까이나 모르는 척, 아닌 척, 본의 아니게 점잖은 척, 살아와야 했다고 주장했다. 그녀는 억압의 뿌리를, 유학을 건국 이념으로 내건 조선 태조로 거슬러 올라가 헤매 찾는 거창한 역사인식을 선보였다. 그녀는 포르노를 억압하는 건 사회 발전을 심각히 저해하는 나쁜 행위라고 열변을 토했다.

"왜 그런가요?"

"그건 우리가 거짓말을 해야 하기 때문이죠."

"무슨 거짓말요?"

"아저씨. 성이라는 것은 본능적인 것이죠?"

"그렇죠."

"사람들은 누구나 하고 싶어 하죠? 이런 책들을 보고 싶어 하죠?"

"음……. 일단은 그렇죠. 하지만, 싫어하는 사람들도 있지요. 아무리 내가 파는 물건들이긴 하지만 싫어하는 사람들도 있어요. 혐오감마저 느끼죠."

"쯔쯔쯔. 배급자부터 저런 뒤떨어진 의식을 가지고 있으니. 아저씨, 그건 싫어해야 하는 것으로 교육받았기 때문일 뿐이에요. 거짓말인 거지요. 거짓말을 거짓말인 줄 모르고 아 그렇구나 세뇌당한 거예요.

사람들이 자신의 마음을 제대로 드러내지 못하고 늘 거짓말만 해야 하는데 어떻게 사회가 발전하겠어요. 우리나라 못 살죠? 외국 나가면 우리나라가 어디 붙어 있는지도 모를 정도로 존재감이 없죠? 통치하는 새끼들이 국민을 모두 거짓말쟁이로 행세하게 만드는데 어떻게 나라가 발전을 해! 사람들이 항상 거짓말쟁이로 살아가려니 힘이 없고 축축 처지는 거야. 발기력이 없는 국가가 경쟁력이 떨어지는 건 당연지사. 잘사는 나라치고 포르노 금지한 나라 봤어?! 화끈한 나라일수록 더 잘산다구. 이게 모두, 통치자가 쿠데타로 정권을 잡아서 그런 거야. 원래 떳떳하지 못한 아버지가 여편네와 자식들을 두들겨 패거든. 백성들은 숨도 못 쉬게 하면서, 다른 나라의 똥꼬는 겁나 잘 빨잖아. 오럴쟁이."

논리의 비약이 심한 그녀의 말에도 김씨는 더 이상 토를 달지 않았다. 그녀가 너무 흥분해 있는 듯해서였다.

하여간에 그녀는 오기만 하면 그런 골치 아픈 이야기들로 성대에 힘줄을 세웠다.

그녀는 그리고 모델이 과감할수록 찬사를 심하게 했다.

"어떻게 이렇게 예쁘지? 어떻게 이렇게 자신감에 넘칠까? 자신의 몸을 자랑하는 이 사랑스러운 아이들을 좀 보라구요! 너무 아름답지 않나요?"

그런 묘령이었기에 김씨는 그녀가 쇼걸로 적임자라고 생각할 수밖에 없었다. 그래서 전화를 걸었다. 때마침 신간들이 쏟아져 들어오는 시기라 타이밍이 좋았다. 그녀는 상당히 다양한 종류의 책들이 입고되었다는 소식에 크게 반색하며 내일 당장 달려가겠다고 했다. 그녀는 자신의 몫으로 한 권씩 빼놓는 것을 잊지 말라고 몇 번씩이나 주의를 주었다. 안 그러면 아저씨 미워할 꼬에요, 라는 음성에는 두터운 우정에서 우러나온 애교마저 녹아 있었다.

다음 날 약속대로 들른 묘령에게 김씨는 본론을 꺼냈다. 그런데 막상 말을 하려니 어떻게 풀어나가야 할지 막막했다. 혹시 그녀가, 나를 어떻게 보고 그딴 소리를 하고 있냐고 화를 낼까봐 조마조마했다.

하지만 그것은 역시 기우에 불과했다. 그녀는 매우 재미있는 생각이라며 눈빛을 초롱초롱 빛냈다. 김씨는 그녀에게 포르노 서적 열 권을 공짜로 주려 했다. 곡해 없이 제안을 받아들인 것에 대한 감사함의 표시였다. 그런데 그녀는 갑자기 정색을 했다. 재미있을 것 같아 내가 하려고 하는 것인데 어째서 대가를 지불하려 하냐고 따졌다. 김씨는 대가라는 말에 담긴 부정적인 느낌에 몸서리치면서 얼굴이 벌겋게 달아올랐다. 그런 뜻이 아니고 그저 고마움에 대한 순수한 마음의 표시일 뿐이라고 재차 밝혔다. 뭐가 고맙냐고, 내가 좋아서 하겠다는데 아저씨가 왜 고마움을 느끼는 것이지요, 라고 또 물어서, 땀을 빼게 만들었다.

그래서 오해하게 만들어 미안하다며 책들을 다시 거두려 하자, 그녀는

"우리의 친분에 대한 호의 같은 것, 많이 구입하는 VIP 고객에 대한 일종의 사은품 같은 것이라면 어쩔 수 없이 받을 수밖에요." 라고 하며 재빨리 쇼핑백에 쓸어 담는 것이었다.

그녀를 성공적으로 섭외한 뒤 부지런한 김씨는 관객, 다시 말해서 남자 멤버들을 물색했다. 그는 해적판 업자 이철수를 염두에 두고 있

었다.

이철수는 경운상가 내에서 조그마한 빽판 레코드숍을 운영하고 있지만 단순한 소매업자가 아님은 주지의 사실이다. 이 나라 해적 LP의 생산과 유통의 핵심 존재가 아닌가. 김씨는 그가 블랙마켓의 절대적 거물이라는 사실에 일종의 경외감 같은 것을 느끼고 있었다. 분야가 다르기 때문인지 그들 사이에는 지존 자리에 대한 상투적 암투나 질시 같은 것도 존재하지 않았다. 서로를 존중했다. 그들은 동갑으로 말을 놓고 지내긴 하지만 끈끈한 동지애와 우정, 존경심으로 서로를 예우하고 있었던 것이다.

이철수와 김씨가 친밀한 건, 이철수가 직영하는 숍과 그에게 물건을 받아다 판매를 하는 협력 가게들이, 김씨의 형이 지배하고 있는 경운상가 내에 입점해 있다는 점 때문만도 아니었다. 이철수가 생산하는 LP의 커버와 LP의 중심에 붙이는 레벨을 김씨의 인쇄소에서 찍어내고 있었던 것이다. 그러니까 그들은 또한 직접적인 비즈니스 파트너 관계에 있었다.

김씨는 이철수에게 전화를 했다.

"바빠?"

"뭐, 그냥저냥. 왜?"

"이리로 좀 건너올 수 있어?"

"지금?"

"뭐, 아무 때나."

"지금은 가게 봐 줄 사람이 없는데."

"책 파는 애들한테 잠깐 봐달라고 해. 창식이 없어, 창식이? 니네 옆

가게 오늘 창식이가 당번 아냐?"

"창식이 지금 점심 먹으러 갔을 텐데. 하여간에 알았어. 이따 갈게. 지금 당장 아니라도 괜찮은 거지?"

"그래. 그럼 이따 봐."

"어이! 잠깐. 무슨 일 있어? 뭔 일 있는 거 아니지?"

"아니라구. 별일은 아니고 재미있는 일이 좀 있어서."

"재미있는 일?"

"자세한 건 만나서 이야기하자고."

"오케."

이철수는 약 두 시간여 후에 가게에 도착했다. 가게 문을 열고 들어서는 이철수의 얼굴에는 어쩐지 원망 같은 것이 서려 있는 듯했다.

"아, 뭔 전화를 그렇게나 오래해? 내가 다섯 번은 전화를 했는데 때마다 통화 중이더만?"

"아아, 오늘따라 이상하게 전화가 많이 걸려 와서. 근데 그냥 건너오면 되지 왜 전화를 그렇게 했어?"

"가게 봐줄 사람이 없어서 갈 수가 있어야지, 그런 상황에서 뭔 일인가 싶어 궁금은 하고."

김씨는 이철수가 긴장하고 있다는 것을 알았다. 별일이 아니라고, 여유로운 목소리로 충분히 납득을 시켰는데도 불안해하고 있는 것이다. 지하 산업에 종사하는 사람들은 저런 종류의 초조함을 어쩔 수 없이 지니고 있다. 일종의 정신적 산재, 말하자면 직업병이다.

이철수는 책 진열 받침대에서 일본 메탈 전문 잡지인 번(Burrn) 최신 호를 집어 든 다음 소파에 털썩 앉았다. 그는 책장을 넘기며 김씨에게 물었다.

"뭔 일인데?"

김씨는 책상 앞에 놓여 있는 회전의자에 앉아 이철수를 내려다 보며, 살짝 뜸을 들이다 입을 열었다.

"다른 게 아니라 말이야."

김씨의 설명에 이철수는 웃음을 터트렸다. 그는 너무 해맑게 웃었다. 과도한 반응 같아 오히려 민망스러울 정도였다. 쓸데없는 짓이라며 일언지하에 거부하지는 않을까 걱정도 했었는데 결국 기우에 불과했던 것이다. 이철수는 오히려 자신을 끼워주어서 고맙다는 투였다. 이철수는 멤버 구성에 대해서 물어왔다. 김씨는 몇 명 더 합류시켜도 좋을 것 같다고 했다. 그러자 이철수가 말했다.

"무산이 알지?"

"무산이? 아, 저기 그, 걔? 그…….."

"그래, 화약 공장 다니는 애."

"걔가 화학 공장 다녀?"

"그래."

"걔는 왜?"

이철수는 최무산을 영입하자고 했다. 그는 이철수 가게의 단골손님으로 오로지 헤비메탈 음반만 구입하는 자였다. 김씨의 가게도 종종 들리는데, 때로 포르노 책을 구입하기도 하지만 역시 메탈 잡지들을 주로 사간다. 김씨의 외국서적을 들르기 전 항상 경운상가 음반 가게들을 돌고 오는지 LP로 가득 찬 비닐 봉투를 들고 나타난다.

김씨는 반대하는 것도 아니지만 그렇다고 굳이 걔가 아니더라도 영입할 사람은 많지 않겠는가, 하는 마음이었다. 왜냐하면 그는 사실 별로 호감 가는 스타일이 아니었다. 덩치는 곰 같은 것이 체중이 많이 나가서 그런지, 아니면 자주 옷을 갈아입지 않는 것인지, 여름이 되면 전방 1미터에서도 땀 냄새가 진동을 했다. 인상도 어둡다. 평소 필요 이상으로 과묵하지만 자기가 좋아하는 WASP나 Slayer 따위의 밴드가 커버로 등장하는 잡지를 발견할 때면 눈이 회까닥 뒤집어진다. 넝마 같은 요란한 복장에 시체 화장을 한 장신의 뮤지션들이 도끼처럼 생긴 기타를 다리에 끼고 마법사에게나 어울릴 법한 괴상한 의자에 앉아 해골 반지 낀 주먹을 자랑해대는 장면을 대할 때면 돌변하는 것이다. 오오오오 이번 호 커버스토리는 블래키 로레스* 잖아!!!!!!! 이러면서 왈칵 달려들어 마구 책장을 넘겨댄다. 사람들은 자기가 잘 알거나 좋아하는 것을 대할 때면 자신도 모르게 필요 이상으로 흥분하게 되어 아무 관계도 없는 사람에게도 괜히 말을 걸거나 동의를 구하는 노력을 펼치기도 하는데, 그도 자주 그런 모습을 연출했다. 평소에 물건 값을 깎아주거나 음료수를 대접해도 고맙다는 말 한마디 안 하면서, 자기 좋아하는 뮤지션 기사를 보면 그렇듯 돌변하고 마는 것이다.

그런 이상한 사람이 화약을 만드는 공장에 다닌다고 하니 괜히 걱정이 들기까지 했다. 가끔 군대 부적응 자가 수류탄이나 총을 들고 탈영해 세상을 시끄럽게 만드는 경우가 있는데, 혹시 기분 나쁠 때 폭탄이라도 탈취해서 난동을 피우는 것은 아닐까.

---

*Blackie Lawless. 문제적 밴드 W.A.S.P. 의 리더로, (밴드의 콘셉트 상으로서)해괴한 짓을 골라 해온, 예명 그대로 무법자 같은 인물.

"아무튼 최무산 말고 또 한 명 넣고 싶은 사람이 있는데. 그 사람 시인인데."

"뭐, 시인?"

"그래, 시인."

"네가 시인을 어떻게 알아?"

"그냥 상가에 있다 보니, 여러 사람 상대하고 그러다 보니."

"시인이 빽판 사러 와?"

"그게 아니라……."

5. 시인 장경구

헌책방을 찾은 시인

시인 장경구가 경운상가를 방문했던 원 목적은 헌책을 구입하기 위해서였다. 경운상가 내에는 헌책방이 없는데 장경구 씨는 속아서 경운상가에 발을 들여놓게 되었다.

경운상가에 가기 전 그는 그곳에서 1킬로미터 정도 떨어져 있는 헌책방 거리에 먼저 들렀었다. 하지만 책 한 권도 건지지 못하고 거리의 마지막 서점에 도착하기에 이르렀는데, 그곳에서마저 살 만한 책을 한 권도 발견하지 못했다. 빈손으로 집에 돌아가야 할지도 모른다는 공허감 때문에 그는 책장을 훑으며 계속 혼자 중얼댔다.

"없네, 없어. 책이 씨가 말랐구만. 허어, 이럴 수가. 아, 날씨는 왜 이렇게 덥지. 진짜 덥네. 진짜 더워. 오늘 왜 이래? 책 꼭 사가지고 가야 되는데!"

독백 끝에 그는 주인에게 버럭 소리쳤다.

"이보오, 주인 양반. 이 근처에 이 거리 말고는 헌책방 있는 곳이 없소?"

그때, 육십이 다 되어가는 책방 주인은, 덥수룩한 머리에 흰머리가 성성하지만 피부 상태로 보아 삼십대 중 후반 아니면 겨우 사십대 초반일 게 분명한 자가 존대는 존대인데 하대 비슷한 뉘앙스의 말투를 쓰는 것이 가당치 않았다. 무시하고 말까 싶었는데, 미간을 잔뜩 찌푸리고 있는 그자의 꼴이 너무 진지해, 그저 심드렁하게 한마디 해주었다.

"경운상가 쪽에 가면 몇 군데 있을걸."

하지만 아차 싶었다. 경운상가에는 헌책방이 없다는 걸 말을 하고서야 깨달았던 것이다. 경운상가의 허름한 이미지가 잠시 착각을 일으키게 했던 것인데, 귀찮아서 다시 정정하지는 않았다.

"경운상가?"

장경구가 되물었지만 그때 또 때마침 전화가 와서 주인은 대답을 피할 수 있었다. 장경구는 혼잣말을 지껄였다.

"경운상가? 경운상가가 어딘고?"

그때 시인의 옆에서 책을 고르고 있던 자는 김창균이었다. 그는 오랜만에 헌책방 거리에 나와 있던 참이었다. 오래된 책에서 풍기는 쾌쾌한 먼지내가 목구멍을 따갑게 하기는커녕 피폐한 몸의 기운을 환기시키는 것을 느끼며 꽤 행복감에 젖어 있었다. 주력하고 있는 장르가 포르노이긴 하지만 일찍이 다른 분야의 고서적과 희귀서적들도 모아오고 있는 창균이었다. 이를테면 그는 책에서 어떤 근원적인 향수를 느끼는 자로, 헌책방은 그에게 시골집 같은 서정을 느끼게 하는 장소였다. 가끔, 아주 가끔, 명절 때나 되어야 겨우 가곤 하는 곳 말이다. 포르노는 서울 본가.

창균으로서는 아까부터 옆에서 계속 까칠한 표정으로 자꾸 혼잣말을 해대고 있는 백수처럼 생긴 장경구가 은근히 신경 쓰였다.

이 분이 나의 헌책 피톤치드 샤워를 방해하네.

하여간, 창균은 이 아저씨가 그저 싼값에 중고 서적을 사기 위해 심심풀이 삼아 헌책방에 들른 자는 아니라는 사실을 알 수 있었다. 수집가들끼리는 수집가를 알아볼 수 있다.

그런데, 창균은 아까 장경구와 잠깐 눈이 마주친 적이 있었다. 그 찰나, 일견 흐리멍덩해 보이는 장경구의 눈에서 번뜩이는, 날카롭고 단단한 그 무엇을 보았다. '똘끼'였다. 어맛 뜨거라, 하고 금방 눈을 돌렸던 창균은 어서 이 아저씨가 나가주기만을 바라고 있는데, 그는 대신, 오히려 말을 걸어왔다.

"이보쇼, 젊은 영반."

"네?"

창균은 그가 옛날 소설에나 나오는 말투를 쓰는 것부터가 마음에 안 들었다.

"혹시 경운상가라는 데가 어디에 있는지 아시오?"

"알죠. 안 그래도 여기까지 온 김에 들르려 하는데."

호감이 가지 않는 이 자와 오래 말을 섞고 싶지 않아 그냥 대충 짤막하니 딱딱한 말투로 대꾸해준 것뿐이었는데, 반색을 하고 나왔다.

"아, 그래? 간단 말이지?"

"예? 예. 뭐."

"그럼, 내 형씨 뒤를 따라 가면 되겠구만. 됐네, 됐어. 어허허."

혼자 그렇게 결론을 내버리고 만족스러운 얼굴로 돌아서는 그에게 뭐라고 해줄 말이 없었다.

얼마 후 가게를 나와 경운상가 쪽으로 발길을 옮겼다. 그자는 대략 3미터 정도 떨어져서 뒤를 따라왔다. 옆에 서서 걸으며 귀찮게 하지 않는 건 다행이지만 괜히 신경이 쓰였다. 모르는 척하고 걷다가 어느 순간 살짝 뒤를 돌아다봤는데, 눈에서 레이저 광선이 나오는 것 같았다. 사실 아까부터 어쩐지 뒤통수가 따갑더라니 그게 다 저 아저씨가 눈에 불을 켜서 그랬던 것이로구나 싶었다. 왜 저렇게 눈을 부릅뜨고 걷지? 참 이상한 사람이야.

그런데 아까 보니까 헌책방을 찾던 거 같던데 경운상가에는 헌책방이 없다. 그 사실을 알려줄까, 하다가 그만두었다. 저렇게 뚝 떨어져서 따라오고 있으니 일부러 발길을 멈추고 말을 걸기도 뭣 했던 것이다. 서로 전혀 상관이 없는 사람들의 행보 같았다. 그는 더 이상 신경을 쓰지 않기로 했다.

경운상가에 당도한 뒤 창균은 자신의 목적지, 포르노 서점가 쪽으로 발길을 옮겼다. 그사이 장경구는 인파 사이에서 그만 창균을 놓치고 말았다. 하지만 조바심을 느끼지는 않았다. 경운상가라는 곳에 도착했으니 이제 찬찬히 둘러보면 될 일이었다.

그런데 갑자기 웬 젊은이가 불쑥 다가왔다.

그는 행색이 영 아니었다. 입은 지 석 달 보름은 된 듯 7부 바지에는 때가 꼬질꼬질했고, 역시 갈아입은 지 사나흘은 더 된 것 같은 물 빠진 라운드티는 품이 제대로 맞지 않아 허리춤에서 한 뼘 정도 올라가서는 시커먼 배 털을 징그럽게 드러내고 있었다.

젊은이는 밤송이처럼 성깃성깃하게 짧은 머리를, 느끼한 미소와 함께 뽀뽀라도 할 기세로 시인 쪽으로 바짝 들이댔다.

"책? 책? 아저씨, 책? 책 사러 왔어요?"

"책? 아니 어찌 알고?"

시인은 놀랐다.

"우리는 척 보면 다 알죠. 아저씨 얼굴에 다 쓰여 있는 걸요. 으흐흐흐."

그러더니 젊은이는 장 시인에게 팔짱을 끼며 남는 손으로 옆구리를 툭 쳤다. 그런데 젊은이의 손길이 꽤 맵다. 시인은 숨을 훅 들이마셨다. 젊은이는 싯누런 이빨을 드러내며 느물느물하게 웃음 지었다. 그는 젊은이의 웃는 낯짝을 보면서 이 무례한 행동이 악의에 의한 것이 아니라고 판단했다. 자꾸 대형 서점들이 진출해 영세 서점들이 적자를 면하지 못하고 있다 하더니 이렇게 한 명의 고객이라도 놓치지 않으려고 안간힘을 쓰는구나. 언제부터 서점들이 가게 밖에까지 나와 호객을 했나. 시인은 짠한 마음에, 결박하듯 자신과 팔짱을 끼고 있는 젊은이의 손을 살짝 쓸기까지 했다.

그런데 젊은이는 힘이 좋았다. 너무. 계단을 오르는데 어찌나 발이 빠른지 시인은 자칫 넘어질 뻔하기도 했다. 야윈 시인이 보조를 못 맞추어 넘어졌더라도 젊은이는 그대로 시인을 달고 계단을 올랐을 것이다. 그 정도로 그의 행동에는 거침이 없었다.

"앗, 아앗? 악!"

시인은 비명을 내뿜으며 바람 따라 휘날리는 한 포기 보리 이삭처럼 젊은이가 이끄는 대로 거의 동동 매달려서 계단을 올랐다.

시인이, 일이 뭔가 좀 잘못 되었다는 사실을 알아차린 것은 상가의 2층에 올라 대여섯 걸음이나 질질 끌려가고 난 다음이었다. 그곳은 아무리 봐도 헌책방 따위가 있을 만한 곳이 아니었다.

무슨 중고 TV나 냉장고, 전자레인지 같은 것들이 잔뜩 쌓인 공간 사이로, 란제리 차림의 금발 외국 여성이 혀를 쓱 내밀고 있는 사진을 커버로 한 잡지 따위가 잔뜩 걸려 있는 가게로 끌려가는데, 그때서야 시인은 이 젊은이와 자신 사이에 심각한 커뮤니케이션 오류가 있었다는 사실을 깨달았다.

"아니, 잠깐만요."

시인은 평소에 쓰는 의고체 말투에서 벗어나 다급하게 외쳤다. 하지만 청년은 아랑곳이 없었다.

가게 안으로 내동댕이쳐졌을 때 시인은 본능적인 거부감과 공포를 느꼈다. 그 안에는 한눈에도 일반적인 삶을 살아온 자들로는 보이지 않는 남자들 세 명이 있었다. 소파와 빨간색 플라스틱 원형 의자에 각기 앉아 있는 남자들은 둘 다 짧은 티를 입고 있었는데, 그들의 팔뚝에는 양쪽 모두 시퍼런 문신이 아로새겨져 있었다. 책상의 옆, 회전의자에 앉은 제일 나이 많아 보이는 남자는 마치 바로 어제 출가 또는 출소 한 사람처럼 빡빡 머리였다. 그의 러닝셔츠만 걸친 상체에는 역시 휘황찬란한 문신들이 자리했는데, 왼쪽 어깨에는 잉어가 노닐고 오른쪽 어깨는 호랑이가 앞발을 들고 포효하고 있었다.

시인을 들고 온 젊은이가 안에 대고 외쳤다.

"책이요."

그러자 한 남자가 얼굴을 팍 찡그리고 물었다.

"책?"

"예, 책이요, 책. 책. 책. 책 손님, 책 손님."

그러고는 문을 닫고 사라졌다.

"책 찾아요, 아저씨? 테이푸도 있는데 테이푸. 최우람 씨 신작 있는데."

그러자 다른 남자가 그 말을 받아 장경구에게 말했다.

"아저씨, 책 그거 백날 봐봤자 헛것이에요. 테이프를 사요. 그림이 영상을 따라갈 수 있어?"

시인은 도대체 이들이 무슨 소리를 하는지 알 수가 없었다. 얼떨떨한 표정으로 대꾸했다.

"무슨 말씀들을 하시는 겐지."

그때 잉어와 호랑이를 새긴 자가 시인을 향해 입을 열었다.

"아제, 뭐 찾는공?"

잉어와 호랑이가 나서자, 깐죽거리던 좌우의 남자들이 바로 입을 다물었다.

"예에?"

시인은 어안이 벙벙한 얼굴로 또다시 물었다. 잉어와 호랑이가 손에 들고 있던 담배를 이빨 사이에 끼더니 딱하다는 표정을 지었다.

"허어, 이 아제는 한국말을 모리나봐. 이보쇼오, 아제. 그래, 어떤 책을 찾아요? 뭘 찾느냐고오. 책도 종류가 많거덩. 우리는 물건이 마나. 아주~우."

"아, 저기, 저는 특별히 특정한 책을 찾아서 온 것은 아니고……."

"아하. 신작 뭐 나왔나 보러 나오싯꾸나. 아제, 책 말고 테이푸 사라니까, 테이푸, 최우람 씨 신작. 정원일기 최우람 씨 나오는 거 있다카이."

"저, 비디오기가 없습니다."

그러자 잉어와 호랑이는 흠칫 놀라며 몸을 뒤로 뺐다.

"비데오 없어요? 어허, 저런."

시인이 미안한 표정을 짓고 있자 잠자코 있던 남자 중 한 명이 말했다.

"요즘 금성에서 보급형 비디오들이 얼마나 싸게 나오는데."

그러자 다른 남자가 그 말을 받았다.

"삼성도 괜찮아요. 금성보다 비싸서 그렇지, 소니나 히타찌보다는 싸. 최우람 씨 테이프 사가지고 돌아가는 길에 비디오 기계도 하나 사가지고 가면 되겠네. 겸사겸사. 내 잘 아는 가게 있는데 소개시켜 줄까요? 중고인데 완전 새삥 같은 거."

잉어와 호랑이가 정리하듯 두 남자를 향해 느릿하게 팔을 뻗쳤다. 입을 다물라는 손짓이었다.

"됐고. 그래, 아제, 그라면 잡지 찾아요? 아니면 책? 아차, 책 찾는다 캤지."

시인으로서는 잉어와 호랑이가 구사하는 용어부터 헷갈렸다. 잡지는 책 아니든가? 이 서점은 단행본과 정기간행물을 저리 확연히 구분하는구나.

그런데 그의 불량한 태도가 말이 아니었다. 늘어진 러닝셔츠 밖으로 삐져나온 젖꼭지를 긁적대더니 그래도 가려움이 가시지 않는지 집게손가락과 엄지로 몇 번이나 비틀어댔다. 그때 그는 의자에 앉은 채 다리를 쫙 벌리고 있었는데, 젖꼭지를 만지던 그 손으로 다리 사이를 긁적거렸다. 아마도 땀이 많이 차는 고환 아래의 특정한 부위가 간지러운 모양인데, 손가락으로 꼬집듯이 해서 긁어대더니, 자꾸 그렇게 하니까 본의 아니게 자극을 받아서 발기가 된 모양이었다. 그는 사이즈가 커진 그것이 불편했는지 안으로 손을 집어넣어서는 후루룩 훑어 위로 세웠다. 자세가 안정된 것이 만족스러웠는지 손바닥으로 팡팡, 두 번 두들기기까지 했다. 그는 그 손으로 콧구멍을 후벼대기까지 했다. 그러다 버럭 소리를 질렀다.

"아, 말을 하소. 말을. 와 그 카고 가마니 있는교. 말을 해야 가지고 오제. 뭐 갖다주까. 취향을 말해보소."

무서운 사람이 자꾸 재촉을 해대니 그냥 가만히 있는 것도 예의가 아니다 싶었다.

"저기……그러면 창비에서 나온 이시영 시인의 만월 있습니까?"

"뭐?"

"아니면 조태일 시인의 국토나……."

"뭐라?"

잉어와 호랑이가, 이빨 사이에 끼우고 있던 담배 연기에 눈이 따가운지 눈을 잔뜩 찌푸렸는데, 얼굴에서 느껴지는 살벌함이 어깨에 새겨진 호랑이만큼 무서웠다.

"아, 맞다. 김지하 시인의 애린도 아직 못 읽었는데요. 애린은 시인 특유의 애절한 감수성이 느껴지는 수작이라 하던데요."

"이 아제가 뭐라 캐쌌노?"

다들 어리벙벙한 표정을 짓는데, 시인은 내가 확실히 지금 뭔가 잘

못하고 있다는 것을 느낄 수 있었지만, 도대체 뭐라고 말을 이어야 이들의 화난 얼굴이 펴질지 알 수가 없어 답답할 뿐이었다. 그는 벽에 붙여놓은 책 받침대에 외국 잡지들이 놓여있는 것을 보며 그제야 뭔가 깨달았다.

"원어로 쓰인 로버트 프로스트나 발레리 것도 좋을 텐데요."

그러자 그들의 표정에 어쩌 약간 화색이 돈다 싶었다. 한 남자가 씩 웃더니 오른손 집게손가락을 들고 시인의 옆구리 부분을 푹푹 쑤셔댔다.

"아따, 이 아저씨, 이제 보니까 매니아네, 매니아, 응? 빠삭하네? 빠삭해. 아저씨 모델별로 골라서 보는가 봐요?"

모델? 시인이 고개를 갸우뚱하는데, 잉어와 호랑이가 미소 지은 얼굴로 말을 받았다.

"아제, 우리는 그리해서는 물건 못 갖다 줘요. 이런 데 와서 너무 까다롭게 굴면 안 돼."

시인은 이제 나보고 어쩌라고 하는 심정이 되었다.

"아니, 뭐 그렇다면 들녘에서 나온 시집들이 몇몇 있다면 보여주시든가요."

다시 그들의 표정이 급격히 어두워졌다. 잉어와 호랑이는 다시 사타구니 쪽으로 손을 집어넣더니, 못 참겠다는 듯 버럭 고함을 쳤다.

"아제. 뭔 소리를 씨부렁거리쌌는지 내 잘 모리겠는데, 잡지를 할끼요, 책을 할 끼요, 그것만 말하소. 두 종류 다 할끼면 다 하든지. 마따, 아제는 아는 것도 많은 거 같으니까 책을 산다캐도 왕창 사뿌리겠네. 봐라, 창식아."

"옙, 형님."

"가서, 잡지 네댓 권하고 책 다섯 권만 가지고 오니라."

"옙, 형님."

창식이라 불린 남자가 벌떡 자리에서 일어나더니 대략 2분 후에 여러 권의 책을 손에 들고 나타났다. 잉어와 호랑이는 남자로부터 책들을 건네받더니 시인을 향해 흔들어 보였다.

"보이소, 아제. 이만큼이면 되겠능교?"

"옛? 아니 이것은?"

"이중에서 본 거 없지예?"

"아니 그렇지만, 이건."

"본 기 있을 리가 있나. 우리 창식이가 또 특별히 신작 위주로 착착 골라 왔구마."

잉어와 호랑이는 책상 서랍에서 누런 종이봉투를 꺼내더니 그 요상한 칼라 책들을 쓸어 담았다. 그리고는 시인의 가슴팍을 향해 한 손으로 툭 던지듯이 안겼다. 얼떨결에 퍽, 소리를 내며 봉투를 안은 시인이 어이없는 표정으로 잉어와 호랑이를 쳐다보는데, 입꼬리를 씩 올리며 웃더니 단정적인 목소리로 호방하게 소리쳤다.

"십만 원."

"예?"

잉어와 호랑이는 시인을 향해 두 눈을 부라렸다.

"씨이이입만 원. 씹만 원이라 카이."

시인이 울먹이는 표정을 짓자, 당장 집어삼킬 듯이 노려보던 잉어와 호랑이가 갑자기 미소를 지었다.

"좋다. 오만 원."

"예에?"

그때 창식이라고 불린 남자가 혀를 내두르며 고개를 절레절레 내저었다.

"어우, 형님. 너무 많이 깎아주시는 거 아닙니까? 오십퍼센트 디스카운트라니. 형님, 반이나 깎아주는 경우가 어딨어요. 이런 식으로 장사하면 우리 남는 거 하나도 없잖아요. 요즘 환율이 안 좋아서 책값도 요동치고 있는 마당에 아량이 너무 넓으신 거 아닙니까, 형니이임."

"저 아제가 책 사러 처음 온 거 같아서 그러는 기다. 처음 왔으니까 잘 해디리야지."

얼떨결에 5만 원을 지불하고 그 마귀의 소굴 같은 곳을 벗어난 시인은 버스 정류장에 다다라 마침내 정신을 차렸다. 그는 자신의 손에 들려 있는 누런 봉투를 내려다보며 기가 막혔다. 속이 상해 아침에 먹었던 게 뒤늦게 체하는 것 같았다.

시인은 그저 황망할 따름이었다. 이게 무슨 도깨비놀음일까 싶었다. 10만 원짜리를 5만 원에 샀으니 반이나 깎았네, 싶어 기분이 살짝 좋다가(나중에서야 알게 된 사실이지만 그들은 5만 원을 깎아준 것이 아니라 오히려 3천 원을 더 비싸게 받았다. 잡지 권 당 8천 원씩 모두 네 권, 책 3천 원씩 모두 다섯 권, 해서 총 4만 7천 원인 것이다. 한꺼번에 이렇게 많이 사면 오히려 보너스를 주거나 가격을 깎아주어야 하는데, 사진 책 한 권에 해당하는 돈을 바가지 씌운 것이다. 나중에 친해진 후 이와 같은 사실을 이야기했더니 미안하다고 그때의 일을 사과하며 그때서야 보너스를 잔뜩 껴주기도 했었다.) 대체 내가 왜 이런 책을 사야 했는지 홀린 것 같기도 하다가, 강압적으로 물건을 안긴 그들의 처사에 분노하며 탄식을 하는 등 아주 갈팡질팡 하고 있었다.

집으로 돌아온 시인은 대문을 열어주고 뒤돌아서는 홀어머니의 굽은 등을 보면서 마음이 짠했다. 어머니가 차려주는 저녁 밥상을 받으며 시인은 다시 한 번 가슴이 미어질 것 같았다. 내 나이가 올해 몇 인데 이미 오래전에 환갑을 넘은 늙은 어미가 차려주는 밥상을 받고 있구나.

방으로 들어가 책상 앞에 앉은 시인의 눈에, 아까 책상 위에 던져두었던 누런 봉투가 들어왔다. 또다시 강탈당하듯 수중에서 사라진 5만 원이 생각 나 속이 마구 상했다. 시인은 이것을 다 어쩔까, 이따 어머니 주무시면 마당으로 가지고 나가 석유를 확 들이붓고 불태워버려야겠다고 생각했다.

그러기 전에 잠깐, 뭔지나 한번 확인해봐야 하지 않을까. 봉투를 열고 안의 것들을 꺼내는데, 시인의 기분은 이상해졌다. 묘한 열기가 발바닥으로부터 종아리를 지나 대퇴부를 거쳐 사타구니로 홧홧하게 몰려드는 것이었다.

여성과 손잡아본 것이 언제인지 까마득할 정도로 연애와 담을 쌓고 지내온 시인이었다. 손잡는 것이 뭔가. 외간 여자와 말을 섞어본 것조차 기억이 가물가물할 정도였다. 서점에 가더라도 도움을 받으려 주변을 둘러보면 아 네 손님 하고 뛰어오는 건 어째 죄다 남자 점원들뿐인지.

그토록 고행과 같은 암울한 생활을 영위해나가고 있던 시인으로서는, 비록 사진이나마 시뻘건 여자의 속살을 보게 됨에 있어서, 말로서 제대로 설명이 안 되는, 복잡 미묘한 심경에 휩싸이는 것이었다.

시인은 이름조차 생소하기 짝이 없는 잡지들, 체리, 하이소사이어티, 클럽, 허슬러, 그것들을 앞에 두고 처음에, 이 무슨 해괴망측한 꼴인가. 이들이 과연 도덕이라는 것을 아는 인간들이란 말인가. 미풍양속도 모르는 것들, 어찌 부끄러움도 모르고 짐승처럼 수영장에서, 차 안에서, 심지어 주방에서도 하네. 아쭈 길에서도? 어떻게 항문에 꽂은 것을 입에 다시…… 허어 대장균이 득시글댈진대, 라고 중얼거렸다. 책장을 넘겨가면서 그의 기준으로서는 용납할 수 없는 광경에 목디스크 올 정도로 도리질해댔다. 서구 자본주의 문명의 끝을 보는구나, 소돔과 고모라가 따로 없을지니,

하지만 일본 사진첩을 펼치자 서양 어쩌고 한 것이 미안할 정도로 훨씬 심한 광경이 등장했다.

일본 최고네…….

시인은 기가 막힌 장면들에 머리를 싸매며 침을 꿀떡 삼켰다.

시인은 그날 밤 내내 잠을 잘 수가 없었다.

다음 날 새벽이 되자 그의 방 휴지통은 둘둘 말린 화장지들로 터져 나갔다.

시맥이 막혔던 시인

시인은 20대 중반에 한 문예잡지로 등단을 했다. 하지만 바쁘게 직장생활을 하다 보니 본의 아니게 점점 잊히는 존재가 되었다. 그러다 어느 틈엔가, 내가 언제 문학인이었던가, 싶은 단계에 이르렀다.

시인은 원래 문학을 전공하지 않았다. 경제학과를 나왔다. 그래서 국문과를 주축으로 형성되어 있는 동창 문학판에서도 소외되어 있는 형편이었다. 그런데 어느 날 갑자기 학교 선배 문인으로부터 전화가 왔

다. 시상식 때 만나 인사를 한 뒤 뒤풀이 내내 자리를 함께했던 국문학과 출신의 시인 선배였다. 오랜만에 서로의 안부를 물으며 한동안 이야기의 꽃을 피우다가 선배가 본론을 꺼냈다. 원래 단행본을 주로 출간하는 출판사에 다니던 선배는, 한 문학 잡지의 편집장으로 자리를 옮기게 되었다며 원고 청탁을 했다. 선배는 무슨 대단한 필자를 대하는 것처럼 계속 자신이 아쉬운 쪽처럼 굴었다. 도와달라며 시 다섯 편만 달라고 부탁을 했다. 다섯 편이 뭔가, 그에게는 책상 서랍에서 썩어가고 있는 200편이 넘는 시들이 있었다. 그는 자신이 가장 아끼는 시 다섯 편을 골라 선배에게 보냈다. 일이 되려고 그랬는지 이때 발표한 시가 평단으로부터 상당히 좋은 평가를 받았다. 그다음 달 모든 문예지의 비평란에 그의 시가 언급이 되었다. 그는 그때 자신의 시가 그렇게 거론이 된 이유를 어렴풋이 알 것만 같았다. 자신의 시가 반드시 문학적으로 훌륭해서가 아니라 이 시기에 평자들이 언급하고 싶어 하는 것, 이야기할 거리를 담고 있었던 것이다.

이후 여기저기서 청탁이 들어오기 시작했다. 희한한 일이었다. 무슨 마술에 걸린 것 같았다. 하지만 그때까지도 본 마술은 아직 시작도 안 한 상황이었다.

선배의 출판사에서 1집 시집을 냈는데, 이것이 무슨, 이 나라 시집 출판 사상 두 번째인가, 세 번째의 판매고를 올리며 공전의 베스트셀러를 기록한 것이다.

그는 자신이 갑자기 연예인이 된 것만 같았다. 여기저기서 인터뷰 요청이 쏟아져 들어오고 방송 출연 섭외까지 왔다. 길에 다니는데 그를 알아보고 손가락으로 가리키며 숙덕대는 사람이 있는가 하면, 서점에 가서 책을 고르는 중 장경구 선생님 아니세요, 라고 물어보는 자들도 있었다. 사인회를 몇 번이나 했는지, 시낭송회만도 몇 차례인지, 휴일은 항상 문학 관련 행사에 받쳐졌다. 중앙 문예지들뿐만 아니라 이름도 생소한 지방에서 출간되는 문예지들로부터도 계속 청탁이 들어와 묵혀둔 재고들이 빠른 속도로 소진되고 있었다. 그리하여 시상이 떠오를 때마다 메모하고 끼적여 계속 시를 생산하는 형편이었다. 시뿐만이 아니라 사보나 가정 인테리어 잡지, 주부 잡지, 레이디 잡지 등에서 수필이나 영화평, 잡문 청탁도 끊이지 않고 들어왔다.

그는 행복했다. 정말 하고 싶어 하던 일을 하면서 살 수 있게 되었음에 감사했다. 그저 매일처럼 시를 쓰며 그렇게 쓴 시를 몇 년에 한 번씩 시집으로 묶어낼 수만 있다면 얼마나 좋을까 하고 꿈꾸던 시인이었지만, 숫제 진저리 칠 정도로 문학 관련 일에 시달려서 살고 있으니, 얼마나 행복한가.

이런 식이라면 전업을 해도 충분히 생활이 가능할 것 같았다. 지금까지 팔린 시집 인세만으로도 평생 시만 쓰고 살 수 있었다. 안 그래도 별로 적성에 맞지 않는 회사생활이었다.

그즈음에 한 출판사가 유럽 여행기를 쓰지 않겠냐는 제안을 해왔다. 원래 워낙 여행을 좋아하는 시인이었다. 그런데 출판사는 그가 직장에 다니고 있는지 잘 몰랐나보았다. 회사 때문에 어렵다고 했더니 그럼 한 보름 정도만이라도 휴가를 맡아 속성과 집중으로 둘러본 뒤 글을 쓸 수 있지 않겠냐고 했다. 그의 눈앞에 고풍스러운 유럽의 풍광이 아른거렸다. 그는 이 기회를 놓칠 수가 없었다. 보름 동안이나 휴가를 내줄 회사가 아니었다. 아예 사표를 냈다. 두 달간 여행을 다녀온 뒤 본격적으로 글만 쓰는 생활이 시작되었다.

여행기는 꽤 괜찮은 판매고를 올렸다. 1집 이후 발매한 두 권의 시집도 1집보다는 못하지만 본격 전업 작가의 길에 대한 두려움을 잊게 만들 만큼의 수입을 안겨다주었다.

그렇게 생활해나가던 사이, 갑작스러운 비보가 날아들었다. 밤 한 시쯤이었을까, 그때까지도 깨어 있던 그는 새벽이라 더 크게 들리는 전화벨 소리에 놀라 자리에서 벌떡 일어났다. 그리고 마루에 있는 전화기를 향해 뛰어갔다. 야밤에 울리는 전화는 불길한 소식을 전하는 경우가 많다. 아니나 다를까, 부고였다. 그런데 가끔 받곤 하는 친구 어머니나 아버지가 돌아가셨다는 소식이 아니라 선배가 죽었다는 것이었다. 믿기지가 않았다. 정신이 없어서 추리닝 바람 그대로 뛰어나갈 뻔했다. 검은색 정장을 차려입고 병원으로 가면서도 도대체 꿈인지 현실인지 믿기지가 않았다.

세어보니 5, 6개월간 선배를 보지 못했던 것 같았다. 그동안 여행을 갔다 오고 여행기 원고를 준비하면서 바쁘게 지내다보니 어느새 그렇게 되어 있었다. 한국에 들어와 회사로 전화를 한 번 했던 것 같은데 선배가 자리에 없어 통화가 되지 못했다. 전화를 받은 직원이 전해주지 않은 것인지, 선배도 바빴든지 답 전화는 오지 않았고, 딱히 특별한 용건이 있던 것도 아니었기에 다시 전화를 넣지는 않았었다. 용건이 없더라도 수시로 통화를 즐기는 사람들도 있지만 원래 장경구는 평소 전화를 자주 하는 성격이 아니었다.

장례식장에 도착해 향을 피우고 절을 올린 뒤 상주에게 예를 표하고 밖으로 나와 사람들을 만났다. 동창들과 문단 선후배들이 많이 보였다.

도대체 어떻게 하다가 돌아가셨는지 물었더니 급성백혈병이라고 했다. 백혈병이라니? 그는 병명부터가 잘 와 닿지 않았다. 그 병에 대해 지식이 없던 그는, TV 등에서 보았던 고통 받는 어린 환자의 모습이 떠오르며 그 병은 어린 사람이 걸리는 병이 아니든가 싶기도 했다.

밤을 샌 뒤 아침이 돼 집으로 돌아갔던 그는, 그러나 발인에 참석할 수가 없었다. 갑자기 앓아누워버린 것이다. 병원에서 돌아오자마자 으슬으슬 감기 기운을 느꼈는데, 다음 날이 되자 증상이 점점 더 심해지더니 발인 날이 되어서는 도저히 자리에서 일어날 수가 없었다. 장경구는 원래부터 건강에 관한한 상당한 악바리였다. 웬만히 아파도 아프다는 소리를 하지 않는 성격인데, 나갈 준비를 하려고 가까스로 자리에서 일어났지만 순간 핑 돌더니 그냥 쓰러지고 말았다. 응급차 아니면 제 발로는 병원에 갈 수 없는 몸 상태라 드러누워 끙끙 앓아댔을 뿐이었다. 열이 너무 심한지 환상이 보이고 헛소리가 절로 나왔다. 누워서도 현기증을 느꼈다.

그런데 발인 다음 날이 되자 거짓말처럼 열이 내렸고, 정신을 차릴 수가 있었다.

그로서는 선배가 세상을 뜨는 길을 배웅 못했다는 점이 죄송하고 슬플 뿐이었다. 조만간 산소에 가야겠다고 마음먹었다. 그러다 장경구는 선배의 초상을 보지 못했다는 데 생각이 미쳤다. 밤중에 전화를 받고 바로 장례식장이 있는 병원으로 달려가 시신이 놓인 방으로 들어간 다음 향을 피우고 절을 올릴 때까지 그는 줄곧 고개를 숙이고 있었고 상주들과 절을 한 후 바로 밖으로 나왔었다. 너무 경황이 없고 놀란 마음에 어떻게 된 영문인지 선후배들에게 물을 작정이었던 것이다. 그런데 그 이후 더 이상 선배의 사진을 볼 기회가 없었다. 그는 방 건너편의 상차려진 마루에서 선후배들과 술을 마시며 계속 탄식을 하고 있었었다.

선배의 영정을 보지 못했다는 사실을 깨달음과 동시에 갑자기 선배의 얼굴이 지우개로 쓱 지운 것처럼 머릿속에서 사라졌다. 한 권의 시집을 내기도 했던 시인이기도 한 선배의 얼굴을 기억해내기 위해서 그의 시집을 꺼냈지만, 사실 처음부터 소용없는 짓이라는 걸 알고 있었다. 그 시집 시리즈는 작자의 사진 대신 캐리커처를 싣기 때문이다. 집에 있는 문학 잡지들도 다 꺼내봤지만 선배의 사진이 실린 책은 찾지 못했다. 물론 나중에 며칠이 지나자 선배와 있었던 소소한 사건들이 생각나며 희미하게나마 얼굴을 떠올릴 수 있었지만, 그것은 무슨 수십 년 된 오래된 기억처럼 불분명하거나 금방 휘발되어버리곤 하여 시인을 당황하게 만들었다. 영문을 알 수가 없는 일이었다.

그런데, 그 시기부터 장경구의 문학 여정도 내리막길을 걷기 시작했다.

선배가 세상을 떴다는 슬픔은 솔직히 얼마 지나지 않아 가셨다. 늘 고맙게 생각해오고 있던 선배지만, 개인적으로 자주 어울리던 단짝 같은 사이도 아니었으니, 충격에서 벗어나는 데 오래 걸리진 않았다.

그러니 선배를 잃은 슬픔이나 공허감 때문에 장경구의 글이 힘을 잃거나 영감을 상실했다는 건 말이 되지 않는다. 그런데 결과적으로 일은 그런 식으로 진행되어버렸다.

또한 공교롭게도 선배가 죽은 후, 사람 귀찮을 정도로 오던 청탁 전화도 딱 끊겨버렸다. 잘 팔리던 책들도 판매량이 급감했다. 물론 그때만 해도 그는 무슨 3류 공포 영화의 복선도 아니고, 자신의 상황을 선배의 죽음과 연결시키지는 않았다.

　어쨌든 적막한 나날이 계속되자 어머니가 걱정스럽게 한마디 했다.

　"요즘은 너 찾는 전화가 통 오질 않는구나."

　안 그래도 초조감을 느끼던 시인인데 어머니마저 걱정을 하니 마음이 불편해졌다. 그런데 세상이 그를 찾지 않는 것보다, 스스로 글을 쓰지 못하고 있다는 게 문제였다. 아무리 쓰려 해도 꽉 막힌 듯, 의미 있는 글은 단 한 줄도 쓸 수가 없었다.

　세상이 자신을 찾지 않고 자신도 세상을 향해 나갈 수 없는 시간이 지속되어가던 어느 날, 자리에 누운 그의 눈에 벽에 붙여둔 책장이 들어왔다. 그리고 꽂혀 있는 시집들에 시선이 닿는 순간 저 어디쯤에 선배의 시집이 있다는 사실을 떠올렸다. 그때 그 순간, 불현듯 자신의 깊은 슬럼프가 형의 죽음과 관계가 있는 것이 아닐까, 하는 생각을 최초로 하게 되었다.

　그는 의심했다. 내가 과연 다른 시인들보다 잘나서 팔이 아플 정도로 사인회를 열고 연예인도 아닌데 길에 다니면 사람들이 알아보는 명성을 얻었던 걸까. 시 쓰는 일을 직업으로 삼을 만큼 많은 판매량을 올린 게 진짜 내 시가 아름다워서였을까. 내 시가 과연 저 주목받지 못하는 수백 수천 명의 시인들의 보석 같은 시들, 전율을 일으키는 시어들보다 뛰어날까. 아니다. 결코 아니다. 나는 그들의 기회를 훔쳐왔던 것뿐이다.

　장경구는 평소 자신이 존경했던 시인들의 시집을 꺼냈다. 자신을 시의 세계로 이끌었던 그들의 시어를 보면서 절망했다. 아 왜 나는 이 시인처럼 세상을 다르게 보는 눈을 가지지 못했을까.

그는 시인으로서의 성공이 어느 날 갑자기 찾아온 행운이었음을 깨달았다.

내게 그 선배가 없었다면 나는 시인으로 활동할 수 없었을 것이다. 시집 한 권 내지 못한 무늬뿐인 시인으로, 그저 젊은 시절 시를 좋아했던 무명 시인 직장인으로 살다 갔을 것이다. 나에게 평생 시인으로 살수 있는 길을 열어준 이는 바로 선배였다. 내게 찾아왔던 그 행운들, 꿈속에서의 일처럼 그것들은 너무 갑작스럽게, 너무 화려하게 다가왔고 펼쳐졌었다. 마술처럼. 하지만 선배가 세상을 떠나자 마법의 효험도 사라진 게 아닐까.

갑자기 심장에 칼이 들어오듯 섬뜩해졌다. 얼음 구덩이에 빠진 것처럼 오싹했다. 마술이 떠났으니 이제 나는 다시 원래의 비천한 삶으로 되돌아가는 것일까. 앓아누웠던 선배의 발인 날, 온몸을 덮쳤던 발열의 고통이 기억나며 오한이 밀려들었다.

두려움을 잊기 위해 그는 억지로, 무작정 쓰고 또 썼다. 마치 맷돌을 갈 듯 거칠게, 되든 안 되든 밀어붙여버렸다. 하면서도 이게 아닌데, 싶기도 했으나 무작정 휘갈겨 내렸다. 그는 좀 안일하게 생각했다. 시는 산문과 달라, 내가 뭘 이야기 하고자 이 시를 썼더라 내 스스로 헷갈려 하는데도, 읽는 사람에 따라서는 진지하게 받아들이는 경우가 있다. 게다가 이름값이 있으니 대충 쓰더라도 실험적인 면모를 보여주었다, 라는 식으로 받아들여질 수 있지 않을까.

하지만 그것은 오만, 오산이었다. 도저히 입이 떨어지지 않는 것을 참고 한 잡지에 지면을 부탁했는데 거절당하고 말았다. 시를 건넨 후 며칠이 지난 후에, 편집자가 전화를 해서는 현재 청탁 들어간 원고가 많아서 당장은 어렵고 나중에 연락을 드리겠다고 했다. 장경구는 충격을 받았다. 원고를 건네기 전에 거절의 이유를 그런 식으로 밝혔다면 또 그런가 보다 싶었을 텐데, 핑계일 뿐이라는 건 바보도 알 만한 상황이었다.

그리고 몇 달 후였다. 한 문예잡지의 신인상 수상식 초대장이 날아왔다. 머쓱한 것도 참고 나갔다. 한 낡은 호텔의 식장에서 거행된 시상식이 끝난 후 외부의 중국집에서 회식이 이어졌다. 친분이 있는 문인들과 같이 앉았다면 좋았을 텐데 또 어찌하다 보니 낯모르는 자들과 합석하게 되었다. 그중의 한 명은 요즘 한참 주목받고 있는 소설가로 문예지나 신문 등에서 자주 사진을 봐왔기 때문에 소개를 하지 않더라도 누군지 알 수가 있었으나 나머지는 완전 초면인 사람들이었다. 그들은 등단한 지 얼마 안 되는 시인과 평론가들이었다. 그런데 그는 금방, 자리를 잘못 앉아도 한참 잘못 앉았음을 깨달았다. 장경구까지 다섯 명이 둘러앉은 그 테이블의 네 사람 모두 한 대학 문창과의 선후배지간이었던 것이다. 당연히 장경구는 대화에서 일찌감치 소외될 수밖에 없었다.

친분이 있는 사람들 옆에 자리가 비지는 않을까 동향을 주시했지만 오줌 누러 가는 사람조차 없었다. 다들 그저 조용조용히, 데면데면하게 음식과 술을 마시고 있었다. 1차가 끝난 후 동정을 살피는데, 좀 통한다고 생각하던 한 후배 시인마저, 그럼 전 이만 가보겠습니다, 하고는 자기네들끼리 무리지어 사라져버리는 바람에 그는 멀뚱히 혼자, 혼란스러운 중국집 앞에 서 있을 수밖에 없었다.

2차를 가야 할 시간이 되었다. 그는 갈등했다. 갈까 말까. 가기로 해버렸다. 대충 추려진 인원은 열다섯 정도. 오늘 행사를 주간한 잡지의 편집장이, 예약돼 있다는 근처의 허름한 곱창 집으로 사람들을 안내 했다.

그 집은 홀과 방이 나뉘어 있는 구조였다. 방은 문이 없어 홀과 바로 통하긴 했지만, 한꺼번에 길게 앉을 자리가 없어, 다들 이곳저곳 따로 떨어져 앉을 수밖에 없었다. 도대체 이 출판사는 어째 장소를 이런 데로만 잡는가 싶었다. 중국집에서도 다 따로 떨어져서 앉았지 않은가. 그런데 아까 중국집에서 같은 테이블에 앉았던 사람 중의 하나가 장경구의 손을 끌었다. 그래서 그는 또 그들과 합석하게 되어버렸다. 소주 한 병을 마셨을까, 화장실을 가기 위해 밖으로 나갔다. 실내에도 남녀 구별 없는 화장실이 있지만 그곳은 여성들에게 양보하고 남자들은 밖에 설치된 간이 화장실을 사용하는 상황이었다.

소변기 앞에 선 장경구는 열린 창문을 통해 두런거리는 사람들의 말소리를 들을 수 있었다. 그들은 장경구의 이야기를 하고 있었다. 처음에는 선배의 이름이 나와 죽은 선배에 대해서 말하는 줄 알았는데, 가만히 듣고 있자니 자신 이야기였다. 아무래도 그 사람이 세상을 떠버렸으니 비빌 언덕이 사라진 거지. 솔직히 좀 과대평가 받아왔잖아요? 세상 이치라는 게 다 그래, 그 사람 아니었으면 저 사람 시를 누가 알아 줬겠어? 1차 때부터 은근히 거슬리던 소설가의 목소리가 유독 크게 들려왔다. 평소에 소설을 별로 읽지 않는 장경구였지만 워낙 호평을 받고 있는지라 그 사람의 책을 일부러 구입하여 읽은 적이 있었다. 다 읽고 나서도 내가 좋아할 만한 풍은 아니구나 싶었는데, 확실히 저 인간도 나를 마음에 안 들어 하나 보다 싶었다.

그는 참았던 오줌을 갈기고 싶었으나 오줌이 나오지 않았다. 어린 시절, 악몽을 꿀 때 이런 기분을 가끔 느낀 적이 있다고 생각했다. 오줌이 마려워서 바지를 까 내리고 이곳저곳에 오줌을 갈긴다. 하지만 아무리 눠도 시원해지지가 않는다. 장소를 옮겨 또다시 갈긴다. 소변 줄기가 물을 틀어놓은 호스처럼 굵고 세차지만, 터질 듯한 방광은 비워지질 않는다. 잠에서 깨어나서야 실제로 오줌이 차서 그런 꿈을 꾸었다는 사실을 깨닫게 된다. 화장실로 달려가 해결한 뒤에서야 비로소 시원해지는 것이다. 장경구는 어린애한테 하는 것처럼 스스로에게 쉬, 쉬, 하는 소리라도 내고 싶었다. 폭포 같은 오물을 변소 바로 옆에 붙어 앉아 지린내 맡아가며 곱창을 씹고 있는 그들을 향해 갈겨주고 싶었지만 아무리 용을 써도 배출할 수가 없었다. 그는 마치 가위에 눌려 있는 것 같았다. 벽을 짚지 않으면 똑바로 서기에 힘이 부칠 정도로, 취기가 몰고 온 어지럼증이, 더욱 그를 꿈속에 갇힌 것처럼 혼미하게 만들었다.

장경구는 놀랐다. 나만 그걸 알고 있던 게 아니구나. 남들도 다 알고 있었구나. 벽돌로 뒤통수를 두들겨 맞은 것 같았다.

도대체 언제 들켰을까.

내가 마술을 부리고 있었다는 사실을 저들은 언제 발견했을까.

어쩌면 사람들은 이미 오래전부터 나의 비밀을 알고 있었는지 모른다. 마술의 실체가 들통이 났는데도, 관객들이 다 알고 있는데도, 무대 위의 나만 모르고, 계속 신이 나서 엉터리 마술을 부리고 있었구나. 나는 내가 조롱거리가 된 줄 미처 몰랐네.

시인은 그 길로 집으로 돌아가버렸다.

그리고 그 이후 시인의 시맥은 완벽히 막혔다. 그의 마음은, 오랜 가뭄 끝에 말라붙어 더 이상 물기의 흔적조차 보이지 않는 흙먼지뿐인

우물 바닥과 같았다.

맷돌로 갈듯이 해도 안 되는 건 안 되는 거며 그래야 하는 의미도 찾을 수 없었다.

10년의 동면

그 이후 그는 시와 완전히 떨어진 생활을 했다.

낚시를 많이 다녔다.

정기적으로 계속 같은 낚시터에 나가다보면 친구들이 생기기 마련. 오다가다 만난 낚시 프로들, 다시 말해서 백수 강태공들과 친분을 쌓아 전국적으로 이름난 낚시터를 찾아다니며 세월을 낚았다. 또 등산회에도 가입했다. 이 산, 저 산, 소문난 명산은 말할 것도 없고 이름 없는 작은 산봉우리들까지 싹쓸이로 정복해버렸다.

물론 일도 했다. 여러 직업을 전전했다. 다만 죄다 단기성 아르바이트였다. 동네 호프에서 서빙을 하기도 했고, 식당 배달일도 했다. 잠시 고깃배를 타기도 했으며 노가다도 많이 뛰었다.

두세 달 일을 하다 싫증이 나거나 별로다 싶으면 그만두고 훌쩍 낚시를 하러 갔고, 조황이 안 좋으면 등산으로 종목을 바꿨다. 술이 고파지면 강태공, 산악인 친구들을 불러 밤새도록 부어라 마셔라 해댔다.

한참 일을 할 나이의 사람이 어떻게 그러고 살 수가 있지, 이해가 가지 않을 수도 있겠지만, 그렇게 10년쯤 살다보면 앞으로 10년을 더 그렇게 살라고 해도 아주 충분히 잘 할 수 있을 것 같은 경지에 도달하게 된다.

그렇긴 한데, 그러던 어느 날이었다.

방바닥에 누워 한쪽 다리를 세우고 다른 쪽 다리의 발꿈치를, 세운 다리의 무릎 위에 올린 다음 미친 듯이 떨어대며 손톱을 물어뜯고 있던 그는, 그저 할 일이 없었기 때문에 천장의 무늬를 세기 시작했다. 셈을 한 김에 자신이 붓을 꺾은 지가 얼마나 되나 느닷없이 카운트를 하게 되었는데,

"꽥……!"

비명을 질러버리고 말았다.

만화를 보면 목을 졸린 사람이 꽥 소리를 지르는 장면이 나오는데, 목을 졸라보니 진짜 그런 소리가 났다.

그러니까 그는 그때서야 자신이 무려 10년간이나 시와 떨어져 그저 개백수로 지내왔단 사실을 절감했던 것이다.

그는 벌떡 일어났다. 일어나 제자리를 빙빙 돌았다.

그날 밤, 그는 책상에 앉아 시를 한 편 써냈다.

버려진 수직 갱 동굴 같은 우물 바닥으로 10년 만에 내려가 정과 망치를 들고 두들겨 댄 셈이랄까.

그러니 그가 쓴 그것이 지난 시간의 긴 동면을 깼다고 할 만큼 대단한 작품은 아니었다. 시인지 낙서인지 잘 구분이 안 가는 글씨들의 모음이라고 하는 게 적당할지 모른다.

하지만 나름 의미는 있었다. 어쨌든 다시 쓰기 시작했으니까 말이다.

그날 이후 그는 날마다 썼고 또 남의 시들을 읽기도 했다. 10년이나 떠나 있었더니 모르는 시인들이 너무 많아져 있었다.

그는 결심했다. 이제부터라도 정신 바짝 차리고 다시 열심히 써야겠다고. 눈을 부릅떴다. 창균이 그를 봤을 때 왜 저렇게 눈을 레이저 쏘듯이 하고 다닐까 싶었던 것도 다 그런 이유에서 기인한 것이었다.

시인은 시맥이 막힌 이유 중의 하나가 지식이 너무 얕기 때문이라 보았다. 그는 자신이 마치 우물 안 개구리 같다는 생각이 들었다. 읽는 책이라고는 낚시 잡지 아니면 등산 잡지, 그리고 시집밖에는 없었다. 그러니 상상력을 가질 수 있겠는가. 시를 좋아했기 때문에 시를 썼고, 시를 좋아하니 다른 시인들의 시를 읽는 게 당연하지만, 다른 시인들에 의해 한번 걸러지고 그들의 시각으로 해석된 세상만을 접하니, 번뜩이는 시어를 획득할 수 있겠는가.

그는 세상을 알아야겠다고 마음먹었다.

그는 단파 라디오라는 게 있다는 사실을 알게 되었다. 단파 라디오는 지구 반대편 나라에서 쏘아 보내는 전파도 잡을 수가 있다고 했다.

저 변방에서 날리는 신호를 잡는 라디오. 세상의 모든 이야기를 들을 수 있는 기계.

영어는 대충 알아들을 수 있고 불어도 열 단어를 말하면 두 세 단어 정도는 이해하니, 영어 방송과 불어 방송을 주로 듣다가 가끔씩 다른 언어의 방송도 들으면 될 터이다 싶었다. 멕시코 방송을 들으며 이해는 할 수 없겠지만 무엇인가를 느낄 수는 있지 않겠는가. 생전 처음 들어보는 해석 불가능한 말들이라도 그것에 담긴 그 언어 특유의 감정과 뉘앙스, 운율을 맛볼 수는 있지 않겠는가. 또 아랍어라면 어떻고 러시아어면 어떠하리. 그동안 나는 황무지 별에 불시착한 우주 난민처럼 세상과 고립된 채 소통 없이 지내왔다. 물고기하고만 대화하고. 그런 내가 설사 외국의 언어를 이해하지 못하더라도 저들이 지금 무슨 이야기를 하고 있는 것일까, 궁금해 하는 것만으로도 꽁꽁 닫혀 있던 마음의 문이 열리지 않을까.

시인은 우연히 들르게 되어 아닌 밤중에 홍두깨처럼 야시시한 책을 잔뜩 구입하였던 경운상가의 구석, 한 전파상 출입문에 붙어 있던 흰 종이를 기억했다. 거기에는 파란 매직으로,

---

단파 라디오
무전기
HAM

이라는 글씨가 쓰여 있었었다.

당시는 너무 정신이 없었던 차라 그냥 지나치고 말았지만, 파는 곳은 확실하게 알게 되었다.

단파 라디오

시인은 단파 라디오를 사기 위해 다시 경운상가를 찾았다. 이때가 책을 구입한 지 일주일이 흐른 시점이었다.

시인은 이번에는 실수하지 않을 거라, 마음을 독하게 먹었다. 아니나 다를까 그 밤송이머리 녀석이 상가 입구에서 얼쩡거리고 있는 것이 보

였다.

"저, 저, 쇠상놈 같은 놈, 옷도 그날하고 똑같네. 유니폼이냐. 혹시 여태 계속 저 옷만 입은 거 아닐까."

시인은 놈이, 다른 사람에게 들러붙은 틈을 타서 재빨리 계단을 올랐다. 동작을 빨리해 계단을 뛰어오르는 시인의 등 뒤에서 놈의 목소리가 들렸다. 웃긴 건 너무 당당하다는 점이었다.

"어이, 아저씨! 이봐, 이봐! 이빡!!!! 거기 안 서? 아저씨이~ 아저씨이~ 이봐앗!!! 서라니깐!"

하마터면 걸음을 멈출 뻔했다. 저렇게 애타고 사납게 불러대는데 어찌 그냥 갈 수 있겠는가. 하지만 시인은 놈의 목소리에서, 호객 행위를 피해 서둘러 계단을 오르고 있는 자신에 대한 분노의 감정을 읽을 수 있었기에 흔들리던 마음을 다잡고 오히려 더 빨리 뛰었다.

일주일 전 그날, 상가를 떠나면서야 비로소 알게 된 사실이지만, 호객꾼들은 아무 반응을 보이지 않는 행인들을 무리하게 끌지는 않았다. 책 사세요, 라는 말에 예? 라거나 무슨 소리예요? 아닙니다, 저는 안 삽니다, 라는 식으로라도 일단 말을 섞게 되면 무조건 잡고 늘어지게 돼 있다. 그냥 묵묵부답이 최고다.

상가의 2층으로 올라와 전기, 전자 기구 상점 쪽으로 오자 더 이상 포르노 호객꾼들은 보이지 않았다. 속이 다 시원했다. 공기가 맑아진 느낌이었다. 여전히 그 전파사의 출입구에는 단파 라디오를 판매하고 있음을 알리는 종이가 붙어 있었다.

"단파 라디오는 얼마나 합니까?"

들어섰을 때 인사도 없이 불통 맞은 표정을 짓고 있는 주인에게 시인이 물었다.

"단파 라디오요?"

"예."

가게 주인은 시인을 아래위로 훑었다. 호객꾼 때문에 신경이 날카로워져 있던 시인의 눈썹이 꿈틀거렸다.

"없는 게요?"

진열장 건너편에 앉아 대답을 않는 주인을 보면서 시인은 의아한 표정을 지었다.

"어디서 나오셨어요?"

보통 장사꾼이 그런 질문을 던지는 건 이 손님이 정탐하러 온 경쟁업체 직원이지는 않을까, 혹여 단속 나온 공무원은 아닐까, 의심스러울 때다. 그런 사람 아니라는 점을 밝히려면 그냥 물건 사러 왔는데요, 하면 된다. 하지만 슈퍼와 서점, 낚시용품 외에 쇼핑이라고는 하지 않는 시인은 그 질문의 의미를 도무지 이해할 수 없었다. 농담처럼 집에서부터 왔소, 라는 말을 안 한 것만 해도 다행이었다.

시인이 무슨 소리? 하는 표정을 짓자 장사꾼은 미소를 지었다. 행색을 살핀 뒤 경계를 푼 것이다.

"특별히 찾는 기종이 있으세요?"

"아니, 그런 건 아니고."

장사꾼은 잠가놓은 캐비닛을 열쇠로 열더니 안에서 두꺼운 비닐 포장에 쌓인 납작하고 폭이 넓은 기계 하나를 내놓았다.

"음, 이건 무선 자동차 조정기처럼 생겼구만."

오히려 전자 음악 장비처럼 생겼다는 게 맞는 표현이었을 텐데 시인은 대충 그렇게 말했다.

"단파 라디오 첨 보세요?"

장사꾼은 애매한 표정으로 시인을 쳐다보았다. 시인은 직답을 피하고 질문을 했다.

"이건 얼마나 해요?"

"으ㅎㅎㅎ, 가격 잘 해드려야죠."

"그래서 얼마요?"

"ㅎㅎㅎ, 얼마까지 생각하고 오셨는데요?"

"뭐요?"

시인은 이 장사꾼과 자신의 화술이 정말 다르고 생각했다. 손님이 가격을 묻는데 오히려 되묻다니.

어쨌든 실랑이 끝에 장사꾼의 입에서 나온 금액은 20만 원이었다. 시인은 깜짝 놀랐다. 무슨 라디오가 20만 원? 밀고 당기기 끝에 겨우 1만 원을 깎았다. 현금이 없던 시인은 자기앞 수표 두 장을 내밀었다. 주인은 허공의 밝은 쪽에 수표를 비춰보기까지 했다. 이제까지 자기앞 수표를 사용하면서 저렇게 노골적으로 무궁화 무늬를 확인하는 사람은 처음 봤다. 그는 볼펜을 주며 이서하라고 했다. 가게를 나서는데, 주인이 이상한 소리를 했다.

"혹시 어떻게 되더라도 여기서 샀다는 이야기는 하지 마세요? 아저씨, 알았죠?"

문을 나서던 시인은 뜻 모를 그 소리에, 혼자 도리질을 치며 하여간에 이 동네는 진짜 이상하단 말이야, 하고 중얼거렸다.

가게를 나와 몇 걸음 걸으니 상가의 다른 동과 이어진 연결 통로가 보였다. 그곳에는 구둣방을 비롯하여 카세트테이프와 낚싯대, 낚시 도구를 파는 좌판 등이 있었다. 다시 글을 쓰기로 결심하면서 낚시를 자제하기로 한 시인이지만, 그래도 관심이 가는 것을 어쩔 수가 없었다. 다섯 계단 정도 내려와서야 연결 통로에 닿을 수 있는데, 한 발 막 계단에 내려놓는 순간, 갑자기 누군가 뒤에서 허리를 와락 끌어안았다. 깜짝 놀라 뒤를 돌아보니, 외국 잡지와 사진첩을 구매케 했던 자들 중에 한 명이었다.

"아니, 당신은 창식 씨?"

이름을 불린 자가 오히려 시인보다 더 놀랐다.

"날 알아요, 아저씨?"

불과 일주일 전에 그렇게 곤경에 처하게 해놓고는 모른 체 잡아떼다니. 시인은 실망이었다.

"내, 얼마 전에 책을 무려 오만 원 어치나 샀……, 아니 그쪽에서 안겼지만, 어쨌든 그래도 나를 모르겠소?"

그러자 창식은 눈을 가늘게 떠서 시인의 얼굴을 유심히 들여다보더니 아! 하는 소리를 냈다.

"맞다, 맞아. 배우들 이름 대던 그 매니아 아저씨네!"

"배우 이름이 아니라 시인 이름이었소."

시인은 혀를 찼다. 하지만 창식은 들은 척도 안 했다.

"또 오셨군요, 그렇게 많이 사 가놓고 금방 또 오셨어. 진짜 매니아네, 매니아."

창식은 시인이 뭐라고 대꾸도 하기도 전에 질질 끌고 가더니 가게 안으로 확 던져 넣어버렸다.

"어서 오세요."

그런데, 그때 시인을 맞았던 자가 이철수였다. 하필 그날 이철수가 가게를 보고 있었던 이유는, 판매 당번인 잉어와 호랑이가, 전날 과음 끝에 길 가던 시민을 괜히 시비 걸어 폭행한 죄로 유치장에 수감돼버렸기 때문이었다. 잉어와 호랑이가 딸려 들어갔다는 보고를 받은 조직의 우두머리, 김씨의 형은 판매망에 생긴 결원을 어떻게 보충해야 할지 고민에 빠졌다. 삐끼로 뛰는 애들을 판매원으로 올릴까 싶기도 했지만 아무리 그래도 계통 질서라는 것이 있지, 임시로라도 어린 놈들을 그 자리에 앉히기는 꺼려졌다. 삐끼들은 조직의 후보 사원일 뿐으로, 그들은 조직에 대한 충성도나 능력에 대한 완전한 점검이 끝나지 않은 자들이다. 뜨내기도 섞여 있다. 그러다 생각이 난 인물이 이철수였다. 김씨의 형은 마침 그날이 음반 가게가 쉬는 날임을 잘 알고 있었다. 이철수는 정조직원은 아니지만 협력업체 사장단 중 한 명이라고 할 수 있었다. 그리고 자신의 방계 사업 중 노른자위인 서적 생산판매업의 책임자인 동생의 주요 고객사이자 베스트프렌드이기도 한 것이다. 휴일을 맞아 그저 집에서 잠이나 퍼질러 자고 있던 이철수는 김씨 형의 전화를 받고 거절할 수가 없었다. 일당까지 준다는데 마다할 이유도 없었다. 그리하여 이철수가 시인을 맞게 된 것이었다.

가게 안으로 내동댕이쳐진 순간 일주일 전의 악몽이 떠오르면서 또다시 잉어와 호랑이 문신을 새긴 자와 살 떨리는 대면을 하게 될 줄 알았던 시인이었는데, 어라, 예상과 달리, 전혀 다른 분위기를 풍기는 인물이 앉아 있는 것이었다. 게다가 어서 오라는 인사를 하는 진중한 음성에는 인간적인 따스함마저 스며 있었다.

162

오늘 또 이 악당 놈들에게 납치되었으니 또다시 한 5만 원정도 작살나는 것인가, 라디오 사서 재정이 매우 열악한데, 하고 불안해하던 시인이었지만, 판매원의 관상과 분위기를 보자 갑자기 마음이 안정됐다.

어쨌든 당황한 시인이 멈칫하여 그저 서 있기만 하는데, 이철수는 시인이 그러거나 말거나 책상 위에 놓인 신문으로 다시 시선을 돌렸다. 그것은, 다양한 물건이 빽빽이 차 있는 양판점 같은 곳에서, 손님이 마음대로 물건을 고르도록 배려하는 주인의 태도와 비슷했다. 그러자 놀란 쪽은 시인이었다.

뭐지, 이 알 수 없는 분위기는.

시인이 그냥 계속 서 있기만 하자 이철수가 마침내 시인과 눈을 맞추었다. 그리고 친절한 목소리로 말했다.

"선생님. 혹시 찾으시는 것이 있으신지요?"

"예?"

"혹시 찾는 물건이 있으신가요?"

"으음……. 저기 그 말이오."

"네네."

"나는 낚싯대를 보려고 계단을 내려가는데 냅다 누군가 허리를 부둥켜안지 않았겠소. 깜짝 놀라 뒤돌아다보니 창식이가! 아니 내가 사실, 일주일 전에 무려 오만 원어치나 책을 샀는데, 또 나를 이리 납치하듯이 끌고 왔단 말이오, 창식이가! 창식이가!"

"아하! 일주일 전에 오만 원 어치 쇼핑을!"

이철수는 이 아저씨가 마니아 중의 상 마니아라고 생각했다. 그렇게 대량 구매하고 일주일 만에 또 오다니. 게다가 창식이를 알고 있는 것을 보면 대단한 단골임에 분명했다. 그럼에도 마치 아닌 척, 그냥 붙들려 왔다는 식으로 당황해 하는 것을 보면 꽤 의뭉스러운 구석이 있는 사람이라 싶었다. 이런 내성적인 고객에게는 앞서가는 서비스가 필요하다.

"그러시면……."

이철수는 책상 서랍에서 일본 섹스 책 몇 권을 꺼냈다. 시인이 오기 전 한 고객이 교환해가며 놓고 간 것들이었다. 오늘은 단속 예고도 없었기 때문에 외부의 보관 장소에 보내지 않고 그냥 서랍에 넣어두었던 참이었다.

시인은 탁자 위에 놓이고 있는 총천연색 서적들에 시선을 빼앗겼다.

"아니, 내 말은 그것이 아니고."

"아, 잡지 찾으세요?"

"아니 그게 아니라."

"네네네, 말씀하세요. 아, 혹시 테이프 찾으세요? 최우람 씨 신작요?"

"으 그놈의 최우람 신작!"

시인은 답답함에 털썩 소파에 주저앉았다. 그리고 신경질이 나 책한 권을 집어 들었다. 집어들 때만 해도, 이놈의 망할 것, 이라고 소리치며 내동댕이치려고 했었다. 그런데 하필이면, 어여쁜 모델이 간사한 표정을 지으며 해괴한 포즈를 취하는 페이지가 딱 펼쳐져버렸다.

순간 시인의 눈이 크게 떠졌다.

"으음? 이건 좀 색다르구면."

"네네, 구하기 좀 힘든 판이죠."

물론 손님 말에 적당히 장단 맞춰준 것뿐이다. 음반 업자인 이철수가 섹스 책에 대해서 알 리가 없다.

"얘는 혼혈인가봐?"

"일본은 요즘 혼혈 모델을 기용하는 경우가 더러, 꽤 되는 거 같더라구요. 혼혈들이 원래 아름답지 않습니까?"

"응, 그러게. 오, 이 큰 것이 그냥 다⋯⋯."

"선생님, 명기가 따로 없는 것 같습니다."

"허어, 과연. 어라, 어어, 이 친구는 아까 그 친구보다 훨씬 큰데. 가히 가루지기가 따로 없구먼. 실하네, 실해, 엉? 남자인 내가 봐도 대단허이."

"맞습니다. 이 남자 모델은 물건 단련을 위해서 특별 훈련이라도 받은 걸까요?"

"에이, 훈련을 한다고 이리 되나. 타고난 거지. 복이야. 복. 와, 진짜 얼마나 좋을까? 이 정도면 정말 세상 떳떳이 살아갈 수 있을 거야, 응?"

"아무렴요."

철수는 장경구를 향해 윙크와 동시에 엄지손가락을 쭉 내밀어보였다.

해서 시인은 이철수가 꺼내놓은 네 권의 책을 모두 구입하기에 이르렀다. 이철수는 보너스로 낡은 책 한 권을 끼어주었다. 그 정도의 친절은 베풀 수 있는 전권을 위임받은 이철수였다.

가게를 나서기 전 시인은 이철수를 다시 보게 되었다. 이 상인처럼 손님의 마음을 편안하게 해준다면 가끔씩 들르는 것도 나쁘지 않을 것 같았다. 아니 가끔이 아니라 단골이 된다 해도 큰 상관은 없을 것 같은데.

"그런데 저번에 왔을 때는 다른 사람이 가게를 보고 있습디다."

"예? 아예, 여기는⋯⋯."

이철수는 조직의 원칙에 따라 돌아가면서 가게를 보게 된다는 설명을 어떻게 할까 하다가 적당히 대답했다.

"그날, 그날 사정에 따라 보는 사람이 바뀝니다."

"그 잉어와 호랑이 문신, 양 어깨에 새긴 자는 어디 갔소?"

"아? 아아, 예, 하하하. 실은 오늘도 그 친구가 나오는 날인데 사정이 좀 있어서요. 제가 대신 나왔죠."

"요일 따라 나오는 사람이 정해져 있는 게요?"

"그, 글쎄요. 요일 따라서라기 보다는 사실 좀 중구난방이죠."

"허어, 거 참. 희한한 시스템이로고. 주인이 한두 명이 아닌가 보구 면?"

"아니 주인은 한 분인데, 말하자면 다양한 점원이 돌아가면서 본다 랄까요."

"아, 내가 왜 자꾸 이래 묻는가 하면, 댁이 워낙 친절한 거 같아서 물건을 사더라도 댁이 있을 때 오려고 그러는 거요."

"창식이랑 잘 아시는 거 아니세요?"

"아니라니깐! 창식이 그놈이 나를 억지로, 아니 지가 날 언제 봤다고. 나는 진짜 깜짝 놀랐어, 누가 나를 뒤에서 팍 끌어안는데, 흠칫 놀라 뒤를 돌아다보니 창식이잖아!"

이철수는 그제야 자신은 원래 이 가게에 나오는 사람이 아니고 단지 대타로 봐주러 왔을 뿐이라는 사실을 털어놓았다.

"제 명함입니다. 저는 이 옆에서 음반 가게를 하는 사람입니다." 무슨 바이킹 복장에 도끼를 든 외국 남자가 입을 딱 벌리고 있는 사진을 배경으로,

라는 글씨가 박혀 있었다.

"오, 이철수 씨. 근데 정말 안타깝네. 여기 잠깐 봐주러 오신 거라구요?"

"음. 하지만, 혹시 물건을 사는 데 불편을 느끼시면 저한테 오세요. 그럼 제가 물건을 가져다 드릴 수도 있구요. 근데 창식이가 원래 착한 앤데."

"창식이, 이름도 꺼내지 마오! 난 만날 같은 옷 입는 그 밤송이 머리 녀석보다 창식이가 더 싫어!"

그러고 있는데 문이 벌컥 열리더니 갑자기 창식이가 들어왔다.

"누가 날 자꾸 불러? 철수 형, 나 배고파요. 우리 점심 먹죠?"

시인은 창식이의 얼굴을 보자마자 또다시 불쾌감이 몰려왔다. 시인의 심정을 간파한 이철수는 창식이를 꾸짖었다. 창식이는 평소부터 이철수의 고매한 인품에 끌려 그를 형으로 부르고 잘 따르고 있었기에, 고개를 숙인 채 묵묵히 그의 나무람을 받아들였다. 물론 이철수도 좋은 말로 좀 친절하게 굴라고 했던 것이지 크게 야단을 친 건 아니다. 직계 후배도 아닌 계통이 다른 동생을 함부로 다룰 수는 없는 일이니까. 창식이는 시인에게 무례하게 굴었던 것을 사과하고 앞으로 방문하시면 열과 성을 다해 친절히 접대할 것을 약속했다. 이 상황에서 창식이는 양처럼 온순했다.

어쨌든 이것이 시인과 이철수가 인연을 맺게 된 경위이다.

시는 포르노다

그날 밤 시인의 책상 위에는 또다시 포르노 사진첩이 올랐다. 책장을 넘기는 시인의 가슴은 활활 불타오르고 있었다. 가슴도 불났고 눈동자도 이글거리고 하초도 용광로처럼 달아올랐다. 시인은 일주일 만에 몸 속에 담겨 있던 것을 배출했다.

이내 온몸이 노곤해지면서 맥이 탁 풀렸다. 그리고 빠져나간 액체의 양보다 몇 배는 더 되는 허무감이 몰려들었다. 그것은 이내 부끄러움으로 환치되었다. 발기가 풀리고 나서도 마지막까지 알뜰히 짜낸 다음 말끔히 구석구석 닦은 뒤 자리에 누운 시인은, 내 나이가 얼마인데 지금 이딴 것을 보면서 용두질을 하고 있나, 한심스러웠다.

그런데 시인은 다음 날도 포르노 책을 꺼냈다. 그리고 또다시 수음에 열중했다. 일주일 여 전 사왔던 책은 그날 밤 보고, 창피함과 거부감 때문에 책상 서랍 깊숙이 숨겨둔 채 아예 잠가버리고 다시 꺼내지 않았다.

그런데 이번에는 하루 만에 또다시 끄집어낸 것이다. 시인은 바쁘게 손을 놀렸다. 마찬가지로 몰려드는 허무함.

그러나 그다음 날 밤에도 마찬가지. 어김없이 그의 책상 위에는 책들이 올려졌다. 자려고 누웠는데 웬지 말똥말똥한 게 도무지 잠이 들 조짐이 없었다. 뭔가 허전했다. 이를 안 닦았나, 오줌을 안 눴나, 아닌데, 아닌데? 다 했는데? 그런데 왜! 왜! 도대체 왜! 할 일을 안 하고 누운 것 같은 기분이 드는 것일까. 곰곰이 생각을 해보는데 아랫도리가 묵직해지며 피가 몰려들었다. 그래서 시인은 결국 책을 꺼내고 또다시 배출을 해야만 했던 것이다.

그렇게 시인은 매일 밤마다 어김없이 수음을 했다. 사실 그간은 그 짓을 거의 하지 않고 지내왔던 시인이었다. 세상과 담을 쌓고 지내는 동안 시인은 저에너지형 인간으로 변모해버린 것인지 성욕도 느끼지 않고 살아왔었다. 갑자기 발기가 되는 경우가 있었지만 그것은 단순히 반사작용과 같은 것이었을 뿐이었다. 그마저도 머리와 가슴속을 채우는 상념과 공허는 금방 몸의 세찬 기세를 누그러뜨리곤 했었다.

그랬던 시인이 이제 외국 여자들의 벗은 몸 사진을 보면서 매일 같이 자기 몸을 주물럭대고 있는 것이었다.

두 번째 사온 날로부터 열흘 만에 시인은 일상이 된 자신의 포르노 감상에 대해서 더 이상 부끄러움이나 까닭모를 기우 같은 것을 느끼지 않게 되었다. 며칠 전만 해도 보면 볼수록 패배자가 된 듯한 우울한 기분에 사로잡혔지만 그때와 비교할 수 없을 정도로 자신에게 관대해졌다.

책을 대하는 태도도 자유스러웠다. 초기에는 책상 위에 가지런히 늘어놓고 얼굴까지 벌겋게 붉혀대며 조심스럽게 넘겼다. 비싸게 주고 산 책이 닳을까봐 그랬던 것이 아니라, 요망한 것을 보는 게 염치가 없었기 때문이다. 그런데 이제는 마음대로 책을 다루었다. 구겨지거나 말거나 함부로 휙휙 넘기고, 다 본 것은 아무렇게나 집어던지곤 했다.

책을 볼 때의 자세도 마찬가지다. 두 다리를 책상 위에 척 올려놓고 성기와 불알을 주물럭대면서 관람했다. 잘못된 정보로 인해 경운상가에 들렀다가 포르노 서점에 납치되듯 끌려갔던 날, 다리를 쩍 벌린 잉어와 호랑이가 그랬던 것처럼, 시인도 아무도 없는 방 안이긴 하나 여간 불량하지 않는 태도로 바지 안의 그것을 매만졌다. 그러니까, 발기된 자신 몸의 일부를 누그러뜨리기 위해 그저 빨리 기계적으로 손을 움직이는 것이 아니라, 콧구멍을 쑤시면서, 책상 위에 올려둔 차를 마시기도 하면서, 심지어는 시집을 읽기도 하면서 포르노를 봤던 것이다.

시집과 포르노 사진첩을 같이 두는 것은 그전 같았으면 생각지도 못할 일이었다. 포르노 책을 던져두고 과일을 먹던 시인은 깜짝 놀랐다. 무심코 집어던진 포르노 책이 자신이 가장 아끼는 시집의 한 귀퉁이를 살짝 덮어버린 것이다. 시인은 화들짝 놀라 몸을 퍼뜩 일으켜 그 불경한 것으로부터 시집을 떼어냈었다. 그리고 마치 더러운 것이 묻기라도 한 양 신성한 시집을 가슴팍에 문질렀다.

그러나 그런 행동도 얼마나 우스꽝스러운지 이제 깨달았다. 시인의 결벽증은 씻은 듯이 완쾌되어 있었다. 시집과 포르노 책을 나란히 포개 놓기도 했다.

시인은 너그러워져 있었다.

이제는 사정 후 무참할 정도로 몰려들던 허무함도 느껴지지 않았다. 몸이 나른해지는 신체 반응은 어쩔 수 없었으나, 공허감 대신 배설의 후련함에 기분이 개운했다.

시인은 실로 오랜만에, 시가 배설이라는 사실을 떠올렸다.

포르노를 책상 서랍에서 꺼내고 책상 위에 올려놓기까지 설레는 그 마음, 그리고 이내 눈앞에 펼쳐지는 살색의 향연에 흥분되는 그 마음, 그것들은 바로 시를 쓸 때마다 사로잡히곤 했던 익숙한 감정이었다. 마음 가득 차오를 대로 차올라 터트리지 않으면 도저히 견딜 수 없어 폭발하듯 시어들을 토해낼 때 불타오르던 그 환희의 오르가즘, 시어의 배출을 성공했을 때 맛보던 그 나른한 만족감, 그런 것들이 다시 시인의 가슴을 울렁이게 하고 있었다.

시인은 자신이 얼마나 오랫동안 제대로 된 시를 쓰지 못했나 하는 회환에 사로잡혔다. 내가 얼마나 오래 배출을 참아온 것인가, 그것이 그저 한없이 부끄러울 따름이었다.

나는 그동안 싸는 게 부끄러운 건 줄 알았다. 그러나 실은, 싸지 못하는 게 치욕이다.

마구 싸자, 마구 쓰자, 마구 싸자, 마구 쓰자.

마구, 마구, 내 안에 차 있는 모든 부끄러움들,

부끄럽지 않기 위해 죄 싸버리자,

배출해버리자.

사정하자.

그리고 시인은 포르노가 가득 올라 있던 책상을 깨끗이 확 쓸어버린 뒤 새로운 시를 써내려가기 시작했다. 이 얼마 만에 맛보는 뜨거움인가. 시인의 가슴은 환희로 가득 찼다. 살풀이춤이라도 추고 싶은 심정이었다.

그날 이후 시인은 거의 2주에 한 번 꼴로 경운상가를 나갔다. 다 본 책들을 교환하기 위해서였다. 경운상가를 나가는 것이 생활의 기쁨 중 하나가 되자 그저 멀리서 눈에 띄기만 해도 두렵고 짜증이 나던 호객꾼들도 어여쁜 동생들로 여겨졌다. 만나면 반갑다고 벌컥벌컥 안아대는 창식이와 밤송이의 스킨십도 그리워질 때가 있었다. 잉어와 호랑이도 알고 보니 매우 유머감각 넘치는 재치꾼이었다. 피해자와 합의를 하는데 예상치 않은 거액을 쏟아부어 심기가 매우 불편했지만, 그는 원래 나쁜 일은 금방 잊는 화통한 성격의 소유자로, 때때로, 어쩌면 매우 자주, 윽박지르기도 하지만, 열과 성을 다해 손님들을 대하고 있었는데, 이제 어엿한 단골이 된 시인에게 자신의 당번 날을 알려주며 일부러 자신이 가게에 나오는 날에 맞추어 나오게 했고, 자기가 단골로 다니는 순대국집이 있는데 언제 한번 한가한 날 소주나 꺾자고 버릇처럼 말하곤 했다. 포르노 책을 산 다음 시인은 LP를 살 것도 아니면서 이철수의 가게로 가서 커피믹스 한 잔을 얻어먹으며 수다를 떨다가 돌아오곤 했다.

6. 본궤도에 오른 이철수의 사업

판로의 개척

이철수가 자신의 첫 생산품을 내놓았던 당시의 일이다.

앨리스 클락 밴드의 앨범을 찍어낸 이철수는 시제품을 들고 동네의 레코드 가게들을 돌기 시작했다.

애초에 번듯한 시내 레코드 가게는 계획에 없었다. 라이선스 음반이라도 헤비메탈이나, 기적처럼 발매된 몇 안 되는 프로그레시브 LP들을 쇼 윈도에 걸어놓고 음악 애호가들을 위한 레코드 가게라는 사실을 밝히는 데 주저치 않는 숍들을 대상으로 세일즈를 펼쳤다.

그런데 가게 사장들은 이철수가 생산한 LP를 금지곡에 지친 음악팬을 위한 제대로 된 음악 감상 도구로 보는 게 아니라 라이선스 음반의 다운 그레이드 버전 정도로 여겼다. 사장들은 테스트 삼아 플레이를 시켜본 후 고개를 절레절레 내젓곤 했다. 음질이 안 좋다는 것이었다. 잡음도 있고 더러 튀기도 하는 음반을 누가 사가겠냐고 했다. 게다가 요즘은 저작권법이 점차로 강화되는 추세라면서 단속을 염려하는 심경을 드러냈다.

한 가게의 사장이 말하길,

"요즘 대학가 복사집 털리는 거 못 봤어? 대학생들 중에 오리지널 원서 보는 놈이 누가 있어. 교수도 복사판 보는 판에. 그렇게 관행으로 굳어져왔는데, 요즘 단속 뜨는 거 살벌하잖아. 복사집들 아예 거들이 나고 있으니. 그렇게 압박해대는데 이런 거 괜히 갖다 놨다가 발리면 개털 되는 거여."

하지만 어차피 돈을 벌기 위해 시작한 일이 아니었기 때문에 쉽게 좌절하지는 않았다. 만약 판로를 찾지 못한다면 음악 다방과 음악 애호가들에게 공짜로 나눠주면 될 일이었다. 그런데 그렇게 되면 앞으로 계속 음반을 찍어내기는 어렵다. 무작정 자기 돈을 퍼부을 수는 없으니.

휴일마다 그는 큰 기대 없이 산보 삼아 시내 곳곳의 레코드 가게를 방문했다. 그렇게 땀을 쏟은 결과 부도심 지역 중에서도 낙후된 특정 지역의 몇몇 레코드 가게에서 물건을 들여놓겠다는 확답을 받았다. 물론 정산은 물건이 다 팔린 후 하자고 했고 이철수는 그 요구 조건을 들어줄 수밖에 없었다.

판매고는 생각보다 좋지 않았다. 가게 사장들에게 자주 전화를 해봤지만 판매가 영 시원찮다며 귀찮게 괜히 받았다는 사람까지 있었다.

선전 아닌 선전

그러던 어느 날, 판매에 곤란을 겪고 있는 것을 안타깝게 지켜보던 기획자 형이 한 가지 제안을 했다.

"내일이 내가 패널로 출연하는 심야 FM 프로그램 녹음이 있는 날이거든. 달도 없는 밤에, 라는 프로 말야."

"맞아요. 형, 거기 나가시죠."

그건 새벽 1시에 시작해 2시에 끝나는 방송이었다. 그때만 해도 아직 퇴직 전이라 새벽 같이 일어나야 하는 이철수로서는 평소에 듣고 싶어도 듣지 못하는 방송이었다.

"내가 말야 내일 녹음할 때 니가 찍은 음반에 대해서 살짝 언급을 할게."

형은 아직 사람들이 몰라서 그렇지 일단 입소문만 나면 밤을 새더라도 물량을 맞추기 어렵게 될 것이라고 했다. 과연 그럴까. 레코드 가게 사장들의 반응도 별로였었는데. 하지만 기획자 형은 그때 가서 자기를 모른 체하면 안 된다고 농담을 하기도 했다. 이철수는 방송에서 그런 이야기를 해도 될까, 그러다가 혹시 일이 더 꼬이는 것은 아닐까 걱정됐다. 그러나 기획자 형은 어차피 구속을 각오하고 시작한 일 아니냐고 했다. 구속이라는 어마어마한 단어가 다른 사람의 입에서 툭 튀어나오자 높은 곳에서 철퍼덕 떨어진 것만 같은 느낌이었다.

"그렇긴 하더라도, 그렇게 되면 좀 곤란하잖아요."

"농담이야. 어떤 한가한 공무원이 새벽 한 시에 하는 음악 전문 방송을 듣고 있겠어. 걔들도 출근해야지. 게다가 단속하는 애들은 정서가

메말라서 그런 고품격 음악 방송은 안 들어."

"경찰들은 매일처럼 잠복근무하잖아요. 라디오 안 들을까요?"

"그 양반들은 에이엠 듣는다."

"혹시 형에게 피해가 갈까봐서요."

"걱정 붙들어 매."

형이 출연한 방송분이 나오던 날, 이철수는 커피를 석 잔이나 마셔 잠을 쫓은 후 라디오를 들었다. 주옥같은 음악이 두 곡 소개된 후 형의 멘트가 이어졌다.

"제가 며칠 전에 볼일이 있어서 중영시장을 들렀었는데요, 그 근처 음반 가게를 갔다가 이상한 LP를 봤습니다. 바로 이것인데요."

"오호, 참 묘하게 생긴 음반이네요? 청취자 여러분들에게 보여드렸 으면 좋겠는데 라디오라서 이것 참. 미래에는 들리는 라디오, 뭐 그런 것도 생기지 않을까요. 아무튼 커버가 단색으로 인쇄되어 있네요. LP에 붙어 있는 레이블도 무슨 타자기로 친 것을 복사한 것 같구요. 정체가 뭘까요? 예전에 제가 이탈리아에 간 적이 있는데 그쪽에서 보았던 부 틀랙 앨범과도 흡사하군요."

DJ의 대꾸에, 이철수는 복사판 LP를 만드는데 결정적인 힌트가 되었 던 이탈리아산 멕시코 라이브 LP를 떠올리며, 저것은 DJ가 우연히 이 야기한 것일까, 기획자 형이 미리 언질을 준 것일까, 궁금해졌다.

"그렇습니다. 이것도 해적 음반인 것 같습니다."

"예전에도 이런 비슷한 것들이 시중에 나왔었죠?"

"그렇습니다. 그리고 몇 년 전까지만 해도 외국 음반사와 계약을 체 결하지 않은 채 무작정 찍어내면서 라이선스 판인 척 하는 음반들도 있었죠. 제가 호기심에 한 장을 구입해서 들어보았습니다. 역시 음질에는 한계가 있었습니다. 커버도 이미 말씀드렸다시피 단색이구요. 하지만 현재 전 세계적으로 오직 유일하게 우리나라에서만 전면 금지 아티스트로 묶여 어떤 앨범도 발매될 수 없고 방송에서조차 단 한 곡도 들을 수 없는 앨리스 클락의 전 앨범들이 이런 식으로나마 나왔다는 점에 주목할 필요가 있겠습니다. 가격도 쌉니다. 육백 원밖에 하지 않거든요. 중영시장에 근처 음반 가게들은 이런 음반도 취급을 하니 저로서는 참 놀라운 일이었습니다. 흑백이긴 하지만 재킷도 수정이 되지 않은 오리지널 그대로이니 미풍양속을 해치지나 않을까, 우려스럽습니다."

"자, 그럼 다음 앨범 소개해주시죠."

이철수는, 기획자 형이 욕을 하는 척 하면서도 실컷 선전을 해주고 있다는 것을 알았다. 시장 이름도 두 번이나 이야기했다.

확실히 기획자 형의 방송 이후 앨범을 찾는 사람들이 늘어났다. 물론 그렇다고 확 증가한 것은 아니었다. 한정된 청취자들을 대상으로 하는 심야 방송에서 한 번 언급된 것뿐이다. 그래도 이대로라면 두서너 달 가지 않아 재고는 모두 소진될 것 같아 마음은 한결 편해졌다.

김씨와 만나기까지

이철수가 생산주임과 기계 인수 문제에 대해 합의를 끝낸 뒤, 재킷을 인쇄할 장소를 물색할 때의 일이다.

그는 작업을 맡길 적당한 업소를 찾기 위해 백여 개의 영세 인쇄소들과 대형 인쇄소 몇몇이 혼재한 인쇄 골목을 헤집고 다녔다. 그곳의 인쇄소들은 돈만 주면 간첩 삐라까지도 찍는다는 소문이 있었다. 말이 그런 것뿐일 테지만, 분명한 건 그들이 철저한 프로라는 점이었다. 선명한 프로페셔널 정신에 입각해 살인, 강·절도 따위의 파렴치 강력 범죄에 연관된 것만 아니라면 납기 시한 어기는 법 없이, 며칠이라도 밤을 새서 납품을 완수한다고 했다.

역시 가격을 알아보려 들렀던 가게의 모든 사장들은 이것을 왜 찍으려 하는지 알려고 하지 않았다. 전문적인 인쇄 용어와 종이 값 등을 계산하여 수량당 단가만을 계산기로 두들겨 알려줄 뿐이었다.

그러다가 마지막으로 들렀던 곳이 김씨의 인쇄소였다. 이곳저곳 방문하다 보니 훌쩍 밤이 깊어져 열 시를 지나고 있었는데, 손본 지 수십 년은 더 된 듯한 낡은 2층짜리 빌딩의 지하, 한 인쇄소에 환하게 불이 켜져 있는 것을 발견했다. 이곳을 마지막으로 들르고 집에 가야겠다고 마음먹으며 계단을 내려갔었다. 문이 살짝 열려 있었기에 이철수는 노크도 없이 안으로 들어섰다. 어차피 기계 돌아가는 소리로 너무나 시끄러웠기에 설령 문을 주먹으로 친다고 해도 들리지 않을 성싶었다.

그때 이철수가 본 것은, 찢어진 수영복 탓에 한쪽 가슴이 아무렇게나 드러난 여자가 바닷물에 반쯤 몸을 담근 채 혀로 윗입술을 핥고 있는 모습이 커버인 소책자였다. 커버의 상단에는 일본 글씨가 박혀 있었다. 한눈에도 이상한 책이 분명한 그것은 넓은 나무 탁자 위에 줄을 맞춰 쌓여 있었는데, 물경 200여 권은 되어 보였다.

이철수가 몇 번이나 뒤에서 불렀지만 작업에 열중하고 있던 김씨는 그 소리를 듣지 못했다. 이철수는 어쩔 수 없이 김씨의 바로 옆에 바짝 다가선 뒤 눈을 마주쳤다. 김씨가 화들짝 놀랐음은 물론이다. 그때 이철수는 기계에서 막 나오고 있는 사진을 볼 수가 있었는데, 커버보다 훨씬 노골적이었다. 이철수는 남자가 놀란 이유가 비단 자신의 갑작스러운 등장 때문만이 아님을 그때 알았다.

김씨는 기계에서 떨어진 구석으로 이철수를 데리고 갔고 소음이 다소 줄어든 그곳에서 이철수는 자신이 온 목적을 이야기했다. 내놓은 단가 계산도 가장 싼 축에 속했다. 하지만 무엇보다 이 업자도 불법적인 일을 하는 사람이라는 점이 가장 마음에 들었다. 이 골목 인쇄소들이 철저한 프로 정신하에서 운영되고 있다지만, 대체로 그런 분위기라는 거지, 그중에는 완고한 가게들도 있을 것이고, 고발정신이 투철한 사장도 있을지 모르지 않는가. 아무런 사전 정보 없이 거래를 시작하는 마당에 안전이 제일이다. 그래서 그는 결국 김씨에게 일을 맡기기로 결정했다.

몇 번 거래를 한 후 친분이 쌓이게 되자 김씨는 제품에 대한 궁금증을 그제야 드러냈다. 그것은 순수한 궁금증에 불과했기 때문에 이철수는 친절히 대답해주었다. 김씨는 흥미로워했다. 당시 판로 개척에 대해 고민하던 이철수는 그 점에 대해서도 하소연했다. 그리고 말이 나온 김에 그때 자신이 보았던 이상한 소책자에 대해서도 물어보았다. 김씨 역시 자신이 하고 있는 비밀 인쇄 작업에 대해서 털어놓으며 이번에 찍어낸 새로운 책 두 권을 선물로 주었다. 서로의 실체에 한 발짝 다가선 그들은 불법 업자끼리의 동병상련의 정을 느꼈다. 그 며칠 뒤 형을 만난 김씨는 이철수가 생산하는 LP를 내밀며 형의 구역에서 이 물건을 팔아보는 것은 어떻겠냐고 물었다. 인생을 오로지 아웃사이더로 살아온 김씨의 형은, 동생이 내미는 희한한 물건에서 풍기는 무허가적 거친 반항미에 놀랐다. 값싼 질감에서 감지되는 사뭇 반체제적인 느낌은 금세 그를 매료시켰다.

김씨의 형은 일단 상가 내 빈자리에 가판대를 세우고 출소 후 할일이 없어 상가 주변에서 펑펑 놀고 있는 잉여 인력들 몇을 판매꾼으로 내세웠다. 그들은 그저 부정기적으로 포르노 책 판매의 삐끼로 활동할 뿐인 자들이었다. 이미 그때는 기획자 형이 라디오에 나가 이철수의 생산품에 대해 선전을 해준 뒤라 입소문을 타고 있던 시점이었다. 게다가 상가를 들리는 포르노 애호가들 중에는 메탈 애호가들도 적지 않았다. 그런 이유 덕분인지 가판대 판매 성적은 의외로 괜찮았다.

물건이 꽤 팔린다는 사실에 고무받은 김씨의 형은 본격적으로 장사를 할 상인들을 물색했다. 음악적 지식만이 아니라 교양 수준이 밑바닥인 애들에게 판매를 맡겨 놨더니 폐단이 이만저만이 아니었던 것이다. ABCD만 대충 알지 be 동사를 베로 읽는(농담이 아니고 진짜로) 무식한 자들이 타이포그래피로 복잡하게 장식된 밴드 이름과 앨범 명을 제대로 이해할 리 없는 까닭에, 손님이 와서 무슨 앨범 있어요, 라고 물을 짝이면, 니가 찾아봐 씹새야, 같은 황망한 응대를 하는 형편이었다. 그리하여 열정을 가지고 레코드 가게를 열었다가 장소가 좋지 않다거나 하는 등의 이유로 좌절을 맛보고 새로운 사업을 시작하려는 사람들과, 음악적 지식은 뛰어나지만 마땅한 직업을 찾지 못한 채 놀고 있던 분들이 김씨의 형이 지배하는 경운상가 내, 비어 있던 점포에서 빽판 소매 사업에 참가하게 되었다.

경운상가에 물건이 깔린 후 이철수의 제품은 날개가 돋친 듯이 팔리기 시작했다. 이제 그는 더 이상 회사를 다닐 필요가 없었다. 아니 다닐 수가 없었다. 월급의 몇 배가 되는 돈을 벌고 있기 때문이기도 했지만 직장생활을 병행하면서는 물량을 맞추기가 불가능했다. 그는 사표를 내고 본격적으로 음반 생산에 박차를 기했다. 기획자 형은 퇴직을 하는 그에게 축하한다고 인사를 건넸다. 그리고 자신의 말이 맞았다며 기뻐했다.

퇴직할 때 생산주임에게 지나가는 말처럼 회사에서 잘리면 자기에게 오라고 했는데, 정말 얼마 있지 않아 주임이 찾아와 함께 일할 수 있겠냐고 물었다. 회사에서 속상한 일이 있는가 보았다. 기술이 뛰어난 주임이 합류하는 건 이철수의 입장에서 천군만마를 얻은 격이었다. 그리하여 생산은 주임과 김씨의 형이 소개해준 한 젊은 애에게 맡기고, 이철수는 세일즈에 열중했다.

부산에 있는 레코드 가게가 접촉을 해온 것을 계기로, 이철수는 전국을 돌며 소매를 원하는 가게를 물색하는데 애썼다. 그리고 얼마 후, 소매의 거점, 도매의 창구를 외부에 노출시킨다는 전략에 따라 경운상가에 직영 가게도 냈다.

그러니까 사업이 탄력을 받아 점차 확장된 것은 김씨를 만난 이후다. 따지고 보면 그의 덕분이기도 했다. 그래서 철수는 늘 김씨에게 고마움을 느꼈다.

그런데 김씨 측 역시 경운상가의 이미지를 불법 아이템의 온상, 그모든 비합법적 생산품의 본거지로 더욱 공고히 한 이철수의 공로에 감사함을 느끼기는 마찬가지였다. 상가의 이익 증대 측면에서도 물론 그러했다. 이철수의 장사가 잘되면 잘될수록 김씨의 인쇄소에 불 꺼질 틈이 없으니 지하 생산업자라는 공통의 정서적 유대감만이 아니라 끈끈한 사업적 파트너십은 날이 갈수록 강화되고 있었다.

사업을 시작한 지 1년 만에 그는 경기도의 한 빈 공장을 사들여 설비를 모두 그쪽으로 옮겼다. 장사가 잘되었기 때문에 가능한 일이었지만, PVC 녹이는 냄새 때문에 더 이상 주택가에서 기계를 돌릴 수가 없었다. 동네 주민들이 그의 가족에게 도대체 무슨 일을 하는데 이렇게 플라스틱 타는 냄새가 매일 같이 나느냐고 의아해 했다. 주로 밤에 기계를 돌려도 냄새를 어떻게 할 방법이 없었다. 가내수공업으로 플라스틱 대야 등을 찍어내고 있다고 적당히 둘러대다가, 나중에는 일부러 시장에서 대야들을 사가지고 와 우리 집에서 찍은 것이라며 동네 사람들에게 나눠주는 술수를 부리기도 했다. 그들 가족은 오래전부터 그 동네에 살아오면서 이웃과 각별한 유대관계를 맺으며 지내왔기에 노골적인 항의 같은 것은 받지 않았지만, 더 이상은 곤란하다는 판단에 따라 결국 공장을 이전했던 것이다.

7. 첫 번째 회합

비닐하우스

변상대는 이철수가 운전을 하는 봉고 차의 제일 뒷좌석 구석에 앉아 있었다. 나이가 가장 어리다는 이유로 안 좋은 자리를 배정받았다. 하지만 그렇다고 큰 불만이 있을 리 없었다. 얼마 후 쇼가 펼쳐질 것을 생각하니 벌써부터 두근두근했다.

그는, 오늘의 쇼를 펼칠 자가 분명한 운전석 바로 뒷자리의 여성을 보았다. 아까 김창균과 함께 차를 기다리며 경운상가 앞에 있을 때 김씨 아저씨가 이 여성과 함께 나타났었다. 은근히 수줍음이 많은 상대는 김씨에게만 인사하고 초면인 여자에게는 아는 체를 하지 못했다. 게다가 그녀는 선글라스를 쓰고 있었기에 눈을 마주치기도 어려웠다.

그는 나머지 사람들도 둘러보았다. 운전석 옆에는 김씨가 앉았고 운전석 바로 뒷자리의 여자 옆에는, 산적처럼 무식하게 생긴 남자가 앉았다. 그는 자신을 최무산이라고 소개했다. 그리고 그 옆자리에는 직업이 가수라는 이종은이 있었다. 최무산과 이종은은 서로 아는 사이 같았다. 아까부터 계속 같이 움직였고 몇 마디 서로 나누지는 않았지만 말을 놓는 것 같았다.

상대는 이종은이라는 자를 마주했을 때 웃음을 참느라 혼났다. 기본적으로는 어깨까지 닿는 긴 머리였는데, 손으로 잡아 뜯은 것처럼 중간, 중간이 뭉텅이진 채 비어 있었기 때문이다. 저런 형태의 머리를 두고 쥐가 파먹은 것 같다, 라고 할 것이다.

마지막 줄의 왼쪽 자리에 상대가 앉았고 그 옆에는 김창균이, 그리고 오른쪽에는 시인이라고 소개한 장경구가 앉았다. 상대는 시인이라는 자가 이런 곳에 오다니 의아했다. 취미가 영화 감상 앤 독서라고 말하는 상대지만, 사실 따지고 보면 그건 거짓말이다. 독서도 정말 싫어하는 상대였다. 그림 책 말고 글씨로 된 책. 그렇게 책을 안 좋아하긴 하지만 그래도 내심 시인 등의 문학가는 일반인들과 약간 다른 존재가 아닐까 생각하고 있었다. 잘 모르는 분야니 환상이 심어져 그럴 테지만, 채널을 잘못 돌려서 잠깐씩 보게 되곤 하는 교육방송 문학 프로그램 따위에 등장한 시인이나 소설가들은 모두 근엄하고 사색적인 표정을 한 채 말 한 마디도 매우 조심스럽고 젊잖게 내뱉으며 인생과 철학에 대해서 토로하곤 하던데, 도대체 여자 옷 벗는 것을 보러 따라나선 시인이라니, 상대는 요즘은 스님 중에도 가짜가 있다더니 이 자도 사이비 시인은 아닐까 싶기도 했다.

그런데 한편, 시인의 바로 옆에 자리하게 된 창균은 어쩐지 바늘방석에 앉은 것 같았다. 창균은 시인 장경구가 나타났을 때 대번에 알아보았다.

아니 저 아저씨는 그때 그 똘끼 가득하던 그 아저씨!

그래서 피하고만 싶었는데 오히려 시인은 그 반대였다.

시인은 처음에는 창균을 알아보지 못했었다. 조금 늦게 약속 장소인 경운상가 앞, 손수레 주차장에 도착한 그는 우르르 몰려 있는 멤버들을 향해 고개를 끄덕이며 안녕하시오, 안녕하시오, 하며 인사를 하는데, 한 젊은이가 유독 자신을 쳐다보는 데 있어 당황해 하는 게 아닌가. 그래도 뭐 그러려니, 하고 혼잣말인 듯, 멤버들에게 하는 것인 양, 날씨를 화제로 너스레를 떨어댔다. 그런데 그자는 여전히 눈을 제대로 못 마주치면서 자꾸 자신으로부터 멀리 떨어지려고만 했다. 뭔가 있다는 것을 느낀 시인은 창균을 향해 슬금슬금 다가갔었다. 가까이 갈수록 창균은 고개를 틀었고, 시인은 급기야 창균의 팔짱을 갑자기 확 껴 버리고는 그의 얼굴을 향해, 아래 옆에서부터 자신의 면상을 확 집어넣어 버렸다.

창균은 놀랐다. 그건 자신이 즐겨하는 행동이었기 때문이다. 상대를 처음 만났던 날, 상대에게도 그 비슷한 행동을 하지 않았던가.

사실 그게 모두 창식이가 알게 모르게 유행을 퍼트린 거다.

어쨌든 시인은 그제야 창균을 기억했다.

"이보오, 젊은 양반. 혹시 나 알지 않소?"

"그, 글쎄요?"

창균은 일단 오리발을 내밀었다.

"우리 구면이 분명할진대?"

그러고 나서 시인은 창균을 돌려 세웠다.

"맞네. 뒤태를 보니 확실히 알겠구먼. 내 이 궁둥짝을 따라 경운상가까지 따라갔더랬지."

시인은 다시 창균을 빙그르 돌려 앞으로 세웠다.

"나 기억 안 나오? 그때 헌책방에서 만났잖소."

"아……아? ……아."

"그 참 인연일세, 인연이야. 그렇지 않소?"

세상을 향해 높게 쳐올렸던 경계의 담장을 걷어내고 있던 시인으로서는, 사소한 일 하나, 모두 신기하고 반가웠기 때문에 창균을 다시 만나게 된 것도 기쁘기 짝이 없었다. 시인은 악수를 청했다. 창균은 마지못해 시인의 손을 맞잡았었다.

그런데 변상대는 도대체 이 차가 어디로 가고 있는 것일까 싶었다. 평소에 학교, 집, 학교, 집, 포르노 틀어주는 만화방, 경운상가를 지나쳐 김씨 아저씨의 가게 외국서적 등만 다니곤 하는 상대는 지리에 대한 지식이 없기에 매우 답답했다. 창밖으로 펼쳐지는 풍경은 평범한 주택가 같은 곳이기도 하다가 갑자기 논과 밭이 등장하기도 하다가 하천둑 같은 것이 나타나기도 하는 등 종잡을 수가 없었다.

상대는 창균에게 물었다.

"형, 여기가 어디예요?"

"몰라, 나두."

"대체 어디로 가는 거예요?"

"저 운전하는 분 창고로 간다고 하던데."

"창고요?"

잘 모르는 사람들과 한 차를 타고 낯선 길을 달리는 것에 은근히 불안감을 느끼고 있던 상대는 목적지가 창고라는 말에 더 막막해졌다. 대답 없이 고개만 끄덕이는 창균에게 상대가 다시 물었다.

"창고는 어디 있는데요?"

"몰라, 나두."

상대는 고개를 돌려 창밖을 살폈다. 여기는 시골인가. 아까도 드문드문 나타났지만 이제는 본격적으로 논과 밭이 펼쳐지고 있었다.

그런데 차가 어디를 향하는지 불안해하는 사람은 상대만은 아니었다. 다른 사람들도 계속 창밖을 두리번거리며 안정되지 못한 모습을 보여주었다. 급기야 김씨가 터트리듯 갑자기 입을 열었다.

"도대체 어디로 가는 거야!"

웃음이 섞여 있었지만 어조에는 불편한 감정 상태가 드러났다.

"다 왔어."

그러고도 차는 10여 분간을 더 내쳐 달렸다. 그러다 드디어 속도를 늦추는가 싶더니 논과 밭 사이에 형성된 작은 주택가 골목 안으로 꺾어 들어갔다. 비포장의 울퉁불퉁한 골목길을 꿈틀꿈틀 대며 가던 봉고 차가 마침내 정지한 곳은 탁 트인, 일종의 광장 같은 곳이었다. 차가 진행해왔던 방향의 끝에는 자그마한 야산이 있었다. 그리고 그 야산의 절개지 아래로 비닐하우스 한 동이 자리하고 있었다. 광장 같은 그 공간은 그냥 빈터는 아니었고 다시 보니 밭이었다. 다만 현재 경작을 하지 않아 버려진 상태였다. 군데군데 말라죽은 식물들 꼴을 보니 그랬다. 하지만 사방이 칠흑처럼 어두웠기 때문에 제대로 형편을 알 수는 없었다. 그나마 골목 가까운 곳은 가로등 때문에 구분이 되지만 헤드라이트를 꺼버린다면 나머지는 어디가 길이고 어디가 공터고 어디가 경작지인지 구분이 안 됐다.

"창고가 어딨어."

차에서 내린 상대가 혼자 뇌까렸다. 상향등 앞에 드러난 주변 그 어디에도 창고 같은 것은 보이지 않았다. 주변이 적막했기 때문에 상대의 혼잣말을 이철수도 금방 알아들은 모양이었다.

"여기."

이철수는 앞장서며 비닐하우스를 가리켰다. 상대는 내 이럴 줄 알았다, 싶은 마음이었다.

"이게 무슨 창고야. 비닐하우스지."

물론 이철수는 그곳을 창고로 불렀고 스스로도 창고라고 생각하고 있었고 실제 용도도 창고였다. 공장에서 2킬로미터 정도 떨어진 이곳에 창고를 마련한 까닭은 공장에 재고품을 쌓아둘 공간이 없었기 때문이 아니었다. 만에 하나 있을 경찰의 침탈에 대비한 전략이었다. 재고품이 가득하면 가중 처벌이 된다. 게다가 최근 부동산 붐이 일고 있었다. 땅은 사두면 무조건 오른다는 말이 진실처럼 통용되는 시기였다. 그냥 아무 땅이나 사두라 하기에 무조건 샀다. 사고 나서 잘못 샀다는 생각이 들었다. 너무 외진 곳이었다. 나중에 세월이 지나 지목이 변경되어 개발업자가 별장 부지 따위로 사주면 좋을 텐데, 하고 막연히 바랄 뿐이었다.

출입구를 보면서 상대는 그래도 문은 꽤 튼실하게 만들어놓았다는 생각을 했다. 주먹 크기의 왕자물쇠를 따고 안으로 들어간 이철수가 천장으로부터 내려뜨려진 소킷 전구로 손을 뻗어 스위치를 돌리자 누리끼리한 백열등 불빛이 쏟아져 내렸다. 촉수 낮은 조명이었으나 곳곳의 낡고 퇴락한 자취를 비추는 데는 별 부족함이 없었다. 잔뜩 쌓아놓은 정체 모를 고물 같은 것들과, LP가 담긴 종이 박스들은 공간을 매우 어수선하게 보이도록 하고 있었다.

남자들이 다 입장하고도 오늘의 주인공인 여성은 들어오지 않았다. 그녀는 문 밖에 서서 김씨를 향해 초조한 음성으로 말했다.

"여기가 어디예요?"

"내 친구 철수네 창고지."

"내 친구 철수……. 암튼 이게 무슨 창고예요, 비닐하우스지."

"글타니까요, 누나."

하지만 상대는 자기의 맞장구를 그녀가 들었을 것 같지는 않다고 생각했다. 작은 목소리였다.

"아니야. 창고로 쓰는가본데."

"무슨? 요상한 곳이구만."

여자는 바깥에 선 채로 몸만 기울여 안을 들여다보았다.

"일단 들어오지 그래."

김씨가 말했다.

"어머, 저건 또 뭐예요?"

그녀가 떨리는 목소리로 물었다. 그녀가 가리킨 것은 2미터 높이의 육중한 철제 도르래였다. 밭농사만 만 평이나 짓는 동네 할머니께서 지난 해, 샘 파고 물 길어 올릴 때 사용하던 것인데 놔둘 데가 없다고 이철수에게 맡겨둔 것이었다. 어쩌면 앞으로도 계속 그가 보관해야 될지도 몰랐다. 배추 농사로 대박을 친 할머니가 멀쩡한 경운기까지 신형으로 바꾸면서 덤으로 꺼꾸리와 장다리가 선전하는 물 걱정을 마세요~ 하는 최신식 전자동 펌프를 샀기 때문이다.

"이거? 동네 분이 맡겨놓은 건데요."

이철수가 대답했다.

"저거, 나, 수상해요. 고문 기구 아니에요? 어머 저기 봐, 칼도 있어."

"고, 고문 기구는 무슨! 그냥 도르래라니까!"

"그럼 칼은?"

그건 유럽식 긴 칼이었다. 헤비메탈 애호가인 이철수는 평소 바이킹 스타일의 무기류를 소품으로 사용하는 바쏘리*나 모터헤드**를 아주 좋아했는데, 언젠가 지나다가 우연히 노점에서 발견하고 사두었던 거다. 그리고는 집에서 혼자 거울보고 똥폼 잡곤 하다가, 시들해져서 창고에 갖다두었던 것이다.

"장식품일 뿐이에요! 저걸로는 무도 못 썰어요!"

그때 시인 장경구가 그녀에게 문 안 쪽으로 한 손을 펼쳐 보이며, 자 일단 들어가서 이야기하시지요, 여기서 이러면 동네사람들 눈에 띌 수도 있으니까, 라고 이야기했다. 그녀는 탐탁지 않은 표정으로 비닐하우스 안으로 들어섰다.

하지만 그녀는 그러고도 멤버들과 멀찍이 거리를 둔 채 팔짱을 끼고 그냥 서 있을 뿐이었다. 머리도 자꾸 흔들어 머리카락을 어깨 뒤로 돌려보내곤 했다. 그런 그녀의 태도에서는 완고함이 가득 묻어나고 있었다.

---

* bathory. 스웨덴 출신의 원조 블랙메탈 밴드 중의 하나. 웅장한 서사적 음악을 바탕으로 바이킹 신화와 악마주의를 노래했다.

* Motörhead. 1975년에 결성되었던 영국의 3인조 메탈 밴드. 펑크와 락앤롤적 어프로치로 인해, 다소 흥겨운 양상의 음악을 했으나, 직선적이고 빠른 음악적 스타일은 그 이후 뜨래쉬 메탈의 태동에 많은 영향을 미쳤다. 특히 이들은 중세 시대 풍의 무기와 복장을 한 화보도 남겼다.

그런데 남자 멤버들도 가만히 서 있기는 마찬가지였다. 누군가 나서서 진행해주기를 바라고 있을 뿐, 먼저 포문을 열려는 의지를 드러내는 자가 없었다. 그들은 서로를 쳐다보기만 했고, 눈이 마주치면 얼른 돌려 다른 사람을 봤고, 그러다 또 다른 사람으로 돌리고, 그런 식으로 연쇄 반응만 계속해댔다.

"뭐 해요?"

여자가 입을 열었다.

"저, 그러면 서로 통성명이나 하는 것이. 이렇게 모인 것도 인연인데."

시인이 말했다. 그래서 그들은 돌아가며 각자 이름과 직업 같은 것들을 이야기하게 되었는데, 순서가 처음이었던 자가 그냥 이름만 말하니까, 시인이 직업과 나이도 말하라고 해서 그렇게 하게 되었다. 여자는 자기 이름을 말하지 않았다. 나이도 밝히지 않았다. 그녀는 여전히 팔짱을 낀 채로 "나는 패스!"라고 말했다. 김씨가 우리는 저 친구를 묘령이라고 불러, 라고 이야기했다. 여자는 그 말에 콧방귀를 뀌며 묘령 좋아하네, 라고 했다.

통성명이 끝난 뒤 침묵이 또 찾아오자 시인은, 운전을 했고 이 장소의 주인인 이철수에게 진행을 하라고 했다.

하지만 그는 막막했다. 어, 저, 오늘, 우리가, 우이씨……, 하면서 더듬거려대며 문맥 안 맞는 이야기를 늘어놓다가, 결국 묘령에게 선언하듯 이렇게 외쳤다.

"그럼 벗으시지요?"

그녀가 표정을 살벌하게 만들었다.

"뭐 어째요?"

그녀의 기세에 놀란 이철수가 뒤로 물러났다. 그녀가 따져 물었다.

"아저씨. 지금 뭐라고 했어요? 순 변태처럼 생겨서는?"

"변태?"

이철수는 억울한 표정을 지었다. 둘러보면서 좀 도와달라고 해도 다들 멍하게 보고만 있었다. 결국 그녀를 섭외한 김씨가 나섰다.

"이봐, 묘령 씨. 오늘 우리가 모인 목적이 쇼를 위해서 아닌가. 너무 부담스러워 하지 말고 한 꺼풀씩 살살 벗지 그래."

"안 돼요." 묘령이 심하게 도리질했다. "이건 미친 짓이에요."

"허 참, 묘령 씨. 당신이 한다고 하지 않았나."

"아니, 내가 말한 건 이런 게 아니었어. 이런 줄은 정녕 몰랐단 말이야. 대체 이게 뭐야. 이 거름내 나는 밭에서 저렇게 육십 촉도 안 되는 조명 아래서 대체 뭘 하라구? 이거 소똥 아니에요, 소똥?"

그녀의 거친 발길질에 정확한 정체를 알 수 없는 유기 물질이 먼지를 피워 올리며 떼굴떼굴 굴렀다.

시인이 안타깝다는 듯이 말했다.

"아가씨가 여기 분위기가 마음에 영 안 드나봐. 거 음악이라도 있으면 좋을 텐데. 이봐, 이 사장, 음악 좋은 거 없소? 녹녹하고 눅진눅진한 걸로다 좀 틀어봐."

"그런 거 없는데."

"아니 음반 장사를 하는 사람이 음악이 없다니?"

"그게 아니라, 플레이어가 없어요. 여긴 창고 아닙니까, 선생님. 돼지코*도 없어요. 그리고 질퍽한 음악 말씀하시는가 본데 저희 회사 취급

품목 아닙니다."

"허어, 답답한 노릇일세."

둘의 대화를 듣고 있던 묘령이 버럭 소리를 질렀다.

"둘 다 시끄러워욧!"

미니스커트와 장발 단속

그렇게 그들의 첫 번째 회합은 아무 성과도 없이 막을 내리고 말았다. 더 이상 그곳에 있어봤자 아무 소용도 없다는 걸 깨달은 그들은 다시 승합차에 올랐다.

차에 올라타 집결지였던 경운상가로 돌아오면서, 그들은 하나같이 툴툴거렸다. 특히 상대는 생각할수록 어이가 없어 모두 들으라는 듯이 거칠게 너털웃음을 터트린 다음 옆자리의 창균을 툭 치면서 말했다.

"형, 오늘 우리 대체 왜 모인 거예요?"

그러자 묘령이 머리를 획 돌려 사납게 쳐다봤다. 아까 열불 올릴 때 선글라스를 벗은 후 다시 쓰지 않은 그녀였는데, 눈매가 너무 날카로워 상대는 자라처럼 목을 집어넣었다.

그들은 상가 앞에 도착한 뒤 해산을 앞두고 승합차 주변에 둘셋씩 옹기종기 모였다. 운전을 한 이철수가 차에서 내려 사람들을 돌아다보면서 정리의 말을 하려는 찰나, 묘령이 망설이던 끝에 입을 열었다.

---

*콘센트.

"저기 여러분들 어쨌든 뭐, 미안해요. 실은 장소 어쩌고 한 것은 트집이었어요. 처음에 한다고 했을 때는 그냥 막연히 재미있을 것 같아서 오케이 했는데, 막상 하려고 하니까 엄두가 안 나잖아요. 아니, 그리고 솔직히 장소도 좀 그랬긴 했어요, 뭐."

다들 알 만하다는 듯 고개를 끄덕였다. 사람들이 그녀를 이해하자, 그녀는 갑자기 허공을 향해 소리를 버럭 질렀다.

"사실은 오늘 낮에 있었던 일 때문에 기분을 잡쳐서 그럴지도 몰라요!"

"왜요, 누나?"

상대가 붙임성 가득한 음성으로 물었다.

"으아! 오늘 점심 무렵에 말이야! 명동에 나갔다가! 봉변을! 봉변을! 당했지 뭐야!"

"봉변이라니?"

김씨가 물었다.

"갑자기 미니스커트 단속을 하잖아요!"

"미니스커트 단속?"

"예에. 그렇다니까요? 그 사람 많은 명동 중앙로 한복판에서 경찰 아저씨가 줄자로 허벅지가 얼마나 드러났는지 재는 게 아니겠어요!"

"허어, 저런! 백주 대낮에 명동 한복판에서?"

시인이 마구 혀를 찼다.

"그렇다니까요! 경찰이 줄자 들고 서 있기에 느낌이 좀 불길해서 그쪽으로 안 가고 골목으로 들어갔거든요? 그런데 아 막 부르잖아요. 자기가 나 쪽으로 오는 것도 아니고 날 막 불러. 아니, 내가 애도 아니고,

길 지나가던 사람들 다 쳐다보고, 아 진짜 쪽 팔려서. 어쩔 수 없이, 너무 크게 부르니깐, 그냥 토낄 수도 없고, 아 그때 확 결단을 내렸어야 하는 건데, 쫄아서, 흑. 하는 수 없어 갔더니, 사거리 한복판에 떡 세우더니, 막 야단을 치는 거야. 아가씨, 이렇게 짧은 치마 입으면 법에 저촉되는 거 알아 몰라, 이러면서 일장 훈시를 하는데, 아니 자기가 날 언제 봤다고 반말이래? 진짜 마음 같아서는 나도 막 신경질내고 싶은데 경찰이니까 그럴 수도 없고. 무섭잖아요, 잡아가면 어떡해. 그래서 그냥 고개 푹 숙이고 미안합니다, 이러는데, 줄자로 내 허벅지를 재는 거예요. 아 진짜 너무 창피해서. 사람들 그 많은 데서, 사람들 다 쳐다보는데. 다들 막 웃으면서 낄낄대공."

"그래서 어떻게 된 거예요? 그거 걸리면 어떻게 돼? 잡혀가는 거야?"

"아니 그런 건 아니고, 경범죄 스티커 발부하거든요. 내달 십오 일까지 내야 되요. 오천 원. 안 내면 끌려가서 구류 산다 하던데. 아, 진짜 책 사느라 돈도 쪼달리는구만, 생돈 나가게 생겼어!"

그때 좀 떨어진 곳에 서 있던 쥐 뜯어먹은 것 같은 머리의 남자, 가수라고 자신을 소개했던 이종은이 나서더니 그녀를 향해 큰소리로 말했다.

"어어, 단속 당했어요, 그쪽도?"

"예? 예."

그녀가 고개를 외로 틀며 대답했다.

"와, 나도 당했는데. 나 봐요, 나. 내 머리 봐. 내 머리."

그는 왕창 물어뜯긴 것 같은 머리를 손으로 털어 보이며 사람들을 향해 소리쳤다.

"와, 이거 진짜 어쩔 거야, 어쩔! 내 이 머리, 어떻게 기른 머린데, 내가 이걸 어떻게 길렀는데, 어떻게 길렀는데에에! 경찰의 저인망식 무차별 단속을 비웃듯 미꾸라지처럼 빠져나가며 투쟁하듯 길러왔던 내 머리, 얼마 안 있으면 1집 앨범도 나오는데, 이 꼴을 하고 무대에 어떻게 선단 말인가? 재킷 사진은 어떻게 찍으라구. 이래도 되는 거야? 경찰이 가위 들고 사람 생머리 막 잘라도 돼?"

얼마나 속이 상했으면 가수의 외침에는 한이 서려 있었다.

그때 김창균이 눈치 없이 끼어들었다.

"백구 치세요, 백구. 것도 꽤 어울리실 것 같은데."

최무산이 김창균의 말을 거들듯 덧붙여 말했다.

"그것도 나쁘지 않을 것 같아."

"야이씨, 난 포크잖아! 포크! 포크 가수가 백구 치는 거 봤어?"

김씨가 묘령과 가수 이종은을 번갈아 보면서 말했다.

"요즘 단속 기간인 모양이네. 미풍양속 위반 사범 단속 기간. 나도 좀 조심해야겠는데."

이철수가 그늘진 얼굴로 말했다.

"나도 몸 사려야 되나? 형님이 아직 아무 말씀 없으시던데."

김씨가 그 말을 받아 말했다.

"하긴 단속 있으면 우리 형이 이야기 해줬을 텐데, 그런 이야기는 없던데."

"그냥 장발하고 미니스커트만 단속하나?"

"하여간에 이상해, 국가 기관이 이발소도 아니면서 길에서 사람들 머리를 자르고, 양장점도 아닌데 여자 허벅지를 자로 재고. 재미있어

참."

김씨가 냉소적으로 지껄였다. 흥분을 했는지 목에 굵은 핏줄이 섰고 침이 마구 튀었다. 서점주인다운 친절하고 진중한 모습의 김씨만 봐왔던 상대는, 그가 흥분하는 것을 보며 저 아저씨에게 저런 면도 있구나 하고 놀랐다. 저런 따사로운 인품을 가진 분도 국가 때문에 화가 나는 구나.

잠시 대화의 소강상태가 찾아왔을 때 김씨가 각 멤버들에게 말했다.

"어쨌든, 오늘은 이렇게 됐지만, 다음을 기약하고, 모두 조심해서 집에 들어가세요. 조만간 또 연락드릴 테니까."

"또 모여요?"

상대가 물었다. 그때 시인이 끼어들었다.

"생각해보면 우리, 준비가 너무 없었소. 다들 초면인데 첫 모임에서부터 행사를 진행하려고 했으니 무리가 따를 수밖에. 다음에 모일 때는 본 행사 진행에 앞서 서로 대포나 한잔 꺾으면서 서로를 이해하는 시간을 좀 가지도록 합시다."

"대포? 대포 좋죠."

최무산이 입맛을 다시며 말했다. 시인이 씩 웃으며 그의 얼굴을 가리켰다.

"이 친구, 덩치도 좋고, 꽤 술 잘하게 생겼는데?"

"술이라면 없어서 못 먹죠."

"주량이?"

"그냥 붓는 대로 다 들어가요."

"오오, 역시!"

대화를 듣고 있던 이철수가 소리쳤다.

"에이, 기분도 그렇고, 그냥 말 나온 김에 지금 마시러 갈까요?"

시인이, 전에 여당 국회의원 후보자가 뿌렸던 손목시계를 들어 보이며 말했다.

"지금 시간이 좀 늦지 않았소? 통금까지 두 시간밖에 안 남았네."

"아홉 시 사십 분이네요. 충분할 것 같은데요."

술이 고팠던 상대가 거들었다. 이철수가 아무 문제도 없다는 듯이 손바닥을 휘휘 내저어 흔들면서 말했다.

"두 시간이면 충분하죠. 그리고 거기는 밤새 마실 수 있어요. 열두 시 넘으면 주모 할머니가 문 닫아걸고 커튼 딱 쳐버리거든요. 등화관제 훈련하듯이."

"너 거기 말하는구나, 할머니 밀주집?"

김씨가 이철수의 말을 거들었다. 시인이 나섰다.

"오오, 할머니 밀주? 할매가 술을 직접 담그오?"

"그렇다니깐요. 거기 해물파전 죽여줘요. 오징어가 어찌나 많이 들어가는지."

"갑시다, 가. 밤새 퍼 마십시다."

시인이 박수를 치며 말했다. 모두 동의하며 좋다고 따라나서는 분위기였는데, 묘령은 한쪽에 서서 알쏭달쏭한 표정을 지으며 서 있을 뿐이었다. 시인이 그녀에게 마치 지나가는 소리처럼 말했다.

"처자는 이제 집에 가오? 집이 어느 동네요?"

"저요? 저는."

"어디 일 다니오? 내일 공일이니 출근도 안 할 테고. 출출 허시면 같이 대포 한 잔 하고 가시든가."

"대포요?"

그녀는 턱에 집게손가락을 대고 뭔가 생각하는 표정을 지었다. 상대
는, 빨리 결정을 내리지 못하고 계속, 알듯 모를 듯한 표정을 지으며 고
개만 갸웃거리고 있는 그녀를 확 노려봤다.

"갈려면 빨리 가고 안 가려면 빠지든가!"

김씨도 말했다.

"묘령 씨, 거기 김치찌개도 일품이야. 같이 가?"

그녀가 대답했다.

"그러까아?"

즉흥시

한 10여 분 정도를 걸은 끝에 할머니 밀주집에 도착했다. 변상대로
서는 처음 와보는 동네였는데, 어째 경운상가 쪽보다 훨씬 더 허름한
것이 흡사 무슨 범죄자 소굴 같은 분위기였다. 아까 갔던 이철수의 비
닐하우스 창고에서 풍기던 그 음산하고 퇴락한 기운과 같은 종류의 을
씨년스러운 공기가 내려앉아 있는 요상한 골목 안에 웅크리고 있는 술
집의 문을, 이철수가 호기롭게 열어젖혔다.

"할머니, 나 왔어요!"

그리고 그는 마침 상을 치우던 할머니의 어깨를 살짝 안는 제스처를
했다. 그런 자연스러운 행동에, 상대는, 저 양반 진짜 단골이구나, 하고

생각했는데, 그러나 할머니는 누구지, 하는 표정이었다.

심지어 그미는, "어서 오세요." 하고 인사했다.

이철수는 소외감 어린 표정으로, 좀 오랜만에 와서, 라고 변명을 흘리며 어색하게 미소 지었다.

그들은 도착한 지 한 시간 정도가 흐를 때까지 그저 술과 음식을 축내는 데 열중했을 뿐, 별다른 대화를 나누지 않았다. 옆에 앉은 사람과 두런두런 이 안주 어때요, 맛있네요, 술 맛 괜찮죠? 응 괜찮네, 이런 이야기들을 주고받았을 뿐이다. 본격적으로 술판이 벌어지게 된 것은 시인이 갑자기 벌떡 일어서며 이렇게 소리치고부터이다.

"이런 자리에서 노래가 빠질 수 없지."

그러더니 시인은 빈 소주병에 숟가락을 꽂고 마구 흔들었다. 찰랑찰랑, 유리에 금속 부딪치는 맑은 소리가 울렸다.

"그럼 내가 먼저 선창을."

보통 저렇게 술자리에서 사회를 자처한 자는 다른 사람들을 노래시키려 애를 쓰는 법인데 시인은, 사회자가 먼저 한 곡 빼봐라, 같은 권유의 말이 없었음에도 거창하게 노래를 시작했다. 고전 가요였는데, 상대로서는 언젠가 들어본 것 같기는 하나 제목은 알지 못하는 노래였다. 그런데 옆에 앉은 창균이 상대의 팔을 툭 치며 물었다.

"저 노래 제목이 뭐더라?"

"내가 어떻게 알아요. 나 음악 진짜 싫어한다니까요. 어우, 술 마시다 왜 노래를 부르지."

상대는 세월이 지나면 술집에서 목청껏 소리를 높여 노래를 부르는 이러한 풍토도 사라지지 않을까 상상했다. 도대체 남자 머리 기르는 거, 치마 짧은 거, 별의별 국민 사생활 다 간섭하면서, 왜 술집에서 노래 부르는 건 단속을 안 하는지 알다가도 모를 일이었다.

시인은 어지간히도 노래가 부르고 싶었든지 한 곡 더, 그것도 논스톱 메들리로 뽑고 나서야 마이크 대용의 빈 술병을 내려놓았다. 그는 차례로 사람들에게 노래를 시켰다. 뭐가 그렇게 신이 나는지 다들 목청을 높여 노래를 부르고 박수를 쳐대고 젓가락으로 호마이카 탁자를 두들겨 대며 장단을 맞추었다. 단체로 노래를 부르니 실내가 너무 시끄러워, 다른 손님들은 마주앉은 일행과 대화를 나누기 위해 소리를 질러야 하는 형편이었지만, 그들 중 아무도 불편한 기색을 드러내는 사람이 없었다. 다들 모두 술집에서 단체로 노래 부르는 걸 당연한 일로 생각하기 때문이었다.

과열된 노래 부르기는 최무산이 지독히 슬픈 곡조의 외국 팝송을 소몃따는 괴상한 창법으로, 이루 말할 수 없이 처절하게 불러 젖힌 후에야 진정이 되었다.

누군가 잔을 들어 올리며 건배를 제안했다. 꺾어 마시면 절대로 안 된다고 해서 사람들은 한 방울의 술도 남김없이 속에 다 털어넣은 뒤 잔을 머리 위에 거꾸로 해 탁탁 털어 확인을 시켜주어야 했다. 그들의 상 한쪽에는 십 수 개의 빈 소주병이 빼곡히 세워지고 있었지만 어느 누구도 치우라 하지 않았다. 우리가 술을 이만큼 많이 마셨다는 사실을 뽐내기 위해서였다. 술을 많이 마시는 사람이 위인으로 대접받는 사회, 상대는 이런 건강을 황폐화시키는 야만적 습성도 언젠가는 바뀌겠지, 하고 상상했다.

술과 노래를 즐기는 와중에 어느새 술집의 커튼은 내려져 있었고, 새

술을 가져다주던 할머니가 이제 통금시간 됐으니 노래는 그만 불러, 라고 주의를 주었다. 어차피 노래는 끝났다. 상대가 할머니에게 말했다.

"예, 예. 이제 안 불러요. 절대 안 불러요. 부르지 맙시다, 여러분, 아셨죠?"

다들 혼자 조용히, 또는 옆 사람과 차분히 술 마시는 분위기가 얼마간 지속되었다. 그런데 누군가 깊은 한숨을 오래 토해낸 끝에 말했다.

"정말 더 이상은 이렇게 살 수 없어."

상대는 그만 그 말에 웃음을 터트리고 말았다. 악의가 있거나 비웃는 심정 때문은 아니었다. 그저 노래 잘 하고, 술 잘 먹다가 난데없이 신세 한탄이 튀어 나오니 생경한 기분이 들어 자신도 모르게 재채기처럼 웃음이 터졌던 거다. 하지만 상대 외에 웃는 사람은 아무도 없었다. 오히려 좌중은 쥐 죽은 듯이 고요해졌다.

그 말을 내뱉은 자는 가수 이종은이었다. 그는 쥐 뜯어 먹은 스타일의 머리를 감싸 쥐고 이마를 상 위에 쿵쿵 박았다. 옆에 있던 묘령이 그의 어깨를 토닥여주었다.

상대는 두 사람이 바로 그 직전까지 어떤 내용의 대화를 나누고 있었을 것이라 짐작했다. 그가 괴로운 기색을 멈추지 않자 그녀는 다시 그의 등을 쓸며 머리를 감싸고 있는 완강한 손길을 떼어내려고 애썼다.

"아, 진짜 힘들어."

가수가 한마디 더 덧붙였다. 누군가 저 친구 취했구만, 이라고 소곤대듯 말했는데, 갑자기 그 반대쪽에서 버럭, 소리 쳤다. 김씨였다.

"나두 힘들다." 하지만 그는 금방, "술을 너무 많이 마셔서 힘들다." 라고 덧붙였다. 한숨을 깊이 내쉰 뒤 그는,

"지금 이래 힘든데 내일 아침이면 머리가 쪼개지겠구만. 할머니표 밀주는 다 좋은데 먹고 나서 아침 되면 도끼로 머리를 찍는 거 같아서, 그게 좀 흠이란 말이야."

라고 덧붙였다.

"나처럼 소주로 바꾸지 그랬어."

이철수가 일렬로 세워놓은 소주병을 가리키며 말했다. 김씨가 고개를 가로저었다.

"소주도 마찬가지야. 머리 아파."

그런데 술에 관한 험담을 또 언제 귀신같이 들었는지 빨간 고무장갑 낀 할머니가 주방 쪽에서 얼굴을 드러내며 고함을 질렀다.

"뭐 이놈아? 도끼 뭐? 내가 네 머리를 도끼로 쪼개주까? 아, 처먹기 싫으면 먹지 마, 누가 술 먹어달라고 사정했는감?"

"할머니? 미안! 죄송!"

김씨가 소리쳤다. 할머니가 레이저를 발사하듯 물이 잔뜩 묻은 고무장갑 낀 손을 김씨를 향해 절도 있게 내질렀다. 꽤 먼 거리였는데도 물줄기는 마치 빨랫줄처럼 날아와 김씨의 얼굴에 명중했다. 근처에 있던 자들도 유탄에 맞아 괴로운 듯 신음을 흘렸다.

얼굴에서 물을 닦아낸 김씨는 갑자기 소리를 질렀다.

"내가 언제까지 이러고 살아야지?"

상대는, 포르노 서적상이라는 보잘것없고 떳떳하지 못한 직업에서 벗어나고 싶다는 뜻인가 싶었다. 그런데 이어지는 말을 들어보니 그것도 아니었다.

"왜 내가 숨어서 물건을 팔아야 되는데?"

상대는 뭘 숨어서 팔아 버젓이 서점 운영을 하면서 팔고 있음서, 라고 중얼댔다. 하지만 물건을 숨겨두고 파는 것을 뜻한다는 것쯤은 알수가 있었다.

"다들 원하잖아. 여기만 해도 포르노 싫어하는 사람들 있어? 야한 거보는 거 싫어하는 사람들 있어? 다들 보기를 원하고 있는데 어째서 못보게 하는 거지?"

"하지만 그건 떳떳하지 못한 거잖아요."

상대가 물었다.

"뭐? 떳떳하지 못하다고? 와, 와, 와하하하하. 변상대, 너 오늘 따라좀 웃긴다? 우리 가게 최고의 고객 중 한 분이신 변상대 학생께서 어째그런 소리를 하실까? 너 떳떳하지 않는 건데도 왜 그렇게 우리 가게 자주 오는데? 왜 만날 오는데?"

상대는 입을 삐쭉대며 팔아줘도 저러네, 라고 중얼댔다. 김씨가 다시말을 이었다.

"나에게 떳떳하지 않은 거라고는 오로지 딱 한 가지, 로열티를 안 내고 복사해서 찍어대고 있는 거, 그거 하나야! 사진첩을 팔 때마다 난 가슴이 아파. 찢어지는 거 같아. 이렇게 퀄리티 높은 사진을 찍은 사진작가와, 난해한 포즈를 취하며 애크러배틱 하듯 방중술을 펼친 모델들, 그리고 세간의 편견에도 아랑곳없이 대중이 진정 원하는 것을 투철한 사명의식에 따라 발간하고 있는 미국, 일본, 유럽 각지의 출판사들에게, 대가를 지불하지 않고 복제판을 만들어 팔고 있다는 것에 대한 미안함, 그 외에는 양심의 가책 따위 전혀 안 느낀단 말이야! 어쩔 수 없는 일이잖아. 수입할 방법이 없으니 복사해서 퍼트릴 수밖에. 그래서 미군 부대로부터 흘러나온 잡지책을 팔 때는 마음이 편해. 오리지널이 니까. 저작자들에게 정당한 대가를 치룬 것이니."

그 말을 이철수가 받았다.

"나도 내 직업을 한 번도 부끄러워 한 적은 없었어. 우리 식구들은 내 가 마치 무슨 몹쓸 짓을 하고 있는 양 아직도, 공돌이였긴 하지만 멀쩡 한 직장 때려치우고서 그런 일을 하고 있냐, 지금이라도 정리하고 다른 일을 하라고 닦달하지만, 난 딸려 들어가도 풀려 나오면 다시 이 일을 할거야. 왜? 왜 우리는 우리 마음대로 볼 수, 들을 수가 없는데? 왜 자 기들이 먼저 다 들어보고서, 자기들 멋대로 이건 듣지 마라, 내가 들어 라 하는 것만 들어라, 하는데? 이건 보지 마라, 요 부분은 보면 안 된다, 하면서 마음대로 수정하고 잘라낸 커버를 던져주는 건데? 자기들이 우 리 아버지야? 왜 모든 국민을 자기들이 멋대로 세운 잣대에 맞추려 하 는데?"

"맞아요. 우리가 어린애예요?

묘령이 불쑥 소리쳤다.

"어린애지. 학교에서 매일처럼 두들겨 맞는."

시인이 자조적으로 뇌까렸다. 김창균이 부식된 금테 안경을 들어 올 리며 말했다.

"어디 자기네들 멋대로 하는 게 음반뿐인가요? 신문도 일일이 검열 받고 있는 건 마찬가지예요."

"신문이 검열을 받는다고?"

시인이 한쪽 눈을 찌푸리며 반문했다.

"그럼요."

"신문이야 그 나물에 그 밥인 자들이 잡고 있으니 죄다 하나같이 정부 선전지같이 되어가는 거 아뇨? 그런데 거기다가 검열까지 한다고?"

김창균이 답답하다는 듯이 참, 이라며 한숨을 내뱉더니 말했다

"신문 넘기다가 난데없이 빈칸 나오는 거 못 보셨어요?"

"빈칸? 무슨 빈칸? 못 봤는데?"

"그 왜, 기사가 들어가야 할 자리나 사진이 있어야 되는 공간인데 그냥 텅 빈 채 남겨둔 경우 못 보셨어요?"

"그런 경우가 있어?"

"신문사마다 정부에서 나온 애들이 있어요. 걔네들이 최종적으로 기사를 검열하는데, 가끔 너무 촉박하게 기사를 삭제하면 대체할 기사가 없으니까 그냥 비어둔 채 찍어버리는 거예요. 때로는 이렇게 검열당하고 있다는 것을 일부러 드러내기 위해 비워두고 내기도 하지만."

"허어, 세상이 점점 시끄러워지고 험악해져가고 있지만 그 정도일 줄은 몰랐네."

"시인이라고 하셨죠? 헌책하고 외국 사진책만 사러 다니다 보니까 시사에 관해서는 무관심하신가 봐요?"

상대가 듣기에 그건 비꼬는 게 분명했는데, 시인은 근심 가득한 얼굴로 허어, 허어, 하는 소리를 내다가 크게 고개를 주억이는 것이었다.

"맞소, 내가 그간 오랜 시간 동안 마음이 속세를 떠나 있었던 데다가 복귀하고도 너무 사진 감상에만 주력한 나머지 세상 돌아가는 꼴에 무심했던 거 같소. 근데 젊은 양반은 그걸 어떻게 알았소?"

"또 젊은 양반이라고 부르시네. 저랑 나이도 아주 많이 차이 나는 것 같지는 않은데. 아무튼 저야 학교 다니잖아요. 대학원이라 매일처럼 나

가지는 않지만, 학교를 나가다보니 총학생회나 단대 학생회나 그런 데서 하는 이야기를 듣죠."

입이 근질거리던 상대가 한마디 거들었다.

"맞아요. 요즘 학교 되게 시끄러운데. 데모 하느라 난리도 아니에요. 어휴. 친구들이 공부보다는 데모를 더 열심히 하는 거 같아 걱정이에요. 등록금도 비싼데."

하지만 아무도 상대의 말을 주목하지 않아 조금 무참해져서, 밀주가 가득 채워진 주발을 들어 벌컥벌컥 마셨다.

"어디 자기네들 멋대로 하는 게 그것뿐인가요? 연극, 영화, 서적, 어느 거 하나 손 안 대는 게 있어요? 다 가위질이잖아요. 가위질해서 걸레로 만들어놓지 않으면 아예 출판을 금지하거나 상영 허가를 취소하잖아요."

창균의 말에 모두 공감을 표시했다.

상대는 졸리기도 하고 지루해져서 그만 가고 싶은데, 이미 통금시간이 넘어 그럴 수가 없었다. 통금이 풀리는 새벽 네 시까지는 꼼짝없이 이곳에 갇혀 있어야만 한다.

시인이 거의 넘칠 듯이 채워져 있던 술잔을 들어 쭉 들이켜고 나서 자신의 빈 잔에 술을 채우려 하자 누군가 재빨리 낚아채 공손한 동작으로 술을 따랐다. 시인은 주량을 자랑하듯 다시 채워진 잔을 시원하게 털어넣었다. 하지만 좀 무리였는지 마지막 몇 모금을 남겨두고 쿨럭거리며 힘겨워하는 모습을 보이기도 했다.

"천천히 드세요. 새벽이 오기까지 우리에게는 아직 많은 시간이 남지 않습니까."

김씨였다.

상대는, 그냥 날 새려면 아직 멀었어여 술 아껴서 먹어여, 라고 하면 될 걸, 뭐 저렇게 음성을 곱게 해서 손발이 오그라들게 표현하나 싶었는데, 시인이 갑자기 눈빛을 빛냈다.

"새벽이 오기에는 아직 멀었나? 과연 그러한가?"

"아직 두 시도 안 됐어요. 한 시 반이에요. 네 시 반이나 되어야 첫 버스 지날 텐데, 큰일이야."

상대가 볼멘소리로 불쑥 말을 던졌는데, 시인이 난데없이 손바닥으로 탁자를 팡 쳤다.

"아직 새벽이 오기까지 그렇게 많은 시간이 남았단 말인가!"

"아 그렇다니까요. 적어도 두 시간 반은 더 있어야 집에 갈 수 있다구요! 그러고 보니 집에 전화도 안 했네. 죽었다 나는. 아빠가 가만히 있지 않겠다."

"갑자기 시상이 마구 떠오르네. 가슴이 시로 터질 것 같군. 슬픈 마음이 그득하여 내, 시 한 수 읊겠소. 어험, 어허험."

시인은 뒷짐을 진 채 눈을 척 감더니, 마치 시동을 걸 듯 입을 오물오물 거렸다. 그러고 나서 걸걸한 목소리로 시인지, 고함인지 정체 모를 것을 토해내기 시작했다.

여자의 알몸을 쌩으로 보기 위해 모인 자들이
뜻을 이루지 못하고
밀주집에 모여 앉아
밤을 새워 술판을 벌이네

좋은 벗들과 술 한 잔 하려 해도
등화관제 훈련하듯
숨죽이고 술 빨아야 하는
이놈의 세상
우리가 도둑놈이냐!
우리가 강도의 무리냐!
우리가 반역의 무리였더냐!
우리가 불 밝히는 것이 두려운 것이더냐!
어째서 밤에 나돌아다니지 못하게 하는 것이냐!

피로 먹은 권좌에 올라 앉아
십 년, 이십 년, 강산이 두세 번 바뀌어도
도무지 내려올 줄 몰라
칼을 든 자들아
가위를 든 자들아
길 가는 청년의 머리를 뭉텅 잘라
음반 수록곡을 뭉텅 잘라
영화 필름을 뭉텅 잘라
신문 기사를 뭉텅 잘라
바른 말 하는 자들의 모가지를 댕강 잘라
이 자르고 자르고 잘라내기만 하는 자들아
쑤시고 베어내기만 하는 칼질 하는 자들아
처녀의 예쁜 허벅지

진작 더 잘라내야 할 스커트는 재어가면서
덮으려 하는
이 도둑군자이고 싶은 자들아

거세하는 자들아
우리가 새싹이 될까봐 무서우냐
이 겁쟁이들아
우리가 점점 더 키가 자랄까봐 무서우냐
이 두려움에 떠는 자들아
내 자지도 잘라보거라
발기하기 전에 잘라라
꼿꼿이 대가리 쳐들기 전에 잘라
그러지 않는다면 칼 든 네 놈들의 두 손모가지
성치 않을 것이니
이 천박한 놈들아
자르렴
잘라라,
자르렴
잘라라,
자르렴
에헤~ 어서 잘라, 잘라, 잘라,
잘라라고
잘라버리라고

자르렴

잘라, 잘라, 잘라, 자르렴, 에헤이~ 잘라아~ 아아아~

비통하게 소리치던 시인이었는데, 뒤로 갈수록 자꾸 아니리 장단이 섞이더니, 급기야 덩실덩실 어깨춤을 추는 것이었다.

"그게 시예요?"

상대가 물었다.

"그렇다. 시다. 어때? 훌륭하지?"

"우와, 그게 무슨 시예요. 그냥 막 나오는 대로 말하는구만. 좋아요, 뭐, 시라면 시인 거고. 시라는 게 그렇지 뭐. 하지만 아니 어떻게 자……지……라는 단어를 그렇게 아무렇지도 않게 하세요? 너무 하신 거 아니에요? 숙녀 분도 계시는데?"

"웃기는 학생이로고. 자지를 자지라 하지 그러면 뭐라고 부르란 말이냐? 보지라고 할까?"

"허억, 이 분이 점점? 아, 미치겠네. 나갈 수도 없고. 으흑, 짜증나 통금."

시인이 갑자기 한탄하듯 소리쳤다.

"그럼 학생은 뭐라고 불렀으면 좋겠는가?"

"음……, 그냥 뭐, 대충 거시기라고 부르지 않아요? 다들 그렇게 말하지 않나요?"

다소 알쏭달쏭하다는 투로 상대가 말했는데, 시인이 실내가 떠나가라 소리치는 바람에 간이 떨어질 뻔했다.

"자지를 자지라 부르지 못하고 거시기로 불러야 되는 세상. 이 격 낮은 메타포의 세계여! 다들 시인이 되기를 원하는 것인가? 이놈의 세상은 국민 모두가 시인이 되어야 성이 차련가? 뚫린 입으로 내가 하고 싶은 이야기를 하지 못해, 그저 비유니, 암유니 수사법을 써서 말해야 하는 세상! 제 이름을 부르면 미친놈 취급을 받는 세상! 제 이름을 부르는 것이 부끄러운 줄 아는 이 노예의 세상! 욕망을 감추어야만 하는 세상! 아닌 척 자기를 속여야만 하는 세상! 착한 척 선비로 위장하고 살아야 하는 세상! 이 개 같은 놈의 세상이여! 에익, 이거나 먹어라!"

그는 주먹으로 감자를 먹이는 시늉을 한 뒤 일갈했다.

"술이나 처마시세! 더러운 놈의 세상이여, 술이나 마셔 다 씻어 내리세!"

그리고 술잔을 번쩍 치켜들었다.

상대가 술잔을 안 드니까 시인이 자신의 술잔으로 상대의 술잔을 팍 내려친다.

"야, 마셔. 건배. 밝히는 녀석 같으니. 그러면서도 아닌 척 하는 놈 같으니."

"왜 그러시는데요, 자꾸?"

8. 가수 이종은

심의 반려

이제 20대의 막판을 지나 30대로 곧 접어들 가수 이종은은 요즘 심경이 매우 복잡했다. 오랜 무명 생활 후 그토록 고대하던 앨범을 내어놓기 직전이었는데, 심의가 발목을 잡고 있었기 때문이다.

그동안 작곡해둔 것만 해도 100곡은 넘었지만, 그중에서 가장 아끼는 열두 곡을 골라 녹음을 끝내고 사전 심의를 넣었다. 그런데 무려 네 곡이나 반려가 됐다. 음반사 직원으로부터 그 이야기를 듣고 이종은은 가슴이 철렁 내려앉는 듯했다. 처음에는 자신이 큰 잘못을 저지른 게 아닌가 싶었다. 당국에 찍혀 앞으로 가수 활동에 지장 받지 않을지 두려웠다.

음반사 관계자들도 난색을 표하기는 마찬가지였다. 그들 역시 당장의 심의 반려에 걱정하기보다 이 사태가, 앞으로 펼쳐나갈 활동에 어떤 영향을 주게 될지에 더 신경을 쓰는 모습이었다. 그도 그럴 것이 당국의 눈 밖에 나 소리 소문 없이 활동을 접어야 했던 연예인들이 한둘이 아니었다. 이종은이 속한 음반사 사장과 친한 어느 매니저가 키우던 한 여자 배우는, 높은 분이 술 한 잔 하자고 여러 번 이야기했는데 자기는 술을 한 방울도 못 마신다고 버팅기다가 괘씸죄에 걸려 비공식적인 전 방송사 출연 금지를 당했고, 어느 배우는 정치판이 박살나야 된다고, 사석에서 했던 말이 문제가 돼 당국의 지하실 심문장으로 끌려가 크나 큰 고초를 당한 뒤 활동을 완전히 접어야 했다고 한다.

어쨌든 재심의를 넣기 위해 곡의 손질에 착수했으나 그는 곧 커다란 벽에 부딪쳤다. 아무리 해도 심의가 반려된 이유를 알 수가 없었다.

A 사이드 첫 번째 곡, '우리 아버지'라는 곡의 반려 이유는 '국민 화 합에 반하는 가사'로 되어 있었다. 가수는 자신이 썼던 가사를 다시 살 펴보았다.

우리 아빠는 / 머리숱이 없어요 / 대머리시지요 /
가발을 쓰실까 / 모발이식을 할까 / 고민고민 하다가 /
결국 선글라스를 쓰기로 결정! 결정! 했지요 /
왜냐하면은~ 왜냐하면은~ / 선글라스 끼면 /
아무도 못 알아본다고 / 생각했기 때문이죠 / 하하하 / 하하하

이 가사는 사실은 자전적 내용이었다. 그의 아버지가 대머리였는데, 머리 때문에 늘 고민을 하다가, 거추장스러운 가발 대신 외출 때 모자 와 선글라스를 즐겨 썼던 것이다. 그는 이 가사가 어째서 국민 화합에 반하는지 알다가도 모를 일이라 생각했다.

A 사이드 세 번째 곡 '해피 하우스'의 반려 이유는 '지나친 외래어 사용으로 국민 정서에 위배됨. 국어사랑, 나라사랑.'이라고 되어 있었다.

우리집 강아지는 / 해피라지요 / 에이치에이피피와이 / 피피와이! /

마실 갔다 돌아오면 / 멍멍멍 / 가끔씩 영어로 바우와우바우와우 / 라고 짖기도 한답니다 /

부럽지요 / 우리집 개는 영어로 짖기도 해요 / 다들 부러워해요 / 하하하 /

옆집 개는 / 워리 / 워리워리워리 / 라고 부르면 멍멍멍 / 대답합니다 /

워리는 영어로 짖는 법을 몰라요 / 그냥 우리나라말로만 짖어요 /

이름은 워리면서 / 하하하하 / 워리워리새뿌리깡 / 워리 워리 워어리 / 하하하하

그러나 우리 개는 영어로 짖는답니다 / 부럽죠? / 부럽죠? / 하하하 / 하하하하 / 하하하 /

이 가사 역시 현실에 바탕을 두었다. 사실 해피는 옆집 개다. 주인아저씨가 매우 유쾌한 분인데, 자기 개는 영어로 짖는다고 주장을 했다. 영어 교육에 목숨을 걸면서도 개가 영어 좀 한다고 농담을 했기로 서니 거기다 대고 국어 사랑을 내세우는 건 너무한 처사가 아닐까, 싶은 이종은이었다.

A 사이드 네 번째 곡은 얼마 전에 썼다. 타이틀 곡은 아니지만 애잔한 발라드로, 가장 최근에 만든 곡이라 제일 애착이 간다. 제목은 '새벽

이 올 때까지'였다.

> 밤이 깊었네 / 비닐하우스에서 나온 우리들 /
>
> 밤길을 걸어 이슬을 밟아 /
>
> 수도에 다시 입성한 우리 / 불법의 성지에 다시 선 우리 /
>
> 잠시 갈 길을 잃은 것뿐 / 우리에게는 잠깐의 휴식이 필요해 /
>
> 커튼을 내리고 마시는 밀주는 / 우리 정열의 에너지 / 밤을 새워 술
> 을 마시네 /
>
> 우리가 토해내는 이야기들은 시가 되어 밤하늘에 퍼지고 /
>
> 우리, 우리는 / 새벽이 올 때까지 밤을 새워 시를 읊네 /
>
> 새벽이 밝자 /
>
> 공장을 향하는 노동자들 /
>
> 그들의 굵은 팔뚝 위에* 새벽의 눈부신 햇살이 곧 내리쬘 거야 /
>
> 우리는 잠시 쉬어갈 뿐 /
>
> 새벽이 오면 일터로 떠나는 노동자들 /
>
> 그들의 굵은 땀방울 위로** 첫 햇살이 내리쬘 거야

이 곡은, 전반적으로 문제를 삼던 앞의 곡들과 달리 세부적인 면이 지적되었다. 가장 큰 문제가 되는 부분은 노동자라는 단어였다. 공장을 향하는 노동자라면 공장에서 일하는 직공을 뜻하는 것일 텐데, 이들은

---

*, ** 시인과 촌장의 곡으로부터.

216

노동자라고 하면 안 되고 근로자라고 해야 한다고 했다. 이상했다. 그럼 메이데이를 노동절이 아니라 근로자의 날이라고 불러야겠구만?

어쨌든 심의를 넣었던 직원은 노동자라는 단어를 근로자로 고치면 재심의는 통과할 것 같다고 했다. 하지만 레코드사 사장은 그저 근로자라고 말만 바꿔서 될 일이 아니라고 했다. 가사 전반으로부터 미묘하게 불온한 분위기가 풍긴다고 했다. 아예 원 가사를 싹 들어내고 처음부터 새로 써야 할 것이라고 했다. 이종은으로서는 밤 새워 술 마시던 그날의 일을 떠올리고 쓴 이 가사 어디에 불온한 분위기가 풍긴다는 것인지 이해할 수가 없었다.

B 사이드도 첫 곡부터 걸렸다. '밤의 전파' 라는 곡이었다.

어느 날 우연히 잡힌 전파 / 밤이 늦도록 나는 이불 속에 누워 라디오를 듣네 /

나를 사로잡는 멜로디 / 나를 감동하게 만드는 말들 /

내가 모르던 사실을 일깨워주는 전파의 힘 /

이 전파는 어디로부터 날아오는 것일까 /

밤을 새워 라디오를 듣네 / 라디오는 내 친구 / 내 마음의 친구 /

답답한 현실에서 나를 구출하는 /

라디오는 내 친구 / 밤새도록 / 이불을 끌어올리고 라디오를 듣네*

---

* '라디오는 내 친구' 라는 한 라디오 방송 프로그램의 이름으로부터.

심의 반려 이유는 '논리적으로 맞지 않는 가사'였다. 하지만 이 가사가 문제가 된 것은 간첩을 연상시키는 부분이 있기 때문이라는 것이었다.

"이건 단파 라디오 듣는 간첩들 이야기 같잖아."

"단파 라디오가 뭐예요?"

이종은은 사장의 말에 볼을 긁으며 물었다. 사장은 주로 간첩들이 지령을 수신하기 위해서 이불을 뒤집어쓰고 듣는 특수 라디오라고 설명해주었다. 이종은으로서는 처음 듣는 용어였다.

"하여간에 어서 다 뜯어 고쳐. 가사 다 다시 써."

"미치고 환장, 폴짝 뛰겠네, 아니 사장님. 심의 넣기 전에 가사들 다 봐놓고 왜 가만히 있었어요? 사장님은 잘 아실 거 아니에요."

"낸들 이래 뭉태기로 걸릴지 알았나. 그리고 그때는 내가 바쁠 때라 정신이 좀 없었나봐. 문제될 것이 없다고 생각했는데, 이렇게 당국에 걸려서 다시 보니 이제야 문제가 보이네. 원래 모든 이치가 그렇지 않나? 어쨌든 다 네가 잘못한 거야."

건전가요

이종은은 심의 반려 통고를 받은 날부터 새로운 가사를 쓰기 위해 애를 썼다. 하지만 정말 진도가 안 나갔다. 고치려고 악보를 앞에 두고 몇 시간을 노려봤지만 그럴 때마다 머리 회전이 딱 멈추는 것 같았다. 사고를 움직이게 하는 것이 뇌혈류의 작용이라면, 뇌 속의 혈관 파이프 어느 한 곳, 가사를 쓰는 데 있어 가장 중요한 지점이 딱 막혀버린 것 같았다. 그것을 막은 것은 무엇이었을까. 혈전일까.

분노였다.

처음에 대량으로 심의가 반려되었다는 전화를 받고 레코드사로 뛰어갔을 때만 해도 노타이 정장에 검은 선글라스, 단단한 민무늬 가죽 구두의 기관원이 찾아오는 상상이 자꾸 일었었다. 그럴 리 없다는 걸 알면서도 막연한 공포가 자꾸 치밀어 올랐다.

하지만 시간이 지나 자신이 겪고 있는 상황을 되짚어보자 화가 나서 견딜 수 없었다.

심의 담당자는 가사가 전반적으로 품의가 없다, 술집에서 막걸리 한 잔 걸치고 읊어댄 즉흥시와 같은 느낌이다, 라고 했다는데, 그 모든 가사들, 이종은에게는 보석처럼, 내 자식처럼 소중한 것들이었다. 그네들에게는 품위 없는 말로 보일지 모르지만 밤을 새우며 다듬고 고치고 해서 얻어진 언어들이었다. 그렇게 공을 들인 것을 또다시 고치라고 하니 부아가 끓을 수밖에. 그것도 '저거들' 입맛대로.

그가 쓴 가사 중에는 일필휘지로 한 번에 쓴 것도 있었다. 그것들은 어떻게 도저히 손댈 엄두가 나질 않았다. 날카로운 첫 느낌. 다른 어떤 것으로도 대체할 수 없는, 내 사상이 담긴 가사. 그걸 무엇과 바꾼단 말인가.

이건 어떤 자존심의 문제 같은 게 아니었다. 건물을 하나 지어놨는데, 3층이 마음에 안 드니까 3층 다시 지어야 한다고 해서 4, 5, 6 층 다 놔두고 3층만 싹 뺀 다음 새것을 집어넣을 수 있는가.

그럼 처음부터 다시 짓는 게 어떨까요?

그러나 건물 다 올려놨는데 다시 지어라, 한다고 아 네, 하고서 확 다 부시고 금방 둥개둥개 '공구리' 쳐 올릴 수 있는가?

이종은은 벽에 부닥쳤다.

그가 마음고생이 심하다는 걸 안 사장은, 정 안 될 것 같으면 써둔 다른 곡으로 바꾸라 했다. 그래서 그중에 후보 곡들을 골라 가지고 갔는데, 사장은 난감해했다. 역시 추려냈던 먼저 곡보다 나은 게 없었다.

이종은을 더욱 화나게 하는 것은 건전가요라는 요물이었다.

건전가요란 라이선스 음반을 제외하고, 이 땅에서 발표되는 모든 자국 가수 음반에 의무적으로 실어야만 하는 국민 계몽곡이었다. 그것은 국가에서 위촉한 작곡가와 작사가들이 만든 곡을 국가에서 고용한 가수들이 부른 것인데, 현재 대여섯 곡 정도 마련이 되어 있었다. 어떤 것은 군가처럼 절도 있는 합창곡이고, 어떤 곡은 동요처럼 정다운 곡조를 지니고 있고, 또 어떤 놈은 빠르고 단순한 형식을 가졌다. 그 노래들은 하나같이 국민의 단결과 화합, 국가 시책에 대한 홍보, 애국애족의식 고취 등을 목적으로 하고 있었다.

그런데 각기 다른 가사와 다른 멜로디를 지녔다고 하지만, 근본적으로 일맥상통하는 점이 있었다. 바로 '난데없음'이었다.

가수의 앨범을 구입해 A 사이드, B 사이드를 들어온 감상자는 갑자기 터져 나오는, 이제까지의 음악과 완전히 다른 곡에 그만 정신 줄을 놓고 만다. 묵직하고 파괴적인 사운드의 헤비메탈 앨범이었는데, 외계곡처럼 튀어나오는 랄랄랄랄라~ 하늘도 파랗게~ 아름다운 우리 강산에~

졸도하고 만다.

외국 음악 애호가들과 교류하는 이 땅의 애호가들은 이 땅에서 생산된 훌륭한 음반들을 외국에 보내기도 하는데, 외국인들은 도대체 제일 마지막에 실려 있는 이 정체 모를 곡은 무엇이냐고 백이면 백, 다 궁금해 한다. 혹시 음반 제작 과정에서 오류로 인해 다른 가수의 곡이 잘못 실린 것이냐고 물으며 수집 가치가 있는 제품은 아닌가 김칫국을 마시기도 한다.

이종은은 몇 가지 종류가 마련되어 있는 건전가요를 고르면서 '진정으로' 절망을 느꼈다. 내가 쓴 곡은 열두 곡 중에서 네 곡이나 퇴짜 놓으면서, 자기들이 만든 이상한 곡은 반드시 집어넣으라니.

안 그러면 음반을 낼 수가 없다니.

가수 활동을 할 수가 없다니.

자기네가 시키는 대로 하지 않으면 이 땅에서 노래를 부를 수가 없다니.

이종은은 가슴이 뻥 터지는 것 같으면서도 결국은 건전가요를 고를 수밖에 없었다. 어떡하겠는가, 법이 그런데. 악법도 법이다. 소크라테스가 남긴 고대의 노예적 유언을 초등학교 때부터 계속 인장 찍히듯 세뇌당해왔던 우리들인데.

다들 그렇게 사는데 나라고……

그리하여, 대충 제일 많이 선택한다는 '아름다운 우리 금수와 같은 강산'으로 결정했다. 가녹음된 것을 들으며 마지막 건전가요에 이르렀을 때 이종은은 녹음실 직원들을 앞에 두고 소리쳤다.

"시팔, 강제 삽입, 건전가요, 좆같이 아름다운 우리 강산이 내 첫 앨범을 강간하는구나!"

가수가 되기로 결심한 20대 초반부터 오랫동안 꿈꿔왔던 데뷔 앨범이 난도질당하고 건전가요의 삽입으로 전체적인 밸런스에 심각한 균열이 발생하는 것을 보며, 그는 자신의 세계가 무너지고 있는 절망마저 느꼈다.

그는 강한 회의에 사로잡혔다. 정치가 이렇게 예술을 마음대로 겁탈해도 되는가? 갑자기 다 때려치우고 싶다는 생각이 들기도 했다.

그래도 내 앨범은 콘셉트 앨범은 아니지. 콘셉트 앨범 내는 사람들은 정말 어떨까?

콘셉트 앨범이란, 한 레코드 내에 여러 개별적인 곡이 존재하더라도 영화처럼, 소설처럼, 그 내용이 한 가지 주제 아래에서 통일성을 갖고 이어지는 것을 말한다. 그런 앨범에 건전가요를 넣으려면 정녕 죽을 맛일 것이다. 장편소설을 썼는데, 편집자가 이 장하고 저 장은 삭제하고 그 대신 마지막 장에 내가 쓴 이 단편을 두들겨 넣지, 라고 한다면 작가는 어떤 반응을 보일까. 그러시든가요, 하는 작가가 있을까.

작가의 자존심이란 알량한 자만심이나 허영의 자의식이 아니다. 불가능한 것을 강요받을 때 할 수 없다고 저항하는 판단력 같은 것이다.

이종은은 한 선배 가수를 떠올렸다.

그는 별 장르적 특성 없이 천편일률적으로 돌아가던 이 나라 딴따라 음악계에 혜성처럼 나타나 새로운 음악을 갈구하던 대중들의 목마름을 단비처럼 해갈시켜준 선구자격인 인물이었다. 다른 악기 하나 없이 오직 목소리와 통기타 하나만으로도 완벽한 음악이 만들어질 수 있다는 것을 증명해보였던 대중가요의 별과 같은 존재였다. 그런 그가 홀연히 고국을 떠나 자신의 음악적 뿌리이자 마음의 고향인 미국으로 이민을 떠나버렸다. 당시 이민이라는 것이 워낙 유행하고 있었긴 해도 그를 사랑하던 팬들이 느낀 상실감은 그 어떤 말로서도 설명하기 어려울 만큼 지대했다. 한 음악 평론가는 신문의 칼럼에서 그를, 사랑하는 팬들을 외면한 배신자로 불렀다. 그가 떠난 이후 말들이 많았다. 독신이던 그가 몇 개월도 안 되어 외국 여자와 결혼을 한 것을 두고 서양인과 결혼하고 싶어서 나라를 떴느니, 따위의 말도 안 되는 소리도 있었고, 원래부터 대마초 중독자였기에 중독의 고통을 참지 못하고 마약의 천국인 곳으로 간 것이니, 겉멋만 들어서는 외국물 먹고 싶었던 거라는 등, 별의별 설들이 끊이지 않았다.

20대 초반부터 그와 알고 지냈던 이종은은 무엇 때문에 그가 이 나라를 떴는지 잘 알고 있다.

그가 부른 곡 중에 '아침 서리'라는 곡이 있다. 애잔한 발라드 곡으로 공전의 히트를 기록하였다. 발매되던 당시에도 그랬지만 그 이후로도 1, 2년간이나 아무런 문제없이 방송을 타며 대중에게 깊은 사랑을 받았다. 그런데 언제부터인가 시위대가 그 노래를 애창하기 시작했다. 물론 시위대에게는 즐겨 부르는 민중가요가 있었다. 하지만 그런 전문적인 노래를 일반 시민들이 알 리가 없다. 시위를 일으키는 조직화된 무리들은 일반 시민들의 참여가 늘어나자 누구나 다 잘 알고 있는 그 곡을 반복해서 부르기 시작했다. 그저 평범한 서정 가요였을 뿐인 곡이 어느 순간 이 나라 제일가는 운동권 노래가 되어버린 것이다. 당국에서는 긴장할 수밖에 없었을 터이다. 집회와 시위 때면 어김없이 반복적으로 불리는 곡이 TV나 라디오를 탄다면 집 안에 있는 시민들도 마치 시위 현장에 있는 기분에 휩싸이지 않겠는가. 노래는 구호만큼, 어쩌면 구호보다 더 효과적으로 무리를 결속시킨다. 제대로 들리지도 않는 쉰 목소리로 외치는 선동보다 모두 하나가 되어 일제히 목청을 높여 노래를 부를 때 단결심은 배가 된다.

당국도, 운동권이 즐겨 부르기 때문에 금지곡으로 한다, 라고 이유를 대기에는 너무 궁색하다 싶었는지, 노래 가사에 담겨 있는 불온성을 밝혀내는 데 골몰했다. 몇몇 부분에 뜻을 알 수 없는 모호한 상징 같은 것들이 있었다. 그리하여 귀에 걸면 귀고리, 코에 걸면 코걸이로 역시 이 곡은 사회의 혼란을 암시하고 선동하는 불온한 곡이다, 라고 결론 내렸다.

그렇게 뒤늦게 금지곡으로 지정된 후, 그다음부터 발매된 판은 그 곡이 삭제된 채 나왔다. 그래서 그 이전에 발매된 음반들은 희귀 음반 취급을 받게 되었다.

문제는 그 이후 가수 활동이었다. 당국에서는 공식적으로 방송 출연 금지를 내리지는 않았지만, 더 이상 TV에서 그 가수를 볼 수가 없게 되었다. 라디오에서도 마찬가지였다. 어느새 불온의 딱지가 찍힌 그의 곡을 선곡하려는 PD는 없었다. 그리하여 그 가수가 노래 부를 수 있는 곳은 오로지 소규모의 라이브 클럽이나 행사 말고는 남아 있지 않았다. 오버그라운드 메이저 가수가 된 지 이미 오래인 그였다. 높은 개런티를 받고 대형 무대에 서던 그로서는 자신의 처지가 비루한 나락으로 떨어진 것만 같았을 터이다. 그 상실감을 이겨내기가 어찌 쉬웠을까.

그런데 거기에 더해 신변에 위협을 느끼고 있었다. 그것은 모호하고 불명확하여 처음에는 그저 자신의 착각일 뿐이라고 여겨졌었다.

어느 날 운전을 하여 집으로 돌아가고 있는데 검정색 지프 차량이 줄곧 뒤를 따라오고 있었다. 며칠 후 또 그 검정색 지프를 보았다. 다음 날에는 검게 선팅된 승용차가 붙기도 했다. 그리던 또 어느 날, 하루 종일 비웠던 집에 들어서던 그는, 그만 경악하고 말았다. 현관 근처 마루에 구두 발자국이 찍혀 있었던 것이다. 구둣발로 집 안 전체를 밟아놓은 것이 아니라 딱 하나만 남겨져 있었다. 그는 없어진 것은 없는지 온 집안을 다 뒤졌다. 하지만 딱히 사라진 건 없는 것 같았다. 도둑이 들었다면 왜 물건을 훔쳐가지 않았을까. 집 안을 뒤진 흔적도 없는데, 그렇다면 무엇 때문에 집에 들어온 걸까. 왜 발자국이 딱 하나만 있는 것일까? 침입자가 구두를 신은 채 집 안으로 들어섰다가 아차 하고 바로 신발을 벗은 걸까? 구두 발자국을 사방에 남겨놓았지만 돌아가려고 보니 시간이 많이 남았다 싶어 물걸레질로 밟은 부분을 다 닦은 후 실수로 딱 하나만 안 지우고 간 것일까. 여러 가지 말도 안 되는 상상을 하다가, 그는 이것이 자신에게 보내는 침입자의 경고라고 판단했다. 모골이 송연했다.

그날 이후 그에게는 공연 중 객석의 손님들을 유심히 살펴보는 버릇이 생겼다. 그 자리에 별로 어울리지 않는 남자 관객, 말하자면 검정색 정장 차림의 강한 인상의 소유자 등이 보이면 불안 때문에 노래를 망치곤 했다. 나중에는 평범해 보이는 사람이라도 위장한 것일 수도 있다는 의심병이 일었다.

운동권 대학생 한 명이 자살을 했다는 뉴스가 그의 두려움을 증폭시키기도 했다. 자살이라고 하지만 여러 가지 정황으로 보았을 때 타살이 틀림없었다. 그는 자신도 혹시 쥐도 새도 모르게 죽을 수 있다는 공포를 느꼈다. 그리하여 그는 결국 이 땅을 떠나 이민을 가버리고 말았던 것이다.

백구를 치다

우여곡절을 거쳐 이종은의 앨범은 발매하는 것으로 가닥이 잡혔다. 심의를 통과한 나머지 곡이 있었고 재킷 사진까지 다 찍어놓았으며, 사장은 앞으로 펼쳐질 활동에 대비해 이 방송국, 저 방송국 뛰어다니며 기반을 다져놓았었다. 이제 와서 없던 것으로 돌리기에는 손해가 너무 크기에 회사측에서는 계속 가사를 수정하라고 압박했다. 이종은도 결국 그 수밖에는 없다는 현실을 받아들였다.

난 대중가수일 뿐이야. 모든 가수들이 다 이렇게 하고 있어. 나만 겪는 곤란이 아니야. 이걸 참고 이겨내야 음악을 계속할 수가 있어. 내가 할 줄 아는 거라고는, 할 수 있는 건 음악밖에 없는데, 기회를 날릴 수는 없지.

얼마간 괴로운 심경으로 고민의 나날을 보내던 그는, 마침내 문제된 가사를 모두 고쳐 재녹음에 들어갔다. 사장은, 이래저래 힘들게 작업한 앨범인 만큼 대박이 터지지 않는다면 큰일이라며 이종은을 압박했다.

재심의 넣은 앨범은 반려되는 곡 없이 모두 통과했고, 그의 데뷔 앨범은 마침내 생산단계에 돌입했다. 앨범이 발매되기 직전, 사장은 TV 가요 프로그램의 출연이 잡혔다는 낭보를 가지고 왔다. 너무 갑작스러워 얼떨떨했다. 제대로 준비할 시간도 없었다. 하지만 녹음 과정에서도 수십 번 불렀던지라 따로 긴 연습이 필요하진 않았다.

문제는 머리였다. 쥐가 파먹은 것처럼 엉망이 된 이 머리를 어떻게 할 것인가. 평범한 모양으로 다듬기도 어려웠다. 경찰에 잡혔을 때 어떻게든 잘리기 싫어 반항을 하다가 괘씸죄로 오히려 1센티미터 정도까지 밀린 부분이 서너 군데나 되었다. 경찰은 머리 중앙에 고속도로를 내지 않은 걸 다행으로 여기라고 했다.

그리고 며칠 뒤 최무산이 집에 놀러 왔다. 그들은 어린 시절부터 친구 사이로, 이종은이 모임에 나가게 된 것도 최무산 때문이었다. 이종은은 거울을 보면서 최무산에게 말했다.

"이 머리를 어쩌면 좋을까? 낼 모레가 방송 출연인데, 머리를 도대체 어떻게 하고 나가야 되냐?"

"방송 활동 시작하면 어차피 잘라야 할 거 아니었어?"

"잘라도 귀밑머리하고 뒷머리나 좀 치려고 했지, 이건 도대체 방법이 없잖아."

"네가 빡구 싫다고 했고. 스포츠머리밖에는 도리 없는 것 같은데?"

이종은은 스포츠머리라는 말에 경기가 부르르 일었다.

어린 시절부터 음악에 심취했던 이종은이 학창 시절을 보내며 가장 괴로웠던 것 중의 하나가 두발 규제였다. 물론 음악 안 듣는 아이들도 짧은 머리를 싫어했었지만, 이종은의 긴 머리에 대한 욕구는, 다른 그 어떤 아이들보다 유별났다. 그는 자신의 가슴을 감동으로 뒤집어놓는 음악인들의 사진과 포스터를 붙여놓고 매일 들여다보며 자신도 그들처럼 휘날리는 긴 머리를 갖고 싶어 했다.

이 땅의 음악인들에게 가장 많이 쏟아지는 질문 중의 하나가 음악

한다고 왜 머리를 길러야 하죠? 였다. 오랜 경력의 방송 DJ들도 그런 질문들을 해댔다. 처음부터 비판적인 의도로 시작한 질문 앞에서 가수들은 거의 하나같이, 천편일률적으로, 아무렇지도 않게, '머리를 기르는 게 편해서요.'라고 대답해왔다. 정말 서로 다 입을 맞춘 것만 같을 정도였다. 심지어 게을러서 그렇다고 하는 자들도 있었다. 어림 반 푼어치도 없는 소리다. 그렇게 대답을 할 수 있는 사람은, 오로지 하나의 화두에 매달려 정진하는 까닭에 육신을 돌볼 틈이 없는 토굴의 수도승밖에는 없다. 한눈에 보아도 미장원에 가서 오래 다듬었을 것이 틀림없는, 가지런히 정돈되어 있거나 멋지게 최신 파마를 한 자가 그렇게 대답하면 듣는 사람은 어리둥절할 뿐이다. 매일 샴푸에, 린스에, 드라이에, 트리트먼트 관리하는 사람이 짧은 머리보다 긴 머리가 편해서, 게다가 게을러서 그러고 다닌다니, 그게 막걸리지 정녕 말이런가.

음악 하는 자들이 머리를 기르는 가장 큰 이유는 꼭 그렇게 해야만하기 때문이다. 왜 그렇게 해야 하는가? 음악은 단순히 소리가 아니다. 음향이 아닌 것이다. 음악이란 리듬과 멜로디로 조합된 일정한 형식의 소리에다 연주자의 철학과 사상, 그리고 메시지가 녹아 있는 그 어떤 총체적인 영감의 유물이다.

가수는 자신이 만들어내는 모든 예술적 에너지를 오로지 가사만으로는 표현할 수 없다. 그것을 단 몇 줄의 시어로 담아내기에는 인간의 언어에 한계가 너무 크다. 가수는 자신의 음악을 앨범의 재킷, 언론과의 인터뷰, 무대에서 뿜어내는 퍼포먼스 등을 통해 동시에 보여줘야만한다. 한마디 한마디의 말, 자신이 입는 옷, 쓰는 모자, 장신구 한 짝에도 메시지가 담겨 있으며, 사실은 그 모든 것들이 융합되어 비로소 그 음악가의 음악으로 완성되는 것이다. 음악이란 단지 귀로 듣고 마는 게 아니라 보고 느끼고 만지고 숭배하는 과정을 거치는 오감의 관념 덩어리다.

그러니 머리도 길러야지. 물론 다 기르라는 소리는 아니다. 트로트나 클래시컬 뮤직을 하는 사람은 적당히 자르라고.

머리 기르기는 욕망이다. 머리를 기르는 장르의 음악을 하는 음악인은 머리를 기르지 않고는 못 견디는 어떤 매혹에 사로잡혀 있다. 그것이 바로 음악인 동시에 자신의 음악이 어떤 거라는 걸 드러내는 표식이기에. 사자와 같이 야수적인 음악을 하는 사람이 동네아저씨 같은 복장으로 연주가 되겠는가. 안 돼. 그런 일은 결코 일어나선 안 돼.

신사복을 즐겨 입는 중년의 DJ가, 화려한 복장과 긴 머리의 연주인들을 대하면서, 음악 하는 사람들은 음악만 하면 좋겠어요 겉모습에 신경 쓰지 말고, 라는 소리를 해댈 때, 거기에 덩달아 앞으로 외모보단 음악에 충실하겠습니다, 라고 대답하는 음악인은, 음악을 '하고 있는' 것이 아니라 흉내 내고 있을 뿐이라는 사실을 고백하는 중이라고 보면 된다.

뭐 어쨌든.

이종은은 열 받았다. 최무산의 입에서 나온 스포츠머리라는 그 치떨리는 단어에 불을 뿜었다.

"니가 어떻게 스포츠머리를 권할 수가 있어!"

최무산이 심드렁하게 덧붙였다.

"아 그럼 백구치든가."

"으."

학교 다닐 때, 선생님들의 간섭이 좀 뜸해지면 아이들은 슬금슬금 머리를 길렀다. 그러다가 불시에 두발 검사에 걸려 바리캉으로 고속도로가 나거나 군데군데 엉망으로 잘리게 되면, 다음 날 완전히 대머리로 밀고 나타나는 아이들이 가끔 있었다. 이발소에 가서 백구 쳐주세요, 하면 이발사는 이렇게 되묻는다. 그냥 빡빡 미는 거, 아니면 진짜 백구? 진짜 백구는 일단 바리캉으로 완전히 머리를 깎아낸 다음 김 나오는 뜨거운 물에 머리를 담가 푹 불린 후, 그제까지도 새파랗게 비치는 두피 아래 숨어 있는 일련의 그 보잘것없는 뿌리털까지도 면도로 쫙 발라내는 것을 뜻한다. 그렇게 해놓으면, 그야말로 완전한 민대가리가 되어 전방 200미터에서도 눈에 확 띄게 된다. 운동장 조회를 할 때도 2,000개의 머리 틈 사이에서 백열전구 등처럼 나 홀로 반짝인다. 아름다워라.

그래서 백구란 선생들로부터 몽둥이찜질을 각오할 때만이 한다. 웃기지. 웃긴 일이야. 머리가 짧을수록 모범적이라고 싱글거리는 자들이 또 아주 빡빡 밀면 애들을 잡으니.

하지만 백구가 끝이 아니다. 그 위에 한 단 더 높은 경지가 있다. 백구 친 머리에 포마드를 바르는 거다. 이건 정말 이판사판, 아주 맞아 죽을 각오가 아니면 못하는, 끝판왕이라고 보면 된다.

"제장, 그래. 진짜 백구나 쳐야겠다. 이래 된 거. 스포츠는 죽어도 싫어! 백구 치고 가발 쓰지 뭐."

최무산은 실실 웃으며 묵직한 목소리로 대답했다.

"근데 백구 치면 머리 기르는 데 시간 많이 걸리는데."

"어차피 스포츠를 하나 백구를 치나 거기서 거기지. 일이 주 더 늦어진다고 해서 큰일이 나는 것도 아니고."

다음 날 이종은은 이발소로 가 백구를 쳤다. 그리고 레코드 회사에 나타나자 다들 박장대소를 했다. 사장도 배를 잡고 웃으며 손가락질을 했다. 웃는 것도 잠시, 사장은 그에게 미리 준비했던 가발을 씌워 보며 상태를 점검했다.

무용단

방송 당일이 되어 이종은은 두 시에 방송국에 도착을 했다. 방송 시작은 여덟 시인데 리허설 때문에 두 시까지 오라고 했다. 특히 그는 신인이었기 때문에 앞 시간에 배정되어 있었다.

리허설 순서를 기다리고 있는데, 그의 뒤로 무용단이 선다는 이야기를 들었다. AD라는 자가 대본을 들고 와서 그에게 순서를 말하며 어떻게 진행될지를 점검해주던 와중에 한 이야기였다.

이종은은 깜짝 놀라 반문했다.

"무용단이요?"

"예, 무용단요."

"무슨 무용단요?"

"공영방송 우리 KBO가 자랑하는 정예 무용단이요. 팔 명 올라갈 겁니다."

조연출은 연신 대본을 넘겨대며 대충, 빨리빨리, 건성으로 대답을 했다. 뭐라고 추가 질문을 할 사이도 없이 다른 가수들 쪽으로 재빨리 옮거가버렸다.

멍하니 서 있던 이종은은 자세한 설명을 듣기 위해서 그자를 만나려 했지만 어디로 사라졌는지 찾을 수가 없었다. 도대체 포크 가수의 무대에 여덟 명의 무용단이 선다니 말이 되는가. 발라드든, 디스코든, 트로트, 심지어 헤비메탈 밴드 무대에도 방송사에서 운용하는 무용단이 뒤를 받치는 게 관례처럼 되어 있긴 하지만, 포크 곡을 부르는데 단체 무용단이 동반 출연을 한다니.

뭔가 착오가 있겠지. 이종은은 마음을 진정시키려 노력했다. 그는 착오를 정정하고 싶었다.

그는 자신의 순서 바로 직전에서야 아까 그자를 다시 만날 수 있었다.

"저기, 선생님. 제 순서 때 무용단이 선다고 하셨잖아요."

그자는 가타부타 대답이 없이, 이종은을 슬쩍 쳐다보더니 대본으로 눈길을 돌렸다. 이종은이 말을 이었다.

"제가 포크 가수라서요, 제 곡이 포크 곡이거든요. 무용단이 여덟 명이나 선다는 게 좀 무리인 거 같은데요."

그자는 곤혹스러운 표정을 지으며 대본을 넘겼다.

"이름이 어떻게 되시죠?"

"이종은이요."

"음, 아, 이종은 씨, 여기 있네. 세 번째구만. 다음 주에 앨범 나온다는 신인 가수."

"네."

"그런데요?"

바쁘고 정신없는 와중에 성가시게 군다는 기색이 역력했다.

"무용단 때문에."

"왜요? 팔 명이 너무 많아요?"

그자는 경직된 분위기를 풀기 위해서인지, 웃으면서, 마치 농담을 던지는 투로 말했다.

"아니, 여덟 명이든, 한 명이든 간에, 제 무대에는 무용단이 어울리지 않아요."

이종은은 호소하듯 말했다. 하지만 상대방이 정색을 했다.

"뭐가 문젭니까?"

이종은은 답답하다는 듯 가슴을 살짝, 살짝 치면서 말했다.

"오늘 부를 곡이요, 통기타 하나로 반주하는 곡이거든요. 조용한 분위기에요. 물론 클라이맥스에서는 터지지만, 기본적으로 정적인 곡인데 대규모 무용단이 제 뒤에서 춤을 춘다는 건 격에 맞지도 않고 전혀 어울리지도 않을 성싶어요."

"저희도 그쪽 노래 미리 다 받아서 들어보고 결정을 한 거거든요."

"제 곡을 미리 들어봤는데도 무용단을 세우기로 했다구요?"

"그럼요. 우리가 뭐 무대뽀로 무대 연출을 하는 줄 아십니까?"

"아니, 제 말은 그런 뜻이 아니구요. 맞췄다는 것도 사실 말이 안 되지 않습니까. 저랑 한 번도 연습해보지 않았는데, 어떻게 무용을 짤 수가 있나요?"

"무용은 무용단이 짜는 거죠. 꼭 그쪽과 같이 연습을 해야 짤 수 있는 건 아니잖아요. 원래 다 그렇게 합니다. 가수에 속한 댄스 팀이 아닌 경우는."

이종은은 할 말을 잃었다. 그러자 그자가 달래듯이 말했다.

"자자, 일단 한번 맞춰보기나 하세요. 이제 그쪽 순서네."

어쩔 수 없이 이종은은 리허설 무대에 올랐다. 그가 스탠드 마이크 앞에 서자 무용단이 뒤편에 도열을 했다. 노래를 시작하는데, 뒤에서 무용단의 기척이 느껴졌다. 도대체 이 곡에 무슨 춤을 출까, 궁금하고 어이가 없어서 자꾸 뒤를 돌아보게 되었다. 곡을 들어봤다는 말은 맞는지 딴에는 발라드풍 무용을 해대고 있는데, 중심 여자 무용수를 다른 여자 무용수들이 번쩍 들어 올리는 장면에서, 이종은은 신경질에 찬 웃음을 터트리기도 했다.

리허설을 마친 후 사장이 그에게 다가왔다.

"어때, 할 만해?"

담배를 물고 불을 붙이며 사장이 말했다.

"아니 사장님, 어디 계셨어요?"

"나? 국장님하고 PD들한테 인사하러 돌아다녔지."

"무용단요! 보셨죠? 제 뒤에서 이상한 춤추고 있는 애들. 아니 제 곡에 무용단이 어울려요?"

"뭐가 어때서, 잘만 어울리더만."

"사장님!"

"왜?"

"제발 못하게 해주세요."

"아, 진짜, 너 왜 그래? 사사건건, 피곤하게 정말?"

사장은 연달아 담배연기를 깊숙이 들이마시고 내뿜는 짓을 두세 차례 반복하더니, 어느새 꽁초가 된 그것을 복도에 내던지고 구둣발로 짓이겼다. 그 근처에는 담배꽁초들이 널려 있었다. 다들 아무 데서나 담배를 피우고 아무렇지도 않게 꽁초를 버린다.

"그냥 가자 좀. 좀 쉽게, 쉽게, 가자."

"아니 쉽게 가는 게 아니라요, 그냥 무용단만 빼면 되잖아요. 안 나오게 하면 될 거 아니에요. 그게 뭐가 어려워요?"

"야 이놈아! 그게 쉬운 게 아니라니깐. 무용단도 먹고 살아야지! 무용단 애들도 다 자기 역할이라는 게 있는데, 니 생각만 하고 걔네들 입장은 생각을 안 해? 걔네들도 다 노조가 있어서 막 그렇게 즉흥적으로 네 마음대로 되는 게 아니라구."

"으아, 진짜 말도 안 되는 소릴. 무용단에 무슨 노조가 있어요? 공장도 미리 설립된 가짜 노조 때문에 노조를 못 만드는 나라에서?"

"따지냐? 내 말은 무용단도 자기네들 프라이드가 있다는 뜻이지."

"어휴."

"너 자꾸 그래싸면 좋을 거 하나도 없다? PD가 널 좋게 보겠냐?"

"악! 정말. 내 노래하고 전혀 어울리지 않는데, 그냥 모르는 척 부르란 말이에요? 이건 제 데뷔 무대란 말이에요!"

"야 이 새끼야! 그러니까, 그러니까 말이야! 데뷔하는 신인 가수란 놈이 도대체 왜 그렇게 매 순간 어렵게 구냐고! 심의에서도 죄다 뺀찌 먹더니, 여기저기 찾아다니며 내 이 나이에 새파랗게 젊은 PD들한테 머리 조아려가면서 방송 출연 잡아놨구만, 자꾸 그렇게 버팅길 거야? 너 왜 이렇게 속을 썩이는 거야?"

"아, 정말……."

이종은은 머리를 젖히고 공중을 쳐다보며 탄식을 터트렸다. 사장이 달래듯이 말했다.

"그냥 좀 해라, 응? 오늘은 참고 그냥 하고. 다음에는 내가 더 신경을 쓸게. 여기 관여된 사람들, PD, 조연출, 작가, 무용단, 다들 자기 입장이라는 게 있는 거야. 너 고집대로 한다고 되는 게 아니야. 다들 한 발씩 양보하고 그러면서 살아가는 거지."

언제인가, 이종은은 최무산과 함께 이 나라 최초로 헤비메탈 밴드가 방송에 출연한 걸 본 적이 있었다. 아무리 메탈 밴드라 하더라도 우리나라 대중에게 사랑받는 곡은 발라드라 그들도 발라드를 연주할 줄 알았는데, 의외로 매우 시끄러운 곡들을 선보였다. 최무산과 이종은은 그들이 방송에 나온다는 사실을 미리 알고, 일부러 시간 맞춰 음악 하는 다른 친구들과 함께 TV 앞에 모여 앉았다.

하지만 그날 그들의 방송 무대는 실망스러웠다. 가요에 익숙한 방송국 음향 팀에서 소리를 제대로 잡아내지도 못했고 영상도 엉망이었다. 각기 다른 장면을 찍고 있는 여러 대의 카메라가 보내오는 영상을 취합하여 어느 것을 주 화면으로 내보낼까 선택하는 조정실의 PD가 너무 헤매고 있었다. 기타 솔로가 들어가고 있는데 베이스를 훑는 화면이 나오다, 이게 아니다 싶었는지, 그냥 눈을 감고 뻣뻣이 서 있는 보컬을 클로즈업 하다가, 아 이것도 아니구나, 하고서 그제야 기타를 비추는 화면을 내보내는데, 어느새 기타의 솔로 파트는 다 끝이 나버린 후인 식이었다.

너무나 서툴렀다. 끝이 날 때까지 다 그랬다. 그저 기계적으로 화면을 돌리고 있을 뿐이었다. 하이, 1번 카메라, 하잇, 2번! 오케이, 자, 3번 카메라, 하잇, 4번 카메라, 이렇게 뺑뺑이만 해댈 뿐, 곡에 맞는 영상을 전혀 만들어내지 못했다. 그게, 머리가 좋아 방송국 입사 시험에는 합격은 했으나 음악은 모르는 자가 연출을 하니 그렇다. 게다가 그 어려운 방송국 시험에 합격하려고 얼마나 공부만 열심히 했겠는가. 그런 책만 팠던 범생께서, 음악은 둘째치고 무대 연출에 절대적인 미술적 심미안을 기를 새가 언제 있었겠는가. 안타까운 일이지. 무엇보다 결정적인 것은, 무용단들이 무대를 심각하게 훼손시키고 있다는 점이었다. 비둘기색 타이즈와 하늘하늘한 치마를 입은 무용수들이 곡과 전혀 어울리지 않는 춤을 추며 연주하는 내내 무대를 휘젓고 있었다. 이종은과 최무산은 그 장면을 보면서 오히려 연주자들을 욕했다. 도대체 저 형들은 무슨 생각으로 무용단을 올린 거야. 같이 TV를 보고 있는 다른 친구들은 처음에는 어처구니없어 하다가 좀 지나니 그냥 그런가 보다 하고 넘어갔는데, 최무산과 이종은은 꼭 저렇게까지 해가면서 TV에 출연을 해야 하나 싶어 프로그램이 끝나고 나서도 한참 동안을 무참한 기분에 시달렸다. 이제야 이종은은 그때 그 형들에게 무슨 일이 있었는지 알 것 같았다.

방송 시간이 가까워져 갈수록 긴장이 되었다. 하지만 그건 기쁨 때문에 가슴이 울렁거리는 기분 좋은 초조감이 아니었다. 일이 술술 풀리지 않고 왜 자꾸 꼬이고 부딪치는 것일까, 그런 억울함이 속을 타게 했다.

어느덧 무대에 서야 하는 시간이 되었다. 사장이 다가와서 무슨 이야기인가를 늘어놓았다. 가슴이 불편하게 두근거리는 건 여전했다. 갑자기 사장이 이종은 앞에 쭈그리고 앉아 무릎을 잡고 힘주어 흔들었다. 그때서야 그는 깨어나듯 사장과 눈을 마주쳤다.

"뭐하고 있는 거야! 정신 차려! 왜 이렇게 애가 얼이 빠져 있지, 야 이종은?"

"예?"

"자식아, 잘하라고, 어? 이게 처음이자 마지막으로 온 기회라고 생각하고 잘하란 말이야. 너 여기서 망치면 다음이고 뭐고 없어. 알았어? 내 말 알아듣겠어?"

마침내 그는 무대에 섰다. 그동안 무명 가수였지만, 활동 시즌이면 하루에도 몇 번씩 크고 작은 라이브 무대에 섰던 그다. 그에게 무대 공포증 따위가 있을 리 없다. 대형 축제에 초대되어 헤드라이너보다 더한 열광을 이끌어냈던 적도 있던 그다. 그동안 그렇게 많은 무대에 서면서도 떨기는커녕 훗훗하고 짜릿한 열정에 사로잡히곤 했었다.

그럼에도, 차렷 자세로 무대에 선 자신을 바라보고 있는 방청객들을 대하며 그는 도대체 내가 여기서 뭘 하고 있나, 하는 자괴감에 빠졌다. 몸을 지탱하던 기운의 반이 빠져나가버린 것 같은 허탈감이 온몸을 내리눌렀다. 앨범 준비를 하면서 맛보았던 치욕들이 강편치가 되어 자꾸만 그의 시야를 새하얗게 바래게 했다.

노래도 엉망, 연주도 엉망이었다. 일부러 하라고 해도 못할 실수들, 한 키가 낮아져버린 음정을 당황하여 끌어올리기도 했고 기타 줄을 잘못 튕겨 부정확한 소리를 내기도 했다. 곡의 종반부에 가까워져 갈수록 이래서는 안 된다는 생각이 들었다. 어떤 무대이든, 어쨌든 내가 선택한 무대이고 그러니 최선을 다해 노래하고 연주해야 된다고 마음을 다잡았다.

그는 지금까지 부진했던 연주를 만회하기 위해 혼신의 힘을 다해 노래를 불렀다. 클라이맥스에 도달하자 그는 몸을 흔들었다. 기타 줄을 튕기는 오른팔만 움직이는 것이 아니었다. 온몸을 다 써 연주했다. 자신에게 도치되어 원곡과 달리, 리허설 때 했던 것과 다르게, 마치 되돌이표를 만나 돌아가는 것처럼 클라이맥스를 또 한 번 더 연주했다. 이번에는 아까보다 더 목청을 높였고 몸을 더 쥐어틀었다. 예기치 않은 즉흥 반복에 무용단들이 우왕좌왕하는 것도 그는 알지 못했다. 신명난 김에 그는 또 한 번 더 반복을 감행했다. 조영남처럼.

그때 몸부림을 감당 못한 가발이 흘러내려와 눈을 가렸다. 그는 마지막으로 기타 줄이 끊어져라, 기타가 부서져라 내리쳤다.

그리고 연주를 딱 마치는 동시에 눈을 뒤덮고 있던 가발을 벗어 마이크 스탠드 아래로 내동댕이쳤다. 그는 기타를 어깨로부터 벗어내 오른손에 잡은 뒤 양팔을 벌린 채 허공을 향해 고개를 치켜들었다.

그는 한참을 서 있었다.

객석으로부터 아무 반응도 없었다.

꽤 오랜 후에서야 투덕투덕, 어수선한 박수 소리가 약간 났다. 썰렁함에 소스라치며 객석을 봤다. 무대 위와 객석의 밝기가 별로 차이가 안 나 관객들을 대체로 알아볼 수가 있었는데, 어떤 사람들은 입을 반쯤 벌린 채 손가락을 씹고 있었고, 어떤 관객은 팔짱을 낀 채 무대 위를 노려보고 있었으며, 또 인기 가수의 팬클럽임을 표시하는 풍선을 들고 있는 한 여학생은 눈을 아래서 위로 치켜 뜬 채 혀를 쏙 내밀고 어이없다는 표정을 짓고 있었다. 물론 따뜻한 미소로 박수를 보내고 있는 관객들도 있었지만, 대부분은 시큰둥했다.

화면은 사회자 쪽으로 넘어갔고, 이종은은 자기가 사용하던 마이크 스탠드를 들고 무대 뒤로 걸어갔다. 그때 조연출이 득달같이 달려왔다.

그러고는 이종은이 던져 놓은 가발을 집어 들더니, 막 등을 보이는 그에게 내던졌다. 이종은은 한순간 멍하니 있다 가발을 주워 들고 무대 밖으로 빠져나갔다.

9. 두 번째 회합

학교

시험 기간이 됐는데도 학교는 어수선하기 짝이 없었다. 얼마 전까지만 해도 데모가 일어나도 참가하는 사람들은 항상 그 밥에 그 나물이었다. 학생인지 데모꾼인지, 수업은 거의 안 들어오고 어디서 뭘 하는지, 평소에 얼굴 보기 진짜 힘들다가 홍길동처럼 짠! 하고 등장하여 구호 외치고 노래 부르는 자들, 그런 소수의 인간들이나 하는 것이 데모였는데, 요즘 들어 시위대의 인원이 불어난 게 확연했다. 볼 때마다 점점 더 증가하는 것 같았다.

시험 공부 때문에 아침 일찍부터 도서관에 가 자리를 잡고 앉았던 상대는, 너무 일찍 일어난 부작용으로, 무려 내리 한 시간 반가량을 책상에 엎드려 잤었다. 옆 사람이 코 곤다고 흔들지 않았다면 더 잤을지도 몰랐다.

잠이 깬 후 로비로 나가 자판기 커피 마시며 앉아 있다가, 수업에 들어간 다음, 점심 먹으며 동기들과 한참 수다를 떨다가, 이제 본격적으로 공부 좀 해보겠다고 다시 열람실에 들어와 앉았는데, 딱 데모가 시작이 된 것이었다.

왜 저놈의 데모하는 인간들은 대운동장, 문과대 앞 소광장 등 좋은 장소 다 놔두고 어째 만날 도서관 앞에서 떠들어댈까. 공부하는 사람들을 보면 배가 아픈 걸까. 공부 훼방 놓기 위해서 저러는 걸까.

상대는 머리를 감싸 쥐고 소음에 괴로워하다가 그만 벌컥 소리를 지르고 말았다.

"진짜 시끄럽네!"

그리고 시위대의 마이크 소리가 들려오는 창문 쪽을 노려보았다. 공부에 열중하고 있던 열람실 안의 사람들이 모두 번쩍 고개를 들어 상대를 주목했다. 상대는 부연설명을 하듯 중얼댔다.

"데모를 하려면 소광장으로 가서 하든가! 왜 도서관 앞에서 저런데?"

그런데 그가 말을 마치자 말자 앞쪽에서 수군거리는 소리가 들렸다.

"어머, 데모래."

"출정식 하는 걸 데모라고 한다, 저 사람."

"참여하지는 못할망정 왜 저래?"

"무슨 과 애야? 어려 보이는데?"

"학생 아닌 거 아냐? 혹시 쁘락치 아냐, 쁘락치? 도둑인가? 그 왜 우리 학교 학생 아닌 이상한 애들이 학생인 척 하고 도서관 올라와서 물건 훔쳐가고 그런 데잖아."

"헉, 도둑? 쁘락치?"

상대는 기가 막혔다. 그런데 갑자기 한 여학우가 상대를 향해 소리쳤다. 높은 소프라노 음성이었다.

"댁이나 조용하세욧! 아침부터 완전 시끄럽게 코 골면서 열나 잠만 퍼 자더니, 밥 먹고 와서는 고함까지 치네!"

여자의 말이 끝나자마자 빈자리 없이 빽빽이 앉아 있던 주변의 사람들, 사방 50여 석에서 대략 100여 석 정도를 차지하고 있던 자들이 일제히 와하하하, 웃음을 터트렸다. 상대는 당황하여, 그만 이렇게 더듬거리며 외쳤다.

"제가 밥 먹고 온 건 어떻게 아셨죠!?"

뭐라구요? 아니 저 사람이? 내가 뭘 어쨌다구요! 정도로 강하게 반격을 했어야 하는데, 놀라니까 엉뚱한 질문이 튀어나오고 말았다.

"몸에서 식당 냄새 엄청 났거든요? 난 누가 찌개 냄비를 열람실 안으로 들고 들어온 줄 알았네."

더 이상 있을 수가 없어, 상대는 서둘러 가방을 챙기고 그 자리를 떠났다.

그리고 며칠 후였다. 과 비상 학생회가 있다며 과원들은 모두 참여하라는 공지가 붙었다. 상대는 그냥 집으로 갈까 하다가 동기들이 모두 참석한다고 하기에 일단 얼굴을 비추기로 했다. 시험 공부도 공부지만 이따 간단하게 애들이랑 막걸리 한 잔 해야겠다는 생각이 총회에 참석하게 만들었다. 정 지루하면 술 먹을 애들 몇 명 모아 중간에 빠져나가 버릴 작정이었다.

그의 과가 주로 사용하는 강의실 중에 제일 넓은 강의실이 총회 장소였다. 뒷문 가까운 구석자리에 앉아 있는데, 오랜만에 얼굴을 보는 선배들이 속속들이 들어왔다. 그들은 상대를 보고는 하나같이 놀라워했다. 첫 주자는 그보다 두 학번이 높은 선배 형이었다. 그 선배는 그의 과에서 실로 제일 무서운 선배로 손꼽히는 자였다.

"엇! 변상대. 너 왔네?"

"형. 안녕하세요."

"배가 좀 나온 것 같어?"

"형은 만날 데모, 아니 싸움 나가시느라 피부가 더 타신 거 같아요?"

남자 선배를 보내고 나니 그가 과 여자들 중에서 제일 예쁘다고 생각하는 한 해 위 선배인 윤정 누나가 나타났다.

"이 뺀질이 자식. 니가 여기 웬일이야."

"어, 윤정이 누나. 누나 오랜만."

"오랜만! 야 근데 어쩐 일로 뺀질이 니가 여기 다 왔어?"

"왜? 나는 오면 안 돼? 하하, 하하, 하하."

그녀는 섬섬옥수로 그의 머리를 쓰다듬는 것인지, 터는 것인지 북북 문지르다가 강의실 안쪽으로 들어갔다.

"윤정이 누나, 언제 술 좀 사줘요! 예?"

하지만 누나는 못 들었는지 대답 안 하고 가버렸다. 오히려 그녀의 동기인 남자 선배들 몇 명이 뒤돌아보았다. 다들 웃고는 있으나, 찡그린 채 웃는 거라, 웃는 게 웃는 게 아니었다. 상대는 형들을 향해 대충 고개를 끄덕여 인사했다.

와, 내가 자기들 여자 동기한테 술 좀 사달라니까 경계하는 거 좀 봐.

곧이어 항상 선비처럼 조용하지만 사실은 엄청난 빨갱이라는 것을 단대 사람들이라면 다 아는 한 학번 위 선배 한 명이 또 그의 앞을 지나가다가 깜짝 놀라는 시늉을 한다.

"오, 상대도 왔구나."

"어, 형. 안녕!"

"그래, 잘 지내지?"

형은 평화가 가득한 얼굴로 상대를 바라본다.

"나야 뭐 늘 그렇지. 형은 아직 안 딸려갔네?"

상대는 그 형을 좋아했기 때문에 진심으로 걱정되어 한 소리인데, 형의 한쪽 눈에 경련이 오는 것을 보고는 미안해져서, 마침 어깨에 올리고 있던 형의 손을 덥석 잡고 강제로 마구 흔들며 악수를 했다.

"형, 항상 조심해요. 내가 형 걱정하는 거 알지?"

"그래, 고맙다."

그다음은, 상대와 무려 한 8학번이나 차이가 나지만, 감방을 갔다 오는 바람에 아직도 졸업을 못하고 있는 대선배였다.

"어, 형. 안녕하세요."

"어, 너구나."

"네, 형."

"니가 이름이 뭐더라?"

"변상대요."

"아, 그래, 상대였지. 변상대."

그 형에게서는 뭔가 압도적인 기운 같은 것이 풍기기 때문에 상대는 괜히 얼어서 주춤거리며 엉덩이를 들고 인사를 했다. 그 왕초 선배가 지나간 후 옆에 앉아 있는 동기에게 호소했다.

"야, 나 자리 잘못 잡았다."

중간에라도 살짝 빠져나갈까 싶어 문 옆에 앉았는데 이렇게 지나가는 사람들마다 한마디씩 할 줄은 몰랐다. 줄지어 등장한 운동하는 동기들도 상대를 보더니 깜짝깜짝 놀랐다. 다들 네가 어쩐 일로 여기에 왔냐는 반응이었다. 그동안 시위 관련한 모임에는 참여한 적이 없지만, 동기 생일잔치, 선배 생일잔치, 그냥 술자리 등등 술 마시는 자리와 MT 등 노는 자리는 결코 빠지지 않던 상대였는데, MT와 비슷한 분위기로 일할 때마다 새참으로 술 많이 준다는 감언이설에 속아 뼈 빠지라 코피 터지면서 소처럼 일했던 농활까지 참여한 바 있을진대, 이렇듯 다들 총회 좀 들어온 걸 가지고 놀라워하다니 실로 어처구니없는 일이었다.

교탁 앞에 선 학생회장이 비상 총회가 열린 이유에 대해서 설명했다. 이번 임기를 끝으로 물러나기로 했던 대통령이 약속을 지키지 않고 또다시 대통령직에 대한 야욕을 드러낸 것에 대한 응징의 결의를 하기 위해서란다. 가만히 앉아, 나눠준 유인물의 공백에 낙서를 해대고 있던 상대가 번쩍 고개를 든 것은, 학생회장에 이어 다음 발표자로 나선, 윤정 선배의 말 때문이었다.

"……또다시 우리의 출판 자유는 심각하게 위협받을 것입니다. 아니 어쩌면 오히려 몇 십 보 후퇴하고 말 것입니다."

단상에 올라 과원들에게 인사를 할 때만 해도 살짝 미소까지 지으며 여유로운 모습을 보이던 윤정 선배는 말을 하다가 감정이 격해지는지 쿨럭 대며 기침을 하기도 했다. 아니 어쩌면부터 말 겁니다, 까지 말할 때는 발표자가 아니라 선전선동에 나선 연설자가 된 듯했다. 하지만 그녀는 이내 흥분을 누그러뜨리고 차분히 이어나갔다.

"독재정권이 우리의 삶을 억압하는 방식에 대해 이미 학생회장께서 말씀을 하셨지만, 제가 문화부 차장 자격으로 이 자리에 섰으니, 출판과 영상물에 대한 폭압적 검열에 대해서 말씀드리겠습니다."

그리고 그녀는 현재 전 영상물, 출판물 공히 이루어지고 있는 엄격한 검열에 대해 성토하기 시작했다. 하지만 아까 학생회장이 단상에 올라 정치적인 이야기를 할 때보다는 확실히 반응이 약했다. 아무래도 다들 이쪽 방면으로는 심각함을 피부로 크게 느끼지 못하고 있는 듯했다.

하지만 상대는 달랐다. 정통성이 없고 도덕적 기반이 약한 독재정권이 허위적 권위를 위해 더욱 엄격한 잣대를 사회 곳곳에 들이밀 것이라는 이야기에 거의 공포감마저 느껴졌다.

"큰일이네. 압박감이 느껴지는걸."

술자리나 MT에서 불러봐서 대충은 알고 있는 운동가를 따라 부르며 다른 사람들이 하는 대로 박자를 맞추듯 팔을 흔들었다. 그런데, 다들 팔을 올리는 각도라든지 절도가 보통이 아니었다. 상대는 오로지 자기 혼자만 보기 싫게 팔을 흔들고 있다는 사실을 깨닫고, 다른 사람들이 하는 걸 몰래 따라하기 시작했다. 그리 어렵지 않아 금방 비슷하게, 어쩌면 똑같이, 흔들 수 있었다.

총회가 끝이 날 때까지 상대는 자리를 지켰다. 먼저 뜨는 사람들이 없어 혼자 나가기도 뭣했고, 뭐가 뭔지도 잘 모르면서 동료들을 따라 구호를 외치고 노래를 좀 불렀더니 갑자기 자기도 그들과 하나가 된 것 같은 기분에 사로잡혀 있었던 거다.

아 이게 군중심리라는 거구나.

그런데 총회는 강의실에서 끝나는 게 아니었다. 교문 앞까지 나가

시민들을 상대로 유인물을 돌린다고 했다. 상대는 여기에서 그만 빠질까 싶었는데, 윤정 선배가 자신의 옆에 있었다.

"윤정이 누나, 그런데 앞으로 검열이 더 심해진다구?"

"당연하지."

"검열이 더 심해지면 어떻게 되는 거야?"

"뭐가 어떻게 돼. 니가 보는 영화, 방송, 소설, 시, 잡지 등에 대한 당국의 간섭이 보다 더 극심해지는 거지."

헉, 잡지!

"윤정이 누나, 그러면 외국 잡지에 대한 검열도 심해져?"

"외국 잡지? 외국 잡지를 어떻게 검열을 해? 수입을 안 하면 안 하지."

"지금도 수입 안 하는 잡지들 많잖아요. 세계적인 잡지인 플, 근데 누나……."

"뭐?"

"가만, 내가 무슨 말을 하려고 했더라?"

"야, 쓸데없는 소리 말구. 너는 이제 갈거지? 잘 가라. 누나는 선전전 하러 간다."

"누나, 잠깐. 그럼 술은 언제?"

하지만 누나는 유인물을 가득이 들고 기다리고 있는 선비 같은 남자 선배 쪽으로 가버렸다.

"아니, 저 누나가 대화를 하다가 그냥 쓱 가버리네."

상대는 무시당한 기분에 열이 올랐다. 그 특유의 자존심이 꿈틀거렸다. 그는 윤정 선배 쪽으로 가서 그녀가 방금 남자 선배로부터 건네받은 유인물 뭉치를 절반쯤 빼앗았다. 윤정 선배는 놀라는 표정을 지었지만 잘됐다는 듯이 그에게 바로 유인물을 들려줬다. 그러고는 나약한 척 자기 팔을 토닥여댔다. 그때 앞에 서 있던 학생회장이 모두 스크럼을 짜라고 했다. 상대는 윤정 선배의 팔과 자신의 팔이 서로 엮이어 어깨와 어깨가 맞닿는 것에 기분이 묘했다. 마음 같아서는 더 들이대고 싶은데, 떨려서 오히려 자꾸 느슨하게 되었다. 그래서 떨어지니 윤정 선배가 스크럼 제대로 좀 짜라고 화를 냈다. 그렇게 노래와 구호를 외치며 교문 쪽으로 내려가는데, 불안해지기 시작했다.

이거 데모인데?

"윤정이 누나, 우리 지금 시위하러 가는 거야?"

상대는 학생회장이 구호를 선창하고 있을 때 물었다. 윤정 누나가 소리쳤다.

"선전전 하러 간다니깐."

"선전전하고 시위하고는 다른 거야?"

하지만 그녀는 대답 대신 목이 터져라 구호를 외쳤다.

"민주화 요구 말살하는 독재정권 물러가라!"

"……물러가라, 물러가라!"

상대도 뒤끝을 따라한 뒤 선배의 대답을 기다리는데 대답을 하지 않았다.

교문에 도착해 학생회장을 비롯하여 여러 사람들이 선창하는 구호를 외치며 노래를 합창할 때 윤정 선배가 그를 툭 쳤다.

"뭐해, 피 세일 나가야지."

"피 세일?"

"유인물 돌리러 나가자고."

"아항. 근데 누나, 왜 피 세일이야?"

선배는 성가시다는 표정으로 말을 빨리해서 대답했다.

"프린트의 피! 세일의 세일!"

"세일의 세일? 프린트물을 바겐세일 한다고? 판다고? 그냥 나눠주는 거 아니었어?"

"으이구, 유치해! 헛소리 그만하고."

"아 왜?! 자기가 그렇게 설명을 해놓고서는?"

"야, 시끄럽구, 빨리 돌리기나 해."

그는 윤정 선배가 하듯이 지나가는 시민들에게 프린트물을 나눠주기 시작했다. 열 명이면 아홉 명이 받아갔고, 어떤 사람들은 멀리 지나가다가 일부러 돌아와서는 달라고 했다. 그런데 제일 인상에 남는 것은 한 할아버지였다. 빨간 모자를 쓰고 뒷짐을 진 채 그들이 외치는 구호를 가만히 듣고 서 있더니 갑자기 혀를 마구 차면서 한 팔을 그들 쪽으로 쭉 내밀고 소리쳤다.

"이놈들아, 니들은 아직 돈을 안 벌어봐서 그래! 니들이 우리나라가 얼마나 가난했는지 알기나 해? 이만큼이래도 먹고 살만해지니까 은혜도 모르고 물러가라 어쩌고 해대는데, 니놈들은 배가 고파봐야 해. 빨갱이가 얼마나 무서운지도 모르는 놈들! 학생이라는 것들이 공부나 하지 어디서 데모질이야, 데모질이!"

할아버지는 못마땅하다는 듯이 몇 번이나 삿대질을 더 날리고서야 총총히 자기 갈 길을 갔다.

상대는, 차도 건너편에서 잠바를 입은 채 귀에는 리시버를 꽂고 무

250

전기를 든 사람들이 왔다 갔다 하는 것을 본 이후 진짜 겁이 났다. 경찰이 확실한 그들은 계속 이쪽을 주시하고 있었는데, 상대는 저 자가 혹시 내 얼굴을 기억하고 이따 집으로 갈 때 변상대 씨 같이 좀 갑시다, 하는 것은 아닐까 싶었다.

"윤정이 누나, 저 사람들 경찰 아니야?"

"맞아, 짭새들."

"저 아저씨가 아까부터 계속 날 보는 거 같은데?"

"어쩌라고."

"누나, 경찰이 날 저렇게 보는데 괜찮을까? 너무 노려보는데?"

"내가 진짜 너 오늘 웬일로 총회에 참석을 다했나 했다. 왜 그래? 창피해. 너 왜 우리 과야?"

"왜 우리 과냐구?"

"응."

"점수가 그렇게 되더라구."

"어우, 정말 너 같은 애 첨 봤어. 우리 과 이런 과 아닌데. 야, 쟤들은 항상 저렇게 우리를 관찰해. 너 덩치는 크면서 겁은 왜 많니?"

"왜 겁이 많냐고?"

"응."

"덩치 큰데 왜 겁나 하냐구?"

"으응!"

"아하하하, 아하하하, 참 나, 아니, 선배. 인간적으로 생각을 해봐요, 저 아저씨가 날 자꾸 쳐다보잖아. 쳐다보니까 기분이 나빠지잖아. 누나는 내가 이렇게 빠끔히 계속 쳐다보면 기분 나빠, 안 나빠?"

"나빠, 무지."

"그지."

"그러니 돌아가!"

"누나."

"남은 거 이리 주고, 너는 들어가고 민수 오라고 해."

"하면 되잖아."

교문 앞에서의 선전전인지, 시위인지, 어쨌든 그 행사는 30여 분 정도 계속되다가 끝이 났다. 그들은 다시 학교 안으로 올라간 다음, 학생회장의 간단한 정리 연설 뒤에 해산했다. 갈 사람은 가고, 뒤풀이 갈 사람은 남은 뒤 학교 근처 술집으로 이동했다.

상대로서는 윤정 선배가 얄밉기 짝이 없었던 것이, 아까 경찰을 보고 걱정을 하던 것을, 그 사람 많은 술자리에서 완전 큰 소리로 까발렸기 때문이다. 다들 배를 잡고 웃고 난리가 났는데, 오로지 당사자인 상대만이 벌겋게 얼굴을 붉히며 심난해 했을 뿐이다.

"배신녀 이윤정. 두고 보자."

그녀는 들은 체도 않고 대신 그의 머리카락 안으로 손가락을 넣더니 마구 흔들고 북북 긁었다. 아주 버릇이었다.

"괜찮아, 인마. 나도 처음에는 다 그랬어. 점점 더 강해져. 다음에는 훨씬 더 나아져 있을걸?"

상대는 자신보다 오히려 어려 보이는 동안의 여자가, 아주 한 4, 5년 선배인 것처럼 말하는 것이 웃겼다. 이 여자 혹시, 학교 일찍 들어가서 나랑 나이가 같거나 오히려 더 어린 거 아닐까. 언제 민증 검사를 한번……

발표

시인 장경구는 요즘 매일 시를 썼다. 한 편 이상도 썼다.

그는 열정에 차 있었다. 그동안 너무 오래 쉬었지만 다시 불이 붙자 예전보다 더 활활 타오르는 것 같았다. 배출하지 못하고 사그라진 시어들은 몸 안의 비계 덩어리로 변해 축적되어 있었던 것일까, 이제 다시는 예전처럼 시를 쓸 수 없을 것 같은 절망에 사로잡힌 적이 한두 번이 아니었었는데, 마음만 살아 있다면 언제든 시어는 살려낼 수 있는 것인지, 뜨겁게 달구어진 가슴은, 연일 그 비계 덩어리를 연료로 태워, 시를 생산해내고 있었다.

그런데 그 내용이 외설스럽다는 것은 좀 문제가 있었다. 예전, 대히트를 쳤던 시인의 시가 애처로운 사랑에 대한 안타까움을 노래했다면 이제는 보다 직설적이고 노골적으로 바뀌어가고 있었다.

하지만 시인은 상관하지 않았다. 어차피 시란 배설인 것, 현재까지 적어도 나에게 있어서 역시 계속 그러할지니, 나오는 대로, 내가 말하고 싶은 대로 말하는 게 중요하지, 진실로 무엇을 이야기해야 하는가의 문제는, 이 가슴의 뜨거운 불이 잦아진 뒤 지속적이고도 안정적으로 타들어가는 단계에 진입했을 때, 그때 다시 고민하면 될 것이다, 하고 결론 내렸다. 때문에 그는 거침없이, 나오는 대로 계속 배설하고 있는 중이었다.

그는 이토록 행복감에 젖어본 것이 과연 언제였던가, 기억할 수조차 없었다. 시를 배출하며 느끼는 행복감은 매우 중독성이 있어, 그 기분을 계속 느끼기 위해서, 지금보다 더 큰 행복을 맛보기 위해서도 도저히 펜을 놓을 수가 없었다. 이렇게 계속 내달리고 싶었다. 지난 10여 년간, 나는 도대체 어떻게 이 강력한 행복감을 잃어버리고 살 수 있었을까. 그 긴 세월을 좀비처럼 지내오면서도, 어떻게 또다시 한 10년쯤 더 무의미하게 산다 해도 별 상관없다고 했을까.

그러던 어느 날이었다. 동료 시인으로부터 오랜만에 술 마시자고 연락이 왔다. 약속 장소에 나갔더니 동료 시인 외에 문학계 인사 두 명이 더 앉아 있었다. 한 명은 예전에 지나가다가 인사를 한 적이 있던 소설가였고, 다른 한 명은 개인적인 친분은 두텁지 않지만 오래전부터 알고 지내던 한 문학 잡지의 편집장이었다. 그를 불러냈던 시인이 장경구에게 물었다.

"그래, 요즘은 어떻게 지내고 있어? 왜 통 연락이 없었어?"

장 시인이 무심코 대답했다.

"내가 요즘 바빠."

"무슨 일로?"

"일하느라."

"아, 그래? 취직했어?"

"그게 아니라 시 쓰느라."

그냥 별 뜻 없이 한 말인데, 왜 다소 겸연쩍은 것인지 시인은 스스로 이해가 가지 않았다. 시인에게 있어서 일이란 시를 쓰는 게 맞는데, 시를 쓰는 걸 일이라고 하니 어쩐지 이상한 것이었다. 상대방도 역시 같은 생각인지, 얼굴에 실망한 티를 내면서 씁쓸한 표정을 지었다. 하지만 그는 또 금방 반가운 표정을 지었다. 술 한 잔 훌러덩 마시고 나서 장경구에게 말했다.

"그동안 통 안 썼잖아. 다시 시작한 거야, 시?"

"응. 요즘 시 쓰는 데 한참 재미가 들렸어. 옛날로 돌아간 거 같아."

그 말에 동료 시인을 비롯한 그 자리에 참석해 있던 다른 두 명도 흥미를 보였다. 그중에 한 문학잡지의 편집장 김풍성이 장경구에게 말했다.

"제가 어제 월간 시인의 바다의 김인식 주간을 만났었습니다. 김 주간님이 이번 달 청탁 원고가 두 건이나 빵구 났다면서 상당히 골치 아파하더군요. 장 선생님의 작품이라면 김 주간도 반길 거 같은데요. 선생님이 먼저 연락하기 좀 그러시면 제가 김 주간님한테 전화 한번 넣어볼까요?"

그러자 옆에 앉아 있던 소설가가, 당신네 책에 실을 것을 먼저 부탁드리는 게 예의 아냐, 라고 했고, 그러자 김풍성 편집장은 우리는 이번 달 지면이 다 차서 다음 달이나 부탁드리려고, 같은 이야기를 주거니 받거니 했다. 장경구는, 자기가 지면을 찾아 나섰다가 거절당했던 옛날의 일이 갑자기 기억이 났지만, 그것도 잠시, 요즘 그를 사로잡고 있는 강력한 시심은, 부끄러움과 불안감을 가뿐이 날려버렸다. 시인은 배려에 감사하다는 시선으로 김풍성을 지긋이 쳐다보다가 가벼운 마음으로 고개를 끄덕였다.

그다음 날 시인의 바다의 김인식 주간으로부터 연락이 왔다.

"장 선생님, 안녕하십니까. 시인의 바다의 김인식이라고 합니다."

"아, 예. 안녕하시오."

어쩌면 저쪽의 나이가 자기보다 많을지 모른다는 생각이 들었지만, 말버릇은 어쩔 수가 없었다.

"김풍성 편집장이 연락을 해서는, 선생님께서 요즘 다시 시 작업을 하신다고 알려줬습니다. 이야기 들으셨다고 믿는데, 저희가 이번 달에 사정이 생겨서 지면이 많이 비게 되었습니다. 선생님께서 저희에게 시를 보내주신다면 정말 감사하겠습니다. 이렇게 발등에 불이 떨어져서 마치 대체하는 식으로 청탁을 드려 정말 죄송합니다. 모양새가 영 그렇게 되었네요. 만약 선생님께서 다시 작업을 시작한 걸 알았더라면 미리 연락을 드렸을 텐데요."

"아니, 그런 건 아무래도 상관없소이다, 허허."

그렇게 이야기가 되어서 장 시인은 시 열 편을 골랐다. 그리고 바로 그날, 김인식 주간을 찻집에서 만나 시가 든 봉투를 건넸다. 김 주간은, 열 편의 시가 타이핑된 복사용지 열일곱 장을 봉투로부터 반쯤 꺼내 조심스럽게, 하지만 대강 넘겨보더니 다시 집어넣고 술을 따랐다.

"선생님, 정말 대단하십니다. 금방 이렇게 귀한 시를 열 편이나 척척 내놓으시다니요."

전날도 만났지만 오늘도 자리를 함께한, 옆에 앉아 있던 김풍성 편집장이 흐뭇한 미소를 지으며 고개를 끄덕이고 있었다. 김 주간이 김풍성에게 말했다.

"김 형, 고마워. 덕분에 장 선생님의 귀한 시를 받았네."

"하하, 뭘요. 그런데, 장 선생님, 다음 달에는 저희에게도 작품 좀 주셔야 합니다?"

그렇게 화기애애한 분위기에서 그들은 자리를 옮긴 다음 실컷 술을 마셨다. 마감 때 다 되어 전쟁처럼 바쁠 줄 알았는데, 둘 다 늦게까지 술 퍼먹는 걸 보니 그렇지도 않은 모양이었다.

이런 과정으로 세상에 나오게 된 장경구의 신작 시들은 등장하자마자 세상을 발칵 뒤집어놓았다. 시인들도 뒤집어졌고, 덩달아 소설가들도 뒤집어졌고, 평단도 뒤집어졌으며, 독자들도 다 뒤집어졌다.

이게 시냐? 이걸 시라고 썼냐. 차라리 포르노를 시라고 하지 그러냐.

반응은 대체로 그러했다.

그의 시가 본격적으로 논쟁에 휩싸이게 된 것은 한 평론가가, 중앙 일간지에 게재하는 주말 칼럼에서 까기 시작하면서부터이다. 오랫동안 시를 쓰지 않고 문학판에서부터 떨어져 있던 장경구로서는 그 평론가의 이름부터 생소했는데, 그는 장경구의 시를 타락했다고 규정했다.

……문학가들, 그중에서도 시인은 시대의 등불이 되어야 한다. 세상이 점점 물신숭배적 가치관으로 물들어가는 이때에, 시인의 역할은 더욱 막중하다 할 것이다. 그럼에도 3류 저질의 통속물로써 대중의 말초적 호기심이나 건드리려 하는 시도는 지탄받아 마땅하다. 시와 음란물은 구분되어야 한다. 문학인에게는 엄격한 도덕적 잣대가 요구되며, 학처럼 고고한 마음에서 우러나오는 것이 시인 것이다. 시인이 타락해서는 나라가 서지 않는다. 우리는 이제 각성이 요구되는 시대에 접어들었다.

장 시인은 다 읽고 나서 웃겼지만 그저 그러려니 하고 넘어갔다.

시인의 바다의 김 주간 이하 편집부 사람들도, 하도 여기저기 시끄럽고, 일간지에서까지 까대니, 역시 눈 딱 감고 퇴자를 놓을 걸 그랬나, 하고 후회하기도 했다.

그런데 며칠 지나지 않아 이상한 일이 벌어지기 시작했다. 평소 500
부 정도 찍던 잡지가, 주문이 밀려들어 추가로 200부를 더 인쇄해야
만 했고, 그 며칠 후 또 전국에서 재주문이 마구 들어오는 바람에 300
부를 더 찍어야만 했다. 결과적으로 1,000부를 찍은 것인데, 사장은 이
잡지 발행하고 처음 있는 놀라운 판매량이라고 경악스러워했다.

그것은 모두 장경구 시인의 신작 시 때문임이 명백했다. 그것말고는
이 이상한 현상을 설명할 길이 없었다.

김인식 주간은 장경구에게 시를 받아왔던 때를 회상했다.

장경구에게 원고를 받아온 다음 날, 회사로 출근해 봉투에서 시를
꺼내 그제야 읽어 내려가기 시작했던 김인식은, 몇 장 읽지도 않고 원
고를 일단 책상에 착 내려놓은 뒤, 안경을 벗어 탁 놓은 다음, 팔을 천
천히 들어, 자기 반쪽 얼굴을, 따귀를 날리듯 철퍼덕 때렸다. 기가 막혔
기 때문이다.

"이 일을 어째."

살과 살이 맞닿는 찰진 소리에 사장실에 들어갔다 막 나오던 편집장
이 주간에게로 달려왔다.

"주간님, 왜 아침부터 얼굴을 때리고 그러세요?"

김 주간은 한숨을 푹 내쉰 뒤 편집장을 불렀다.

"편집장, 일로 좀 와보소, 이 일을 우짜마 좋노."

김인식 주간은 원래 서울 토박인데, 사장이 경상도라, 종종 사장의
사투리를 흉내 내는 버릇이 있었다.

"왜요, 왜요. 무슨 일이에요. 왜 그래요!"

편집장도 장경구의 시를 읽고 깜짝 놀랐다.

"와, 진짜 끝내주네, 이 양반."

그날 아침에 예정되어 있던 편집 회의에는 사정을 들은 사장까지 참석했다. 장경구의 시 때문에 치열한 격론이 벌어졌다. 아직 시집을 내지는 않았지만 지난 해 신춘문예로 등단한 시인인 한 편집부 직원은 이건 시도 아니고 뭣도 아니고 그저, 대표적인 옐로 저널인 주간 세털데이서울의 기사를 운율 맞춰 늘어놓은 것에 불과하다고 말했다. 그가 정도 이상으로 격분하는 바람에 오히려 사장이 타일러야 했다.

끝까지 싣자는 쪽에 섰던 것이 편집장이었다. 사실 그는 장경구라는 시인을 안 좋아했었다고 했다. 표현이나 시어는 선택을 잘하고 반짝거리는 문구를 생산해내긴 했어도, 치기 어린 감상 시의 한계에 사로잡혀 있었던 것으로 기억하는데, 하지만 지금 이 신작 시들을 보자니 그동안 그의 시를 지배했던 모호한 불확실성, 시체 같은 관념들이 모두 걷힌 느낌이라는 것이었다. 그리고 읽어보면 알겠지만, 그저 단순히 성적 욕망을 이야기하고 있는 게 아니라 답답한 세상에 대한 저항과 한풀이 같은 것이 담겨 있다고 했다.

회의를 해나가면서 처음 원고를 읽었을 때의 당혹감이 진정되며 김인식 주간은 현실적인 여러 문제에 대해 고민하기 시작했다. 내가 가서 직접 받아온 원고를, 그게 그러니까 회사 돈으로 찻값에 비싼 청요리까지 먹여가면서 받아온 것인데, 당장 조판에 들어가야 할 이 시점에서 퇴자를 놓는다면 내 청탁 섭외 능력은 뭐가 될 것인가. 그렇지 않아도 땜질로 받아온 원고 아닌가. 이것마저도 못 싣는다고 결론 내리면 내 얼굴에 내가 침 뱉기지. 그리고 땜빵으로 원고 청탁해서 정말 미안하다고 양해를 구했던 것은 다 뭐가 되는가. 얼마나 미안한 일인가. 게다가 일부러 자기 시간 내가면서 시인과 연결해준 김풍성 편집장의 입장은 또 얼마나 우습게 되고.

결국 주간도 싣는 쪽으로 하자고 의견을 피력했다. 사장도 골치 아파하더니 그럼 그렇게 하자고 결론을 내렸다. 젊은 시인만이 벌겋게 얼굴을 달이며 계속 못마땅해 했을 뿐이었다. 그처럼 젊은 애들이 더 완고할 때가 있다.

어쨌든 그런 우여곡절 끝에 나온 잡지였는데, 예상외로 큰 반응이 오니 회사의 분위기는 연일 들떴다. 원고 청탁을 하려는지 다른 잡지사들이 장경구의 전화번호를 묻는 전화를 해왔고, 신문사에서도 기사를 쓰는데 장 시인을 만나야겠다고 연락처를 알려달라고 했다. 자꾸 응대해주다보니 성가셔서, 얼마 전 한 문학 잡지에 활동하는 문인들 전화번호가 모두 나와 있는 주소록이 부록처럼 실렸던 것을 알려주며 참고하라고 쏘아주기도 했다. 컴퓨터가 지배하는 시대가 오면, 주소까지 다 실린 그런 공개 주소록도 개인 정보 유출, 이러면서 찾아보기 불가능해질 거라는 예감을 하면서.

어쨌든 자꾸 그런 전화가 오자 김인식 주간은 마음이 급해졌다. 시인을 잡아야겠다. 장경구의 새 시집을 우리가 내야 한다는 판단이 섰다.

장경구의 신작 시들이 실린 잡지가 나온 다음 달의 각 문학 잡지에는 어김없이 장경구의 시들이 거론되고 있었다. 하나같이 거의 다 부정적인 논조였다. 역시 무가치한 3류 통속물로 보는 쪽도 있었다.

그러거나 말거나, 장경구 시인은 바빠지기 시작했다. 이 문학 잡지, 저 문학 잡지들에서 들어오는 청탁에 맞추려면 계속 시를 써야 했고, 또 써놓은 것을 다듬어야 했다. 그들은 하나같이 다 장경구의 시를 욕했던 잡지였다. 욕은 대담을 하거나 평론을 게재한 분들이 한 것이고, 청탁은 편집진이 하는 것이기에 그런가보다 했다. 왜 그런 말도 있지 않는가. 기사의 내용은 본사의 편집방향과 다를 수 있습니다.

김인식 주간은 시집을 계약하자고 난리였다. 시인은 그저 얼떨떨할 따름이었다. 세상이 다 나를 욕하고 있는데, 심지어 한 문학계 인사는 사석이긴 하지만, 수십 명이 모여 거의 공식적인 거나 진배없는 자리에서 쓰레기라고까지 목청을 높였다는데, 왜 다들 쓰레기를 받아가려고 하는 것일까. 왜 그들은 스스로 자처해서 쓰레기 하치장이 되려 할까.

변태 시대

그러는 와중에 시인은 전화 한 통을 받았다.

"여보세요?"

"여보세요."

"여보세요?

"여보쇼."

"예, 말씀하시오."

"장경구 씨?"

"예."

"장경구 씨, 본인 돼요?"

"그렇소."

시인은 낯선 목소리의 전화에 처음에는 그저 청탁 전화이려니 생각했다. 하지만 몇 마디 나누지 않았음에도 시인은 상대가 이쪽 바닥 사람이 아니라는 것을 느낄 수 있었다. 어투도 그랬지만, 묘한 고압적인 자세가, 느끼한 음성에 스며 있음을 감지할 수 있었다.

"그렇소? 음⋯⋯. 이기 이름이 뭐야? 시인이 바다?"

옆에 누군가 있는지 상대방은 잡지의 이름을, 보이지 않는 누군가에게 확인하고 있었다.

"시인의 바다네. 시인의 바다라는 책이 접수가 되었는데, 여기에 보니까 장경구 씨 시가 열 편? 열 편 맞지? 응, 그래, 여보세요. 열 편이 실렸는데, 맞죠? 사실 관계 확인하는 겁니다. 맞지요? 응, 그래. 자, 그런데 우리가 당신 시를 쭉 보니까, 문제가 많아요, 이거?"

"여보시오. 어디시오?"

"어디시오?"

상대방은 장경구의 말을 되묻더니 한참이나 공백을 만들어 긴장 상태를 유지했다.

"그건 알 것 없고."

시인은 불쾌감을 느꼈다.

"다짜고짜 전화를 걸어서는 남의 시에 대해서 문제가 많다는 둥 함부로 이야기를 해대는데, 일단 그쪽이 어디인지 밝히는 것부터가 예의가 아니오?"

상대방은 또다시 아무 대답 없이 지겨운 공백 끝에 피식, 웃음을 터트렸다.

"뭐 궁금하시다면. 나는 국가일 하는 사람이오."

"국가일? 국가 무슨 일?"

"공무원이라고."

"공무원? 무슨 공무원?"

"그 정도 이야기하면 알아들으실 것이지 이렇게 말귀가 안 통하는 양반이었나?"

"국가일 한다고? 공무원이라고? 국가일 하는 공무원이라면…… 청와대? 청와대에서 전화를 했나?"

비꼬는 의도로 시인이 그렇게 내뱉자, 상대방은 금방 흥분했다.

"허허, 이 분 정말 안 되겠구면."

상대방은 이제는 아예, 시정잡배가 힘없는 저잣거리의 상인들을 다루듯 막 대하려는 본새를 역력히 드러내기 시작했다. 그는 책장을 넘겨가며 시인의 시 구절들을 읽어댔다. 딱딱, 강조해 읊어대는 폼이 아마도 빨간 줄을 처놓은 게 아닐까 싶었다. 그러다 그는 한탄하듯 소리쳤다.

"ㅈ……지, 빠구리, 으, 이게 뭐여. 선생, 내가 솔직히 시는 잘 모릅니다. 하지만 나도 학교 다닐 때 국어 잘 했어요. 나 정치외교학과 출신이오, 하지만 국어 좋아했어? 점수 꽤 좋았어? 저기 그, 이육사의 시하고, 에, 한용운 선생 시 좋아했어요, 서정주 님의 국화 앞에서, 완전 감동받아 꽤 좋아했었지."

"국화 옆에서?"

"그런데 선생의 시는, 아 정말, 이게 시란 말이야? 이건 무슨 완전, 똥 무더기 싸놓은 거, 아, 내가 좀 심하게 이야기해서 미안한데 그 외는 달리 표현할 길이 없어, 완전 똥 싸놓은 거나 다름없잖아. 이런 거면 나도 시인 하겠네!"

"그럼 하세요, 시라는 건 누구나 쓸 수 있는 거요."

"미쳤어? 내가 시나 쓰고 있게? 이 어렵고 험난한 시기에? 나라 걱정하기도 빠듯하구먼. 어쨌든, 다른 건 다 좋다 이거요, 선생이 육두문자를 날리는 시를 쓰든 말든 그거야 저쪽 문화부에서 알아서 할 일이고, 우리 쪽에서는 신경 안 쓸 텐데, 소관 부처가 다른 거지. 그런데 이 시는 문제가 커요. 변태 시대? 내가 한 번 낭독을 해보지."

변태 시대*

너의 손에 들린 회초리

나의 궁둥이를 찰싹

멍이 들 때까지 때려

피가 날 때까지 세려

찰싹 찰싹 으악 으악

기분이 좋아?

기분 좋아

더 때려줘?

더 세려줘, 피가 날 때까지 때려줘

나는 맞는 것이 좋아

당신은 때리는 것이 좋지?

어려서부터 우리는 맞으면서 커온 걸

---

* 장정일을 추억하며.

집에서

아버지에게 맞고

어머니에게 맞고

학교 가서

담임에게 맞고 수학선생에게 맞고

영어선생에게 맞고

학주에게는 따귀를, 체육선생에게는 밟혀왔던 걸

교련선생은 개머리판으로 엉덩이를 작살냈지

수업시간에 버릇처럼 들어와 회초리를 휘두르는 교장도 있었는데 뭘

군대에 가서는 맞는 것이 일상

더 이상 신기하지도 않아

맞는 게 싫어 목매단 사병도 있는데

대학에서는 좀 벗어나나 했더니

방패로 내리찍어

곤봉으로 대가리 내리쳐

최루탄에 맞아 절명한 자도 나왔어

으악, 으악,

때리니 기분이 좋아?

이제 습관이 되니 나도 맞는 것이 좋은 것 같아

맞지 않으면 왠지 불안한걸

만족할 때까지 때려줘

쌀 때까지 때려줘

너도 흥분해? 나도 흥분 중이야

난 흥분하는 게 좋아

흥분시켜달란 말이야

어서 때려줘, 쌀 때까지 때려줘

으악으악 기분이 좋아

회초리를 멈추지 말아

계속 때려줘

그래야 흥분하지

흥분한 이후의 나를 봐줘

내가 어떻게 변하는지

우리가 어떻게 변해 있는지

거기까지 읽은 상대방은 한숨을 푹 내쉬더니 말했다.

"우와, 이게 무슨 시야. 그냥 막 나오는 대로 쓴 거구만. 좋아, 뭐, 시라면 시인 거고. 시라는 게 그렇지 뭐. 하지만 어떻게 이런 심한 단어들을?"

"뭐가 심하오? 나는 그저……."

"내가 몇 번을 읽어봤거든. 그런데 읽어도, 읽어도 기분이 안 좋은 거야. 왜 그럴까, 왜 그럴까, 고민을 많이 했소. 처음에는 그저 저질 시라서 그런가 싶었지. 그런데 그게 아니야. 당신 시는 말이오, 그냥 음란한 것이 아니라, 아주 불온한 구석이 있단 말이오. 다른 시들도 모두 조금씩은 그런 경향들이 있지만, 이 시는 특히 더 그래. 변태 시대 말이야. 최루탄에 맞아 절명? 누가 최루탄에 맞았다고 그래, 누가 최루탄에 맞아 죽었어?"

"상상의 산물입니다. 혹시 모르죠, 앞으로 최루탄에 맞아서 죽을 사람이 나올지도. 신촌 쪽에서?"

"예끼, 여보쇼. 이거 봐. 최루탄에 맞아 절망한 자도 있었지, 있었지라고 되어 있잖아. 과거형. 과거형이네. 단정적 과거."

"아, 그거야 써 내려 가다가 보니까."

"어허, 큰일 날 양반이로고. 이거 유언비어예요?"

"왠지 앞으로 그런 일이 꼭 생길 것 같다는 불길한 예감이 들어서……."

"이거 봐, 최루탄 맞아본 적 있어? 최루탄 보기는 봤어? 최루탄 그거, 사람이 맞아도 절대로 죽지 않아요. 껍데기가 얇은 나무로 되어 있다고. 펑 쏘면 씽 날아가서 펑 하고 터져, 파파파팍 조각 나 가지고 펄펄 가루만 날리는 거야. 아주 안전해요? 알기나 해? 그걸 맞고 사람이 죽는다고?"

"위험하다든데. 외국에 수출했는데, 어떻게 이런 걸 자국민에게 쏠 수 있냐면서 클레임 걸려 전량 반품됐다던데. 게다가 원래는 공중으로 쏴야 하는데 가끔 맞아 죽으라는 듯이 직격탄으로 쏘기도 하잖아요?"

"어허? 또 막 이야기를 지어낸다? 아, 어쨌든 시 이야기로 돌아가서, 음 보자, 그래, 이 시, 이 시도 영 문제가 많아, 완전 기가 막혔었다는 거 아냐. 시대의 수음? 왜 그냥, 요즘 딸딸이, 라고 하지? 내가 또 낭독을."

시대의 수음

나는
늘 상상하는 것만으로 불알에 고인 오래된 정액을 쏟아내지
늘 그러했듯이 늘 상상만 해
열심히 팔 운동을 한 다음
몸에 차 있던 욕정을 뱉어내지

아 팔 아파 젠장

골방이나 화장실, 아무도 없는 곳
오직 나 혼자 있는 공간에서만
상상의 사랑을 할 뿐이네

내 외로운 사랑은
우리 모두를 닮았어
모두 숨어서 혼자 사랑을 하지
아무도 없는 곳에서 수군거리며 욕망을 달랠 뿐
광장으로 나오지 않네
분수대 물줄기보다 더 센 오줌발을 가졌으면서도
모두 틀어박혀 혼자 자위질을 할 뿐이네
팔 안 아프냐?

우리는 왜 공상의 사랑만을 할까

왜 우리는 숨어서 수음만을 하는 것일까

사랑하는 방법을 배우지 못해

숨어서 욕정을 달래는 우리들

부끄러워하기만 하는 우리들

오늘도 우리는 골방에서 화장실에서

케케묵은 몸의 것을 쏟아내지

이제 그만 골방 딸딸이를 멈춰!

그리고 진짜 사랑을 해!

"와, 진짜 이게 시야? 정말 막 나오는 대로 쓰는구만. 게다가 좀 동어 반복적이야, 아까 시는 변태 시대, 이 시는 시대의 수음, 시대라는 말이 또 나왔잖아. 시어를 선택하는 데 있어서 한계가 보인다랄까. 이게 다급하게 쓴 티가 드러나는 부분이지."

"음."

"어쨌든 이런 게 시라면 나도 시인 하겠네!"

"시인 하시라니까요? 공무원이라고 그랬죠? 우리나라 공무원들은 다 시인이요. 몰랐소? 전 국민을 시인으로 만들려는 분들인데."

"뭔 소리여? 어쨌든, 수음, 딸딸이, 이런 단어는 섹스보다 더 나쁜 거 알아요, 몰라요?"

"무슨 이야기요?"

"영화에서도 정사 장면은 종종 나오죠? 가슴이나 엉덩이 쪽이 등장하는 세미누드도 허용이 되고. 우리나라도 많이 관대해진 거지, 참 나. 세상 좋아졌어, 응? 하지만 수음은 절대로 허용이 안 돼. 영화에서 딸딸이 치는 장면 본 적 있어? 그런데 감히 수음을 어떻게 시 제목으로 할 수가 있어."

"그건 왜요? 섹스는 되는데 수음은 왜 안 되오?"

"아, 그거야 뭐. 음, 글쎄 왜지? 왤까? 흐음. 아! 이런 생각이 드네. 가령 이런 거 아닐까? 섹스라는 건 아주 음란하기 짝이 없는 행위이긴 하지만 그래도 생산적이잖아. 부부끼리는 권장할 만한 행위 아뇨. 선생, 결혼 했어? 안 했어? 자식 낳으려면 섹스 해야 잖아. 하지만 수음이란 어린 청소년들이나 즐겨 하는 행동으로 공부하는 아이들이 그 따위 육체적이고 말초적인 것에 정욕을 뺏기면 안 되니까 금지시켜놓은 거겠지. 그런 거 아닐까?"

"해괴하군. 수음이란 철이 들면 저절로 하는 행위인데. 억지로 안 하고 참아도 몽정이라고 해서 정액이 쏟아져 나오는데, 그리고 어째서 청소년들만 수음을 하오. 어른들은 안 한답니까."

"진짜 짜증나네. 이런 저질적인 대화를 하고 있다니. 난 지금 근무 중인데. 여보쇼, 시인 양반. 당신 등단은 하고 시 쓰는 거야? 신춘문예 당선 했어?"

"시라는 건 쓰고 싶은 사람 누구나 쓰는 거요. 등단이라는 걸 해야 시를 쓸 수가 있는 것이 아니란 거요."

"이 양반 순 엉터리구만. 등단 못했구만? 못했지? 못했지? 했을 턱이 있나. 아무튼 수음이라는 제목으로 시를 쓴 것도 아주 나쁜 일인데, 이 구절 말이오, 광장, 이게 대체 무슨 의미지? 광장에서 단체 딸딸이를 치자는 의미야, 뭐야. 이 대체 무슨 소리야?"

"아, 광장에 가면 분수대 있잖소. 분수대 물줄기가 시원하잖아요. 그걸 두고 빗대어 한 말이오."

상대방은 시인의 설명에 따라 구절을 곰곰이 살펴보는 것인지 음음, 이라고만 할 뿐 한동안 아무 대답도 없었다.

어쨌든 장경구는 그렇게 정체 모를, 자칭 공무원이라는 남자와 자신의 시를 두고 합평회를 벌였다. 장경구는 일방적인 남자의 태도에 질려서 전화를 끊고 싶었으나 그렇게 할 수가 없었다. 대민 서비스가 최우선인 동사무소 공무원들도 고압적이기 그지없는 시대에 기관원으로 짐작되는 상대방에게 하고 싶은 대로 굴 수가 없었다. 시인은 자신이 두려움을 느낀다는 사실에 슬픈 마음이 들었다.

상대방은 이 말을 끝으로 전화를 끊었다.

"하여간에 여러 가지로 다시 검토한 후에 전화를 드리리다. 앞으로 이런 시 쓰지 마세요? 건전한 시 쓰세요?"

성생활용품 개발자

두 번째 회합을 위해 초대할 여성을 섭외하는 것도 김씨의 몫이었다. 언제인가 김씨의 가게로 한 여성이 찾아온 적이 있었다. 상당한 미모의 소유자로 30대 중반으로 보였다.

그런데 그녀는 물건을 사러 온 것이 아니라 팔러 온 자였다. 자리에 앉자마자 그녀는 가방 안에서 빨간색 박스를 꺼내더니 그 옆에 두툼한

스크랩북을 펼쳐놓았다.

그녀는 성생활용품 개발자였다.

"아시다시피 성생활용품은 음으로, 양으로 여러 가지 종류가 생산되고 있거나 몰래 뒷구멍으로 수입되어 판매되고 있는 실정입니다. 크게 남성용, 여성용으로 나눌 수가 있지요. 먼저 남성용. 심볼이 닿는 부분을 까슬까슬한 초강력 마로 덧대 평소에 입고 다니는 것만으로도 귀두에 굳은살이 박혀 교합 시 사정에 이르는 시간을 길게 만들어준다는 정력 팬티, 고환이란 놈은 적당히 차가운 온도에 노출돼야 정자 생산 능력이 좋아진다는 데 착안해 고환 부위만 특수 재질의 섬유로 시원 뽀송하게 해주는 낭심 빤스, 특히 여름에 땀 냄새도 안 나게 해준다고 하지요. 남성의 뿌리에 꽂아 신비의 음이온으로 발기력을 향상 시켜준다는 옥 링, 교합 시 차는 고무 링, 깡통처럼 생긴 원형의 통 안에 참외 속살처럼 부드러운 비닐 틈이 있어 젤을 바른 뒤 꽂아넣고 흔들어주면 실제로 하는 것보다 더욱 민감한 감각을 느끼게 해준다는 자위 캔, 여성용으로는 종류가 그리 다양하지는 않지만, 에, 그저 남성의 성기 모양을 본 딴 자위용 딜도 따위가 다라고 할까요? 그런데 이것들도 음란물로 규정돼 절대 수입 금지 품목으로 묶여 있지요. 사장님, 난 진짜 이해가 안 돼요. 딜도가 왜 음란물이에요? 그거 여성용품 아닌가요?"

"그러게나 말이에요."

"그게 절대 수입 금지 품목, 생산 금지 품목이니까, 무허가 업자들이 몰래 만든 것이나 제3국에서 생산된 헐한 것이 시중에 나도는 것이거든요. 모두 안정성이 입증이 안 된 위험한 제품들이지요. 무엇보다도 속살에 들어가는 것이니까 철저한 위생 검사, 안전성 검사를 마친 제품이라야 되는데, 지금과 같아서는 여성들이 계속 위험에 노출된 채 자위를 할 수밖에 없죠."

"답답한 현실입니다. 법을 만드는 자들, 그자들은 여성들의 성적 욕망을 우습게 여기는 경향이 있는가 봅니다. 남자들은 술 먹고 별의별 짓을 다하면서, 자기 아내나 딸은 고대에서나 통할 남성 이기적 순결주의 여성상만을 강요하니까요. 하지만 여성들도 문제가 있어요."

"왜인가요?"

"어째서 스스로에게 당당하지 못합니까? 왜 자신의 성적 욕망을 당당히 드러내지 못하는 거죠? 자신에게 불리한, 오직 폭력적 남성 이기주의에 의해 만들어져 지겹게 유지되어온 고대의 관습 규범에 저항하지 않는 거죠? 왜 오직 희생만을 강요하는 순결주의를 깨트리려 하지 않는 것이죠? 왜 스스로 억압하는 겁니까?"

"됐고요. 사장님 괜히 흥분하시네, 약간 이상. 아무튼 남성용, 여성용 성생활용품이 있는데, 남녀 상호적인 제품도 있지요. 낙타 눈썹 같은 것이 대표적이라 할 수 있는데요, 귀두 끝에 걸어 씌운 뒤 교합을 하면, 부들부들 하던 놈이 물 먹고 빳빳해져 여성의 G 스폿을 자극해 궁극의 멀티 오르가즘에 도달케 해준다는 제품이죠. 낙타 눈썹과 비슷한 원리로 귀두 틈에 끼우는 링 제품들도 있답니다."

"알고 있답니다."

"하지만 낙타 눈썹은 문제가 있지요. 익숙하지 못한 여성은 만족은 커녕 이물감에 몸서리를 치기도 하지요. 아파요, 잘못하면. 그리고 동물의 눈썹이 자기 안으로 들어온다는 괴상한 기분에 빠지면서 낙타의 올망졸망한 슬픈 눈이 자꾸 생각 나 몰입을 방해하기도 한답니다."

"그러나 말이 낙타 눈썹이지, 요즘에 누가 진짜 낙타 속눈썹을 사용합니까. 인공적으로 만든 것을 사용하지 않습니까?"

"들어보세요. 말 끊으시네, 이 분. 나 중간에 말 끊는 거 좀 싫어하거든요? 교합 링도 마찬가지예요. 그런 종류는 상당히 하드코어한 것으로 좀 놀 줄 아는 전문가나 사용을 하지요. 숙련된 여성이나 만족을 느낄까, 평소에 한 남성하고만 관계해온 평범한 여성들은 오르가즘에 도달하기는커녕 처음부터 아파 불쾌감만 느낄 수 있답니다. 남성에게도 마찬가지입니다. 사이즈가 큰 남성은 꽉 끼어서 아프고, 작거나 또는 사용법을 몰라 귀두 쪽에 찼다가 쑥 빠지는 일도 발생하곤 하죠. 그러면 손가락으로 헤집어 꺼내야 하는데, 어휴. 아무튼 여러 가지로 불편 곤란한 일이 생길 수 있다는 겁니다. 하지만! 이 제품은 다르답니다. 귀두콘돔! 바로 제가 만든 것이지요. 처음부터 끝까지 철저하게 여성의 입장에서 만든 제품입니다. 물론 남자의 입장도 충분히 고려된, 실로 명품이라고 자부할 수 있는 제품이지요."

"명품요? 귀두콘돔?"

그녀는 드디어 박스를 열어 안에 든 것을 꺼냈다. 그것은 발기한 남성 성기 모양새를 하고 있었다. 하지만 중간이 비어 있는 것으로 보아, 그리고 콘돔이라는 이름답게 남성 생식기 위에 끼워 사용하는 것임을 짐작할 수 있었다.

"여성인 제가 개발자이니 최대한 여성의 입장에서 만들었답니다. 성분이 철저하게 입증이 된 의료용 라텍스가 주요 성분이라 인체에 무해할 뿐더러, 딱딱한 링이나 까슬까슬한 낙타 눈썹처럼 아프거나 이물감을 느끼게 하지 않는답니다. 그동안 파트너의 현실적 사이즈에 길들여져 있던 여성들은, 이것을 차고 쓱 들어올 때 그만 입을 딱 벌리게 되고 만답니다. 그동안 느껴보지 못했던 특별한 행복감을 맛보게 되지요."

"흐흠, 그런데요, 이 제품은 좀……좀 작은 거 같은데요? 사이즈가 큰 남성이 이것을 씌울 수나 있으런지요?"

"어허허, 사장님. 그런 걱정 마시고 만져보세요."

김씨는 제품을 손에 든 순간, 일단 가볍다는 점에 놀랐다. 전혀 무게감이 느껴지지 않았다. 그뿐만 아니라 촉감 때문에 두 번 놀랐다. 사람의 살, 어쩌면 살보다 더 기분 좋은 감촉이 느껴졌다. 그리고 세 번째로 탄력성에 놀랐다. 귀두 부분이 두툼하여 착용하게 되면 평소 체적보다 20~30퍼센트 증대 효과가 있을 것이라고 믿어지는데, 손으로 잡아당겨보니, 한 여름, 야들야들해진 불알 껍데기를 잡아당길 때처럼 쭉쭉 늘어나는 것이었다.

"와, 탄력성이 굉장하네요."

그녀는 만족스러운 미소를 지으며 고개를 끄덕였다.

"그래서 다양한 사이즈에 공히 적용이 되죠. 벗겨지는 일 없이 피부에 촤악 달라붙어 밀착되지만, 전혀 압박감이 느껴지지 않는답니다. 착용을 해보면 완전 자기 몸처럼 느껴지지요. 남자에게도, 여자에게도 모두 만족스러움을 안겨주는 제품이랍니다."

"이걸 차면 따로 콘돔을 쓸 필요도 없겠군요?"

"그렇죠. 사실 생각을 해보세요. 콘돔 그거 일회용, 얼마나 낭비입니까. 이 제품은 한 번 사용을 한 다음에 깨끗이 씻어서 다시 사용을 할 수가 있으니 자원 낭비가 없죠."

"하지만, 그렇게 하면 위생적으로 문제가 있지 않을까요."

"삶으면 돼요. 특수 항균처리가 되어 있기 때문에 그저 깨끗이 씻어도 무방합니다만."

"삶아도 된다구요?"

"된답니다. 애들에게 물리는 공갈젖꼭지도 삶아서 소독하지 않습니까?"

"아하. 근데 삶을 때 좀 웃기겠다. 하하하. 며느리가 불 위에 뭘 안쳐놓은 거야. 시어머니가, 아가야 뭘 삶니, 뚜껑을 척 열어보고는, 개불을 삶는구나, 아가, 개불은 회로 쳐 먹어야지 어째 삶고 있니, 이러면서 딱 꺼내는데……."

"상황극 그만하시구요, 어때요, 사장님. 저희 제품 획기적이지 않나요?"

"그러네요. 잘 만드신 거 같아요."

"말도 마세요. 제품을 완성하기까지 얼마나 많은 시제품들을 개발해 보완을 해왔게요. 우리 직원들, 완전 마루따처럼 임상실험에 개고생을. 껍데기 벗겨질 뻔."

"고생하셨어요."

"사장님, 어때요? 저희 물건 좀 들여놓으시지 않으시렵니까?"

그래서 김씨는 열 박스 들여놓게 되었다.

사실 성생활용용품은 경운상가의 포르노 서적상들이 즐겨 취급하는 품목이다. 어떤 원료로 만든 것인지, 원산지가 어디인지도 알 수 없는 딜도와 전동 바이브레이터 따위는 물론이고, 여성과 여성 간의 플레이를 지원하는 남성 심볼 형상이 달려 있는 팬티형 장신구 등도 판매를 한다. 하지만 그런 것들은 가뭄에 콩 나듯이 어쩌다가 팔릴 뿐이다. 서점에 오는 손님들은 거의 남자이고 특별한 이유가 있지 않은 한 여성을 위한 제품은 사가지 않는다. 그나마 좀 팔리는 건 일명 칙칙이로 불리는 국부 마취제, 자위 캔 따위다.

성생활용품을 파는 가게들이 주력으로 미는 제품은 따로 있다. 바로 최음제이다. 호객을 할 때도, 아저씨 약? 약 안 필요해요, 라는 식으로 시민들에게 접근한다. 그들은 돼지 교미 때 쓰는 동물용 성 흥분제를 뿅 가는 약이라고 하며 팔고 있다. 인간에게 얼마나 효과가 있는지, 얼마나 심각한 부작용이 있는지는 전혀 감안하지 않는다. 낙오된 외모에 성격도 안 좋아 평생 이성 친구 한 번 못 사귀어, 그저 책이나 보며 긴 밤을 달래려 하는 손님이 방문할 시, 슬슬 꾀기 시작하는 것이다.

아저씨 이 약, 술이나 음료수에 슬쩍 타서 먹이면 바로 옷을 훌러덩 훌러덩 벗는다니까요.

아니 먹기만 하면 다 벗는다구요?

그렇다니까요. 그냥 손 안 대고 코 푸는 거지.

물에 타 먹이면 되나요?

그런 꼴값 떠는 범죄성 질문에 제멋대로 헛소리를 덧붙이기도 한다.

물은 안 돼요. 용해가 잘 안 되거든. 원래 술이 제일 좋지만, 부득이할 경우 콜라나 사이다에 녹여도 크게 지장은 없답니다. 오란씨만 빼고.

뭔가 괜히 설득력 있게 보이라고 해대는 허튼 말일 뿐이다.

또한 밀수되어 여러 단계의 복잡한 과정을 통해 들여온, 판매하는 그들조차도 정확히 정체가 무엇인지 알지 못하는 정력제도 있다. 물론 효과는 보증할 수가 없다. 어떤 사람은 어느 정도 효능이 있다고 하고, 먹어도 아무 반응도 일어나지 않았다고 하는 사람도 있다. 부작용으로 식겁 했다는 사람들이 훨씬 더 많지만.

걸어온 길이 험한 판매꾼들은 놀랍게도 은근히 마약류라는 뉘앙스를 풍기면서 가루약을 팔기도 하는데, 하지만 그것은 거의 사기다. 상가를 장악한 우두머리 김씨의 형이 마약 판매에는 손을 대고 있지 않기 때문에 상가 내에서 마약이 팔릴 리가 없다. 다만 한꺼번에 왕창 먹으면 머리가 몽롱해지는 심한 부작용이 오는 감기약 같은 것을, 이상한 약이라고 속여서 판매를 하는 놈들도 있긴 하다. 그런 물건을 파는 자들은 꽤 음모적이고 위법적인 면모를 보인다.

김씨가 오직 서적만 판매하고 성생활용품을 취급하지 않는 건 그처럼 나쁜 수법을 동원하여 장사하는 자들과 동급으로 전락하기 싫어서였다. 불법적인 일에 종사하긴 하지만 그는 자신의 일에 확신을 가지고 있었다. 그는 자신이 탈법자이건 맞지만 범죄자라고 생각해본 적은 결코 없다.

귀두콘돔은 어두침침한 범죄적 뉘앙스가 없는 제품이었기에 판매를 결정하는 데 망설임이 들지 않았다. 마진율도 높은데다가 어쩐지 잘 팔릴 것 같아 열 세트나 들여놨던 것이다.

역시 괜찮게 나갔다. 3주 후 수금을 하러 온 개발자에게 동이 났다고 하자 그녀는 스무 박스를 새로 넣어주었다.

그는 개발자와 돈독한 파트너십을 유지했다. 그녀는 자신의 발명품이 계속 진화하고 있다고 자랑하면서 여러 가지 미비점이 개선된 신형 제품이 곧 발매될 것이라고 했다.

그녀는 한참을 수다를 떨고 가곤 했다. 가게를 방문하면 그녀는 다소 성급하다는 생각이 들 정도로 수금과 판매에 관한 대화를 일단 먼저 한다. 하지만 딱딱한 이야기가 끝이 나면 그녀는 그때부터 농담들, 사적인 이야기들을 늘어놓았다. 방문 횟수가 누적되어 갈수록 그녀는 우정을 과시하려는 경향을 보였다. 김씨도 그녀의 그런 태도가 지속적인 판매망 관리, 사업적 파트너십을 위한 것이라는 사실을 모르는 바 아니었지만, 그녀의 유연한 태도는 그녀에 대한 신의를 높이는 결과를 낳았다.

김씨의 가게가 포르노 서점이고 그녀가 파는 물건이 성용품이기에 그들의 사담은 자연적으로 성적인 것이 대부분을 차지하는 형편이었다. 대화할 때마다 김씨는 그녀가 매우 해박하며 깨어 있는 자라는 사실을 확인할 수 있었다. 그녀는 성에 관해서 매우 혁명적인 시각을 지니고 있었다.

두 번째 회합

김씨가 그녀를 자신들의 두 번째 회합의 주인공으로 초대하게 된 이유는 바로 그러한 그녀의 화끈한 성향 때문이었다. 묘령도 비슷한 말을 한 적이 있지만, 언제인가 그녀는, 스트리퍼들, 핍 쇼의 주인공들에 대해서 예찬론을 펼친 바 있었다. 부끄러움 없이 자신을 당당히 드러낼 수 있는 용기에 박수를 보내지 않을 도리가 없다고 했다.

하지만 쇼의 주인공으로 그녀에게 초대를 제안할 때 그는 또다시 긴장했다. 그녀와 볼 때마다 음란한 이야기들을 나누곤 했지만, 그것은 서로 하는 일이 그렇다 보니 그랬던 거고, 게다가 그런 이야기를 나눌 때 그들을 둘러싼 공기는 전혀 관능적이지 않았다.

만약에 그녀가 무슨 그런 형편없이 엉뚱한 소리를 해대고 있냐고 비난을 한다면, 그냥 웃자고 한 농담일 뿐이라고 대충 서둘러 둘러대고 딴소리로 입을 막아야지, 하고 마음먹고 말을 꺼냈는데, 그녀는 깜짝 놀라며, 도대체 어떻게 그렇게 재미있는 생각을 다 하는 사람들이 단체로들 있냐고 관심을 표명했다.

섭외를 성공리에 마치자 김씨는 멤버들에게 연락했다. 그들은 하나같이 크게 기뻐했다. 김 씨는 그들의 뜨거운 반응으로부터 그들이 얼마나 무료한 일상을 보내고 있었던지 짐작할 수 있었다. 그들 중에는 회합 날짜가 예상보다 늦어진 것 같다고 원망을 하는 자도 있었다. 변상대였다.

그들은 첫 번째 회합에서처럼 경운상가 앞에 모인 다음 이철수가 운전하는 승합차에 올라타고 이철수의 비닐하우스 창고로 갔다. 그때와 다른 점이 있다면 이날의 주인공인 그녀는 자신이 직접 운전을 해서 회합 장소에 오기로 되어 있다는 점이었다. 전날 김씨는, 차에서 교통지도를 꺼내들고 가게로 들어온 그녀에게 매우 자세하게 비닐하우스까지 오는 길을 가르쳐주었었다.

"그냥 같이 한 차에 타고 이동하는 게 편하지 않겠어요?"

"전 제 차가 편해요."

"길 안 헤맬 자신 있으세요? 하기야 외곽에 있다 뿐이지 길이 복잡하지는 않아서 찾는 데 큰 어려움은 없을 거예요. 그냥 쭉쭉 직진, 직진, 하면 되거든요."

"걱정 마세요. 제 일의 상당 부분이 영업 아닙니까. 수도권뿐만이 아니라 이 지방, 저 지방, 안 다녀본 곳이 없을 정도예요. 길 찾는 건 걱정 붙들어 매세요."

"역시 대단하십니다. 전국이 안방이군요."

"여부가 있나요."

그런 대화를 나누며 그녀가 제대로 찾아오리라 믿었던 김씨였지만, 당일이 되자 현실은 전혀 다르게 나타났다.

그들은 약속 시간보다 훨씬 일찍 비닐하우스에 도착해 그녀가 나타나기만을 기다렸다. 그런데 아무리 시간이 가도 그녀는 오지 않았다. 김씨는, 그녀가 차로 달리다가 비닐하우스로 통하는 길의 입구를 놓치는 일이 없도록 근처의 지형지물을 매우 자세히 가르쳐주었지만, 밤길이 어두워 실수로 지나쳤을 수도 있었을 것이라 생각하고, 아예 골목 바깥으로 나가 기다렸다. 멤버들 중 몇 명도 지루함을 참지 못하고 김씨가 서 있는 곳으로 나왔다. 한 시간 이십 분 정도가 지나자, 도대체 이게 무슨 경우냐며 다 때려치우고 가자고 불평을 하는 자가 나왔다. 변상대였다. 하지만 진심일 리는 없었다. 시내에서 약속을 해도 경우에 따라서는 함흥차사처럼 한두 시간 무작정 기다리는 일이 왕왕 있는데, 이런 외곽 지역에서 만나기로 해놓고 겨우 한 시간 이십 분 지났다고 휭 하니 떠날 수는 없었다.

구시렁대고들 있는데, 저쪽에서 헤드라이트 불빛을 밝힌 승용차 한 대가 이쪽으로 오는 것이 보였다.

"저 차 아냐, 저 차?"

"저거 같은데? 차종이 뭔지 알아요?"

"맞네, 저거."

차는 그들 쪽으로 다가올수록 속도를 줄였다. 그녀는 김씨를 발견하자 한숨을 폭 내쉬었다. 기다림에 지쳐 화가 나있던 김씨였지만, 그래도 어려운 길을 온 그녀를 보자 왈칵 반가움이 밀려들었다. 그는 그녀의 차를 골목 안으로 유도했다.

김씨는 사람들을 향해 외쳤다.

"개발자님 오십니다!"

하지만 그 말을 마치고 나서 김씨는 크게 당황할 수밖에 없었다. 차에서 내린 그녀의 표정이 심상치 않았던 것이다. 한 손에 두꺼운 지도책을 든 그녀는 차문을 부서져라 쾅 닫았다. 그러고는 빠른 걸음으로 김씨에게 다가오더니 그의 얼굴을 향해 지도책을 마구 들이댔다. 지도책은 무슨 도살 직전의 큰 닭처럼 파닥거리는 소리를 내며 그의 눈앞에서 위협적으로 몸부림을 쳤다.

"김 사장님! 길이 쉽다구요? 뭐어? 계속 직진만 하라구요? 아, 정말 무슨 이런 동네가 다 있지, 내가 진짜 얼마나 헤맸는지 아세요?"

"언제 내가 직진만 하라고 했어요. 거의 직진이나 다름없다고 했지."

"그게 그거지, 아니다. 그게 그거가 아니라, 사장님이 분명히 쭉쭉 직진만 하면 된다고 했거든요? 쭉쭉 직진이라고 했잖아요! 쭉쭉! 여기까지 오는데 직진인지 좌회전인지 헷갈리는 Y길이 얼마나 많았는지 아세요?"

김씨는 답답하다는 표정을 지으며 그녀의 손에 들려 있던 지도를 빼앗아 펼치며 설명했다. 당황하다 보니까 정확한 페이지를 찾는 데 어려움이 있었다.

"세상에 이렇게 멀리까지 오는데 어떻게 계속 직진만 해요. 고개 넘어와서부터 계속 직진 비슷하게 오라는 거였지. 어디 갔어, 고개 있는 페이지."

"어우, 됐어요."

"그러기에 같이 오자고 했잖아요. 고생하셨네."

"사실은 아까 포기하고 집으로 돌아가던 길이었어요. 그러다가 사장님이 서 있는 광경을 목격해서⋯⋯. 처음에는 허수아비인 줄 알았어요."

"진짜 고생하셨어요, 그래도 이렇게 도착을 했으니 다행이에요. 자, 자, 어서 들어가시죠."

"잠깐만요. 제가 지금 기분이 너무 좋지가 않아서⋯⋯. 근데 도대체 여기가 어디예요?"

"말씀드렸다시피 우리의 회합 장소, 내 친구 철수의 창고."

"어머, 내 친구 철수래."

이철수는 왜 자꾸 내 이름에 저런 반응이 나올까 싶어 뒷머리를 북북 긁었다.

"근데 창고가 어딨어요?"

"여기 있잖아요."

그는 비닐하우스를 손으로 가리켰다.

"저게 무슨 창고? 그냥 비닐하우스잖아. 완전 다 쓰러져가네."

김씨는 역시 또 장소가 문제인가 싶었다.

"나보고, 여기서, 지금, 그걸, 하라는, 말인가요? 진정 그런가요?"

"그런 거죠 뭐."

"잠깐만요. 아, 이건 생각하던 것과는 너무 다른 상황인데."

그녀는 두꺼운 지도책을 두 손을 써서 부채처럼 부쳤다. 그녀는 점검하러 나서는 것처럼 비닐하우스 안으로 제 발로 불쑥 들어갔다. 멤버들도 주춤거리다가 그녀의 뒤를 따라 우르르 들어갔다.

"뭐야, 왜 이렇게 어두워. 여긴 불 없어요?"

그녀는 백열전구가 끼워진 천정 소켓을 손으로 가리켰다. 어서 밝히라는 명령이었다. 이철수가 허둥거리며 스위치 손잡이를 돌렸다.

"불을 켜도 어두컴컴하군요. 실내 분위기가 영 너무 암울하구나. 소잡는 곳처럼 생겼네."

멤버들은 서로 간에 몸을 밀착하고 여전히 입구 쪽에 몰려 있었고, 그녀는 하우스의 중간에 삐딱하게 서서 검정 투피스 치마 입은 허리에 왼손을 올리고 계속 부채질 하는 중이었다. 전국지도라 무거워 바람이 나는 효과는 거의 없을 텐데 그녀는 멈출 생각을 하지 않았다.

마침내 그녀가 자세를 바꾸고 하우스의 끝으로 이동했다.

"공기도 안 좋네. 거름 냄새인가."

하우스 안을 둘러보던 그녀가 몰려 서 있는 멤버들 쪽으로 고개를 돌렸다.

"뭐예요?"

그들은 모두 멍하니 입을 딱 벌리고만 있을 뿐 누구 하나 먼저 나서려 하지 않았다.

"뭐냐구요. 여기서 뭘 하자는 건데요?"

그때서야 김씨가 그녀 쪽으로 다가갔다. 김씨는, 평소에 항상 명랑하고 교양이 넘치고 강단이 있는 그녀가 신경질적으로 반응하는 것에 어떻게 대처해야 할지 당황스러웠다. 그는 땀을 삘삘 흘리며 그녀에게, 오늘 여기에 모인 목적을 다시 설명해야 했다. 하지만 상황이 상황인지라 설명이 제대로 될 리 없었다. 말을 하면서도 부끄럽고 겸연쩍어 마지막에는 다 알면서 왜 그래, 라며 살짝 윙크를 해 보였다. 하지만 그녀는 어처구니없다는 표정으로 혀를 찼다.

"그럼 사장님이 먼저 벗어요."

"네?"

"아, 사장님이 다 벗고 막 춤 춰보라고요."

"그, 그건."

"왜요? 못하겠어요? 나보고는 하라며?"

"……."

"사장님이 못하면, 야 거기, 너. 학생이야? 니가 한 번 해봐."

상대는 고개를 빨리 저었다.

"못해? 그럼 그 옆에 아저씨, 나와서 덜렁거리며 춤 춰봐. 싫어? 싫어요? 할 사람 진짜 없어? 왜 못하는데, 왜? 왜? 나보고는 하람써 왜 자기들은 몬하는데? 아, 웃겨 진짜? 단체로들 아주 웃기고 있어!"

그녀는 입구에 몰려 있던 사람들을 뚫고 밖으로 나갔다. 그러더니 김씨를 불렀다.

"김 사장님, 저 좀 보세요."

그녀는 자신의 차가 주차된 쪽으로 그를 끌고 갔다. 그녀는 그새 많이 진정된 모습이었다.

"사장님, 일단 소리 지른 거는 좀 미안해요. 내가, 여기 좀 찾느라고 진을 빼서 더 화가 난지도 몰라요. 그냥 갈게요. 혹시 기회가 된다면 다음에, 아주 많이 다음에, 하든지 뭐 어쩌든지, 하든가 말든가, 역시 안할 것 같지만, 미친 짓이야, 이건, 남자들은 어쩌면 생각하는게 이렇게 깜찍할 정도로 저질일까. 어쨌든 오늘은 그냥 가려구요."

"운전 조심해서 올라가세요."

"하지만 이렇게 가는 것도 좀 그렇네요. 온 김에……."

그녀가 차의 트렁크를 열자, 사각 플라스틱 케이스들이 잔뜩 들어 있는 커다란 종이 상자가 나타났다.

"모두 몇 명이라고 하셨죠?"

"우리요? 일곱 명이죠."

"사장님까지 일곱 명인가요?"

"그렇죠."

"정확하게들 모이네. 보통 한두 명씩은 빠지는데. 어휴. 쯧쯧."

그녀는 종이 상자를 꺼내려고 했다. 별로 무거워 보이지는 않았지만 상자의 높이가 커서 트렁크 위쪽에 걸리는 바람에 꺼내는데 약간 어려워하기에, 그가 대신 나서서 꺼냈다.

"어머, 고마워요."

그녀가 지시했다.

"이리로 들고 오세요."

그녀는 사람들이 몰려 있는 쪽으로 성큼성큼 앞장 서 갔다. 못마땅한 듯 부채질만 하던 방금 전과 지금의 그녀는 완전히 다른 사람만 같았다. 활력이 넘쳐났다.

"놓으세요. 예, 예, 그냥 땅 바닥에. 그냥 툭 던지세요. 아따 괜찮아요. 안 깨져."

김씨가 바닥에 상자를 내려놓자 그녀는 안에서 사각 플라스틱 케이스를 꺼내 사람들에게 하나씩 돌렸다. 사람들은 그녀가 안겨주는 것을 손에 받아든 채 앞뒤로 돌려가며 살펴보거나, 일단 받아들기는 했지만 그저 영문을 모르겠다는 표정을 짓기도 했다.

상대가 갑자기 소리쳤다.

"엑, 이게 뭐야."

케이스를 연 상대는 움켜쥐면 큰일이라도 나는 물건이라도 되는 양 엄지손가락과 집게손가락으로 살짝 집어 들어 올렸다. 그것은 뱀의 허물같이 흐물흐물하면서도 동시에 빳빳함을 유지하고 있었다. 다른 사람들도 꺼냈다. 어떤 사람은 키들거리고 웃었고 어떤 자는 어리벙벙한 얼굴로 손가락에 끼워서는 마구 공중에서 흔들기도 했다.

"이번에 새로 디자인한 신형 귀두콘돔입니다."

변상대가 질문을 던졌다.

"왜 귀두콘돔이죠? 귀두 부위만 감싸는 것도 아니면서."

"좋은 질문이군요. 외성기 전체에 끼우는 것인데 어째서 귀두콘돔이냐? 그건 이 제품의 효용을 강조하기 위해서였죠. 사실 만능콘돔으로 하자는 의견도 있었습니다만, 그러면 이 제품의 가장 큰 특징인 성적 능력의 극대화라는 점이 희석이 될 우려가 있어서, 별 특징도 없는 남성기에서 그래도 가장 유명한 부위의 명칭을 따 결국 귀두콘돔으로 낙점이 된 거죠. 만능콘돔, 재생콘돔보다는 귀두콘돔이라는 말이 훨씬 더 기억에 오래 남지 않겠습니까?"

"제유법을 썼구먼. 허허."

장경구가 쓸쓸한 웃음을 지었다. 그녀는 놀고 있네, 하는 표정으로 장경구를 잠깐 쳐다보다가 말을 이었다.

"지금부터 이 제품에 대해서 설명을 드리겠습니다. 자, 여기에 계신

김 사장님께서는 잘 알고 계십니다만, 그동안 저희는 줄곧 여러 종류의 귀두콘돔을 개발해왔습니다. 계속적으로 신제품을 내놓았지만, 현재 보고 계시는 이 제품이야 말로 왕 중의 왕, 축적된 기술의 예술적 집합체, 과학의 총아라고 할 수 있습니다. 아 정말, 밝힘 증세 있는 여러분들에게 처음으로 이 물건을 소개하게 되어 전 너무나 기뻐요. 여러분, 과연 인간 기술의 한계란 어디까지일까요? 과학이 대체 얼마나 더 발전할지는 만든 저도 짐작키 어렵네요. 두려운 마음이 앞섭니다. 이 제품은 아무리 여러 번 삶아도 경화가 일어나지 않아요. 또한 귀두 부분의 체적을 25퍼센트나 늘여서 교합 시 여성의 만족도가 그만큼 더 증대되었습니다. 말할 것도 없이 조루 개선의 효과도 더욱 좋아졌구요. 그리고 이 부분이 가장 중요한데, 그건 뭘까요? 뭘까요? 하하, 다들 짐작조차 가지 않는 모양이네요. 그건 바로! 살아 있는 진짜 성기와 거의 같다는 점입니다. 그저 그런 인공적인 제품이 아니라고 할 수 있는 것이죠. 이것은 진정으로 숨 쉬는 피부와 같다고 할 수 있습니다. 정말 엄청나지 않습니까? 이것을 착용하고 교합하면 시간이 지날수록 제품의 강직도가 올라갑니다. 삶아도 경화가 안 되는 것이 신묘하게도 교합 시에는 단단해진다는 겁니다! 바로 나사 우주인들의 슈트 안에 들어가는 특수 고무 섬유와 거의 유사한 종류의 물질이 함유되어 있기 때문이에요. 더 이상은 영업 기밀이라 말씀드리기 곤란해요. 양해해주세요. 어쨌든 한 번 사용해본 사람은 그 맛을 도저히 잊지 못하죠. 이 제품만의 엄청난 위력이에요. 행위 하는 도중에 여러 가지 이유로 지겨워져 그만 발기가 사그라져도 이 제품이 여전히 딱딱함을 유지하기에, 여성은 긴장감을 잃지 않고 계속 행위에 집중할 수가 있게 되는 겁니다. 물론 팍 죽으면 그마저도 소용이 없습니다만, 약간 말랑말랑해지는 정도는 충분히 커버가 된다는 거죠. 남성은 설령 물건이 좀 죽더라도 모르는 척 시침 뚝 떼고 계속 움직이기만 하면 되는 것이에요. 하다가 죽어보세요, 서로 간에 의욕이 쭉 빠지잖아요. 남자는 자신의 건강을 의심하게 되고, 여성은 이 남자가 자신과의 섹스에 열중하지 못하고 있다고 추측하고. 좀 분란이 일죠. 하지만 이 제품을 사용하면 그런 걱정일랑 저 멀리 뚝딱! 이라는 거죠."

"좋다. 괜찮다."

사람들이 감탄사를 터트렸다.

그녀는 박스의 하단에 두루마리로 말려 있던 종이를 꺼내 사람들에게 돌렸다.

"제가 전해드리는 이 제품은 그냥 가지시면 되구요, 그 대신, 사용해 보신 다음, 이 설문지에 거짓 없이 솔직, 자세히 대답 해주시면 된답니다. 객관식도 있지만 주관식도 많으니까, 기입하기 다소 귀찮을지 모르지만, 이런 고급 제품을 다른 사람들보다 먼저, 그것도 공짜로 사용한다는 선구적 자부심으로 단 한 문항도 빠트리는 일 없이 기입해주세요. 이런 특수 제품 테스터를 어디 아무나 할 수 있답니까."

그녀는 차에 올라타기 전에 혼자 깜짝 놀라 덧붙였다.

"아참, 설문 완성하시면 김 사장님한테 맡겨주세요."

사람들이 김씨를 쳐다보았지만 김씨는 어깨를 으쓱대는 것 외에 달리 뭐라 할 말이 없었다.

머플러가 터졌는지, 그녀의 차가 요란한 배기음을 토해내며 골목 밖으로 나가고, 꽁무니를 멍한 시선으로 좇던 그들은 약속이나 한 듯 불만스럽게 투덜대기 시작했다.

"뭐야."

"또야? 우리 대체 왜 모이는 거야?"

"만날 이러네. 오늘 소집 주체가 누구야?"

"귀두콘돔? 이걸 어디에 쓰라고?"

"젠장 이름도 요상하네, 끌끌."

누군가 술이나 마시러 가자고 소리쳤고, 그들은 우르르 차에 올라탄 뒤 저번에 갔던 할머니 밀주집으로 향했다. 그리고 역시 그날처럼 밤새도록 술을 퍼마셨다.

세 번째 회합을 위하여

평소에 대금 수금에 있어서는 전혀 독촉을 하는 일이 없던 그녀였지만, 설문지에 관해서는 완전히 다른 사람처럼 굴었다. 그녀는 이틀밖에 지나지 않았는데, 전화를 걸어서 설문지 어떻게 되어가고 있냐고 물었다. 아직 한 장도 들어온 것이 없다고 했더니 적잖이 실망하는 기색이었다. 그녀는, 그렇다면 사장님은 어떤 거 같더냐고 물었고, 김씨는 아직 사용해보지 못했다고 했다. 그녀는 빨리 해보고 파트너와 함께 설문지 작성을 하라고 했다. 김씨는 성 파트너가 없는 관계로 당분간 그건 어렵겠다고 했다. 그렇군요, 라고 대답하는 그녀의 목소리에는 괜히 아까운 시제품 하나 날렸다는 실망감이 실려 있었다. 그래서 돌려 드릴게요, 라고 대답했는데, 그러자 그녀가 반가운 목소리로 아직 사용 전인가요, 라고 물었고, 그는 얼버무릴 수밖에 없었다. 사실 한 번 착용을 하여 혼자 테스트 해봤기 때문이었다. 그러자 그녀가, 이미 사용을 했군요, 남자들은 혼자서도 꼭 그러더라, 라고 힐난했기에 부끄러워졌다. 그녀는 좀 체념한 듯 그럼 여자가 기입해야 할 난은 놔두고 착용감 따위의 남자가 작성해야 할 부분이나 채우라고 했다. 그녀는 반쪽짜리 설문지에 대한 벌인 것처럼 다른 회원들이 작성한 것은 반드시 100퍼센트 회수하라고 강조했다. 그녀가 워낙 강경한 태도를 보였기에, 그는 일일이 회원들에게 전화를 걸어 설문지를 가지고 오라고 했다. 하지만 다들 귀찮아하는 티를 내며 영 호응을 보내지 않았다.

상황이 그럼에도 개발자께서는 몇 주간 계속 전화를 해서는 독촉했고, 미안하다고, 미안하다고, 사람들이 바빠서 못 들르는 것 같다고 대답해야 했고, 그러자 그녀는, 테스트 결과가 취합되어야 비로소 정식 제품이 나오는데 이쪽이 가장 느린 것 같다며, 다들 성적으로 모인 사람들이라 큰 기대를 했는데 이게 뭐냐면서 비난을 멈추지 않았다.

그는 그녀의 잔소리에 질려버린 나머지 사람들에게 계속 전화를 때려 아주 진드기처럼 재촉해댔다. 그리하여 결국 하나둘씩 설문지를 들고 김씨의 가게로 왔다. 다들 여자 난은 비워진 채로.

가게에 창균과 함께 들른 상대는, 그날 보였던 개발자의 실망스러운 행동에 대해 성토했다.

"거봐요, 일반인들은 안 된다니까요. 음란한 콘돔을 개발하는 아줌마조차도 힘들어하잖아요. 그냥 어우동쇼나 보러 가자니까요."

창균이 비장하게 말했다.

"어우동쇼처럼 그냥 돈만 주면 볼 수 있는 쇼를 보려는 것이었다면 이런 모임, 시작하지도 않았어. 돈만 주면 그보다 더한 뱀쇼도 볼 수 있다구. 아마존이 고향인 2미터가 넘는 능구렁이를 온몸에 칭칭 감는다고."

"아 나, 진짜 이해가 안 가네. 클럽에서 보는 거랑 비닐하우스에서 보는 거랑 뭐가 다르다는 건지, 아니 오히려 클럽이 훨씬 더 낫지. 사실 더 볼 맛 나지, 훨씬 더 쾌적하니까. 초대 여자들도 계속 비닐하우스가 문제라고 했잖아요."

"그건 핑계였을 뿐이야. 그리고 클럽이 어떻게 쾌적하니?"

"아니 비닐하우스보다 관람 조건이 더 낫다구요. 그렇잖아요. 골방에서 발가락 쉰내 맡아가면서 비디오 보는 거보다 극장에서 대형 스크린으로 보는 게 더 나은 것과 같은 이치지. 나는 극장에서 포르노 상영하면 만날 가겠네. 아주 극장을 사버릴까."

김씨가 끼어들었다.

"일단 상대 말이 맞아. 일반인이 이런 행사에 자발적으로 나설 리가 없지. 물론 그런 사람이 없다고야 단정 못하겠지만 우리가 찾을 수가 없다는 거야. 깨어 있는 자들도 막상 때가 되면 주춤거리는데 어디서 그런 인물들을 찾나? 그러니까 일단 개시부터 한다는 심정으로 프로를 섭외하자고."

그렇게 김씨가 클럽에서 일하는 쇼걸을 섭외하자는 제의를 했을 때 창균은 아저씨마저 이러기냐고 실망했지만, 하지만 김씨는 자세한 설명을 덧붙였다. 클럽으로 몰려가 단체로 구경하는 것이 아니라 쇼걸 중에서 대범한 여자를 초빙해서 단독 출장 쇼를 개최하자는 것이었다.

창균은 이 제안에 혼란스러워했다. 클럽에 입장해서 쇼를 보는 것과 쇼걸을 초대해서 비닐하우스에서 보는 게 어떻게 다른지 갈피를 못 잡았다. 창균은 결국, 쇼걸이라 하더라도 노 개런티로 참여하는 것이라면 반대하지 않겠다고 한 발 물러섰다. 자발적이라면 프로라도 상관하지 않겠다는 뜻을 내비친 것이다.

김씨는 김씨 나름대로의 복안이 있었다. 경운상가 내의 경운 나이트에도 쇼걸이 있으리라 짐작한 거다.

그런데, 알고 봤더니 몇 달 전부터 그런 쇼는 하지 않고 있었다. 경운 나이트는 대중 나이트로 변신 중이었기에 그렇게끔 하드하고 언더그라운드적인 쇼는 지양하고 있다는 답변이 돌아왔다.

때문에 그는, 경운상가 근처에 산재한 여러 군소 쇼 클럽의 영업 상무 등과 형님 동생하며 지내는 경운 나이트 관계자에게 쇼걸 섭외를 부탁했다.

하지만 김씨는 이 과정에서 또 다른 벽에 부딪치고 말았다. 각 클럽들은 자기 클럽 소속의 쇼걸들을 엄격히 관리하고 있다는 것이었다. 경쟁 클럽에서 스카우트 하려는 시도를 막기 위해서였다. 많은 공을 들여 뛰어난 쇼걸로 단련시켜놓았건만 다른 단체에서 빼내가 버리면 클럽으로서는 큰 손해를 보기에 쇼걸에 대한 외부인들의 접근을 철저히 막고 있었다. 물론 스토킹 하는 일부 손님들로부터 보호하기 위한 목적도 있었다. 경운상가의 지배자를 형으로 둔 김씨였지만 안 되는 건 안 되는 것이다. 오히려 괜히 일을 무리하게 추진하다가 형의 귀에 들어가기라도 하면 한심하다고 엄청나게 욕을 먹을 게 틀림없기에, 클럽 소속 쇼걸들에 대해서는 포기하기로 했다.

그래서 그다음으로 알아본 것이 프리랜서들이었다. 그런데 프리랜서 쇼걸들과 접촉을 하는 일도 결코 쉽지 않았다. 그들에게는 모두 매니저가 있는데 이들이 항상 주변을 지키고 있기에 개인적으로 도무지 연락할 방법이 없었다. 결국 몇 명의 쇼걸을 이끌고 전국 각지의 클럽을 돈다는 한 매니저에게 전화를 했는데, 그는 김씨의 말 자체를 도대체 이해하지 못했다. 신체의 아름다움, 편견을 넘어, 자연으로 돌아가세, 홀딱, 노예의 성 관념을 타파, 비닐하우스, 노 개런티, 자발적 참여. 말하고 있는 김씨 자신도 내가 지금 뭐라 하고 있는지 모르겠다 싶은 판에 어떻게 상대방이 이해해주기를 바라겠는가. 한 마디만 더하면 바로 육두문자를 날릴 기세여서 김씨는 단도직입적으로 말했다.

"출장 쇼 가능할지요?"

그러자 매니저는 입이 딱 벌어질 정도의 어이가 없는 액수를 불렀다.

"그게 아니라 말씀드렸다시피 노 개런티……."

그는 더 이상 말을 이을 수가 없었다. 결국 너무 심한 욕이 귀를 얼얼하게 만들었기 때문이다. 마치 상대방이 수화기를 타넘어 와서 마구 욕의 펀치를 날리는 것만 같았다.

그리하여 결국 김씨도 두 손, 두 발 다 들었다. 이제 더 이상 모임의 초대 손님 찾는 일은 하지 않을 것이라, 마음먹었다.

10. 불심검문의 시대

교문 투쟁

상대는 이날도 도서관에 갔다. 망신당한 저번과 다름없이 도서관 앞에서 집회가 있었지만, 아무 불평도 하지 않기로 했다. 입 딱 다물고 있었다.

그런데 시험이 코앞으로 다가왔는데도 웬일인지 도서관에 빈자리가 많이 보였다. 반대로 집회 규모는 저번과 비교할 수 없을 정도로 커져 있었다. 같이 공부하러 도서관에 올라온 동기는 모두 집회에 참석하느라 빈자리가 늘었다고 했다.

"데모하는 애들, 공부하는 애들은 부류가 다른데 무슨 소리야."

상대가 말했다.

"물론 싸우는 애들하고 학구파가 다르다지만 요새 상황은 그렇지 않잖아. 다들 싸움에 나가는 분위기니."

마음속으로는 상대도 친구의 말에 동감을 느꼈지만, 왜인지 솔직하게 동의하기가 싫었다. 상대는 혼란스러웠다. 그는 그 혼란 때문에 오히려 화가 났다.

"저래 노래를 불러대니 시끄러워서 공부가 안 되니까 사람들이 도서관을 떠나는 거야. 어우, 저 놀부들. 남까지 공부 못하게 하다니! 아, 나, 지금 한참 물올랐는데."

"물올라? 뭘 물이 올라? 아까부터 계속 자더만."

"참 이상해. 난 왜 책상에만 앉으면 잠이 쏟아지는 걸까? 아, 우리도 중앙도서관은 그만 포기하고 단대 열람실이나 갈까? 사범대 열람실 갈까? 거긴 여학우들 많잖아. 와, 사범대 여학우들 진짜 이뻥. 으흐흐흐흐."

"거긴 좁잖아. 그리고 칸막이가 없이 그냥 널찍한 탁자니까 여자들하고 자꾸 눈이 마주쳐서 공부가 안 돼."

"너도 참 이상하네, 난 그래서 공부가 더 잘 되던데."

도서관 복도 창문 앞에 서서 집회 장면을 내려보며 그런 대화를 나누던 그들은, 다시 열람실 안으로 들어갔다. 하지만 도무지 책이 눈에 들어오지 않았다. 이렇게 공부가 안 되는 이유가 집회에서 울려 퍼지는 소음 때문이 아니라는 생각이 점차 들었다. 창문을 모두 닫아 건 열람실 안으로 침투해오는 소음은 사실 별로 요란하지 않았다. 연설하는 소리, 구호 외치는 소리, 노래 소리, 반주 소리들이 끊임없이 울리고 있었지만, 그저 낮게 웅웅댈 뿐이어서 공부하는 데 크게 지장을 주지는 않았다. 매우 작은 소음이라도 구체적인 말소리가 또렷하게 들리면 심하게 훼방을 받지만, 시끌벅적하더라도 내용이 또렷이 들리지 않는다면 집중하는 데 큰 방해가 되지 않는다. 기차 대합실과 지하철역 등에서도 독서나 공부가 가능한 이치와 같다.

상대는 자신의 뒷줄 끝자리에 앉아 있던 동기에게 그만 가봐야겠다고 했다. 그러자 동기도 가방을 챙기더니 자리에서 일어섰다. 그들은 함께 도서관을 나왔다. 동기가 그에게 물었다.

"어디 가게? 진짜 사대 열람실 가게?"

하지만 대답을 할 수 없었다. 구체적인 계획이 있어서 나온 건 아니었다.

그냥 집에 갈까.

가더라도 저들이 무엇 때문에 오늘 또 집회를 하는지 알고 싶었다. 상대는 대열의 뒤편에 가서 팔짱을 낀 채 잠깐 지켜보기로 했다.

연설자의 말과 구호들이 그의 마음을 영문 모르게 들뜨게 하고 심난하게 만들었다.

얼마 후 집회 참석자들이 모두 자리에서 일어났다. 그리고 어깨동무를 하더니 출정가를 소리 높여 부르기 시작했다. 집에 가려면 지금 빨리 나가지 않으면 교문이 봉쇄되어 한동안 나갈 수 없게 될 것이다. 물론 다른 출입문들이 있긴 하지만 심하게 먼 거리를 두르게 된다. 상대는 두르는 거 싫어한다. 어떻게 할까,

시위대가 교문을 향해 움직이기 시작했는데 그가 속한 과의 깃발이 보였다. 그런데 순식간에 깃발이 상대가 서 있는 쪽으로 다가왔다. 요즘은 학구파들도 시위에 참가한다는 아까 동기의 말이 과연 틀리지 않는지, 평소에 참여하지 않던 애들도 대거 대열 안에 있었다. 그들은 눈이 마주치자 씩 웃거나, 모른 척 고개를 돌리곤 했는데, 뭐라고 목이 터져라 구호를 외치던 윤정 선배가 옆을 스쳐지나가다가 상대의 옆에 서

있는 동기를 발견하고 반갑게 말을 건넸다.

"이놈자식, 거기서 뭐하고 있어. 구경하는 거야?"

그러자 동기는 머리를 긁적거리면서 웃더니 윤정 선배와 스크럼을 짰다. 사라져가는 친구와 선배를 보며 상대는 기가 막혔다.

"아니 저 누나가 진짜?"

상대는 윤정 선배의 옆으로 따라가면서 소리쳤다.

"아니, 누나, 난 안 보여?"

"어, 변상대. 왜?"

"누나, 왜 나한테는 아는 척 안 해? 애한테는 되게 막 반갑게 방실방실 웃으면서? 입 찢어질까봐 걱정되데?"

"으 너, 또 무슨 소리하는 거야, 변상대. 이 급박한 상황에."

"야, 나, 누나랑 이야기 좀 해야겠다. 잠깐 비켜봐."

상대는 동기를 누나의 어깨로부터 떼어낸 다음 자신의 왼쪽 편으로 보내고, 대신 자신의 어깨를 누나의 어깨에 걸었다.

"내가 전에, 피 세일까지 했구만, 나를 보고도 못 본 척하고 그냥 지나쳐버리네."

"너는 집회 참여 안 하잖아."

"그럼 애는 참여해? 애도 나랑 비슷하잖아. 근데 누나는 왜 애만……."

상대가 말을 끝까지 잇지 못한 것은 누군가 뒤통수를 내리쳤기 때문이다. 8학번 위 왕초 선배였다.

"헉! 형. 안녕하세요."

"야, 너 싸움에 참여할 거면 제대로 하고, 안 할 거면 대열에서 나가.

지금 윤정이가 너 아는 척 안 했다고 따질 때야? 하여간에 애는 개념이 없어."

각종 술자리, MT 따위, 노는 일이라면 빠지지 않는 상대였기에 웬만한 노래들은 다 따라 부를 수가 있었다. 생일잔치에서도 운동가를 부르는 과원들이었다. 상대는 선창하는 구호를 따라 외쳤다.

대열은 교문 앞까지 내려와 줄지어 섰다. 총학생회장이 앞으로 나와 연설을 하기 시작했고 한 5분 동안의 즉흥 연설이 끝이 나자마자, 쇠몽둥이를 든 총학생회 사회부장이 등장했다. 그가 각 단대 전투조 앞으로, 라고 소리치자 대열 속에 있던 쇠몽둥이 든 자들이 붉은 손수건으로 얼굴을 가리며 성큼성큼 나왔다. 그리고 뒤쪽에서 소주 박스와 맥주 박스, 쓰레기통으로 쓰곤 하는 커다란 푸른색 플라스틱 양동이 등이 뒤따르기 시작했는데 거기에는 모두 유리병에 천 심지를 꽂은 화염병이 하나 가득, 아주 넘칠 듯이 왕창 담겨 있었다.

어우, 무슨 전쟁 하러 나가나. 전투조래, 저 화염병 좀 봐. 시내 불바다 만들 일 있나. 하여간에 이 사람들 너무 과격해. 완전 폭동이네, 폭동.

그때, 어느새 앞으로 나간 전투조들이 화염병에 불을 붙여 전경 쪽으로 던졌다. 공방이 이어졌는데, 밑으로 깔아서 내던진 화염병이 아스팔트 바닥에 사르륵 깔리며 불길이 확 일어나 전경의 방패와 방석복 각반에 불이 붙기도 했다. 그렇게 불이 붙으면 옆의 동료가 소형 소화기로 불을 껐다. 멋지게 불이 솟으면 대열에서는 와, 하고 환호가 일어났고, 구부리고 앉아 태연하게 불을 끄던 전경들은 약이 오르는지 대열 쪽을 한참 동안 째려보기도 했다. 투구와 방독면을 쓰고 있고 거리도 많이 떨어져 알아보기는 불가능하지만, 몸짓에서 드러나는 꼴이 욕을 퍼부어 대는 게 틀림없었다.

그러던 얼마 후 전경대는 대열을 정비하더니 장총처럼 생긴 발사기에 최루탄을 장전해 날려 보내기 시작했다. 삽시간에 사방은 짙은 안개에 둘러싸인 것처럼 아무것도 안 보이게 되었다. 상대는 아주 죽는 것만 같았다. 어쩔 수 없이, 사람은 숨을 쉬어야 되니까 공기를 마시니 최루가스를 함께 들이켜게 되는데, 목구멍이 꽉 막히면서 기침이 터져 나오고 숨을 쉴 수가 없었다. 도망을 쳐야겠는데, 눈을 뜰 수가 없어서 그냥 눈을 감은 채 학교 안 방향인 오르막길을 무작정 달렸다. 그렇게 힘들여 뛰어 오르니 공기를 더 들이마시게 되고, 그러자 아예 가슴통과 얼굴이 터질 것만 같았다. 질식이었다. 질식도 그냥 질식이 아니라 폐 안에 불을 지르는 질식. 교문 한참 위까지 올라와 바닥에 쭈그리고 앉아 헥헥 대고 있자니, 다들 어느새 손수건이나 마스크 같은 것을 얼굴에 쓰고 있었다. 근처에 윤정이 누나가 있기에 마스크나 손수건 없냐고 물었다. 안에 휴지를 덧대고 마스크를 쓰고 있던 누나는 팔목에 맨 노란색 손수건을 풀어주었다. 일반 손수건이 아니고 빳빳한 면 재질의, 한쪽 면에는 판화화가 인쇄된 운동권용 손수건이었다. 최루탄은 계속 터지고 있었고, 손수건으로 얼굴을 감싸니까 어쨌든 아까보다 좀 나은 것 같기도 하고, 별 소용이 없는 것 같기도 했다.

상대는 그날 한 예닐곱 번을 더 오르락내리락 한 것 같다.

정리 집회가 끝난 뒤 전경들과 서로 손을 흔들고 빠이빠이, 인사한 후 학교 안으로 들어왔다. 상대는 과 사람들이 몰려 있는 곳에 가서 섰다. 분위기가 이상하게 다들 집으로 돌아가는 쪽으로 흘러갔다. 그런데 상대는 또 마침 재수 없게 왕초 형 옆에 서게 되었는데, 그 형이 대뜸

상대의 어깨에 괜히 친한 척 팔을 올렸다. 상대가 물었다.

"형, 막걸리 한잔 안 해요? 나 목구멍에 최루탄 가루가 잔뜩 끼었나 봐요. 목이 너무 컬컬한 거 같아요."

그러자 형이 좌중을 둘러보고 소리쳤다.

"입학해서 최초로 중문 투쟁을 가열차게 벌인 변상대 학형이 이대로 돌아갈 수는 없다고 하십니다. 막걸리 꼭 마셔야겠다고 하니, 모두 후문 앞, 하얀집으로 갑시다. 가서 파전에 막걸리를 마시며 오늘의 싸움을 반성하고 정리하도록 합시다."

모임의 향방

초대 손님을 섭외하지 못해 해산될 것만 같았던 모임은 일종의 친목계 같은 것으로 변모하고 있었다. 모임을 살리기 위해 주도적으로 나선 이는 시인 장경구였다. 그는 버릇처럼 이것도 인연인데, 라는 말로 흐지부지되는 모임을 지키려 애를 썼다. 시인으로서는 도대체 어디 가서 이렇게 나이대도 다양하고 직업도 다양하고 각자 개성도 뚜렷하면서 취미가 맞는 사람들을 만날 것인가 싶었던 거다. 얼어붙었던 시심을 되살아나게 하는 데 있어 단초를 제공한 자는 창식이나 잉어와 호랑이 겠지만, 그를 그들에게 인도한 건 창균이다. 게다가 이철수가 없었다면 시인은 창식과 잉어호랑이를 만나게 된 것을 그저 봉변이라고만 여기고 말았을 것이다. 따지고 보면 시인에게 있어서 그들은 문우였던 셈이다. 시심이 터져서 마구 시를 토해내면 그게 시냐, 그냥 나오는 대로 말하는구만, 이라는 통렬한 비판으로 조언을 아끼지 않는 변상대도 있지 않은가. 시인은 그들을 잃을 수가 없었다. 다른 곁가지 멤버들도 시인에게 있어서는 모두 소중한 존재들이었다. 곰 같은 덩치의 최무산도 은근히 사랑스러운 면이 있었고, 가수 이종은은 시의 원형인 노래를 만드는 또 다른 의미에서의 동료 시인이었다.

그렇게 시인이 모임을 지키려 멤버들을 독려하였다면, 연락을 하는 등의 실무를 맡은 건 김씨였다. 계속 실패를 거듭하긴 했지만, 여성 초대를 그가 해왔고, 가게를 가지고 있었기 때문에 아무래도 거점 역할을 하기에 적당했기 때문이다. 그가 운영하는 외국서적은 어느새 그들의 사랑방이 되어 있었다.

그런데 아무래도 다들 사정이 있다 보니 한꺼번에 모이기가 어려운 면이 있었다. 정기 모임처럼 날짜를 잡아 통고를 해도 바빠서 못 나온다는 사람들이 생기기 시작했다. 쇼가 예정되어 있을 때 하나 빠짐없이 나오던 행태와는 사뭇 다른 양상이었다.

어쨌든 금요일 오후나 주말이면 별달리 약속이 되어 있지 않아도 김씨의 가게로 삼삼오오 모이곤 했고, 날이 잡혔다 싶으면 다른 회원들에게도 전화를 걸어 나오라고 해댔다. 어머니나 할머니가 전화를 받아서, 지금 걔는 자고 있다, 밥 먹고 있어서 도저히 전화를 받을 수가 없구나, 너거들 누군데 왜 자꾸 우리 아를 불러낼라 카나, 등등, 가지각색 이유로 전화를 바꿔주지 않을 경우, 잠시 후 다른 회원이 전화를 걸어, 마치 공적인 용무처럼 위장해서 결국은 통화 연결을 성공하는 끈질긴 면모를 발휘하기도 했다.

그렇게 모이면 향하는 곳은 거의 정해져 있었다. 할머니 밀주집이었다. 그때쯤 되어서야 밀주 빚는 할머니도 이철수의 얼굴을 완전히 익히게 돼, 그가 들어서면 등을 두들기면서 반가움을 표시하곤 했다.

장경구는 모임의 이름이 없어서는 안 된다고 '두주불사밀주단(斗酒不辭密酒團)'이 어떻겠냐고 제안했다. 재미로 짓는 이름에 이의를 제기할 사람은 없었다. 그들은 줄여서 스스로를 불사단이라고 부르기도 했다.

그날도 이철수는 다른 사람들이 이미 밀주 한 주전자를 다 비운 다음에서야 도착을 했다. 그가 도착하자 할머니는, 막걸리 따위를 뜨는 통에 축축해진 손으로 그의 등을 두들겨대며 반가워했다. 그런 친밀 행위에는 뽀송뽀송한 남의 옷에 물기를 닦으려는 의도가 숨어 있음을 짐작하기 어렵지 않았다. 이철수는 가게를 운영하고 있었기에 주말에는 더 바빴고, 그래서 창식이 따위에게 잠깐 가게를 맡겨놓고 들르는 정도라, 그렇게 자리가 시작된 지 한참이 지난 후에야 나타나곤 했다.

그런데 이날따라 이철수의 표정이 매우 어두웠다. 재미있는 구석이 있는 사람이지만 원래 좀 진중한 편이라 다른 사람들은 이철수의 이상한 점을 알아차리지 못했는데, 앞에 앉아 있던 시인은 달랐다. 대번에 낌새를 알아챘다.

"철수, 무슨 일 있어? 왜 그래? 낯빛이 안 좋은데?"

"그래요? 티가 나요?"

서로 간에 이런저런 이야기를 나누느라 왁자지껄 소란스럽기 그지없던 그들은, 갑자기 자기네들끼리의 대화를 뚝 끊고는, 거의 일제히라고 해도 좋을 만큼 이철수를 주목했다.

"무슨 일인데요, 형?"

"왜요, 왜요?"

"뭐 나쁜 일 있어요?"

이철수는 한숨을 푹 내쉬더니 작은 소리로 중얼거렸다. 그 목소리가 너무 작은 나머지 앞에 앉은 장경구조차 알아들을 수가 없어 귀를 바짝 대며 어? 하고 물어야 했다.

"단속이 심해질 거 같아서 당분간 몸 좀 사려야겠다구요."

이철수가 목소리를 조금 높이고서야 말을 알아들은 그들은 하나같이 걱정스러운 표정을 지었다. 찬물 한 바가지를 뿌린 것만 같은 분위기였다. 시인이 다시 입을 열었다.

"단속이 있대?"

"아직 단속이 뜬 건 아닌데, 분위기가 너무 안 좋아요. 청도 레코드라고 남부 지방에서 제일 규모가 큰 레코드 가게가 있거든요. 우리한테 물건 받아다가 그쪽 소매상에 공급하는 중간 도매상 격인 가게인데 어제 경찰이 들이닥쳐서 물건 다 압수해갔데요. 너무 갑작스럽게 쳐들어와서 주인도 못 피하고 입건됐데요."

"저런."

시인이 혀를 차다 덧붙였다.

"그런데, 그건 그쪽만의 특수 상황이 아닐까? 지방 경찰이 실적을 올리기 위해 독자적으로 단속에 나선 거 아니야?"

"원래는 지방보다는 중앙을 치는 게 보통인데, 이번은 좀 특이하긴 해요. 그래도 요즘 사회 돌아가는 분위기를 보자면 영 불길해요."

그 말에 김씨도 고개를 끄덕였다.

"안 그래도 형이, 요즘 세상 꼴이 영 어수선해서 뭔 일이 터져도 터질 것 같다고 불안해하더라니까? 우리 형이라는 사람이 선천적으로 겁 세포 결여 증상이 있어 목에 칼이 들어와도, 얼레 뭔 야단이여, 이러면서 더 들이대는 사람인데, 그런 양반이 떠니 정말 무슨 일이 일어나는 게 아닌지 모르겠어?"

이철수가 말을 받았다.

"나 안 그래도 아까 점심 때 형님 사무실에 갔었거든. 안 계시더라구. 그래서 다른 형님들한테 물어봤더니 아직 관할 경찰서 쪽에서는 별다른 움직임이 없다고 하는 거야. 그런데 안기부 같은 기관에서 나설 수가 있다고 하더라."

변상대가 의자 등받이에 털썩, 온몸을 기대며 코웃음을 터트렸다.

"아이구, 형. 빽판 단속을 하는데 무슨 안기부예요. 거긴 간첩 잡는 데잖아요. 너무 오바하시네. 크크."

사람들의 모든 시선이 자신에게로 향하는 것을 보면서, 게다가 그 시선들이 하나같이 너무 차가워, 상대는 자세를 바로 하며 헛기침을 했다.

이철수는 상대에게, 가라앉았으나 차분함을 잃지 않은 목소리로 말했다.

"꼭 빽판 단속만이 아니라 상가 전체에 대한 단속이 있을 수 있다는 거지. 경운상가라는 곳이 특수한 곳이잖아."

"그래도 안기부는 좀 심한데요. 그 사람들도 바쁠 텐데."

시인이 상대를 한참 빤히 쳐다보더니 그의 잔 위에 자기 잔을 툭 엎으며 말했다.

"넌 술이나 마셔라, 건배에."

상대가 술잔을 들지 않자, 시인은 자꾸 술잔을 망치처럼 두들겨댔다.

"마시라고, 이놈아."

"술을 강요를 하지?"

국가수호위원회의 담화문 발표

대통령 선거가 가까워 올수록 세상은 더욱 시끄러워졌다. 뉴스에서는 어느 지방에서 불법시위가 일어나 경찰 2개 중대가 출동했습니다, 정도로 단순하게 보도했지만, 집 밖으로 나가면 세상이 금방이라도 뒤집어질 듯이 들끓어오르고 있다는 사실을 누구든 확인할 수 있었다. 격렬한 시위가 있었던 날이면 시내는 마치 전쟁을 치른 것처럼 초토화되었다. 투석전에 쓰기 위해 파헤쳐진 보도블록 잔해들과 화염병의 깨진 조각들이 포탄 탄피처럼 거리를 뒹굴었다. 최루탄가루는 거리 곳곳에 내려앉은 뒤 새벽이슬을 맞아 날아가지 못하고 청소부들의 혼을 빼놓거나 출근길의 시민들을 울게 만들었다. 어떤 사람들은, 새끼들 부모가 등골 빠져라 뒷바라지해 대학 보내났더니 하라는 공부는 안 하고 데모만 하는구나, 욕을 하기도 했고, 어떤 사람들은 이렇게 가다가는 진짜 세상이 뒤집히는 변고가 일어나는 것은 아닐까, 걱정하기도 했다.

그러는 와중에 독립기관으로 설립돼 무소불위의 공권력을 발휘하고 있는 국가수호위원회가 각종 사회악 소탕에 나선다는 특별 담화문을 내놓았다. 서민을 갈취하고 폭력을 휘두르는 폭력 조직을 고사시키고, 사회의 도덕적 기강을 흔드는 영상물을 단속함과 동시에, 독버섯처럼 자라나고 있는 외설 밤 문화에 대한 정비에 나서겠다고 선포한 것이다.

담화문 발표와 거의 동시에, 지방 조직 폭력배 2개 조직, 조직원 120명을 일망타진했다는 보도가 나왔다. 그리고 그 며칠 뒤 영화감독 두 명과 영화사 대표 한 명이, 영상물 제작과 상영에 관한 법률을 어긴 혐의로 구속되었다. 그들은 심의에 제출한 검열 버전과 상연 버전을 달리해, 늦은 밤, 단속이 뜸한 시점을 틈타 음란한 장면이 여과되지 않은 필름을 틀어 관람객들로 하여금 성적인 수치심을 극도로 느끼게 했다는 혐의를 받고 있었다. 또한 비디오 제작업체 사장도 구속됐는데, 정식으로 허가를 받지 않은 외국 영상물을 독자적으로 수입, 제작하여 배포했다는 죄목이었다. 그 영화가 아무리 영화사적으로 중요한 의미를 지닌, 영화팬들에게 이미 널리 알려진 유명 작품이라고 하더라도, 그 음란함이 미풍양속을 해할 위험이 크기에 법으로 엄격히 다스리지 않을 도리가 없다는 것이었다. 그리고 가수들 여러 명이 대마관리법 위반으로 구속되기도 했다. 이들 중 일부는 환각 상태에서 비슷한 시기에 상대를 바꿔가며 여러 명과 정을 통하는 등, 퇴폐적 양상이 가히 하늘을 찌를 듯 해 절대 정상 참작의 여지가 없다고 보도되었다. 덩달아 그들이 연주하던 클럽들은 마약과 음란, 타락의 온상지로 지목되어 철퇴를 맞았는데, 일차적인 혐의는 영업 형태 위반이었다. 일반음식점으로 신고해놓고 공연을 하는 것은 불법이라는 논리였는데, 하지만 업소 사장들은 공연장으로 업종을 등록하면 엄청난 세금 때문에 영업이 불가능하다고 하소연하며 라이브클럽이라는 특별한 형태에 맞는 법 적용이 있어야 한다고 주장했으나, 모두 무시당했다. 국회가 열릴 때는 만날 졸거나 빠지면서, 기름 넣을 때는 전국에서 제일 비싼 주유소에서 한 달에 5, 600만원어치씩 주유하는(비행기 모냐?) 국회의원들께서는, 그래도 일한 티를 내려 하시는지 멀쩡한 법, 이거저거 다 뜯어고쳐 괴이한 도깨비 법을 부지런히 입법해 국민을 마냥 고단하게 만드시면서 어째 그처럼 젊은 세대에게 당장 필요한 법 개정에는 관심이 없으신지. 허기야 당연하지, 국회의원들처럼 범생으로 한 평생 살아오신 분들이 노는 데 열중한 젊은 놈들이 꾸역꾸역 모여 광란하는 데 무슨 불편이 있는지 신경들을 쓰고 싶으시겠어. 마음 같아서는 그마저도 다 셔터 내리게 하고 싶을 거야. 그래서 클럽들은 엄청난 벌금을 때려 맞는 것과 동시에 영업장 폐쇄를 당하게 되었다.

신문에는, 내무부나 경찰 당국이 아닌 국가수호위원회에서 직접적으로 사회악 소탕에 나선 이유가, 각종 시위에 경찰 병력이 동원되어 치안의 공백이 발생함에 따라 느슨해진 사회적 분위기를 바로잡기 위해서라는 분석이 실렸다. 말하자면 기강 확립 차원에서 몽둥이를 든다는 소리였는데, 어수선하니까 겁을 주겠다는 뜻인 것 같았다.

이철수는 결국 당분간, 이라는 전제하에 휴업을 하기로 했다. 지금 치고 들어오는 데는 영화감독과 영화사, 비디오 제작 업체 등 정식으로 활동을 하는 사람들과 단체들이긴 하지만 화살이 언제 해적업자에게 향할지 몰랐다.

그는 공장에서 제작 일을 도맡아 처리하는 생산주임과 직원을 휴가 보내고 빽판 생산을 중지했다. 판매도 처벌을 받긴 마찬가지지만 생산과 유통은 그보다 훨씬 더 큰 죄목으로 엄하게 다스려지기에 소낙비는 일단 피하고 보자 하는 심경으로 가동을 중지하기로 한 것이다. 가게도 열지 않았다. 그는 자신으로부터 물건을 받는 가게들, 특히 경운상가 내에 위치한 다른 가게 사장들에게 잠시 문을 닫는 게 좋겠다고 조언을 했다.

김씨도 인쇄기를 껐다. 다른 인쇄소들도 몸을 사리는 기색이 역력했다. 그전까지는 철저한 프로 정신에 입각해 돈만 받으면 무슨 내용이든 상관하지 않고 제작해주던 관행에 제동이 걸리기 시작한 것이다. 반정부적 성향의 인쇄물에는 모두 난색을 표하고 있었다.

그러나 사랑방의 역할을 하는 외국서적만은 문을 닫아걸 수가 없었다. 대신 소파 밑, 비밀 보관함의 포르노 서적들을 이웃한 꽃가게에 맡겨두고는, 단골손님들이 찾을 때나 가져다주는, 경운상가식 방식으로 전환했다.

불심검문 시대의 닭장차

2교시, 열 시부터 수업이 있는 상대는 아홉 시 삼십 분경에 교문 앞에 도착했다. 오늘도 집회가 예정되어 있는지 아침부터 전경들이 주변을 에워싸고 있었다. 교문을 통과하기 위해서는 일단 진입로 양편으로 빽빽이 서 있는 전경의 터널을 지나야 했다. 그 터널의 입구에서 불심검문을 하고 있었다.

다른 학생들이나 시민들과 다름없이 상대도 당연히 검문을 당했다. 학교를 오고가며 검문 받은 것이 한두 번이 아닌지라 별로 새삼스럽지도 않았지만 이상하게 오늘은 기분이 좋지가 않은 게, 영 어째 찝찝했다. 괜히 오던 길을 다시 되돌아가고 싶은 마음이 들기도 했다. 물론 그러지 않았다. 그랬다가는 대번 우르르, 경찰들이 마치 짭새처럼 날아와 낚아채 간다.

상대는 학생증을 제시했다. 전경은 상대가 이 학교에 다니는 학생이라는 것을 확인하고도 가방을 열라고 지시했고, 상대는 시키는 대로 안의 내용물을 모두 보여주었다. 책과 노트 외에 별다른 게 있을 리 없으니 별로 떨릴 이유도 없는데, 이상하게 긴장이 되어 자꾸만 침을 삼켰다. 그런데 가방 안을 다 뒤져본 전경은 앞 포켓도 열라고 지시했다. 그러자 갑자기 엄청난 양의 침이 입 안에 흥건히 고이며, 그것을 넘기기 위해 목울대를 더욱 쿨렁거려야만 했다. 전경이 고개를 번쩍 쳐들었다. 그는 손에 든 무전기 안테나를 지시봉처럼 흔들며 포켓 단추를 툭툭 쳤다.

"여기 열어보세요, 빨리, 빨리요."

상대가 포켓의 똑딱 단추를 누르고 덮개를 열자 전경이 손을 쑥 집어넣더니 마구 헤집었다. 그런 그의 손에 뭐가 하나 잡혀 나왔다. 어쩌다 교문 싸움에 따라갔던 날 윤정 누나에게 받았던 노란 손수건이었다. 상대는 자신의 긴장이 바로 여기에 있었던 것임을 그제야 깨달았다.

전경은 손수건을, 허공에 대고 펄럭여서 펼치더니, 이내 두 눈을 휘둥그레 떴다. 손수건 한쪽 면에는 '노동해방 민중해방 제48대 전투적 총학생회 — 파쇼타도의 그날까지 총 진군!' 이라고 새겨진 굵은 글씨 아래, 깃발을 들고 화염병을 던지는 사람들의 판화화가 검게 아로 새겨져 있었다.

"픽!"

전경이 상대의 뒷머리채를 때리는 식으로 확 낚아챘다. 그는 그 상

310

태로 팔을 아래로 내렸다. 상대의 상체는 그의 강직한 손짓을 따라서 아래로, 마치 땅으로 기어들어갈 것처럼 숙여졌다. 전경은 그 상태로 상대를 질질 끌고 가기 시작했다.

머리채를 잡혀 옴짝달싹도 못하게 된 상대는 끌고 가는 대로 끌려 갈 수밖에 없었다. 다행히 놓치지는 않았지만 가방은 지퍼가 열린 상 태여서 자칫하다가는 전공 서적과 공책이 빠질 수 있었다. 그래서 그는 가방을 꼭 끌어안아야만 했다. 전경은 계속 그의 머리를 짓누르며 빠른 걸음으로 걸어갔고, 상대는 피난민, 보따리 끌어안듯 가방을 품속에 품 은 채, 대략 80도가량 앞으로 고꾸라질 듯이 꼴불견인 자세로 마구 종 종걸음을 쳐야만 했다. 제발 같은 과 여자 동기들이 이 망신살 뻗친 광 경을 보지 말았으면 하고 소망할 뿐이었다.

마침내 도달한 곳은 닭장차로 불리는 전경 버스였다. 그의 머리를 잡아 끈 전경은 안에 다 대고 뭐라고 외친 뒤 상대의 아킬레스건을 군 화발로 있는 대로 까더니 빨리 튀어 올라가라고 호통을 쳤다. 상대는 너무 아프고, 분하고, 원통했으나, 꾸물거리다가는 더 맞을 것 같아 광 속의 속도로 네 발로 기며 뛰어 올랐다.

차 안에는 대여섯 명의 남자들이 띄엄띄엄 앉아 있었다. 왕고참으로 보이는 훤칠한 키의 전경이 상대에게 앉을 자리를 지시해주었다.

상대는 닭장차를 타본 것이 생전 처음이었다. 그동안 살면서 경찰서 는커녕 파출소 한 번 가보지 않은 그였다. 일단 무엇보다 자리가 좁다 고 느꼈다. 어쩐지 일반 버스보다 좁은 것 같았는데, 그저 느낌일 뿐인 지 실제로 그런 것인지는 잘 알 수는 없었다. 전경 니들이 고생이 많다. 이런 좁은 자리에 끼어 앉아 매번 출동을 하니.

실내는 대략 국방색으로 통일되어 있었다. 방패와 몽둥이, 투구 같은 것들이 천장에 매달려 있었고, 철조망이 씌워진 창문으로는 밖이 잘 내다보이지 않았다.

이런 낯선 버스 안 모습은 그에게 두려움을 주기에 충분했다. 잘못한 것도 없는데, 큰일 났다는 생각에 가슴이 두근거렸다.

그런데 뒷문 바로 뒷자리에 앉아 있던 남자가 갑자기 담배를 피워 물었다. 앞문 쪽에 서 그 광경을 본 전경이 못마땅한 표정으로 남자에게 말했다.

"아저씨, 담배 꺼요, 예?"

30대 초반 정도로 보이는 남자는, 두어 모금 뻑뻑, 필터를 빨아대더니, 아직은 장초인 담배를 바닥에 던지고 발로 비벼 껐다. 전경은 그 남자를 한참 째려보다가 고개를 돌렸다. 남자가 입을 열었다.

"아까도 말을 했지만, 난 대학생도 아니고, 일반인이란 말이에요. 출근하는 사람을 이렇게 잡아버리면 어떻게 하란 말이에요."

전경은 피곤한 음성으로 말했다.

"아저씨. 일단 서로 가서 조사를 받으면 다 나오니까요, 예? 그렇게 아시고 일단 갑시다."

하지만 남자는 다시금 강한 어조로, 하지만 조심스러운 태도를 잃지 않은 채 말했다.

"정말 이건 아니에요. 회사로 전화를 해봐요. 내 신분증을 보라구요. 내가 학생이에요? 지금 대학생 집회 단속하는 거 아닙니까. 진짜 이렇게 잡아가면 민사소송 걸 겁니다. 이런 법이 대체 어딨어요. 잡아가도 근거가 있어야지. 황당하잖아요."

312

"사실 제가 봐도 아저씨는 회사원이 맞는 것 같아요. 사원증도 있고 명함도 있고. 나이로 봐서도 그렇고. 그런데 경찰이 신분증 제시를 요구하면 응할 것이지 왜 소란을 피웁니까. 그러니 잡혀오는 거 아닙니까."

"소란이 아니에요. 갑자기 길을 막고 신분증을 내놔라, 가방을 열어봐라, 요구를 하기에 근거를 대라고 했던 것뿐이에요."

"그러니까요. 경찰이 검문을 하는데 그렇게 나오면 어떡해요? 솔직히 아저씨도 좀 성향이 그쪽인 거 같아요."

"법적인 근거도 없이, 그냥 봐서 골라서 무조건 신체 수색하고, 끌고 가고, 이런 건, 오히려 경찰이 법을 위반하고 있는 거 아닌가요?"

전경이 갑자기 말을 뚝 끊었다. 슬슬 화의 시동을 거는 거 같더니, 표변해버렸다.

"경찰이 법을 위반해? 시발놈이, 말 상대를 해주니까 점점……. 확 쥐 패버릴까 보다. 대가리 숙여. 안 숙여? 어어? 이런 씹새끼가 어디서 눈까리를 치켜뜨고."

경찰은 남자의 머리통을 손바닥으로 내리치기 시작했다. 퍽. 퍽. 퍽. 엄청나게 둔탁한 소리가 버스 안에 가득 울려 퍼졌다.

"안 숙여? 안 숙여?"

전경이 허리춤에 차고 있던 가죽주머니에서 플래시처럼 생긴 것을 꺼냈다. 단추를 눌렀는지, 그냥 힘을 주어 내뻗으면 그렇게 되는지, 3단인지, 4단인지, 5단인지, 어쨌든 단계적으로 되어 있는 그것이 쫙 늘어났다.

"너 이게 뭔지 알아? 전기봉이라는 거야, 이 자식, 온몸이 짜릿짜릿해지고 싶어? 전기 한 번 먹어볼래? 먹고 싶냐, 전기? 통닭구이 한번 당해볼래?"

남자는 더 이상 아무 말도 하지 않고 머리를 숙였다. 놈은 그제야 전기봉을 거뒀다. 그는 그것을 버스 바닥에 서너 번 내리쳤다. 왜 그 지랄을 하는지는 알 수 없었다. 남은 전류를 방전시키려는 것일까. 어쨌든 그런 후에야 바닥에 지탱하여 뻗어 나와 있던 봉을 집어넣었다.

누군가 자리에서 일어나려고 했다. 항의를 하기 위해서인 듯한데, 전경은 군홧발을 들더니 그의 허벅지를 사정없이 내리찍기 시작했다. 그는 꼼짝없이 다시 자리에 앉아야 했다.

그사이에도 몇 명의 학생들이 잡혀 올라왔다. 누군가 밀지 마세요, 라고 했더니 어김없이 군화발이 날아왔다. 무릎을 차서 자리에 앉게 한 다음, 버스 천장의 손잡이를 잡은 채 잡혀온 자의 허벅지를 발로 수없이 내리찍었다. 버스 안은 비명소리로 가득 찼다.

얼마가 지난 뒤 전경은 바인더와 볼펜을 손에 들고 앞줄에 앉은 사람부터 신분증을 꺼내게 하더니 기재해 나가기 시작했다. 상대의 차례가 되었을 때 그는 노란 손수건을 흔들어 보였다.

"이게 니 꺼니?"

"예."

"시위용품 지참. 복면."

그는 종이에 적고 있는 사항을 소리 내서 발음했다.

"손수건인데요."

"시발놈아, 대가리 숙여라?"

"네."

그는 모나미 볼펜으로 상대의 정수리를 마구 내리쳤다. 뒷줄에 앉은 사람까지 모두 기재를 끝낸 뒤 그는 앞으로 나와 소리를 질렀다.

"전원 대가리를 무릎에 박는다, 실시!"

그는 마구 우르르 발을 구르며 곤봉을 휘두르기 시작했다. 의자등받이와 손잡이, 천정, 천정에 달린 가로 손잡이 같은 것을 쳐서 소름끼치는 소음을 만들어내며 악을 써댔다.

"이 새끼들이 진짜 마실 나왔나. 대가리 안 숙여? 대가리 안 숙여! 대가리 숙이라고! 손으로 대가리 감싸고 허벅지 사이에 얼굴을 묻으라고. 제 좆 빠는 자세로 콱 콱 숙이란 말이야! 일 센치라도 올라오면 바로 몽둥이 날아간다?"

전경이 상대 쪽으로 오더니, 갑자기 등짝을 곤봉으로 내리쳤다. 죽어라 내리친 것이 아니긴 한데, 보이지 않은 상태에서 온 사방을, 리틀엔젤레스 오고무 놀이하듯 곤봉으로 때려가며 장단 맞춘 다음, 결정적으로 쫙 내리치니, 실제보다 고통의 충격이 훨씬 더 심했다.

"으윽!"

상대는 공포에 질려 거의 땅에 처박힐 듯이 허벅지 안으로 머리를 끼어 넣을 수밖에 없었다.

경찰은 그에 만족하지 않고 계속 날아다니면서 등짝을 후려 팼다. 혼이 나갈 지경이었다. 아무래도 더 이상은 숙이기 불가능한데도 계속 숙여라, 숙여라, 해대니까 아예 몸을 폴더처럼 딱 접어야 할 판이었다. 피가 몰려 두통이 일었다. 현기증이 났다. 구역질이 올라왔다.

차가 출발하자, 전경들의 발호는 더욱 극심해졌다. 전경이 새라는 게 또, 또다시 증명이 되는 순간이었다. 그들은 펄펄 날아다니며 곤봉으로 사방을 휘저었다. 철퍼덕, 등을 갈기고 천장을 투퉁! 치고, 좌석 머리를 타타타타! 연타로 갈기고, 출입구의 플라스틱 봉을 다라라락 친 다음 손잡이를 파파파팍!

그 일사분란함이 빚어내는 정신없는 몽둥이 세례는 과격한 메탈 곡을 능가했다.

"대가리 숙여라 시이이이이이발 새끼들아! 다 죽이이잉이이뿌린다 아아! 캬오오오오오오 캬캬캬캬캬캬캭캭."

경찰서에서

얼마나 갔을까, 한참을 달린 버스는 마침내 정차했고, 잠깐 쉬던 전경들이 또다시 설치기 시작했다. 그들은 절대로 고개를 못 들게 했다. 고개를 숙인 자세 그대로 자리에서 일어나게 하더니, 앞사람의 허리를 잡으라고 했다. 그러고서야 버스에서 내리게 했다. 그런데 워낙에 여기저기서 고함이 터져 나오고 동작 봐라, 동작 봐라, 빨리 안 움직이지 이 새끼들, 하면서 곤봉을 휘두르는 통에 줄지어 움직이는 사람들의 발걸음은 종종 걸음을 칠 수밖에 없었고, 그 바람에 앞 사람을 놓치면, 또다시 곤봉과 발길질이 날아오기에, 안 떨어지기 위해서는 또 내달리게 돼, 한마디로 아수라장이 연출되고 있었다.

전경들은 사람들을 줄을 지어 쪼그려 앉게 했다. 그때까지도 고개를 들 수가 없었기에 도대체 여기가 어디인지 알 수가 없었다. 얼마간 그러고 있으니 버스 소리가 나며 또 우르르 사람들이 내렸다. 새로 온 사람들 역시 똑같은 자세로 쪼그려 앉게 되었고, 버스 한 대가 더 오고 나서야, 경찰은 움직이라는 지시를 했다. 그들은 엉금엉금 기어 건물 안으로 들어갔다.

일단 건물 안으로 들어서자 계단을 내려가야 했는데, 전경들이 빨리 움직이라고 고함을 질러 그들은 대충 일어나서 우르르 뛰어 내려가야만 했다. 계단을 구르듯 다 내려온 다음에는 또다시 쪼그리고 앉아야 했다. 체육 시간이나 교련 시간 때 쪼그려 뛰기, 토끼뜀 뛰기 따위의 기합을 너무 많이 받아왔기에 이 정도쯤은 문제도 아냐, 라고 할 수 있을 것 같지만, 그렇지가 않았다. 수많은 사람들의 발이 바닥에 끌려 사방으로 먼지가 날리는 통에 코가 막히고, 허벅지는 터질 것 같고, 아까부터 계속 혹사당한 허리는 쩍 하고 쪼개질 것만 같았다. 한마디로 죽을 지경이었다.

하지만, 놀라울 정도로 잔인하게도 기합은 그치지 않았다. 사람들이 몰려 들어간 곳은 때가 꼬질꼬질하게 탄 녹색의 매트리스가 다다미처럼 깔린 지하 공간이었다. 전경들은 신발을 벗어 쥐게 한 다음 사람들을 한데 몰아넣은 뒤 다시 줄지어 쪼그리고 앉게 하더니 이마를 바닥에 붙이라고 명령했다. 마치 절하는 자세가 됐다.

그런데 앞 쪽에서 티격태격 하는 소리가 들렸다. 상대는 궁금증을 참을 수가 없어 고개를 살짝 들었다. 한 대 맞더라도 그쯤 되면 볼 건 봐야 했다. 전경들은 모두 앞으로 가 있었다. 그제야 이 공간에서, 100여 명 가까이 되는 인원들을 호령하던 자들이 고작 두 명의 전경이었다는 사실을 확인할 수 있었다.

"내가 이걸 왜 해야 하는데?!"

"이 자식이, 시키면 시키는 대로 할 것이지."

"난 못해! 내가 왜 이런 부당한 대우를 받아야 하는데?"

저 용감한 자는 우리 학교 사람일까, 아니면 집회에 참여하기 위해 우리 학교를 방문한 다른 학교 학생일까. 전경은 마치 당장이라도 찌를 태세로 한 손에 든 검도용 죽도를 남자의 코끝에 들이댔다.

"대가리 안 숙여? 안 숙이면 호박 깨진다? 진짜 대가리 박살나도 모른다?"

"쳐봐. 쳐보라구. 내가 다치나, 니가 다치나 보자. 내 몸에 손가락 하나라도 대봐. 어떻게 되는지 보자."

당장에라도 한껏 휘두를 자세를 잡던 전경은, 죽도를 내리더니 어이없는 표정을 지었다.

"하핫, 진짜, 뭐 이런 인간이 다 있지. 너 이리 나와봐."

또 나오라 하네.

남자가 성큼성큼 걸어 다가갔다. 너무 빨라 전경은 중심을 잃은 채 비칠거리며 뒤로 물러났다.

"넌 여기 앉아 있어."

전경은 남자를 출입구, 제일 편안한 자리에 앉혔다.

열외인가.

나머지 사람들은 계속 고생해야 했다. 단 두 명의 새파랗게 어린 전경으로부터.

그들은 바닥에 이마를 찧은 채 전경의 지시에 따라 앞으로, 뒤로, 앞으로, 뒤로, 무릎으로 기어 달려야만 했다. 토가 쏠리는 건 앞 사람 발바닥에 자꾸 코가 닿아서만이 아니었다. 닭장차에서부터 머리에 가득 몰린 피가 도무지 몸 전체로 부드럽게 퍼질 사이가 없어서였다.

한참을 떨던 그 난리굿, 아비규환도 막을 내렸다. 상대는 허리를 펴고 일어나 앉았다. 언제부터 거기에 있었던지 누런 잠바를 입은 나이든 아저씨가 종이를 끼운 바인더를 든 채 앞에 서 있었다.

"자, 여러분은 시위 가담자로 분류되어 우리 서에 연행이 되어 왔습니다. 차례로 조사를 받을 때까지 여기서 대기하세요. 호명하는 대로 나오면 됩니다."

연신 욕설을 퍼부어대며 곤봉과 죽도를 휘두르던 전경이 사라지고, 그 자리를 나이도 좀 있고 차분히 이야기를 하는 아저씨로 대체되자 긴장감이 누그러지는지 여기저기서 웅성대는 소리가 났다.

그러자 그의 표정이 갑자기 변했다.

"조용 안 해 씹새끼들아?"

그 즉시 실내는 얼어붙었다. 그는 혼잣말하듯이 중얼댔다.

"시발 새끼들이, 데모하러 집결하다가 잡혀와 놓고는 정신을 못 차리네, 확 다 국가보안법으로 구속을 시켜버릴까 보다, 개 같은 놈의 빨갱이 새끼들."

그러나 그는 갑자기 또 차분한 목소리로 말을 이었다. 놀라운 반전의 반전이었다.

"자, 여러분이 조사에 제대로 협조를 해줘야만 빨리 끝나 집에 돌아갈 수 있습니다. 조사 기다리는 동안 잡담은 절대로 금지입니다. 아셨죠?……? 알았냐고 시발놈들아, 왜 대답들이 없어? 귓구멍에 개구리 좆이 박혔나. 야이 시발 새끼들아 니들 때문에 요즘 우리 계속 야근이야, 확 다 그냥. 시발놈들이 민주 사회에서 좆이 빠져라고 데모질을 하고 말이지. 나아쁜 새끼들."

잠바가 밖으로 나가자, 잡담 금지라는 말이 무색하게 사람들은 저마다 한숨을 푹 내쉬거나 혼잣말을 터트려데, 실내는 삽시간에 낮고 무거운 소란에 빠져들었다. 그때 누군가 상대의 옆으로 다가와서 아는 체를 했다. 같은 과의 운동하는 한 해 위 선배였다.

"어, 형? 혀어어엉!"

평소에 그저 인사 정도 하고 지내는 형이지만 이런 데서 만나니 어찌나 반가운지 상대는 반색을 했다. 그러고 보니, 학기 초에 소규모로 개인적 술자리를 함께한 적도 있긴 있었다. 딱 한 번이긴 하지만.

"변상대, 넌 왜 잡혀 왔어?"

형은 킬킬거렸다.

"어우, 형, 말도 마, 나 정말 어이가 없어서. 아니 저번 주에 교문 싸움 있었잖아. 거기 나갔다가 윤정이 누나한테 손수건 받았거든. 나중에 빨아서 돌려주려고 가방에 넣어두고는 깜빡 잊고 있었거든? 그걸 불신검문에 걸려가지고서리, 아우 빡쳐!"

"참 희한하게 사소한 걸로 딸려 왔구나?"

"형?"

"응?"

"형은 왜?"

"나 가방 없이 학교로 올라가다가."

"크하하하하. 형? 형이 더 웃긴 걸로 딸려 들어온 거거든?"

"그래도 상대 너는 참여도 안 하는 애가 손수건으로 잡혀 왔으니 좀 억울하겠다 야."

"내가 왜 참여를 안 해?"

"안 하잖니."

"와 이 형 웃기네. 내가 전에 피 세일도 하고 교문 싸움도 나갔다니까. 중문 투쟁 때 윤정이 누나한테 손수건 받았다가 잡혀온 거라니까?"

"그으래? 뺀질이가 웬일이니."

"근데 이 형마저 나더러 뺀질이라 하네. 그러고 보니 이 형, 저번 주 교문 싸움 때 못 본 거 같은데? 형, 그러면서 나더러 뺀질이라고 할 수 있어?"

"난 시청에 나갔었어. 시청 가투에서 연합 전투조 하다 왔구만, 무슨 교문 싸움?"

"음."

상대는 형과 나란히 있으니 마음이 든든했다.

그들은 하염없이 기다려야만 했다. 갱지를 끼운 바인더를 든 전경이 세 명씩 호명을 하면 밖으로 불려나갔고, 그들이 되돌아오면 다시 새로운 사람들이 불려나갔다. 그런데 그 과정이 더디기 짝이 없었다. 호명을 할 때 넘겨보는 갱지는 닭장차에 탔을 때 전경이 기재하던 그 종이인 것 같았다.

"초등조사라는 거지, 닭장차에 탔을 때 조사받은 거."

"형, 나, 전경이 시위용품인 복면 지참이라고 썼던 거 같은데, 혹시 잘못되는 거 아니야?"

그러자 형은 웃긴다는 듯이 웃기만 했다.

"왜 웃어. 집시법 위반 이런 것도 있잖아."

"쫄기는. 뺀질이가 뺀질거리기만 하는 줄 알았더니 겁도 많네."

"형."

"응?"

"그런데 나 궁금한 게 있는데."

"뭐?"

"왜 다들 날 뺀질이라고 불러?"

"그걸 몰라서 물어?"

"궁금해졌어. 나랑 별로 안 친한 형까지 그렇게 부르니까 모두 그렇게 생각하고 있다는 거잖아. 왜들 그러는데?"

상대는 정말 궁금했기에 정말 알고 싶다는 표정을 지었다. 상대가 별로 안 친한이라고 한 부분에서 흠칫하던 형은 따스한 말투로 설명을 하기 시작했다.

"상대 너는 과 모임은 활발히 참석하잖아. 엠티야 다들 가니까 그렇다 치더라도 과에서 행사 같은 거 할 때 거의 안 빠지잖아. 전에는 농활까지 갔다 왔지?"

"응, 속아서. 농사일 끝나면 계곡에서 송사리 잡고 막걸리도 마시고 군불도 지핀다잖아. 엠티 같은 건 줄 알았는데 새벽부터 일어나서 소처럼 일하다 코피 터질 뻔 했었어."

"과 체육대회 때 니가 없으면 우리 과 분위기가 안 살 정도잖아. 근데 넌 오로지 놀 때만 활발히 참석하는 거잖니. 난 니가 술자리 빠지는 걸 본 적이 없다. 거의 학년, 학번을 안 따지고 얼굴만 알면 지나가다가도 꼭 끼어서 필름 끊길 때까지 마시곤 하잖아."

"제가 그래요?"

"안 그래?"

"글쎄요. 그닥……."

"그러니 항상 사람들과 함께하는 것 같기는 한데 가만히 보면 놀 때만 그러니 뺀질뺀질 대는 것으로 보이는 거지."

"형."

"왜?"

"이거 혹시 형의 개인적인 느낌이거나 생각일 뿐은 아닐까?"

"그렇지는 않을걸? 다들 그렇게 생각할 거야. 우리 과 사람들이 너 부를 때 상대야, 라고 해, 뺀질아, 라고 해?"

"뺀질이."

"그래."

"전에는 우리 학년 지도교수님께서 뺀질이라고 불러서 깜짝 놀랐어."

"거 봐."

"아!"

상대가 입을 멍하니 벌리고 한숨을 내쉬자 형이 툭 치더니 목소리를 높였다.

"뭘 그렇게 아주 까마득하니 모르던 걸 이제야 알았다는 표정을 짓고 그래. 새삼스레."

"형, 나 앞으로 과 모임에 좀 덜 참석할래. 술자리도 줄이고."

"어이구, 그럴래?"

하지만 형은 이내 미안해하는 뉘앙스가 실린 웃음을 짓더니 툭 쳤다.

"상대야, 삐졌어?"

"뭘 상대야야. 뺀질아, 하고 불러. 이따 조사받을 때도 이름 물으면 그리 대답해야겠다."

그렇게 얼마가 지났을까, 전경이 그를 호명했다. 형은 걱정하지 말라고 했다. 학교에서 서울지역 연합집회가 예정되어 있는데 집회를 와해시키기 위해 사람들을 잡아두고 있는 것일 뿐 버스가 끊길 때쯤에는 풀어줄 것이라고 했다.

상대는 형사 앞에 앉았다. 기분이 묘했다. TV의 수사반장에서나 보던 장면이 현실에서 펼쳐지고 있었다. 그것도 피의자 신분 비슷하게 되어 직접 체험하고 있다. 형사는 담담한 표정으로 갱지 한 장을 주더니 빠짐없이 기재하라고 했다. 드라마 같은 것 보면 범인이 말하면 형사가 타이핑을 치던데, 그건 조금 달랐다.

종이에는 이름과 주소, 전화번호, 학교, 학과 명, 학생회 직책 따위의 인적 사항을 적는 난과 잡혀온 이유 따위를 적는 부분이 있었다. 그런데 무슨 초등수사를 했다고 하지만 형사는 손수건에 대해서는 아무런 말도 하지 않았다. 잘 모르거나 아예 관심도 없는 것 같았다. 이렇게 허술하게 할 거면서 무작정 길 가는 사람들 다 끌고 온단 말이지? 탱크로 막 밀어붙이는 누구랑 똑같네.

상대는 연행 이유 부분을 적는 난에, '손수건을 빨아야 되는데 가방 안에 계속 넣어뒀는데 그거 때문에 오해로 잡혀온 거 같음?'이라고 적었다. 그 밑에는 현재의 정국과 학생 시위에 대해 어떻게 생각을 하는지 자신의 생각을 적는 난이 있는데, 가장 칸이 넓었다.

그런데 아까 선배 형은, 여기에 며칠 동안 잡혀 있어봤자 아무 의미도 없고, 어서 나가서 한 번이라도 더 싸움에 참여하는 것이 맞다며, 시위에 대한 생각을 적는 난에 바른 말을 할 필요는 없다고 했었다. 상대는 학생의 본분은 공부니까 시위보다는 학업에 매진하여야 한다고 생각합니다, 저는 억울하게 끌려온 것뿐입니다, 라고 적었다. 그런데 그렇게 적고 형사에게 내미는데 이상하게 부끄러움이 밀려왔다. 이상했다. 왜 나는 자꾸 부끄럽지.

형사는 조서를 한번 쓱 훑어보더니 고개를 끄덕이고 내려가라고 했다. '증3호' 따위가 쓰인 스티커 붙은 투명 비닐 봉투를 내밀며, 여기에 담긴 이 손수건이 네 손수건이냐, 라고 확인하는 절차 따위는 역시 끝날 때까지도 없었다.

저녁 시간이 되자 사람들이 밥을 달라고 요구하기 시작했다. 그러자 도시락이 나왔다. 고무줄에 묶인 흰색 스티로폼 도시락이었다. 점심까지 쫄쫄 굶은 상대는 허겁지겁, 고무줄에 끼어 있던 나무젓가락을 뽑고 뚜껑을 열었다. 하지만 그는 절규했다.

"이게 뭐야!"

이러한 종류의 스티로폼 도시락에는 군만두, 고기만두, 소고기 김밥 따위가 담겨 있어야 마땅하다. 상대는 이제껏 살아오면서 이런 스타일의 도시락에 100퍼센트 꽁보리밥이 담겨 있는 광경을 본 적도, 들은 적도, 상상해본 적도 없었다.

하기야 100퍼센트는 아니었다. 구석에 단무지 세 조각이 끼어 있었다. 옆에서 벌써 밥을 젓가락으로 잘라 떠내고 있는 형에게 물었다.

"이러고 끝이야? 이게 다야? 이쪽 방향으로 반찬 도시락이 안 온 거 아냐?"

"아니."

"그래?"

"뭘 더 바라? 그냥 먹어."

"형, 내가, 하루라도 밥상에 고기반찬이 빠지는 경우가 잘 없거든? 고기가 안 올라오는 날이면 생선이나 계란 프라이. 지방하고 단백질이 안 빠져."

"물에 말아서 먹을래?"

형은 사람들 사이를 돌고 있던 대용량의 노란 주전자를 들어 보였다. 형은 그 사이에 벌써, 쓱싹쓱싹 하더니 1/3가량을 먹어치운 후였다.

"아니 젓가락만 줬는데 어케 말아서 먹어?"

"왜 못 먹어. 자 날 봐. 이렇게 붓고는 후루룩 마시는 거지."

물을 부으니 안 그래도 개별적인 알갱이로 흩어지던 보리쌀알이 와르르 무너져 내렸다. 상대는 배가 너무 고팠기 때문에 어쩔 수 없이 밥을 마셨다. 힘겨운 일이었다.

그런데 밥맛이 없는 데는 장소의 문제도 한몫하는 듯했다. 여긴 무슨 용도의 공간일까? 매트리스가 깔린 것을 보면 유도나 태권도장, 검도장 같았는데, 실제로 그런 용도로 사용되는 곳이리라. 의경들도 군인인데 무술 익히고 체력 단련해야지. 어쨌든 처음 들어올 때부터 냄새가 별로 좋지 않았다. 지하라 그런지 큼큼한 냄새가 가득했는데, 거기다가 많은 수의 사람들이 신발을 벗고 들어앉아 있으니 먼지와 발 냄새가 끊임없이 풍기고 있었다. 아무리 시간이 지나도 코가 무뎌지지 않고 몰칵, 몰칵, 나쁜 냄새를 감지해댔다. 운동권들 몸 잘 안 씻는구나.

하지만 형의 말에 따르면 이 정도는 약과라 했다. 오늘은 잡혀온 인원이 많아서 지하 도장에 수용을 한 것 같은데, 유치장에 갇히면 고린내, 지린내, 구린내가 장난이 아니라고 했다.

상대는 유일한 반찬인 소중한 노란 무를 집어 입으로 가져갔다.

"내가 진짜, 자장면이나 라면도 아니고 밥반찬으로 단무지 먹기는 또 처음이네. 보리밥이라면 된장찌개가 마땅할진대 어찌 이런 근본 없는 상차림을."

그런데 맛이 오묘하기 짝이 없었다. 보통의 단무지처럼 새큼달큼한 게 아니라, 짠 단계를 넘어서 숫제 쓴맛이 났다.

"으악, 이거 맛이 왜 이래!"

"거 참 말 많네."

"형, 나 더 이상 못 먹겠어. 더 먹다가는 토할 거 같아. 아 학교 앞 튀김 먹고 싶다."

"맞아. 나두."

"그지 응? 튀김 먹고 싶지? 나 오징어 튀김."

"난 순대말이."

"오뎅도 좀 생각나네."

학교 후문 앞에 늘어서 있는 분식 포장마차들이 신기루처럼 눈앞에 아른거렸다.

학교로

그들은 열한 시가 넘어서야 풀려났다. 경찰서를 나오는데, 상대는 정말이지 도대체 여기가 어디인지 알 수가 없었다. 근처에 지하철 정거장도 보이지 않아 더더욱 위치를 가늠할 수가 없었다.

그런 와중에도 형은 성큼성큼 앞장서서 나갔다. 어쩐지 이곳을 잘 알고 있는 것만 같았다. 얼마쯤 가니 버스 정류장이 나왔고 형은 발길을 멈췄다. 정류장의 안내판을 확인했으나 집 근처로 가는 버스는 없었다.

"형은 이제 어디로 가요?"

"난 학교."

상대는 자신이 사는 동네 이름을 대며 형에게 물었다.

"택시비가 얼마나 나올까?"

형은 잠깐 고민하는 표정을 짓더니 만 원? 이라고 말했다.

"흐액. 그렇게나 많이? 아, 어떡하지."

그때 저쪽에서 버스 한 대가 달려오고 있었다. 학교 앞으로 가는 버스였다. 형은 그 버스를 잡아 탈 태세였다.

"넌 어떻게 할 거야? 난 저거 타고 간다?"

상대는 어쩔 수 없이 형의 뒤를 따라 버스에 올랐다. 학교 앞에 가면 집에 가는 버스들이 있으니 갈아타고 가야겠다는 생각을 막연히 했지만, 그 계획에 확신은 없었다. 아니나 다를까 학교 앞에 도착을 하니 벌써 밤 12시였다. 이미 집으로 가는 버스가 끊긴 후였다. 정류장에 서서 명한 표정을 짓는데 형이 말했다.

"튀김이나 먹으러 가자."

"진짜 황당하네. 이런 경우가 종종 있어? 차 끊겨 택시 안 타면 안 될 때까지 붙들어놓는 경우 말이야."

"너무 많지. 대규모 시위 있으면 경찰서 넘치니까 완전 허허벌판에 부려놓고는 알아서 가라는 경우도 있어. 한 시간 걸어야 버스 정류장 나오는 곳 같은. 버스 타고 서울 오려면 도합 세 시간은 걸리는 그런

곳.”

“한밤중에?”

“아니, 그러지는 않지, 아무리 무식하기로서니. 낮에 말이야. 그렇게
외곽에 떨어뜨려놓으면 시위가 다 끝날 때야 돌아올 수 있으니까.”

“참 나.”

“튀김 안 먹을래?”

“먹어야지. 배고파 죽겠는데.”

후문 앞 분식 포장마차들 중 몇몇 군데가 그 시간까지도 불을 밝히
고 있었다. 가끔씩 술자리가 늦어져 학교 앞 여관에서 잘 때, 지금보다
훨씬 늦은 시간인데도 장사를 계속하는 걸 봤던 기억이 있다.

튀김과 오뎅, 거기에 떡볶이까지 거나하게 먹은 다음, 형을 따라 학
교로 올라갔다. 교정에 들어선 뒤 바로 공중전화 부스로 들어갔다. 하필
이면 또 아버지가 받아서 곤혹스러운 심정으로 변명을 해대야만 했다.
어머니였다면 대충, 엄마 나 오늘 집에 못 들어가, 내일 들어갈게? 알았
지, 안녕? 하고 툭 끊으면 되는데, 아버지라 말을 지어내야만 했다. 아
버지의 목소리가 영 무거워 상대는 아빠 대신 아버지라는 호칭을 썼다.

“아버지, 제가요, 공부를 하다가요, 학교에서 그만 밤샘하게 되어서
요. 집에 못 들어갈 거 같거든요?”

“이노무 자식, 그라마 전화를 빨리 하든가 하지!”

“아까 전화하려고 했는데 동전이 하나도 없어 가지고, 지폐만 있어
가지고.”

“말 같지도 않은 소리 치아뿌라 마. 지금이 몇 시고? 니 오도록 저녁
상 채리놓고 걱정하는 니 어무이 생각은 안 하나? 니 요즘 와 그래?”

"아부지, 그게 아니라요, 제가 너무 공부에 재미가 들려서요, 공부에 빠져 있다 보니까 깜빡 잊고서."

"택도 없는 소리 마라! 니가 어지가이 자알 그라겠다. 니 진짜로 공부하는 거 맞나? 딴 짓 하느라 한데 잠 자는 거 아이라? 너거 누나들도 요즘 맨날 집에 늦게 들어오고 집안 분위기 와 이래? 니 혹시 가스나 생긴 거 아이야? 니 혹시 데모하는 거는 아이제?"

"아빠. 나 오늘 너무 공부 잘 되는 거 있지. 이 페이스 놓칠 수가 없어. 오늘만 같으면 아무래도 나, 과 수석 할지도 몰라. 아빠, 장학금 받으면 맛있는 거 사줄게? 탕수육 어때? 탕수육 좋아하지? 탕수육, 탕슈유욱? 그럼 아빠, 잘 자? 스윗 드림~."

아버지가 뭐라고 확 소리를 지르며 또 말씀을 하셨지만 상대는 수화기 걸쇠를 내렸다.

진짜 도서관으로 가서 밤 새워 공부나 할까 하는 이상한 생각도 스치긴 했으나 그럴 순 없었고, 그는 형의 뒤를 계속 따르기로 했다. 형은 불이 환하게 켜진 학생회관 건물로 들어가더니 총학생회실로 들어갔다. 그동안 그 앞을 뻔질나게 지나다니긴 했어도 안으로는 한 발짝도 들여놓은 경험이 없는 상대로서는 문 앞에서 일단 발길을 멈추었다. 10여 초 후 형이 다시 나오더니 왜 안 들어오냐는 표정을 지었다. 여기서, 형 난 그만, 이라고 하면 상대는 달리 갈 곳이 없다. 과 학생회실로 가서 잘까 싶기도 했는데, 낮에도 강한 음기가 도는 숲속의 낡은 단대 건물을 생각하니 귀신 나올까봐 그럴 수는 없었다.

망설이던 상대가 결국 그 빨갱이 소굴에 발을 내딛게 된 것은 윤정 누나를 발견했기 때문이었다.

그녀는 돌아선 채 대자보를 쓰고 있었다. 담배를 물고, 연기가 매운지 눈을 가득 찌푸리고서 글씨를 써 내려가던 그녀는, 상대가 다가가자 깜짝 놀라는 얼굴이 되었다.

"변 뺀질! 너 여기 웬일이야?"

"누나 보고 싶어서 왔지롱."

그러자 누나는 얼굴을 더 찡그리며 쓴 듯이 연기를 내뿜었다.

"어우, 이 느끼한 자식."

"누나, 안 피곤해? 내가 대신 써줄까?"

"내가 피곤한 거 어떻게 알았어?"

"눈 밑이 되게 시커매."

"너 대자보 써본 적 없잖아."

"당연히 써봤지."

"니가?"

정치적인 내용을 담고 있는 대자보는 아니었지만, 체육대회나 엠티 가서 노래 가사 같은 것을 적느라 전지에 매직을 놀려본 적이 한두 번이 아닌 상대였다.

누나는 옆에 있던 긴 소파에 철퍼덕 앉더니 A4 용지에 적힌 원고를 읊어주기 시작했다. 선명하고 직선적인 단어들이 무수히 등장했다. 전에는 이런 대자보를 봐도 거의 읽지도 않았고, 눈에 띄는 타도, 쟁취 따위의 말들에 이유 모를 거부감을 느꼈으나, 어쩐지 글을 적어 내려가며 속이 후련해지는 느낌이었다. 경찰들에게 당할 대로 당한 뒤라 그런지, 예쁜 윤정이 누나가 불러주는 말들이라 그런지, 설득력 있게 다가왔다.

다 쓰고 나서 누나에게 물었다.

"이거 누나가 작성한 거야?"

"왜?"

"글 잘 쓴 거 같아서."

그녀는 부끄러운 미소를 지었다.

"그으래?"

"누나가 썼어?"

"대충 아웃라인만 잡혀 있는 걸 내가 정리를 해서 완성했지."

"누나 글솜씨 대단하네. 국문과 가지 그랬어?"

"안 그래두 나 있잖아……."

그때 안에서 많이 본 얼굴이 나왔다. 총학생회장이었다. 상대는 얼떨결에 인사를 했다. 총학생회장은 누구지 하는 표정을 지었고, 윤정이 누나가 상대를 소개했다.

"우리 과, 대표 뺀질이 변상대요."

"제발 그 뺀질이 좀 빼요. 지겨워 죽겠네, 정말."

총학생회장은 손바닥을 치더니 사무실 안에 있던 사람들을 불러 모았다.

"자, 모두 이쪽으로 모입시다. 오늘 투쟁 정리 합시다."

그러자 총학생회실 구석구석에서, 목소리만 들리던 사람들이 몰려 나오기 시작했다. 그런데 저 안에서, 항상 선비처럼 조용하지만 사실은 엄청난 빨갱이라는 것을 단대 사람들이라면 누구나 다 알고 있는 한 학번 위 선배도 나타났다. 상대는 깜짝 놀라 인사했다.

"형! 안녕하세요?"

"어, 상대도 왔네?"

그때 같이 잡혀 있었던 형이 선비 같은 형에게 말했다.

"변상대 쟤, 아까까지 나랑 산길 경찰서에 있었어. 학교 올라오다가 총학 손수건 갖고 있던 걸 걸려가지고 딸려갔는데."

다들 키들거리고 웃었다. 창피했다. 선비 형이 그를 위로했다.

"산길 경찰서? 멀리도 갔다 왔네. 고생했다. 상대야."

그들은 대자보가 놓여 있는 테이블로 노트 하나씩을 들고 모여 앉았다. 회의를 하려는 모양이었다. 상대는 옆에 있던 윤정 누나를 바라봤다.

"걸렸다는 손수건이 누나 꺼야. 그거 경찰이 먹었어. 미안해. 빨아서 줄려고 했는데 담에 하나 사줄게?"

"꼭 사줘?"

보통 이런 경우 괜찮아, 됐어, 하고 대꾸하기 마련이건만, 누나는 눈을 부릅뜨며 말에 힘을 주었다. 상대는 씁쓸하게 입맛을 다셨다.

"알았어. 그나저나 술은 언제 사줄거야?"

"뭔 술."

그는 회의가 끝날 때까지 바깥의 로비 소파에서 기다릴까, 입구 쪽 소파로 갈까, 두리번거리고 있는데, 총학생회장이 상대에게 말했다.

"같이 참여하지? 이쪽으로 와?"

그는 학교에서 가장 대표 빨갱이들이 모인 회의에 한낱 뺀질이일 뿐인 자신이 어떻게 낄 수 있나 싶었다.

"저도요?"

총학생회장은 고개를 끄덕였다. 운동하는 학우들의 회의에 참석한 적은 전혀 없는 상대지만 그들이 얼마나 보안을 생명처럼 여기는지 잘 알고 있었다. 전에 한 번은 학생회실의 파티션이 쳐진 구석에 앉아 책을 보고 있었는데, 누군가 들어오는 소리가 들렸다. 인기척으로 보아 두 명이 들어온 것 같은데 말소리가 나지 않았다. 한 5분이 지났는데도 조용했다. 이상해서 일어나 파티션 너머로 얼굴을 내밀었다. 운동을 하는 동기 두 명이 테이블 앞에 앉아 종이에 무엇인가 열심히 적어대고 있었다. 필담을 하고 있었던 것이다. 상대가 있던 그 파티션 뒤는 과 깃발과 장구, 북, 대자보 용지, 통기타 같은 것들이 매우 어지럽게 쟁여져 있던 터라 그들은 상대를 미처 발견하지 못하고 실내에 아무도 없는 것으로 생각한 모양이었다. 뭐해? 라고 낮은 목소리로 한 마디 툭 던지자 둘 다 똑같이 으아아아아아악! 하고 비명을 질러댔다. 너무 놀라니까 좀 미안하긴 했어도, 웃겨서 키득거리자 비명을 막 끝낸 여자 동기가 탁자 위에 굴러다니던 장기 알을 상대를 향해 던지기도 했다. 그들은 필담을 나눴던 종이를 재떨이에 놓고 태웠다. 그렇게 아무도 없는 것으로 여겼던 학생회실에서조차 필담으로 보안을 지키는 사람들인데, 상대는 부담스러웠다.

그는 곁에 있던 선비 형에게 물었다.

"형, 제가 이런 회의에 참석을 해도 돼요?"

"그럼. 어서 앉아. 오늘 집회는 대중 집회였잖아. 너도 붙잡혀 갔다 왔으니 느낀 점이 많을 거 아니니. 그런 걸 이야기하면 되는 거야."

그렇게 하여 팔자에도 없는, 총학생회장이 주관하는 회의에 참여하게 되었다. 윤정이 누나가 상대에게 먼저 자기 소개를 하라고 했다. 상대가 과 명과 학번, 이름을 말하자 사람들이 박수까지 쳤다.

상대는 그들의 말솜씨에 감탄했다. 물론 패턴화된 그들만의 말버릇이 있긴 했다. 그것 때문에 사실은 별소리 아닌데도 언뜻 듣기에 정연한 것처럼 들리는 것 같기도 했다. 어찌됐던 막힘없이 술술 나오는 언변에 놀라는 사이, 어느새 상대의 차례가 왔다.

말문이 턱 막혔다. 당황하면서 어리벙벙한 표정을 짓자 담배를 꼬나 물고 눈을 찌푸리고 있던 윤정이 누나가 정강이를 툭 쳤다. 하는 수 없이 말을 시작했다.

"학교로 올라오던 중에 불심검문에 걸려 생전 처음으로 닭장차에 잡혀가서 좀 맞다가, 경찰서로 끌려가서 점심도 굶고, 저녁도 제대로 못 먹고, 한밤중이 되어서야 풀려났거든요. 경찰서에서는 지하 무슨 이상한 방에 갇혀서 앞으로 기고 뒤로 기고 한참을 그 짓을 하다가……."

그리고 무슨 말을 이어야 할지 몰라서 입맛을 다시고 있는데, 선비 형이 거들어주었다.

"변상대 학형은 이 시대의 공권력이 어떤 폭력을 저지르고 있는지를 말하려 하는군요?"

"예? 뭐, 예."

"만약 우리가 벌이는 투쟁이 진정으로 불법적인 것이라면 경찰의 무산 시도와 진압이 용인이 될 수도 있겠죠. 총기 범죄가 매일 발생하는 서부시대 같은 미국의 예를 들며, 미국에서는 경찰에게 욕만 해도 잡아간다, 조금이라도 대들다가는 전기 총이나 진짜 총을 맞아 벌집이 된다, 우리나라처럼 공권력에 도전이란 있을 수 없다, 오히려 지금보다 더 강력하게 진압을 해야 한다, 데모하는 놈들 다 죽여야 된다, 라고 말씀하시는 분들도 있습니다만, 우리가 싸우지 않으면 수십 년 동안 지속되어온 숨 막히는 독재정치는 앞으로도 계속될 테지요. 지금 우리가 누리는 조그마한 권리와 자유조차, 목숨 바쳐 싸워왔던 선배들의 희생이 있었기에 가능한 것임은 두말할 나위가 없을 겁니다. 경찰은 우리가 벌이는 모든 집회와 시위를 불법으로 규정하고 있지만, 사실 헌법에 명시된 집회와 결사의 자유, 공연, 표현, 출판의 자유를 막고 있는 것은 정부입니다. 초탈법적인 독재정치로 민중을 억압하며 전횡을 일삼는 정권을 무너뜨리지 않으면 지금보다 훨씬 더 암울한 시대가 올 것입니다."

대충 얼마간은 맞는 소리인 것 같은데, 왜 선비 형이 이런 왕초급 빨갱이들이 모인 자리에서 이렇게 원론적인 이야기를 하나 싶었다. 그 모두가 나를 배려하는 행동이라는 것쯤은 알아차릴 수 있는 상대였다.

어쨌든 모든 참석자가 돌아가며 다 이야기를 했고, 마지막 결론을 내리듯 총학생회장이 정리의 발언을 한 다음, 구호를 외치고 회의는 끝이 났다. 요즘 들어 구호를 외치는 것도 어째 자연스러워지는 느낌이었다.

상대는 선비 형과, 같이 경찰서에 잡혀갔던 형, 그리고 윤정 누나와 함께 소파에 앉아 새벽 세 시가 지날 때까지 이런저런 이야기를 나누었다. 상대는 자신이 알고 있는 모든 우스개 얘기와 괴담 등을 총동원했다. 윤정 누나가 무서워하는 것을 보니 그는 도무지 이야기를 멈출수가 없었다. 그는 입에 침이 말라붙는 줄도 모르고 자꾸 새 이야기를 지어냈다.

11. 어느 날 갑자기

별안간

오늘따라 평소보다 일찍 자리에 누웠던 시인이, 자신을 깨운 게 초
인종 소리임을 깨닫기까지에는 얼마간의 시간이 필요했다. 번쩍 눈을
뜬 그는 창문으로 쏟아져 들어오는 달빛에 의지해 몇 초간 천정을 노
려보았다. 그때까지만 해도 정말 초인종 소리인지 확신하지 못하고 있
었다. 하지만 곧바로 그 소리가 또 울려 퍼졌다.

"딩동!"

순간 잠은 확 달아났고, 시인은 머리맡에 있던 알람시계를 들어 시
간을 확인했다. 한 시 반. 자리에서 일어난 그는 인터폰 쪽으로 갔다.

"누구세요?"

그러나 아무 응답이 없었다. 몇 박자나 쉰 끝에, 또다시 누구냐고 재
차 물으려 할 때서야 느리고 낮은 음성의 남자 목소리가 들려왔다.

"문 좀 열어보세요."

"예?"

"이웃에서 왔어요, 문 좀 열어보세요."

"이웃이라니? 누구시오?"

하지만 대답 대신, 또다시 초인종 소리가 집 전체를 흔들듯 요란하게 울려 퍼졌다.

"누구냐고 묻잖소?"

시인은, 안방에서 문을 열어놓고 그제까지도 깊은 잠에 빠져 있는 노모를 쳐다보며, 강하지만 한껏 억제된 목소리로 소리쳤다. 상대방은 따지기가 무색하게 또 초인종을 눌렀다.

"문 열라구, 장경구 씨."

상대방은 이제 발길로 대문을 뻥뻥 걷어차고 있었다. 노모도 화들짝 깨어났다. 노모는 비몽사몽 상태인지 허공에 대고 누구세요! 라고 외쳤다. 하지만 그 엉뚱한 모습은 희극이 아니었다. 시인은 불길함에 소름이 돋았다. 어머니가 소리쳤다.

"누구 왔어? 누구래?"

"모르겠어요."

"몇 시냐?"

"한 시 반이요."

"이 시간에 누구지?"

그들은 아주 부서져라 손과 발을 써서 대문을 계속 찼다. 거의 박살이라도 낼 기세였다. 시인은 밖으로 뛰어나갔다. 한밤중에 누군지도 모르면서 무작정 안에서 인터폰으로 문을 열어줄 수는 없으니까.

밖에는 건장한 남자 세 명이 서 있었다. 제일 앞에 선 남자는 겨울도 아닌데 가죽장갑을 끼고 있었다. 그들의 뒤로 빨간색 경광등을 지붕에 인 까만 지프차가 서 있었다.

"장경구 씨?"

"예?"

"국민안녕기획부에서 나왔습니다."

"안기부에서 무슨 일로?"

가죽장갑의 남자는 우격다짐 격으로 장 시인을 밀쳤다.

"장경구 씨, 안으로 들어갑시다."

어느새 노모가 현관에 나와 있었다. 고쟁이 바람에 슬리퍼를 신은 어머니는 현관 도어를 한 손에 잡은 채 구부정한 허리를 펴려고 애쓰고 있었는데, 집 안으로 마구 들이닥치는 정체 모를 남자들을 향해 애매한 미소를 띠며 누구신가, 하는 표정을 지었다. 어머니는 그 순간에도 이 남정네들이 혹시나 아들의 술친구들은 아닐까, 생각한 것이다.

그들은 어머니를 본 척 만 척 무시한 채, 놀랍게도, 믿을 수 없이, 구둣발 그대로 집 안으로 올라갔다.

그들은 마루를 지나 시인의 방 앞에 섰다.

"여기가 당신 방이야?"

그들은 대답을 기다리지도 않고 시인의 방으로 우르르 들어가더니 한쪽 벽을 빼곡히 채우고 있던 책장의 책들을 마구잡이로 바닥에 내던졌다. 처음에는 몇 권씩 손에 잡히는 대로 펼쳐보며 내던지는 식이었지만, 이내 아예 송두리째, 모든 책들을 다 쓸어내 버렸다. 이 광경에 놀라 어머니가 소리쳤다.

"당신들 누구야? 무슨 짓이야 이게!"

그들은 아랑곳하지 않았다. 구둣발로 요와 이불을 계속 밟으며 분주하게 난장판을 만들어냈다.

"네 이놈들아! 누구냐고 묻지 않냐! 그만두지 못할까!"

어머니가 부들부들 떨며 고함을 쳤는데, 장갑을 낀 자가 같듯이 웃음을 흘렸다.

"그만두지 못할까? 그만두지 못할까? 시발, 할마시, 사극 찍냐?"

시인은 분노에 휩싸였으나, 그들의 위세에 눌린 나머지 행동으로 나서지를 못했다. 어머니의 어깨를 감싸고 다독여주는 것 외에는 할 수 있는 게 없었다.

한 놈이 책상으로 다가가 서랍을 마구 빼냈다. 그러던 놈은 어이없다는 듯이 소리쳤다.

"햐, 나 이런, 그냥 책상 위에 떡 올려놨네."

그가 집어올린 것은 단파 라디오였다. 그들은 일제히 욕 한 마디씩을 각기 다채롭게 내뱉었다.

시인의 팔목에 수갑이 채워졌을 때 어머니는 아예 바닥에 퍼질러 앉았다. 저러다가 정신줄을 놓는 것은 아닌가 싶어, 마음이 울적해졌다. 그는 어머니에게 계속 별일 없을 것이다, 오해가 있는 것 같다, 금방 돌아온다, 아무 걱정 말고 있으라, 이야기했다. 미소를 지으려 애를 쓰며.

"어머니, 혼자 계시지 말고 외삼촌에게 연락하세요."

하지만 어머니의 하나밖에 없는 피붙이인 외삼촌은 급행 새마을호로도 여섯 시간이나 걸리는 도시에 살고 있다. 이 기가 막히는 상황에서 혼자 남아 밤을 지새워야 할 어머니의 입장을 생각하자 주책없이 눈물이 고였다.

그들은 장경구를 차 안으로 밀어 넣더니 고개를 숙이라고 했다. 시키는 대로 했는데 뒤통수를 때렸다. 어두컴컴한 차 안에서 고개를 조아린 채 맞으니까 눈앞에서 불이 번쩍번쩍했다.

"고개 숙이라고, 고개. 니 대가리가 좆대가리냐, 왜 빳빳이 쳐들어, 어?"

"숙였잖소."

"시발놈이 말이 많아."

그러더니 또 무자비하게 머리를 때렸다.

그들의 구타는 멈출 기미가 안 보였다.

원래 구타란 것의 속성이 그렇다. 때리는 쪽에서 발동이 걸리면 좀처럼 멈추기 힘들다.

시인은 맞는 내내 입 밖으로 새어나오려는 단발마적 비명을, 입술을 꽉 깨물며 계속 안으로, 안으로 쑤셔넣었다.

이 땅에서 살아가는 남자들이라면, 이런 상황에서 소리를 내다가는 엄살 부린다고 더 심한 학대가 뒤따른다는 사실을, 학창시절과 군대를 거치며 충분히 습득해왔다.

스무 대일까, 서른 대일까. 정신없이 맞는데 코피가 터졌다. 이상한 일이었다. 뒤통수를 맞았는데 코에서 피가 터졌다. 그래도 고개를 들지 못하니 수도꼭지를 열어둔 것처럼 피가 줄줄 흘러내렸다.

온 정신이 다 빠져 달아난 듯한 먹먹함과 현기증에 취해 시인은 손을 내려 코피를 닦아냈다. 그제야 시인이 피를 흘리고 있다는 사실을 눈치 챈 왼쪽의 사내가, 혹시라도 자기 바지에 피가 묻지는 않을까 싶었는지 재빨리 시인의 몸으로부터 허벅지를 떼며 욕을 했다.

"아니, 이런 시발새끼가, 더럽게 피를 찔찔 흘리고 지랄이네. 아주 골고루 하네."

하지만 그럼에도 놀라운 일이지, 그들은 시인을 일으켜 세우지 않았다. 때리는 것만 멈췄을 뿐, 시인은 피를 쏟으며 여전히 고개를 숙이고 있어야만 했다. 다만 그들은 화장지 여러 장을 빼 코를 막도록 하는 눈물겨운 배려를 베풀었다.

마침내 자동차는 어디인지 모를 곳에서 정지했다. 그리 먼 거리는 아니었다. 차 문이 열려 따라 내렸더니, 놈들이 양편에서 팔짱을 꼈다. 그리고는 무슨 쓰레기 소각장으로 통할 것 같은 허름한 길을 걷게 했다. 얼마 뒤 건물에 닿았다. 앞이 아니라 뒤쪽이었다. 그들은 지하로 통하는 계단으로 그를 끌고 내려갔다.

그들이 들이닥쳤을 때 자고 있던 시인은 당연히 양말을 신고 있지 않았다. 게다가 정신없이 끌려나오는 통에 간편한 슬리퍼를 꿰어 신었다. 하지만 그들이 하도 사람을 짐짝처럼 부려댄 까닭에 어느새 슬리퍼는 양쪽 다 달아난 후였다. 그는 맨발인 채로 계단을 내려가야 했다. 다 내려오니 걸음이 느리다고 무릎 안쪽을 걷어차, 꼬꾸라졌다. 그 바람에 그를 팔짱끼고 있던 한 놈도 같이 넘어질 뻔했다. 그는 화가 났는지 시발, 이라고 외치면서, 제 동료 대신 오히려 시인의 옆구리를 구둣발로 찼다. 아픈 건 둘째치고 순간 숨이 막혀, 바닥을 뒹굴면서 격격댔다. 그들은 다시 일으켜 세웠다. 엄격한 교풍을 자랑하는 오랜 역사의 고등학교 지하 복도를 연상케 하는 복도를 지나, 니스 칠 된 나무 문 앞에 도착했다.

방 안에는, 두 개의 철제 접이식 의자와 책상이 놓여 있었고, 삿갓 전

등이 책상을 향해 천장에서부터 길게 내리뜨려져 있었다. 한쪽 벽에는 소변기가 덜렁 붙어 있었고 그 옆으로는 세면대가 나란히 설치되어 있었다.

시인과 팔짱을 끼었던 자가 그를 방 안 쪽, 깊숙이 확 떠밀어 넣었다.

그들은 문을 닫고 사라졌다. 백열전구 하나만 켜져 있는 창문 없는 방 안에 홀로 남겨진 맨발의 시인은, 계절상 추울 때도 아닌데, 갑자기 극심한 한기를 느껴, 양팔을 들어 자신의 어깻죽지를 감쌌다. 얼이 빠진 채 한참을 그렇게 서 있다 어두운 한쪽 구석에 놓여 있는 군용 간이 침대로 갔다. 그는 거기에 걸터앉았다.

그때까지도 이것이 무슨 상황인지 판단이 안 섰다. 머릿속이 새하얗게 표백이 된 것 같았다. 그는 집을 떠나며 어머니에게 했던 말, 무슨 오해가 있을 거라고 했던 자신의 말을 떠올렸다. 그래, 분명 착오일 것이다. 얼마 지나지 않아 다시 돌아온 그들은 미안하다는 말과 함께 풀어주겠지. 어쩌면 너무 면목이 안 서 이곳까지 끌고 온 자들이 아니라 다른 사람들이 대신 올지도 모른다. 새로운 자들은 정중히 사과하며 집까지 데려다줄 것이다.

시인은 그런 자세한 상상까지 하며 끝없는 불안감을 이기기 위해 침대 위에 쓰러져 눈을 감았다.

깊이 잠든 것 같지도 않은데 시인은 꿈을 꾸었다. 하지만 정확히 말해 꿈이 아닐 수도 있다. 선잠 끝에 망상과 끔찍한 공상들이 머릿속을 잠깐 헤집어놓은 것뿐일 수도 있다.

시인은 번쩍 눈을 떴다. 누군가의 목소리가 귓전에 울려 퍼졌기 때문인데, 적의가 가득 담긴 무거운 쇳소리와 같은 그것은 꿈인지 생시인지 모를 허깨비들을 즉시 쫓아 보냈다. 이제 현실의 진짜 악몽이 시작되는 것임을 시인은 그때까지도 짐작 못했다.

"이런 개새끼, 퍼질러 자고 있는 꼴 좀 보소."

머리에 기름을 발라 가지런히 뒤로 넘긴 올백 스타일의 40대 후반 남자였다. 그는 어이가 없다는 듯이 웃음을 터트리더니, 옆에 서 있는 남자에게 말했다.

"야. 이 팔자 좋은 놈 좀 깨워라."

그는 이게 뭐니, 이게, 뭐 이런 식의 말들을 하면서 혀를 찼고, 그러자 옆에 서 있던 남자가 갑자기 시인의 명치를 향해 주먹을 날렸다. 시인은 말로 설명할 수 없는 끔찍한 고통에 꺼져가는 비명소리를 흘렸다. 충격에 의해 바닥에 내팽개쳐져 있으려니 주먹을 날린 자가 뭐라고 또 욕을 하면서 발길질을 했다. 가까스로 몸을 일으키자 그들은 시인을 함부로 끌어 당겨 의자에 앉혔다. 앉았는데 다시 일어나라고 하더니 잔뜩 나태한 몸짓과 피곤한 음성으로 웅얼거렸다.

"옷을 벗는다. 실시."

뭐라고 하는지 사실상 제대로 알아듣지 못한 시인이었으나 대충 그런 뜻인 것 같아 되묻지도 않고 서둘러 옷을 벗었다. 윗옷과 바지를 벗고 서 있으려니 손가락을 까닥까닥하여 나머지 속옷도 다 벗으라고 지시했다. 다소 망설이던 끝에 시인은 마침내 알몸이 되었다. 치욕이 몰려들어 시인은 이를 앙다물어야 했다.

그들은 시인을 다시 의자에 앉힌 뒤 양 팔을 뒤로 돌리게 한 다음 포승줄로 결박했다. 뿐만 아니라 양 발목도 묶었다. 결박을 하는 동안 가까이 온 그들 중 한 명에게 시인은 절박한 목소리로, 평소 쓰는 말투와

달리하여 호소했다.

"무슨 오해가 있으신 거 같은데 말로 하시지, 이러지 마세요."

묵묵히 결박하는 일에만 열중하던 자가 갑자기 소름끼치는 웃음소리를 터트렸다.

"으히히히하하하. 무슨 오해가 있으신 거 같은데 말로 하시지? 말로 하시지? 오해? 뭔 오해? 키히히히히, 내가 너한테 뭘 오해를 하는 거 같은데?"

"······."

"내가 니 친구야? 친구야? 시발놈아. 대답해봐. 내가 니 친구냐? 어? 오해? 개새끼가 좆 까는 소리를 해대네. 시발 좆같이 지랄을 떨고 시팔 쌔끼 죽을려고 환장했나 니미 시발 것 좆도, 존나 막 밟아서 지근지근, 아구창을 씹창을 내버릴까나. 시파놈아 여기가 어딘 줄 알아? 어디 인 줄 아냐고, 아냐고? 알아? 아냐고, 시이파 새끼야. 몰라? 글면 조용하라고. 살려달라는 말도 하지 마. 하면 죽여버릴 테니까. 시발."

"······················."

포박을 하는 내내 남자는 계속 지껄여댔다. 시인에게 하는 말인지 그냥 제 혼잣말인지 구별이 안 갔다. 계속 수군댔다. 그게 사람의 말인지 짐승의 소리인지, 이거 저거 다 아닌 망령 들린 악다구니 소음에 불과한지, 시인은 구별이 안 갔다.

문초

시인은 허약한 사람이다. 키는 보통이나 말라서 어린 시절부터 내내 약골이라 불렸다. 시인은 그들이 내지르는 대로 이쪽으로, 또는 저쪽으로, 허수아비처럼 휘청거렸다. 그러다가 갑자기 떡 하는 소리가 머리통에서 울려 퍼지더니 깜빡 정신을 잃고 말았다. 미간에 주먹을 맞았는데 아픔을 느끼고 말고 할 사이도 없이 기절을 한 것이다.

"하, 나, 이 자식 봐라, 편하게 주무시겠다? 그렇게는 안 되지. 여기가 호텔인 줄 아냐."

물을 끼얹은 덕분에 깨어났다.

시인은 어이가 없었다. 왜 무작정 때리기만 하는지. 뭐라도 일단 물어놓고, 그래서 맞는 이유라도 알고 맞으면 덜 무서울 텐데 이들은 그냥 무작정 때리기만 하고 있었다.

그들은 주로 뒤통수를 계속 때렸다. 그리고 등도 쳤다. 지프 차에서부터 하던 대로였다. 왜 자꾸 뒤만 치는지 잘 몰라도 계속 뒤만 쳤다. 너무 맞아 감각이 둔해져 잘 몰랐는데, 나중에 책상 위로 무엇인가를 툭 던져서 보니까 대표적인 옐로 잡지인 세털데이서울이었다. 그들도 손바닥이나 주먹으로 내리치니까 아팠나 보다.

"내가 누군지 알겠소?"

욕만 계속 내질러대던 저들이었는데, 뜬금없이 존댓말을 하니, 정신이 없는 가운데 더더욱 정신이 없어졌다. 혼미한 의식으로 고개를 드니 잘 보이질 않았다. 맞느라 정신이 없어서 깨닫지 못했지만, 그새 가지고 들어왔는지, 아니면 원래 처음부터 이 방 구석에 있었는데 어두워

346

서 깨닫지 못했던 것인지, 조명 스탠드 네댓 개가 책상 근처에 세워져 있었고, 그것들에서 쨍쨍한 불빛이 시인의 눈 쪽으로 쏟아지고 있는 탓에, 눈을 떠도 어둠 속에 누가 버티고 있는지 보이지 않는 것이었다.

"내 목소리 듣고도 몰라?"

진짜 모르겠다. 시인이 고개를 저었다. 그러자 또 마구 욕을 했다. 상당히 성적인 표현들로 채워진 욕이었다. 모른다고, 내가 너를 우찌 알아, 라고 외치고 싶은데, 무서움 때문에, 더 이상 맞기 싫어, 기억을 떠올리기 위해 애를 쓰고 있다는 표정을 지어보였다.

"전에 우리 통화했잖아."

"아!?"

하지만 그래도 모르겠다. 통화한 사람이 한둘인가. 낚시터에서 만난 사람일까? 산악회 사람인가. 시인은 기억해내기 위해 두 눈을 부릅떴는데, 그래도 퍼뜩 떠오르는 얼굴이 없었다. 기다리던 남자가 실망한 목소리로 말했다.

"이 새끼, 모르네. 날 모르네. 날 기억을 못하네."

시인은 매를 맞고 싶지 않아 그냥 나오는 대로 내뱉었다.

"아, 김 선생님."

어둠 속의 상대방이 움찔거리는 것을 실루엣으로나마 알 수가 있었다.

"이 새끼가, 정말 죽을라고. 그냥 막 갖다 붙이네. 나는 김이 아니야. 성을 바꾸냐?"

"죄송합니다."

"내가 전에 경고했지 전화로. 조옷 같은 시 쓰지 마라고. 이제야 기억이 나? 이제야 내가 누군지 짐작이 가? 난 그때만 해도 그냥 니 시가 좆같이 음란한데다가 좆같이 불온하기까지 해서, 그저 친히 경고해두려고 전화를 했던 거야. 그때까지만 해도 손을 보려던 의도는 없었던 거 같아. 우리도 바빠, 시발놈아. 좆 같은 노동자 새끼들이 좆같이 지독하지, 원래 펜 든 좆만 한 학발이들은 존나 겁이 많아서 졸라 그 정도만 해도 존나게 몸을 사리거든. 그런데 역시 그랬어. 넌 진짜 불온한 놈이었던 거야. 난 진짜 깜짝 놀랐다? 난 졸라 어이가 없다? 내가 전경대 대장부터 정보 관련 부서에 근 이십년 가까이 근무하여 오늘날 이 자리에 우뚝 서게 됐지만 솔직히 진짜 너 같은 놈은 처음 본다? 넌 시발 좆또, 도대체 정체가 뭐니?"

"예?"

"새끼가 두 눈을 가자미처럼 뜨네? 눈 안 깔아? 푸우욱 찔러버릴까 보다."

"……."

"하여간에 차암 희한한 놈이야. 허허."

그는 박스를 책상에 올리더니 그 안에서 내용물을 끄집어 내 하나씩 책상 위로 내던졌다.

"자, 보라구. 니가 니 눈으로 보라고. 이게 뭐니, 뭐야, 진짜."

책상 위에 쌓이고 있는 건 잉어와 호랑이와 창식이로부터 사들였던 잡지와 사진책 컬렉션의 일부였다. 그중에는 김씨로부터 구입했던 것들도 있었다.

"넌 이 자식아, 나이 처먹고 쪽팔리지도 않냐."

그는 세털데이서울을 집어 들더니 모서리로 시인의 머리를 쭉 밀었다. 그런 다음 곧추세워 정수리에 내리쳤다.

"너 좀 유명한 시인이라며? 우리 딸년도 네 놈 시집을 가지고 있더라고. 으아 나 정말 어이가 없어서. 내가 확 다 찢어불라 하다가. 시인이라는 새끼가 이런 음란한 거나 보고 썩은 정신으로 무슨 시를 써? 그리고 넌 애국심도 없냐? 왜 다 외국 년 나오는 외국 책만 보는 거야. 단일민족 자긍심도 없는 새끼."

그런 이유 때문에 군이 세틸데이서울로 머리를 때리는 것일까 싶었다.

"더욱 놀라운 건." 그는 책들을 가리키며 손을 내저었다. "이건 사실다 아무것도 아니야. 왜 남자 놈이 도대체 이런 걸 가지고 있어?"

그의 손에 들린 건 일전에 이철수의 비닐하우스 창고에 갔을 때 성생활용품 개발자라는 여자가 설문조사용으로 돌렸던 귀두콘돔이었다.

시인은 그가 그것을 여성용품으로 오해하고 있다는 걸 알고 기능을 설명했지만 그는 어림 반 푼 어치도 없는 소리 하지 말라고 했다.

"여기 안에다가 막대기나 오이 같은 거 끼워 넣고 흔들어 대는 거 아냐."

남자는 자신의 엉덩이 쪽으로 가지고 가 손을 움직여 어떤 행동을 표현해 보이려 애를 썼다.

"오해요. 무한 콘돔일 뿐입니다."

"거짓말하시네."

사실상 본격적인 고문은 귀두콘돔을 흔들어 보인 뒤부터 시작되었다. 의자에 묶인 시인을 그들은 다시 풀었다. 아까 묶었던 자와 푸는 자가 다른 것인지 푸는 자는 용을 써가며 끙끙대다 불만을 폭발시켰다.

"진짜 마구잡이로 묶어놨네. 국민학교 다닐 때 보이스카우트도 안 했나. 시풀, 매듭도 좆같이 이상하고."

시인을 의자에서부터 떼어낸 그는 하지만 다시 묶었다. 이번에는 일으켜 세워놓고 팔을 뒤로 돌리게 하더니 결박하고서는 발목을 묶고, 눕혀서 길고 굵은 막대기에 꽂아 허공에 매달았다. 시인은 자신의 꼴이 사냥감으로 잡힌 동물 같다고 생각했다. 이대로 밑에 모닥불만 피운다면 통 바비큐가 될 것이다.

장 시인의 얼굴에 물 빠진 분홍색 수건이 한 장 덮였다. 걸레로 쓰던 건지, 이 사람 저 사람 땀 닦은 뒤 빨지 않고 처박아 뒤 썩어가고 있던 건지 아주 기가 막히는 악취가 났다. 게다가 먼지인지, 자그마한 벌레 사체인지, 정체 모를 것들이 우수수 떨어져서 소름끼치게 만들었다. 그것들은 코와 입으로 다 쏟아져 들어왔다.

시인은 그들이 왜 자신의 얼굴에 수건을 덮었는지 금세 알게 되었다. 아까 책상 근처에서 누런 주전자를 보았던 시인이었다. 전경대들이 주로 사용하는 단체 급식용 주전자와 같은 용량의 대형 제품이었는데, 한 놈이 번쩍 들어 시인의 얼굴 위로 물을 뿌리기 시작했다. 더러운 수건은 물을 먹자 질긴 막처럼 외호흡기들을 막아서 질식을 일으키게 했다. 숨을 쉬기 위해서는 입을 더욱 크게 벌려야 했는데, 하지만 그럴수록 공기 대신 거침없이 쏟아지는 물줄기만 연신 들이켜게 되었다. 그는 지상에서 익사의 고통과 공포를 고스란히 맛보고 있었다.

게다가 그건 그냥 물이 아니었다. 겨자나 고춧가루, 아니면 후춧가루, 그 외의 정체 모를 이상한 것들을 칵테일 했는지 몹시 매웠고 짜기도 했으며, 시궁창 냄새까지 났다. 그건 보통 사람의 반만이라도 정상적인 사고를 가진 인간이라면 동물에게라도 먹일 수 없는 용액이었다. 식물에게도 미안해서 줄 수 없는 구정물이었다.

마침내 쏟아지던 물이 다 떨어지고 수건이 걷어졌다.

"맛이 어때?"

대답을 기대하고 한 질문은 아닌 듯싶었으나, 마침내 죽음의 고통에서 놓여난 시인은 숨을 헐떡거리며 물었다.

"이게 도대체 무슨 물이오?"

"무슨 물? 으하하, 궁금해? 나 님이 특별히 제조하신 약수 물이다. 내 오줌도 좀 들어갔지."

시인은 구역질을 일으켰다. 토사물이 역류하여 입으로 흘러내리자 그들은 신경질을 냈다.

"에익, 더러워 죽겠네. 진짜. 하여간에 넌 더러운 놈이야. 올 때도 피를 흘리고 지랄이더니 인제는 토하기까지 하냐. 에잇, 추잡한 놈 . 니가 토한 거 니가 다 핥아 먹어."

시인은 거꾸로 매달린 상태였기 때문에 토하는 것도 제대로 되지 않았다. 구토하는 것이 괴로워서 참으려 했지만 잘 되지 않았다. 결국 쏟아내버리게 되었고, 토사물이 얼굴을 적셨다. 그러자 방금 전까지 토하지 마라며 위협을 하던 그들은 뭐가 재미있는지 욕을 하면서 웃음을 터트렸다.

"분수다 분수, 캬캬캬캬캬."

"야, 잠깐 쉬자. 밥 먹고 하자."

더럽다며 난리를 치더니 즉시 밥 먹으러 가자고 하는 걸 보면, 비위가 대단한 모양이었다.

그들은 시인을 막대기에 매달아놓은 채 방 밖으로 나가버렸다.

시인은 어리둥절했다. 문 쪽만 바라볼 뿐이었다.

몇 분도 안 되어 참을 수 없는 고통이 밀려들기 시작했다. 말하자면 그것은 고문 형장의 2장이었다.

"이봐요."

시인은 조용히 외쳤다. 하지만 그 작고 힘 빠진 목소리가 이 방을 빠져나갈 것 같지가 않았다. 그래서 더 크게 소리쳤다.

"이보시오!"

하지만 돌아오는 거라고는 지하 공간을 부닥쳐 온 메아리뿐이었다. 외침의 잔향만이 남은 방에서 그는 절규했다. 손목과 발목이 끊어지는 것 같았고, 역류한 위산으로 식도는 타는 듯 했으며, 머리통에 피가 몰려 안면이 터질 것 같았다.

소리칠 기운도 다 달아나고 기진맥진해서 꿈틀대고 있을 때 문이 열렸다. 얼마나 지났을까.

한 시간? 두 시간?

다가온 자는 그의 이마를 찰싹 때렸다.

"어때? 할 만해?"

"제발 이거 좀……."

그는 손바닥으로 시인의 얼굴을 마구 때린 뒤 담배 한 대를 피운 다음에서야 바닥에 내려놓았다. 시인은 여전히 묶인 채였다. 남자는 눕혀진 시인을 물끄러미 내려다보더니 무슨 말인가를 하려다가 말았다. 제대로 불을 끄지 않은 방금 버린 담배가 아직 연기를 피어 올리고 있는데, 그는 새로운 담배에 불을 붙였다. 거칠고 뜨거운 담배 연기로 폐를

다 익혀버리기라도 할 것인 양 연달아 깊숙이 들이마시고 내뿜기를 반복했다.

남자가 갑자기 고개를 절레절레 흔들어댔다. 그는 경멸 어린 미소를 입가에 물고 이죽거렸다.

"이 변태 놈아."

그는 발끝으로 시인의 꼬리뼈를 툭툭 찼다.

남자의 얼굴은 조명등 바로 아래에 있었다. 조명의 삿갓과 남자의 얼굴이 겹쳐졌다. 그 바람에 남자는 사람이 아닌 기계나 로봇, 또는 만화에 등장하는 비현실적 캐릭터처럼 보였다. 심한 고초를 겪고 있는 바람에 한껏 몽롱해진 시인의 의식도 남자를 사람이 아닌 그 무엇으로 보이게 했을 것이다.

"이 변태 새끼야."

남자의 구두코 끝이 계속 시인의 꼬리뼈를 쳐댔다. 시인은 아픔에 몸을 더욱 둥글게 말았다.

"너는 부끄럽지도 않니. 이런 음란하고 너무 더러운 포르노나 처보고 말이야. 쯔쯔쯔. 포르노를 왜 보니, 포르노를 왜 봐, 쪽팔리지도 않냐. 쪽팔리는 것도 모르지?"

남자의 손에는 시인의 컬렉션 중 한 권이 들려 있었다.

"이봐라, 이봐. 이거 봐. 어허? 참 나, 기도 안 차는구만. 으 더러워. 이년, 이놈들 봐, 이게 진짜 인간이 할 짓이야? 이 더러운 놈들."

남자는 그 말을 하는 가운데에서도 한쪽 손으로는 책을 들고, 다른 손으로는 자신의 사타구니를 자꾸 만져댔다. 그는 시인의 엉덩이 옆을 단단한 구둣발로 지근지근 밟기 시작했다. 그러더니 구둣발로 복부를 찼다. 삽시간에 창자가 끊어지는 듯한 아픔으로 시인은 쭈그렸다.

남자가 시인의 뒷머리를 낚아채더니 갑자기 무엇인가를 입 안으로 쭉 들이밀었다. 너무 갑자기 들이민 까닭에 앞니에 시큼한 고통이 몰려들었다. 그것은 시인의 혀뿌리를 지나 목젖 근처까지 밀려들었다. 남자는 그것을 왔다갔다, 밀어 넣었다 뺐다 했다. 시인은 구역질이 올라와 또 토사물을 쏟았고, 그럼에도 남자는 그 짓을 멈추지 않았다. 그것은 귀두콘돔이었다. 전경들이 쓰는 진압봉에 그것을 끼워서 입에 밀어 넣었던 것이다.

"변태 새끼야, 어서 빨아, 그래, 그렇지. 쭉쭉 빨아. 좋지?"

그러더니 남자는 시인의 뒤쪽으로 돌아갔다. 철퍼덕 의자에 앉는 소리가 들리는가 싶더니 구둣발이 엉덩이 부근을 왔다 갔다 했다.

"야, 엉덩이 들어봐."

그때 시인은 덜덜 떨었다. 남자의 몸 중에서 충격에 가장 약한 고환에 구두 끝이 닿고 있었기 때문이다. 만약 남자가 지금까지 하던 대로 함부로 발길질을 한다면 극심한 고통에 몸부림칠 수밖에 없을 것이다.

"어우, 이 새끼, 몸은 말랐는데 엉덩이는 빵빵하네? 하얗다. 토실토실. 야, 들어봐. 좀 들어보라구. 응? 안 들어, 시발놈아? 안 들어? 어어? 죽고 싶어? 그래, 그렇게 들라고. 아니 시발놈아, 뒤치기 자세로!"

상황이 점점 이상해져가고 있었다. 남자는 귀두콘돔을 끼운 진압봉을 시인의 엉덩이에 대고 이상한 짓을 시작하려 하고 있었다. 시인은 소리쳤다.

"잠깐만!"

"?"

"지금 무슨 짓을 하려는 게요? 이보오. 잠깐만. 그러지 말고……."

하지만 시인은 말을 이을 수가 없었다. 남자가 기어이 고환 쪽을 찼기 때문이다. 시인은 쓰러져 몸을 웅크리며 쩔쩔 맸다. 하지만 또 곧바로 몸을 일으켜 세울 수밖에 없었던 것은, 남자가 다시 발길질을 했기 때문이다.

"이 새끼야, 이건 아무것도 아냐. 저저번 달에는 골수 운동권년이 들어왔었어. 대학생이야. 그것도 이 나라에서 머리 제일 좋은 애들이 다닌다는 대학 출신이야. 그런 년이 공순이를 하는 거야. 위장취업 알지? 시발년이, 지네 부모는 개고생 해서 죽어라 딸년 뒷바라지해서 대학 보내줬더니 그 학벌을 가지고 공순이가 되다니. 공순이가. 마땅히 대기업에 취직해야지, 공장에 취직해? 그래 갖고 노동을 해? 개 같은 년. 시발년이 공장에서 노조 의식화에 나선 거야. 그런 막돼먹은 년은 혼구녕을 내놔야 돼. 그래서 우리가 정신이 번쩍 들 정도로 따끔한 좆 맛을 보여줬지. 크하하."

시인은 아랫도리가 쩍 찢어지는 고통에 꽤액, 하고 비명을 질렀다.

어쨌든 순간은, 치욕보다 고통이 먼저였다.

조직도

시인은 자꾸만 눈이 감겼다. 그들은 여러 명이었고, 쉴 틈도 없이 계속 교체돼 들어왔다. 진압봉으로 필설로 형용키 어려운 몹쓸 짓을 했던 놈이 가히 최고 악질이라 할 수 있겠지만 나머지 놈들도 실상 별반 크게 차이는 없었다.

어느 순간부터 고문은 그쳤다.

그렇다고 쉴 수 있는 기회가 주어진 건 아니었다. 그럴 틈이 도무지 없었다.

그에게 전화를 걸었다고 주장하는 남자가 들어왔다.

그는 그때까지 다른 남자들이 해대던 소리를 반복했다. 책상 위에 놓인 백지를 그를 향해 내밀며 볼펜을 딱 소리 나게 놓았다.

"그려."

"으으."

"어서 그려, 조직도."

"진짜로 무슨 말씀이신지 모르겠다구요. 전 어학 공부나 하려고 단파 라디오를 샀어요. 다른 나라 소식을 듣고 싶어서지, 대남 방송은 한 번도 들어본 적이 없습니다."

"계속 같은 소리 할래? 자, 그만 버팅기고 어서 그려. 우리도 피곤하다. 쉽게 가자 좀. 어서 니네 조직 조직도를 그리라고. 수괴부터 시작해서 패밀리트리를 그리란 말이야. 자, 어서."

아무 대답도 않고 있자 그가 이름을 불렀다.

"장경구 씨."

"네."

"당신이 총책이 아니라는 건 우리도 알고 있어. 그러니까 전체 조직도를 다 파악하고 있지 못하더라도 실망하진 않아. 중간에 이빨이 빠져도 이해하고, 빠진 건 우리가 채워넣을 테니까 쭉쭉 그려봐. 쭉쭉."

시인은 일단 볼펜을 들긴 했으나 무엇을 그려야 할지 대책이 안 섰다. 잡아먹을 듯 독사처럼 날카롭게 눈을 치뜨고 있던 전화 남자는, 알면 하겠다는 표정을 짓고 있는 시인의 마음을 알아차렸는지 적의를 거두었다. 그는 마치 세수를 하듯 양손으로 얼굴을 마구 문질러 댔다. 그리고는 한숨을 푹 내쉬더니, 손톱을 가득 세운 손가락을 머리털 속에 찔러 넣고 벅벅 긁어내리기 시작했다. 아주 피가 날 정도로 세찬 손짓이었다. 그의 눈이 도깨비의 것처럼 시뻘겠다. 실핏줄 500개는 터진 것 같았다.

"그러면 말이야. 자. 이걸 봐. 이건 우리가 파악한 조직도인데, 확인해. 이걸 보면 너도 기억이 나겠지."

그가 내민 종이에는 회사의 부서 조직도 비슷한 것이 그려져 있었다. 시인은 각 네모 칸에 들어 있는 이름과 직책들을 보았지만 아는 이름은 하나도 없었다. 비슷한 이름조차 발견할 수 없었다. 몇몇 칸은 비어 있거나 ? 표시만 있었다.

"여기서 너에게 단파 라디오를 건네준 사람은 누구야?"

"제가 샀다구요."

"자, 봐. 너 이 새끼 알지? 알아, 몰라? 알지?"

"몰라요."

"시발놈아, 첨부터 다시 할래? 알아, 몰라?"

시인의 고개가, 희미하지만 거의 저절로 끄덕여졌다.

"좋아. 이제야 슬슬 실토를 하는구만. 이 새끼 몇 번 만났어? 두 번? 세 번?"

"예."

"아니, 몇 번이냐구? 세 번이야?"

"예."

"어디서 만났어. 캐실리아 카페야? 시청 쪽에 있는?"

"예."

"공작금도 받았나?"

"예."

"얼마? 천 불 맞아?"

"예."

"응. 그래. 이 새끼 밑에 요 칸이 지금 우리도 아리까리 한데, 김 박사라고 불리는 그 재일교포 새끼, 그 새끼가 연락책이 맞나? 몸집 좀 크고, 뿔테 안경 쓰고?"

"예."

"응, 그래. 맞다니깐. 그거 봐. 이보라고, 이 자식들아, 내 말이 맞잖아!"

"예."

"아니, 당신 보고 한 소리가 아니고, 저 놈들 보고 한 소리야. 하여간에 뭐든 내가 직접 이렇게 나서야 일이 풀린다니까, 쯔쯔. 허허허허, 미안합니다. 자 다시 합시다. 에 그리고 말이지. 여기 요 부분 말이야. 남지, 즉 남부 지구 총연락책, 이놈이 김일섭이라는 놈인가? 맞아?"

"예."

"이거봐, 그렇다니까. 맞잖아. 당신 잡아오라고 한 것도 나거든. 저 인간들한테 맡겨놓으니까 영 일이 진척이 안 되잖아. 참 저런 무능력한 애들이 국가의 안보를 책임지고 있으니 나라의 앞날이 걱정이다, 걱정이야. 음, 그리고 말이야, 요기, 요 부분, 조직의 교사 격, 교시를 조직원들에게 하달하고 학습시키고 그러는 거, 혹시 자네가 그 일을 담당했나? 단파 라디오 들으면서?"

"……."

"당신이 한 거예요? 어어, 장경구 씨, 지금 자? 자? 이거 봐. 요것만 사실대로 말을 하면 바로 재워줄게. 눈 떠. 눈 뜨라고. 눈 안 뜨면 죽는다? 그래, 응, 그렇지. 정신 차려. 이따 실컷 잘 수 있다니깐, 이걸 끝내야 잘 수 있어요. 금방 끝나, 금방 끝나. 너가 한 거지? 네 역할이 그거야? 니가 교사야?"

"예."

시인은 그러고도 십 수 번을 더 예, 라고 대답하고 고개를 끄덕여야 했다. 그들은 자주 사실대로 말하라고 요구했고, 그 말에 따라 그는 항상 예, 라고 대답했지만, 모두 거짓 대답이었다.

새빨간 거짓말.

거짓말을 할수록 그들은 부드러워졌다. 거짓말을 할수록 좋아했다.

12. 불안의 나라

공장에서

김팔봉 반장은, 만성폐쇄성 폐질환으로 진단받은 뒤 1년 만에 숨을 거두었다. 최무산에게 김팔봉 반장은 큰형님과 같은 존재였다. 입사 초기 때부터 김 반장은 최무산을 살갑게 챙겨주었고 최무산도 그런 김 반장을 좋아해서 잘 따랐다.

언제부터인가 김 반장은 자주 피곤을 호소하며 힘겨워했다. 아무리 큰병이 든 사람이라도 겉으로는 멀쩡해 보이는 경우가 종종 있지만 김 반장은 곁에서 가까이 지내는 사람들이라면 한눈에 몸 상태가 정상이 아님을 알 수 있을 정도였다. 일단 얼굴이 흙 빛깔이었다. 햇볕에 그을려서 그런 게 아니라 속에서 문제가 생겨 밖으로 드러나고 있음을 웬만한 눈썰미면 짐작할 수 있었다. 별로 힘든 일도 아닌데 조금만 무리해도 금세 시들해져서 거친 숨을 색색, 뿜어대곤 했다. 기침도 심했다. 특히 식사를 할 때가 문제였는데, 뜨거운 김이 올라오는 국이나 라면을

360

먹을 때면 일단 한바탕 기침부터 거나하게 쏟아낸 뒤에야 비로소 숟가락을 뜰 수 있었다. 하지만 먹는 내내 기침은 잦아들지 않았다. 상이 엎어지랴 연신 기침을 토하곤 했다.

어떤 사람들은 그가 폐결핵에 걸린 게 아닌가 의심을 했다. 사람들은 그와의 겸상을 꺼렸다. 그럼에도 병원에 가지 않고 오래도 버텼다. 하지만 병세는 호전되지 않고 점점 악화만 될 뿐이었다. 더 이상은 버틸 재간이 없었던지 결국 제 발로 병원에 갔다 그러고서야 자신의 병명을 알게 되었다. 입원해 집중 치료를 받았지만 3개월 만에 세상을 뜨고 말았다.

병문안을 갔던 최무산은 병마에 사로잡힌 그의 적나라한 모습을 목격했었다. 흔히 볼 수 있는 간소한 마스크형 산소호흡기가 아니라 무슨 심해 잠수복에나 달려 있을 법한 굵은 호스가 복잡하게 연결된 연명 장치를 단 그는, 환자복의 윗도리를 끄른 채 양팔을 벌리고 침대에 누워 있었는데, 눈을 뜨고는 있으나 동공은 풀려 있었고 의식이 있으나 정신은 나가 있었다. 그런 그는 한 번 숨을 들이켤 때마다 온몸을 다 사용했다. 끄르륵 대는 기괴한 소리를 내며 사지를 부들부들 떨어댔다. 나무 작대기처럼 말라비틀어진 몸이 안간힘을 다해 풀무질 하듯 부풀었다 꺼지기를 반복해대는 광경은 참혹하기 그지없었다.

반장이 입원을 하고 얼마 지나지 않아, 노조에서는 반장의 병이 열악한 작업 환경 때문에 얻은 직업병이라는 의혹을 제기했다. 노조가 그렇게 주장을 했던 건 그맘때쯤 김 반장과 비슷한 증세를 보이는 노동자들이 속출했기 때문이다. 노조 위원장이 김 반장을 처음 찾았을 때만 해도 그는 일반 병실에 입원 중이었고, 산소호흡기를 착용했으나 대화가 가능했었다. 그때는 단순한 마스크형 호흡기였다. 그 당시, 김 반장과 가족들은 자신의 병이 회사 때문이라는 노조의 주장에 오히려 당황했다. 무엇보다 반장은 골초 중의 골초였다. 주치의도 이 병의 주요한 원인은 흡연이고 비흡연자는 잘 걸리지 않는다고 했다. 때문에 반장은 이 끔찍한 병을 자초한 게 자신이라고 믿고 있었다. 가족들도 마찬가지였다. 하지만 노조 측은 이제 나이 쉰에 접어든 반장이 오로지 흡연만으로 이 지경에 이르게 되었을 리 없다고 주장했다. 노조는 다른 병원의 전문의로부터, 흡연에다가 작업장의 특수 환경이 가세된 결과일 개연성이 높다는 진단을 받았다. 그럼에도 반장 쪽은 문제를 복잡하게 키워봤자 이득이 없을 뿐더러 오히려 다치는 건 자신들일 뿐이라는, 소시민적 두려움을 드러냈었다.

노조가 움직이는 조짐을 보이자 회사도 기민하게 대응하였다. 그동안 코빼기도 보이지 않던 그들이었지만, 반장으로서는 그때까지 평생 먹어본 적이 없던 멜론이니, 바나나니, 파인애플 따위의 값비싼 열대 수입 과일이 잔뜩 담긴 과일 바구니를 들고 와 반장과 가족들을 회유하기 시작했다. 좌빨 놈들의 노조 말을 듣다가는 일을 망칠 뿐이다, 노조의 꼬임에 넘어가서 송사를 벌이는 등 일을 키우게 되면 평생 가도록, 대대손손, 절대로 지울 수 없는 저 죽음의 공책, 블랙리스트에 올라가서 자식들, 공무원은 꿈도 못 꾸고 일반 기업체 취업도 불가능하며 심지어 대학교도 국립대 같은 곳은 못 가게 된다, 등의 무리한 거짓말인 것 같긴 한데 또 한편으로는, 이 땅에 사는 사람이라면 충분히 그럴 수도 있지 않을까 하는 두려움이 몰려드는 소리를 해댔다. 특히 회사는 반장의 부인에게 일자리 제공을 약속했다. 그리고 자식들이 학교를 졸업하면 가산점을 많이 줘서 회사에 취직되기 쉽도록 하겠다고 나왔다. 그리고 전액은 곤란하지만 병원비의 반 정도는 대줄 수 있다고 했다. 그것은 회사가 병에 무슨 책임이 있어서가 아니라, 오로지 오래토록 근속한 사람이 심한 병에 걸린 것을 안타깝게 여긴 회장님의 특별 지시라고 했다. 회사 돈으로 나가는 것이긴 하지만 인정을 발휘한 회장님께서 개인적으로 도와주는 것으로 봐도 무방하다는 알쏭달쏭한 이야기를 덧붙이기도 했다. 모두 회장님의 은공 아니겠소.

그러니 김 반장 측으로서는 선택의 폭이 넓지가 않았다. 노조는 회사의 잘못을 밝혀내 병원비 전액뿐만이 아니라 위자료까지 받아내야 한다고 했다. 어떻게? 무슨 방법으로? 라고 묻는 반장에게, 싸워야죠, 싸워서 이겨야죠. 모두 힘을 합쳐서. 라는 대답이 돌아왔다. 그런 대답은 김 반장에게는 아무 대책 없이 그저 의욕만 넘치는 것으로 보였었다. 계란으로 바위 치기 격이었다. 회사 측이 이야기했던, 노조는 당신의 병을 이용하려 할 것이다, 라던 말이 맞는 것 같았다. 김 반장은 자신이 회복되지 못할 것이라는 사실을 알았다. 그러니 죽기 전에 가족을 위해 확실한 조치를 해놓고 싶었다.

그런데 김 반장을 회유하던 회사는 실상 그 어떤 뚜렷한 조치를 취하지 않았다. 시간만 끌었다. 병세가 심각해진 김 반장은 중환자실로 옮기게 되었고, 회사와 협상할 능력을 잃었다. 회사 측은 더 이상 병문안 따위는 오지 않았고, 반장은 숨을 쉴 수가 없는 고통에 매 순간 괴로워하다가 결국 쓸쓸히 세상을 등지고 말았다.

노조 측은 반장이 죽은 뒤 추모제를 치르고 그를 열사라고 불렀다. 정치적인 것과는 거리가 멀었던 반장의 부인이었지만, 죽기에는 아직 젊은 남편을 먼저 보내놓고 나니 비통한 심경을 말로 할 수가 없었는데, 회사 측의 무성의한 태도는 그녀를 격분시키기에 충분했다. 그리고 근속했던 노동자들 중에서 하나둘씩 비슷한 증세로 쓰러지는 사람이 나오자, 부인도 열악한 근로 환경이 남편을 죽였다고 믿게 되었다.

최무산도 다르지 않았다. 김 반장이 일하던 라인은 특히나 작업 환경이 매우 좋지 않았다. 환기가 제대로 되지 않는 작업장 안은 늘 매캐한 화공 약품 가루로 가득 차 밝은 밖에서는 안이 제대로 들여다보이지 않을 정도였다. 외부인들은 잠시라도 그 안에서 견디지 못했다. 근처에만 가도 코가 막히고 심하게 기침이 터지는 까닭이다. 그런 작업장 안에서 노동자들은, 원칙적으로는 방진 마스크를 쓰지만 회사는 권장 교체 주기를 서너 배씩 넘긴 후에야 겨우 교체해주곤 했다.

배합 라인 노동자들은 공기 마스크를 썼다. 천장에 달린 공기 공급 파이프에 호스가 연결된 방독면형인데, 허나 이것은 작업 반경을 제대로 고려하지 않고 설계되어 작업성이란 면에서 매우 큰 불편을 초래했다. 그걸 쓰고도 불편 없이 작업하려면 라인에 투입되는 노동자 수가 현재의 두 배가 넘어야 되는데, 조금이라도 인건비를 아끼려는 회사 측이 그렇게 할 리가 없었다. 때문에 노동자들은 이 기계에서 저 기계로 갈 때 방독면의 연결고리를 풀어서 다른 파이프에 연결을 해야 했다. 하지만 번거롭기도 한데다가 그렇게 해서는 라인 속도를 맞출 수 없기에 호스를 빼놓고 마스크만 쓰거나, 아예 처음부터 단순 방진 마스크를 쓰기도 했다.

그렇게 혹사당한 그들이 하나둘 호흡기 관련 병을 얻어 쓰러져 가는 건 실상 당연한 귀결이었다.

김팔봉 반장이 세상을 뜬 후 몸이 아픈 노동자들은 모두 병원에 입원했다. 그리고 회사 측에 사태 해결을 촉구했다. 하지만 회사는 눈도 깜짝 하지 않았다. 그들의 병이 작업 환경 때문이라는 증거가 없다는 것이었다.

　노조와 사측의 지루한 줄다리기가 계속되었다.

　대통령 선거가 가까워올수록 밖에서의 시위도 격화되고 있었다. 초기에는 대학생들이 주도했지만, 시간이 지나자 노동자 조직이 나서기 시작했다. 최무산이 속한 회사의 노조도 상위 조직과 발맞추어 나가고 있었다. 그러자 회사 측은 마치 기다렸다는 듯 노조가 상급 단체의 지시를 받아 불순한 정치 투쟁에 나서고 있다고 비난하며 대화 창구를 아예 닫아걸었다. 노조는 파업을 결정했고 회사는 직장 폐쇄로 대응했다.

　계속된 파업 투쟁 과정에서 최무산은 변해가고 있었다. 원래 성정이 조급하여 불의를 보면 벌컥 역정을 내거나 쉽게 흥분하곤 하는 그였지만, 투쟁이 지속될수록 더욱 격정적인 사람이 되어갔다. 몇 날 며칠째, 닫힌 회사의 철문 앞에서 철야 투쟁을 하면서 최무산은 자신의 가슴이 불꽃처럼 뜨겁게 타오르는 걸 느꼈다.

　김 반장의 죽음은 그의 가정을 풍비박산 내버렸다. 투병 과정 동안 수입이 끊긴데다가 막대한 병원비는 안 그래도 어려운 가정 형편을 더더욱 기울어지게 했다. 엎친 데 덮친 격으로 부인마저 드러누웠다.

　최무산이 동료 한 명과 병석의 김 반장 미망인을 문병하고 한밤중이 되어서야 파업 투쟁을 하고 있는 동료들에게 돌아왔을 때였다.

　아연실색할 일이 그들을 기다리고 있었다.

　공장에 가까이 다가갈수록 매큼한 냄새가 나고 눈이 따가워 심상치 않음을 느꼈지만 저 멀리서 지켜보니 공장 정문 앞에는 천막을 치고 농성을 하던 동료들 대신 헬멧에 방패를 들고 줄지어 선 로봇 군단 같은 전경들만 있는 것이었다. 농성하던 내내 동료들은 침탈이라는 단어를 입에 올리며 걱정을 했었다. 그 우려가 현실이 된 것이다. 동료들은 모두 어디로 갔을까. 죄다 검거된 걸까.

최무산이 전경들 쪽으로 뛰어가려 하자 동료가 붙잡았다. 한참 후에야 그는 냉정을 찾을 수 있었다.

붙잡혀 간 노조원들 대부분은 풀려났다. 하지만 지도부와 열성 노조원, 그리고 검거 과정에서 경찰의 무자비한 폭력 진압에 항거한 노조원들 일부는 폭행 혐의로 구속되었다.

최무산은 자신을 붙들어 매고 있던 어떤 결박 같은 것이 탁 풀리는 듯했다. 그는 받은 대로 돌려주고 싶었다. 말년에 이르러 죽음보다 더한 고통을 받던 김 반장의 모습이 잊히지 않았다.

인간 포탄

상대는 이날도 일찌감치 도서관에 자리를 잡았다. 모든 수업은 오전에 다 끝나고 그는 열람실에 들어가 공부 삼매경에 빠졌다. 하지만 그 삼매경은 한 시간도 못 되어 깨졌다.

그를 집중하지 못하게 했던 건 이날도 도서관 앞에서 열린 집회였다. 그런데 집회의 소음만이 그를 방해했던 것은 아니다.

오히려 집회 소리가 그쳤을 때 불안증세가 나타나기 시작했다. 집회가 절정에 다다랐는지 더 이상 대중 연설은 없었고, 구호 소리가 연속적으로 외쳐졌다. 곧이어 출정가가 울려 퍼지더니 서서히 멀어져 갔다. 대열이 교문 쪽으로 이동하고 있는 모양이었다.

상대는 점점 작아지는 노래 소리를 놓치지 않기 위해 귀에 온 신경을 쏟았다. 집회 소리가 완전히 끊기자 어떤 사람은 작은 한숨을 내쉬기도 했고 누구는 자세를 고쳐 앉느라 버스럭대기도 했다.

그는 가방을 챙겨 일어났다. 도서관을 나와, 교문으로 통하는 도서관과 식당 건물 사이의 내리막길을 멍하니 쳐다보았다. 저 멀리서 아득히, 함성소리와 구호소리, 최루탄 터지는 소리가 났다. 이제 얼마 있지 않으면 바람을 탄 최루탄 가루가 여기까지 날아올 것이다.

그는 한숨을 내쉬었다.

"밥이나 먹자."

그는 식당으로 갔다.

식당의 2층, 교정이 내려다보이는 창가 쪽에 자리를 잡고 식판에 받아온 밥을 천천히 먹기 시작했다.

오늘의 메뉴는 삼계탕이었다. 그가 좋아하는 메뉴다. 그는 젓가락과 숟가락으로 닭을 해체해나갔다. 그런데 별로 신이 나진 않았다. 닭고기도 질겼다. 국물도 영 밍밍한 듯했다. 소금과 후춧가루를 잔뜩 쳤다.

"바바바바바바바바바 바바 바바 바바바바 방 빵빵빵 바바바빵."

페퍼포그였다. 마치 전장의 포성처럼 페퍼포그 발사음이 대기를 흔들었다. 철갑 차량의 지붕에 설치된 발사기를 통해 한 번에 수십, 수백 발씩 쏘아대는 다 연발 최루탄. 땅에 떨어지면 지 혼자 춤추듯이 삐리리릭 몸부림을 쳐대서 지랄탄이라는 애칭을 가지고 있기도 한 그것.

페퍼포그는, 콧물과 눈물을 쏟게 하고 속을 따갑고 쓰리게 만드는 SY-44 등의 일반형 최루탄과 달리. 가스처럼 기도를 꽉 막아 숨을 못 쉬게 한다. 물론 맵기도 맵지만.

상대는 확 짜증이 일었다.

"아니, 저것들이 내가 닭을 먹고 있는데 지랄탄을 쏘고 지랄이야!"

상대는 숟가락을 '챙그랑' 소리가 나게 식판에 내려놓았다.

그러던 그가 고개를 쳐들고 창밖을 내다보게 된 것은 함성소리, 아우성 소리, 비명 소리들이 식당 바로 앞 교정으로부터 들려왔기 때문이다. 창가에 있던 사람들 중에 누군가가 자리에서 벌떡 일어나 아래를 내려다보며 어! 하고 소리쳤다. 상대도 우당탕 일어나 창문에 붙어섰다.

"앗!"

교문으로 통하는 내리막길의 통로로 한 무리의 사람들이 다급하게 올라오고 있었다. 거기뿐이 아니라 도서관 옆길도 난리였다. 완전 무장을 한 전경들이 학생들의 뒤를 좇고 있었다. 전경들이 교문을 통과해 학교 안, 그것도 그 긴 오르막을 올라 앞마당까지 쳐들어온 것이다. 그러고 보니 지랄탄 터지는 소리도 아까보다 훨씬 더 가까이 들렸다. 페퍼포그 전차도 병력을 지원하기 위해 교문 안으로 들어온 모양이었다. 식당 바로 앞 분수대 안으로 우수수 지랄탄이 떨어졌고, 물 안에 떨어진 것들도 절대 꺼지지 않고 마구 요동치며 쐐아아 연기를 피어 올렸다. 삼시간에 앞뜰은 아비규환의 사태가 벌어졌다. 비명을 지르며 도망치는 시위대와 곤봉과 방패를 휘두르는 전경들로 뒤죽박죽이었다.

식당 안에 있던 사람들은 아래에서 펼쳐지는 상황에 놀라 소리치거나 웅성거려 댔다. 손수건으로 얼굴을 가린 전투조 한 명이 어깨를 맞댄 전경 두 명의 방패를 향해 쇠파이프를 마구 휘둘렀다. 뒤로 조금씩 물러나며 스윙을 해대는데 그 모습이 어찌나 날렵한지 공중으로 솟아올라 하늘에 붕 떠서 펄럭이는 것만 같았다. 하지만 남자의 뒤편에서 접근하던 전경들이 있었고, 그들은 남자의 뒷머리를 방패로 내리 찍었다. 남자는 바로 엎어졌고, 전경들은 곤봉으로 남자의 머리를 때리고 발로 밟았다. 남자의 눈부신 활약에 박수를 치며 환호를 보내던 식당 안 사람들은 그가 쓰러지자 안타까워했다.

상대도 남자가 밟히는 걸 보고는 놀라, 짚고 있던 유리창을 손바닥으로 팡 쳤다. 그러다가 헉! 하고 신음을 내뱉고 말았다. 한 여자가 전경에게 뒤쫓기고 있었는데 윤정 누나였다. 아니었다. 잘못 봤다. 그냥 닮은 사람이었다. 몇 초간 지켜보고 있으니 닮기는커녕 완전 엉뚱한 사람이었다. 그런데 왜 윤정 누나처럼 보였을까. 머리 모양마저 달랐다. 놀란 마음은 가라앉았지만, 이내 윤정 누나가 걱정됐다. 그녀는 분명 이 집회에 참석했을 것이다. 그는 연신 두리번거리며 앞마당 곳곳을 훑었다.

흩어져 있던 전경들이 대열을 갖추기 시작했다. 그들은 도서관 앞에 열을 지어 섰고, 그중 두 명이 축 늘어진 전투조를 일으켜 세우더니 양팔을 옆에서 끼고 질질 끌어 교문 쪽으로 내려갔다.

"쟤는 구속이구나."

구속이라는 단어가 주는 위압감과 불길함에 상대는 괜히 자기 가슴을 쥐어뜯었다.

전경들이 열을 갖추자 각 건물과 교정의 다른 지역으로 피신을 했던 시위대들도 하나둘씩 모여들었다. 시위대도 전열을 다시 정비하고, 서로의 어깨에 어깨를 걸고 도열했다.

운동가 한 곡이 끝날 때까지 전경들과 시위대는 분수대와 잔디밭을 사이에 두고 대치하였는데, 갑자기 도서관 4층 휴게실에서 와, 하는 소리가 나더니 빈병과 빈 깡통 따위가 마구 전경들 위로 쏟아져 내렸다. 방독면과 방석모 같은 거추장스러운 것을 착용하고 있으니 시야가 많이 좁고, 게다가 긴장과 흥분 상태에 빠져 있는 터라 그렇겠지만, 맞아도 절대 안 죽는 빈 캔과 휴지가 내리는 것뿐인데, 전경들은 무슨 폭격이라도 맞은 양 펄쩍펄쩍 뛰며 우왕좌왕 해댔다. 몸을 수그리며 방패를 위로 들어 올리는, 돌 날아올 때 쓰는 방어 진영을 취하기도 했다.

전경들을 향해 쓰레기 폭탄을 투하하고 있는 자들은 평소에 집회 따위 참여하지 않는, 각종 고시를 준비 중인 예비역들, 그러니까 열람실 구석 자리를 아예 자기 지정석으로 삼아 종이 파일 첩 같은 것을 압정으로 꽂아서는 드높게 파티션을 치고 새벽부터 한밤중까지 죽어라 책만 파는 자들이었다. 뭐 아닐 수도 있지만 멀리서나마 관상들을 보아하니 그자들이 상당 부분 섞여 있다고 짐작하는 상대였다.

상대는 신기했다. 세상에 무슨 일이 벌어져도 그저 내 공부만 하겠다 할, 살짝 좀 재수 없는 사람들이 웬일로 저리 적극적으로 나서는 것일까.

고공 지원에 힘을 받았는지 어느새 대열을 갖춘 시위대 쪽에서 짱돌을 날리기 시작했다. 하늘 위에서 떨어지는 것이 별것 아니라는 걸 깨닫게 된 전경들은 빈 깡통과 종이컵을 의연하게 맞으면서 전방의 시위대를 향해 나아가기 시작했다. 전경들 몇몇이 갑자기 치고 나오더니 선두에 있던 여자 시위대의 덜미를 낚아챘다. 그 여학우는 잔디밭에 쓰러져 끌려가지 않으려 애를 썼다. 남학생들 몇 명이 전경을 향해 쇠파이프를 날렸으나 그들은 방패로 수비하며 아랑곳하지 않고 여학우를 질질 끌고 갔다.

그때 갑자기 누군가 버럭 소리를 질렀다.

"살인자 파쇼의 군대가 신성한 교정까지 침탈해 여학우를 연행하려 하는구나!"

만약에 글로 썼다면 약간 실소가 터져 나올지 모를 문장이었으나 웃는 사람은 아무도 없었다. 머리에 위생모를 쓴 주방 아주머니들까지 나와 아래에서 펼쳐지는 광경을 걱정스러운 눈빛으로 구경하고 있었는데, 그녀들은 그 학생의 돌발 발언에 감탄한 듯 동시에 오! 하는 표정을 지었다. 그는 연신 바삐 사방을 두리번거렸다. 그러더니 구석에 세워져 있던 빨간 플라스틱 빗자루를 들었다. 그게 무기라고 생각했을까, 어쨌든 남자는 빗자루를 손에 쥔 채 식당 계단을 후다닥 뛰어 내려갔다.

상대는 눈이 빠질 것 같았다. 남자의 뒷모습을 좇는 두 눈이 왕방울처럼 부릅떠졌기 때문이다. 상대는 경찰서에 잡혀갔을 때, 다들 맞을까 봐 시키는 대로 머리를 숙인 채 구르는 가운데 제 혼자서 경찰에게 대들던 사내가 갑자기 생각이 났다. 끝까지 '개기던' 그 사내는 단 한 대도 맞지 않았다. 상대는 당시에 당할 대로 당하던 자신의 모습이 눈에 선했다. 이마를 박고 바닥을 기던 자신의 모습이 떠올랐다. 아침부터 밤까지 잡아놓고는 깡보리밥에 단무지만 주던 만행이 생각나 치가 떨었다.

"에이, 씨!"

급하게 창문으로부터 몸을 돌리는 바람에 뒤에 있던 의자가 쓰러지면서 요란한 소리가 났다. 오히려 그런 효과음이 마음에 불을 지폈다.

식당의 계단을 내려가는 동안 상대는 몇몇 사람들이 자신의 뒤를 따르고 있다는 것을 알았다. 마음에 불붙은 사람은 상대만이 아니었다.

아무리 가슴에 불났다 하지만 역시 경찰은 무섭다. 사실 상대는 시위대 쪽으로 붙으려 했었다. 아니 그런데 파쇼 군대 어쩌고 하며 먼저 뛰어나간 빗자루 남자가 벌컥, 전경들에게로 직행하는 것이었다. 식당의 입구는 전경대와 시위대의 가운데 정도 되는 위치였는데, 그 상황에서 브레이크를 걸어 시위대 쪽으로 가기도 뭣했다. 자신의 뒤에는 식당의 2층 전면 창을 통해 관람하고 있는 식당 아주머니들이 있다. 많이 먹으라고 자신에게 특별히 한 국자씩 더 퍼주곤 하는 전주 아주머니까지.

상대는 어쩔 수 없이, 극한의 무서움이 몰려오는데도, 내 원래 뜻은 이게 아닌데, 하는 심정으로, 큰일 났네 이러면서도, 여학우를 끌고 가는 전경 쪽으로 달려가고 말았다.

그리고 보면 세상에는 참으로 숨은 고수들이 많다는 사실을 다시 한번 깨닫게 되는 상대였다. 빗자루 남자는 3단 높이뛰기를 하듯 성큼, 성큼, 성큼, 붕, 붕, 붕, 뛰어 휙 도약을 하더니 공중에서 휘리릭, 뭔가 번개 같은 동작을 취하는가 싶더니, 긴 다리를 쭉 뻗었는데. 하지만 전경은 전경이다. 시위대를 막는 전법을 오랫동안 익혀왔고, 상관에게 죄 없이 무수히 두들겨 맞으며 훈련을 받아왔고, 매일처럼 실전에 투입되어 시위대와의 전쟁을 치르며, 급기야 막강한 전력을 갖추게 된, 이 군인이 지배하는 국가의 신체 건장한 군인인 것이다.

전경은 머리를 수그리며 순간 방패를 높이 들어 올렸다. 남자의 발은 그것의 중앙에 꽂혔다. 남자는 반동으로 튕겨 나갔다. 하지만 전경 역시 충격에 의해 방패를 안고 나뒹굴었다.

그 와중에 무작정 달려나가던 상대의 발에 무엇인가 탁 걸리고 말았다.

"크헉!"

놀라서 그는 소리쳤고, 그 동시에,

"아악!"

하는 단발마적 비명이 터져 나왔다. 그러면서 상대는 가속도를 이기지 못해 공중에 붕 뜨고 말았다. 그는 날아서, 넘어진 전경 옆에 엉거주춤 서 있던 다른 전경의 방패를, 있는 그대로 들이받고 말았다. 상대와 충돌한 전경은 아까 그 전경보다 훨씬 더 큰, 매우 요란한 동작으로 나뒹굴었다.

상대는 정신이 하나도 없을 지경이었다. 하지만 불의의 공격을 받은 그 가련한 전경도 놀라고 정신이 없기는 마찬가지인지 상대의 밑에 깔려 꼼짝도 못했다.

상대는 자신의 발에 걸린 것이 전경들에게 끌려가던 그 여학우의 다리라는 것을 알게 되었다. 상대는 전경 위에서 내려와 발등을 감싸 쥐고 있는 여학우에게 네 발로 기어갔다.

"아이구, 미안합니다."

여학우는 고통스러운 표정을 짓고 있었다. 상대는 여학우의 발 근처에서 자신의 손을 휘저으며 아이고, 하면서 미안하다는 표시를 했다.

전경이 두 명이나 자빠지자 시위대 쪽에서 와, 하는 함성이 올랐다.

도서관 4층 휴게실에서 깡통을 내던지던 예비역들도 함성으로 응원을 했고 식당 안에서 내려보고 있던 학우들도 발을 구르며 유리창을 두들 겼다. 아주머니들은 단체로 방방 뛰며 박수를 쳤다.

이제 뭘 어떻게 해야 할지 몰라 상대는 눈만 껌뻑거리고 있는데, 갑자기 시위대가 이쪽으로 달려왔다. 그들은 여학우와 그 옆에 있던 상대, 그리고 반동으로 튕겨 나간 빗자루 남자를 에워쌌다. 그리하여 쓰러진 전경 두 명은 일어났지만, 그러나 그들은 이미 시위대에 둘러싸여 고립이 되고만 상황이었다. 전경들은 서로의 등과 등을 맞대고 방패로 몸을 가렸는데, 표정을 볼 수는 없지만 매우 당황해하는 게 역력했다. 방독면 쓴 얼굴을 연신 이리저리 두리번거리며 어쩔 줄을 몰라 했으니까.

체포조로 나섰던 자기네 편이 두 명이나 시위대에 갇혔는데도 전경대는 그저 방패와 방패를 맞대고 줄 지어 서 있을 뿐이었다. 그때 총학생회 사회부장이 달려들어 전경 한 명의 방패를 빼앗았다. 상대가 깔고 누웠던 그 전경이었다.

"이놈 한 놈만 잡아! 포로로 잡아야 돼!"

그러자 여러 명의 남자들이 우르르 몰려들어 그 전경을 잡아서는 후방으로 데리고 갔다. 남은 전경 한 명은 엉덩이를 차서 자기네 진영 쪽으로 보내버렸다.

시위대 안으로 들어간 상대는, 도서관에 있을 때부터 자신의 마음을 감옥에 갇힌 것처럼 답답하게 하던 증세들이 어느새 모두 사라진 것을 느꼈다. 삼계탕 닭이 통째로 위장 입구에 걸린 것 같았던 증세가 모두 내려갔다.

그날의 교내 투쟁은 학생들 입장에서 보자면 대성공이었다. 포로로 잡힌 전경은 전경들이 잡아갔던 전투조 학우와 교환되어 한 시간 만에 풀려났다. 그는 돌아가기 전, 자기도 휴학하고 입대한 대학생이라며 전리품으로 학생들이 빼앗은 방패와 방석모를 달라고, 그거 없이 가면 고참에게 박살난다고 사정했다고 하지만, 좀 딱하긴 해도 그냥 보냈다고 한다. 당신이 왜 나서서 우리 여학우를 잡아가려고 했어! 라고 쏘아주면서.

어떤 사람들은 교내까지 쳐들어온 전경들이 어째서 모든 시위대를 초전박살하지 못하고 게다가 자기네 동료가 포로로 잡혀가는 것을 그저 지켜만 보고 있었나, 의문이 들기도 할 것이다. 게다가 학생들과 포로 교환을 하는 것도 이해가 가지 않을 수 있을 것이다.

하루가 멀다 하고 시위가 계속되는 나날들 속에서, 시위대와 전경들 간의 현장 포로 교환은 심심찮게 일어났다. 현장 책임자 입장에서 시위대에게 병력이 납치된 것도 수치스러운 일이고, 경찰서 유치장이 터져나가서 유도와 검도 도장으로 쓰는 체력단련실에까지 시위자들을 붙잡아놓아야 하는 상황에서, 시위대 한 명 더 잡아간다고 별스러운 일도 아니니 소문나기 전에 즉석으로 교환을 해버리는 것이다. 물론 이건 그때그때의 시국이나 현장 책임자의 성향에 따라 다르다.

그리고 완전무장을 한 전경들이라고 해서 시위대가 두렵지 않은 게 아니다. 실제로 매우 많은 수의 병력들이 시위대에 의해 크고 작은 부상을 입고 고생을 한다. 심각한 부상을 입는 불행한 경우도 있다. 군대 생활하면서 누가 다치고 싶겠는가? 어느 현장 지휘관이 무리한 진압 명령을 내려 자신의 부하를 다치게 하는가. 서로 불행한 일은 일으키고 싫지 않은 것이 사람의 마음이다.

또한 이날 출동한 병력은 체포 전문의 저 공포의 청카바 백골단(진 재킷에 스노진을 즐겨 입어서 붙은 이름)이 아니라 해산 전문의 전경대였다. 전경대가 교정 안에 들어온 것도 드문 일이었다. 교문이 평지에 있는 학교는 교문 안까지 치고 들어오는 경우가 더러 있지만, 상대의 학교는 트럭도 1단 아니면 못 올라가는 극심한 경사지다. 교문이 거의 성벽 위의 요새처럼 되어 있어 위에서 내리찍는 투석 공격을 두려워해 평소에는 근처에 안 오는 전경들이었다. 그렇게 드물게 무리한 공격을 감행한 전경대였으나, 자기네 부상도 부상이고 또 교정 앞마당에서 학생들을 다치게 했다가는 보상 문제와 여론 악화 등으로 복잡해질 수 있으니 더 이상 무리한 진압 작전을 펼치긴 어려웠을 것이다.

그날 상대는 난데없이 영웅이라도 된 것 같았다. 그냥 발이 걸려 날아가서 공교롭게 전경을 박게 된 것 뿐인데 말이다. 여자 동기들이 어깨를 두들기고, 남자 선배들이 뺀질이 니가 웬일이냐, 라며 놀라고, 끌려갈 뻔했던 여학우가 다리를 절며 다가와 고맙다고 인사를 하고, 어리둥절했지만 나쁘지 않았다. 무엇보다 부끄럽지 않아 기분이 좋았다.

시인의 안부

이미 인쇄소 가동은 중단했으나 모임의 보루인 가게만은 폐쇄하지 않았던 김씨였지만, 요즘은 출근을 하지 않는 날도 많았고, 궁금해서 나간다고 해도 커튼을 친 채 아예 문을 걸어놓고 있거나 했다. 책들을 치워놓았으나 불안을 이길 수 없었던 것이다.

물론 이 장사에 뛰어든 이후 불안은 항상 그를 그림자처럼 뒤따르던 직업병 같은 것이었다. 그는 자신의 직업에 대해 수치심을 느끼거나 죄를 짓고 있다는 생각을 해본 적이 없었지만 그 불안감이라는 놈만은 어쩔 수가 없었다.

그런데 요즘처럼 그놈의 것이 실제적으로 다가온 적이 없었다. 그는 자꾸만 자신의 운이 다 된 게 아닐까 싶었다. 꼬리가 길면 잡힌다는 옛말이 있지만 이제 나도 한 번 당할 때가 되었다, 라는 생각이 자꾸만 밀려들었다.

그가 막연한 상념에 잡혀 있을 때였다. 갑자기 미닫이문이 철커덩하는 소리를 냈다. 누군가 문을 열려는 시도를 한 것이다. 그 바람에 놀라, 몸이 펄쩍 솟아올랐다. 미처 가려지지 못한 조그만 커튼의 틈 사이로 눈 두 개가 보였다.

"나야, 문 열어."

안에 들어온 이철수는 아무 말도 안하고 바지주머니에 한 손을 꽂은 채 김씨를 빤히 내려다보았다. 김씨도 그런 그를 멀뚱히 쳐다보았다.

"뭐하고 있었어?"

"응?"

"왜 애들처럼 손톱을 씹고 있어?"

"내가?"

"그래. 막 손톱을 질근질근 물어뜯고 있더만."

김씨는 자신의 손톱을 보았다. 정말 오른손 엄지손톱 끝이 얼마간 뜯겨 있었다.

이철수는 소파에 털썩 앉더니 히유, 하는 깊은 한숨을 내쉬었다. 김씨는 회전의자에 앉아 그저 묵묵히 있었다. 몇 분간 그들은 그렇게 아무 이야기도 없이 가만히 있었다. 김씨의 의자가 삐걱대는 소리가 났고, 베개를 베듯 양손을 깍지 낀 채 머리를 받치고 있던 이철수는, 그 팔을 뻗어 기지개를 켜더니 갑자기 생각났다는 듯 말했다.

"경구 형은 요즘 뭐한데?"

"경구 형?"

"경구 형 안 온지 좀 됐지?"

"저저번 주에 할머니 밀주집에서 만난 이후로는 안 온 거 같어."

그때가 시인이 음지에 숨어서 양지의 나랏 일을 하신다는 분들에게 잡혀간 지 일주일 째 되던 날이었다. 서로 간에 연락이 없었던 지는 2주 정도 된 시점이었다.

"경구 형한테 전화나 해봐라. 며칠에 한 번씩 나오던 사람이 요즘 왜 이렇게 조용한 거야. 형 불러서 밀주나 마시자."

"그럴까."

그렇지 않아도 싱숭생숭하던 김씨였다. 잘됐다 싶어 전화를 걸었는데, 신호를 세 번 보내자 어머니가 전화를 받았다.

"여보세요!"

그런데 노인네의 음성이 심상치가 않았다. 마치 전화통 이쪽 편으로 와락 넘어올 기세로 소리쳤는데, 그 음성이 꽉 잠겨 있으나 매우 불안에 떨고 있었다. 김씨는 조금 당황했지만 목소리를 고르며 최대한 평안한 투로 말했다.

"장경구 씨 좀 부탁드립니다."

"여보세요!"

어머니는 다시 소리를 쳤다. 이번에는 아예 절박감마저 느껴질 정도였다.

"네, 네. 장경구 씨 안 계신가요?"

"여보세요, 어디세요?"

"경구 형 후배 되는 사람인데요."

어머니의 반응이 심상치 않았지만, 그때까지만 해도, 그저 나이든 노인네의 분별없는 응대일 뿐이라고 생각했다. 하지만 어머니는, 김씨가 누구라는 것을 밝힌 후에, 갑자기 꺼져가는 목소리로 말했다.

"경구 집에 없어요."

"형 어디 가셨나요?"

"몰라요."

"언제 돌아오실까요?"

"몰라요."

김씨의 표정이 수상한 것을 보고 옆에 있던 이철수가 조용히 물었다.

"왜? 뭐래? 형 집에 없데?"

김씨는 송화기 부분을 손으로 가린 채 말했다.

"없대. 모른대."

"형 어디 갔는지 어머니가 모르신다고?"

"근데 어머니 목소리가 좀 이상해."

"왜?"

김씨는 대답 대신 다시 전화 통화로 돌아갔다.

"어머니, 경구 형 어디 가신지 모르신다구요?"

어머니는 잠깐 망설이는 것 같더니, 갑자기 털썩, 마치 무거운 한숨을 터트리듯 말했다.

"잡혀갔어요."

"예에?"

김씨가 소리치자 이철수가 화들짝 놀라 의자 등받이로부터 몸을 떼며 김씨 쪽으로 바짝 몸을 갖다댔다.

"왜 그래?"

"형이 잡혀갔대."

"뭐? 그게 무슨 소리야?"

김씨는 도무지 이해가 가지 않았다. 자신이나 이철수가 잡혀간다면 몰라도 경구 형이 왜 잡혀가는가. 누구에게, 무슨 이유 때문에? 혹시 무슨 사고라도 친 것일까. 도박, 강간, 폭행, 절도, 횡령, 유괴, 인신매매, 소매치기, 공갈협박, 배임수재, 사기, 뺑소니, 반국가단체 설립, 그 짧은 순간에도 각종 죄목들이 머리를 스쳤지만, 그중 어느 한 가지라도 형과 어울리는 단어는 없었다. 다만, 왜 그런지 몰라도 마지막 항목, 반국가단체 설립 부분에서 살짝 걸리는 점이 있었다. 물론 터무니없는 상상이었다.

"어머니, 저는 형과 요즘 친하게 지내는 후배입니다. 형이 잡혀갔다니 그게 무슨 말씀이세요? 누가 형을 잡아갔나요?"

"누군지 나도 몰라요. 갑자기 오밤중에 사내놈들이 들이닥쳐서는 온 집안을 난장판으로 들쑤셔놓고 애를 잡아갔어요."

그리고 어머니는 이내 울음을 꺽꺽 삼켜 베어 물었다. 김씨는 전화를 끊은 뒤 이철수에게 소리쳤다.

"야밤에 사내놈들이 들이닥쳐서 형을 잡아갔대."

"뭐라고?"

"이럴 때가 아니야. 형네 집에 가보자."

하지만 그 말을 하고 나서야 김씨는 장경구의 집을 모른다는 것을 깨달았다. 이철수 역시 마찬가지. 그들은 다시 전화하여 어머니에게 집의 위치를 알아낸 다음에서야 경운상가로 뛰어가 주차되어 있던 이철수의 승합차에 올라탔다.

그때까지도 장경구의 모친은 그들이 해놓고 갔던 그대로, 치우지 않고 놔두고 있었다. 그날 이후 거의 식음을 전폐하다시피 하고 있어 치울 기운도 없었지만, 그날의 끔찍했던 충격적 기억이 떠올라 아들 방에 들어가는 것조차 가슴이 떨렸던 것이다.

또 한 가지 이유는 분명 무엇인가 일이 잘못되었다고 믿었기 때문이다. 잡아간 지 일주일이나 지났지만 여전히, 업무 착오와 오해에 의한 것으로, 며칠 내로 아들이 풀려날 거라 믿고 있었다. 잡혀갔던 초기, 장경구가 생각했던 것과 마찬가지였다. 그래서 노모는 아들이 돌아오면 어디 신문기자라도 불러 사진을 찍게 해서 그들에게 책임을 물을 양이었다. 네놈들이 한 짓을 세상에 까발려서 혼을 내줄 테다.

"구둣발로 들어와서는 온 집, 사방천지를 이렇게 해놓고 애를 잡아 갔소."

노모가 안내한 장경구의 방은 처참했다. 어마어마한 양의 책들이 퍼질러져 무덤을 이루고 있었고, 그 사이사이에 탁상시계, 로션, 바인더, 원고지 따위의 각종 문방구류와 잡동사니들이 흩어져 있었으며, 옷가지들도 내던져져 있었다. 흰 요 위로 선명한 발자국들이 어지럽게 찍혀 있는 것에 그들은 경악했다.

이철수가 노모에게 물었다.

"누가 이랬는지 모르신다구요?"

방문 앞에 퍼질러 앉아 있던 노모가 도리질을 쳤다.

"몰라요."

그들은 집 안으로 닥칠 때 장 시인에게는 자기들이 어디에서 나왔다는 것을 밝혔지만, 노모는 그 사실을 듣지 못했었다. 하지만 노모는 그들이 타고 온 검정 지프 차를 기억하고 있었다.

"빨간 등 검정 지프차라면……."

중얼대던 김씨는 어머니 곁에 쪼그리고 앉아 어깨에 살짝 손을 올리고 진정하세요, 진정하세요, 라고 했다. 김씨는 장경구가 잡혀간 지 이미 일주일이나 흘렀다는 사실에 긴장했다.

"그동안 형한테서는 전혀 연락이 없었나요?"

"없었어요, 없었어."

"잡아간 사람들 쪽에서도요?"

어머니는 씁쓸한 표정으로 고개를 저었다.

김씨는 생각했다. 빨간 등을 지붕에 인 검정 지프 차는 경찰도 운용한다. 형사들보다 주로 전경대 지휘관이나 학원 사찰 등을 하는 정보부서가 이용하곤 하지만, 어쨌든 경찰이 사람을 잡아갈 때는 신분증을 제시하고 자신이 어느 서에서 나왔는지 밝힌다. 미란다 원칙 같은 것도 있고. 그리고 경찰이라면 조사 중에라도 가족에게 연락하도록 한다. 하지만 무작정 들이닥쳐서 살림살이를 엉망으로 망가뜨리고 끌고 가서는 구속 기간 이런 것도 무시한 채 어디서 죽어도 모르게(시체 만들어놓고는 완전 엉뚱한 대청댐 이런 데의 야산 동굴에 척 매달아놓고, 저 사람 자살했소, 이러기도 하면서) 행방불명으로 만들어버릴 수 있는 불법적인, 아니 초법적인 기관이라면 국민안녕기획부, 즉 안기부밖에는 없는 것이다.

김씨는 불안한 생각들을 떨쳐내기 위해 애쓰며, 어머니에게 식사를 하러 나가자고 했다. 하지만 그미는 고개를 저었다. 그사이에 연락이 오거나 아들이 돌아올지도 모른다는 것이었다. 하는 수 없이 음식을 사 들고 가 권했다. 근처에 죽 같은 것을 파는 곳이 있다면 좋을 텐데, 얼른 눈에 띄는 것이라고는 김밥집밖에 없었다. 그러나 어머니는 채 반도 먹지 못했다. 찬밥에 김치 국물만 있으면 끼니 때우는데 뭐하러 이런 걸 사오느냐고, 고작 김밥 몇 줄에 미안해하다가 갑자기 아들 생각이 나는지 눈물을 뚝뚝 흘리더니, 껵껵대며, 오열을 참아냈다. "자식이 죽었는지 살았는지도 모르는데 어미라는 게 지 배고프다고 이래 밥을 삼켜대고 있소."라며 땅바닥을 치는 것이었다.

몸도 마음도 피폐해진 어머니를 남겨둔 채 집을 나서려니 김씨는 마음이 안타까웠다. 어쩌면 어머니는 자신들이 찾아가기 이전보다 더욱 마음의 공허와 불안을 느끼게 될지 모른다는 생각이 들었다.

도대체 이런 극심한 불안을 만들어내는 자들은 누구인가. 왜 이 국가는 국민을 떨게 만드는 걸까. 불안의 나라다.

김씨는 허탈했으며 또한 분노했다.

그들의 사정

그리고 얼마 뒤 김씨의 형도 구속되었다. 국가수호위원회에서 각종 사회악 소탕에 나서겠다고 담화문을 발표한 뒤 비디오 제작업체 사장, 가수, 클럽 주인, 영화감독들과 영화사 대표들이 구속되거나 입건되었고, 지방 폭력 조직의 수뇌와 많은 수의 조직원들이 검거되는 일이 있었지만, 김씨의 형은 그때만 해도 정도껏 손을 보는 선에서 끝낼 줄 알았다.

그러나 그는 결국 범죄단체결성죄의 죄목으로 구속되고 말았다.

잡혀온 그에게 당국은 어김없이 조직도를 그리라고 하였다. 김씨의 형은, 우리에게는 조직이라는 개념이 존재하지 않는다고 버텼으나 죽도록 두들겨 맞자 같이 일하는 동생들의 이름을 대지 않을 수가 없었다. 어차피 이미 웬만한 동생들은 모두 깡패 혐의로 잡혀 들어와 있었다.

김씨 형의 입장은 그랬다. 포르노 판매 죄를 묻는다면 할 말이 없지만, 만약 그것이 죄라면 말이다, 범죄단체 결성의 죄는 억울한 측면이 많은 것이었다. 그들에게는 조직의 이름도, 강령도 없었고, 폭력 조직이라면 어련히 벌일 만한 폭행, 감금, 협박 따위의 무서운 일도 한 적도 없었다.

물론 경운상가를 지나가는 사람들을 붙잡고 테이프와 책을 사라고 강권한 죄, 심한 호객 행위로 통과하는 사람들을 불쾌하게 만든 죄, 게다가 존재하지도 않는 정원일기의 최우람 씨 테이프가 있다고 속여 비싼 값에 팔아먹곤 했던 명예훼손과 사기죄에 대해서는 입이 열 개라도 할 말이 없지만. 그리고 보니 죄를 많이 짓긴 했구나.

김씨의 형은 결국 운명을 받아들이기로 했다. 사정 당국이 씌운 범죄 혐의와 자신이 실제로 지은 죄 사이에는 구체적으로 많은 차이가 있었지만 다양한 죄를 지은 건 맞으니까. 그는 자신이 저지른 치사한 업보들이 부메랑으로 돌아왔다는 사실을 절감했다.

다만 웃긴 것은 국수위가 작명한 단체의 이름이었다.

경운상가 포르노파.

자기들 멋대로 지어놓고는 그것이 조직의 이름이라고 하는데, 어의가 없었다. 유들유들하게, 붙이려면 좀 멋진 이름을 붙여주오, 라고 했으나 씨도 안 먹혔다.

그 와중에도 동생이 안전하다는 건 위안이 되었다. 같이 검거된 잉어와 호랑이, 창식이를 비롯한 동생들은 포르노물 생산의 핵심 인물인 동생의 존재를 불지 않았다. 누구한테 받았냐는 질문에, 평소에 입 맞췄던 대로, 승합차나 트럭, 오토바이 같은 걸 몰고 다니며 물건을 대주는 정체 모를 외국인으로부터 공급받았습니다, 했었던 거다.

국수위는 너무 많은 사람들을 한꺼번에 잡아들이느라 정신없이 바빴고, 경찰 조직이 아니라 특별위원회 격으로 소집된 단체였기에 아무리 내부에 경찰에서 차출된 사람들이 있더라도, 심층 수사를 할 만한 능력도, 분위기도 아니었다. 그들은, 우리가 이러이러한 사람들을 검거하였다, 라고 공표하고, 너희들도 이를 본보기 삼아 앞으로 각별히 행동에 조심하거라, 하고 경고할 수 있는 실적이 필요했을 뿐이다.

그때쯤 창균도 힘든 나날을 보내고 있었다. 고등학교 동창이면서 대학교 동기이기도 한 가장 친한 친구가 운동권 조직 사건으로 검거된 것이다. 그것도 거물로 지목되어. 창균은 그 친구가 운동을 한다는 사실은 알았지만 그 정도일 줄은 몰랐었다. 그는 대학 시절에 시위나 집회에 종종 나갔어도, 앞에 나서는 열렬한 혁명 투사이기보다는 그저 뒤에서 동조할 뿐이었다. 핵심 인물이라면 시위와 집회에 늘 앞장서서 참여하여 전투적으로 싸우고 학생회 사업에도 대표로 나설 수밖에 없기에 학교 같이 다니는 사람들은 어렵지 않게 그 정체를 짐작할 수 있기 마련인데, 가장 친한 친구인 창균조차 전혀 알지 못했었다.

그 친구는 정세가 돌아가는 것을 보고 자신에게 닥칠 시련을 예상했던 듯, 구속되기 얼마 전에 창균을 찾아와 자기가 보던 책과 중요한 것들을 맡겼다. 그 엄청난 양의 불온서적과 문건들을 보고서야 창균은 친구가 일반인이 아니라는 사실을 알게 되었다.

그 친구는 전투가가 아니라 이론가였다. 두 개의 가명을 써가며 활동해왔다고 하는데, 문학 잡지의 형태를 취해 합법적으로 발행되는 좌파 운동권 잡지에 고정으로 기고하여왔고, 각종 이론 문서 등을 작성해왔다는 것이었다. 그는 자신이 속한 진영의 이론적 기반을 마련하는데 지대한 영향을 미쳤고, 전국 캠퍼스 내의 조직의 학습 커리큘럼을 정하고 지도 지침서를 작성하는 따위의, 좌파 세미나의 최고 교사 역할을 했다고 한다. 독특한 취미와 성격 때문에 친구가 거의 없는 창균은 그 친구가 잡혀 들어간 뒤 막대한 상실감에 사로잡혔다.

인간 포탄이 되어 전경의 방패를 향해 날아갔던 그날 이후, 상대의 세상은 여러 가지가 바뀌었다. 학교로 전경이 쳐들어온 것을 항의하는 집회가 그다음 날 열렸고, 상대는 좀 어의가 없게도 단상에 서게 되었다. 전날 뛰어난 활약을 펼쳤다는 이유 때문이었는데, 일전에 교문에서 괜히 잡혀 닭장차에 실려 갔다가 학교로 돌아온 뒤 과 선배 형을 따라 총학생회실에서 밤을 샜던 것을 계기로 마주치면 인사를 하고 지내오는 총학생회장이 그를 단상에 세운 것이다.

막상 수많은 대중들 앞에 서니 침이 쫙쫙 마르는 것이, 가슴이 두방망이질 치며 식은땀이 다 났다. 어쨌든 단상에 올랐으니 그냥 한숨만 쉬다가 내려갈 수는 없는 일이었다. 상대는 식당에 있다 전경들이 학교에 올라온 것을 목격한 것부터 이야기했다. 그동안 학교를 다니며 보고 들은 것은 있어서 단상에 선 자들이 이야기하는 방식을 흉내 낼 수는 있었다. 총학생회장은, 왜 그들을 향해 몸을 날렸는지 솔직히 말하라고 했지만, 딱히 그러려고 그랬던 것이 아니라 발이 걸려서 그랬다, 라고 할 수는 없는 노릇이었고, 내가 왜 뛰어나갈 수밖에 없었을까 다시 한번 생각해보니 그것은 분노 때문이었음을 기억했다. 무슨 분노였을까. 당장에는 그들이 학교 안으로 쳐들어온 사실에 분개했던 것 같은데, 그것은 쌓이고 쌓인, 축적된 화가 터져 나온 것이었다.

왜 우리는 보고 싶은 것, 하고 싶은 것, 당연히 누려야할 것들을, 더럽고 부끄럽고 수치스러운 것으로 여기도록 강요받는가. 저들은 우리를, 화가 나도 매만 들면 머리를 숙이고 조아리는 어린아이들처럼 다뤄왔다.

하지만 너희는 우리의 어버이가 아니야. 너희는 제왕이 아니야. 우리를 몽둥이로 다스리며 도덕군자인 척하지만, 자식을 죽이는 어버이가 있나? 너희는 왕처럼 백성을 공포와 죽임으로 다스리지만, 그것은 너희가 제1의 덕목처럼 내세우는 도덕 때문이 아니야. 너희놈들이 누리고 있는, 국민으로부터 찬탈한 권력을 유지하기 위해서이지. 수탈한 수천억의 돈을 재어놓고 누리는 그 달콤한 권력을 위해서이지.

상대는, "독재 권력이 또다시 기만적인 술수로 장기 집권을 꾀하려한다, 우리가 이 독재의 사슬을 막아내지 않으면 탄압이 계속될 것이고불행한 역사가 이어질 것이다." 라고 말했다. 오며가며 수워들은 이야기들을 조립한 것뿐이었지만, 한 번 입이 트이기 시작하자 놀랍게도 줄줄 쏟아져 나왔다.

집회가 끝나고 참가자들은 교문 앞으로 이동했다. 각 단대 전투조앞으로 나오라고 하는데, 그 말을 한 총학 사회부장 형은 상대와 시선이 마주치자 슬쩍 눈을 피했다.

저 형이 왜 날 똑바로 못 보지!

돌아가는 분위기를 보니까 전투조가 딱히 정해져 있지도 않은 것 같았다. 상대는 자기도 모르게 그만 성큼 앞으로 나가고 말았다.

상대는 그날 돌과 불을 한 마흔 개 정도는 던진 것 같았다. 독한 최루탄 연기도 상대를 주눅 들게 하지는 못했다.

그 이튿날은 대규모 연합 가두집회가 있었다. 물론 상대는 거기도참여했다. 그는 그의 과, 같은 학년의 조장 같은 것이 되어 사람들과 함께 가두시위 장소로 이동했다.

확실히 학교 시위와는 달랐다. 교문 투쟁은 학생들이 하나 둘 셋 하고 던지면, 전경들이 또 하나 둘 셋 하여 맞받아 던지고, 그렇게 주거니 받거니, 던지고 피하고 노래 부르고 구호 외치다가, 다 끝나면 전경과 학생들, 서로 손 흔들어 수고했다며 정겹게 인사하고 헤어져 학교안으로 들어오면 되는데, 이 가두시위라는 건 그런 안정화된 패턴이 없었다. 백골단과 무술 경관들로 구성된 사복 체포조가 등장하여 대열을 붕괴시키며 방패로 찍고 곤봉으로 기절시켜 얼굴을 짓밟고 머리채를 잡아서 질질 끌고 가고, 시위대도 고립된 백골단을 밟고 때려 초죽음을 만들어놓고, 돌과 불이 난무하고, 사과탄과 최루탄이 수류탄과 바주카포처럼 뻥뻥 허공을 가르고, 비명과 구호, 페퍼포그의 지축을 울리는 천둥소리가 뒤섞여, 아예 시가전과 다름이 없었다. 상대는 여기서 잡히면 아무래도 엄청나게 쥐어터질 것 같아 되도록이면 몸을 보전하기 위해 골목, 골목으로 미꾸라지처럼 피해 다니면서 기습 시위를 벌였다. 그래도 싸우면 싸울수록 내가 왜 여기서 이러고 있는지 자꾸 깨닫게 되는 것 같았다.

그런데 그다음 날 학교로 갔더니 좀 기가 막히는 일이 일어나 있었다. 상대가 수배가 되었다는 것이었다. 전교적으로 열 명에 가까운 학생들이 별안간 한밤중에 잡혀갔는데, 처음에는 조직 사건인 줄 알았지만 폭력 시위 혐의 때문이라고 했다. 그렇게 많은 인원이 한꺼번에 구속된 적은 거의 없었기에 분위기가 매우 어수선했다. 총학생회의 간부가 아침에 담당 경찰서 형사를 만나고 왔는데, 교문 건너편의 한 건물 옥상에서 찍은 사진 채증 자료를 제시하더란 것이었다.

폭력 시위라니. 화염병 던진 것이 그제가 처음이구만! 딱 한 번인데!

변상대, 너도 수배래, 라고 전한 것은 같은 과이긴 한데, 운동권 동아리 쪽에서 활동하여 평소에 얼굴 보기 힘든 한 여자 선배였다. 그 선배는 그 말을 툭 던지고는 서둘러 자기 길을 가버리고 말았다. 얼마 후 상대는 총학에서 내려온 수배자 명단을 보았고 거기에 변상대라는 자신의 이름 석 자가 있음을 확인했다. 도무지 실감이 가지 않는 일이었다.

세상을 향해 일단 한 방!

이종은이 생애 처음이었던 생방송 데뷔 무대를 가졌던 그날, 조연출이 가발을 그에게 집어던졌던 바로 그날, 무대에서 내려와 대기실 복도로 들어설 때였다. 한 손에 담배를 쥔 사장이 복도 중간에 길을 막듯 서 있었다. 그 옆에는, 방송국으로 올 때 같이 왔으나 진종일 얼굴을 볼 수 없었던 문예부장이 바지주머니에 두 손을 꽂은 채 옆으로 삐딱하게 서 있었다.

무슨 먼지떨이 다발 같은 가발을 한 손에 쥐고 다른 손에 기타를 든 채 터덜터덜 그들 쪽으로 다가가는데, 자신을 잡아먹을 듯이 바라보고 선 사장의 기세가 심상치가 않았다. 그는 마치 사냥개라도 된 듯 잇몸을 드러내며 이종은을 노려보았다. 연신 입술을 실룩여 대는 꼴이 금방이라도 으르렁거리며 왈칵 물어뜯을 본새였다.

"이 새끼……."

사장은 씩씩대다가 냉정하게 발길을 돌렸다. 이종은은 멍하니 혼자 그 자리에 남겨져 있다 한참만에야 방송국을 빠져 나왔다.

며칠 후 만난 사장은 종은에게 선고하듯이 말했다.

"넌 이제 방송 못 타. 전면 금지 가수니까."

"어째서 내가 전면 금지 가수예요? 내가 뭘 어쨌다고?

"넌 쇼 프로그램 기피 일순위야."

이를테면 무슨 공식적으로 금지가 내려진 건 아니지만 당분간, 어쩌면 계속, 방송 출연은 힘들 것이라는 소리였다. 일선 PD는 물론 국장들에게까지, 찍혀도 크게 찍혀 섭외는 꿈도 꾸지 말라고 했다.

"너 이제 어떻게 할래, 연예 활동의 전부, 꽃, 희망, 이 나라 모든 가수에게 있어 필수적이면서도 절대적인 티비 출연을 못하게 되었으니, 너 어떻게 할래?"

"사장님, 가수에게 있어서 희망은 라이브 무대, 공연 아닌가요? 티비 활동이 그렇게나?"

"넌 이놈아, 그 따위 분수와 분위기 모르는 소리 그만해야 돼. 그런 지당한 소리는 투어 공연만으로도 생활이 가능한, 오히려 앨범 판매보다 공연에서 얻는 수익이 더 많은 미국이나 유럽 가수들이나 호기롭게 할 수 있는 소리야. 우리보다 시장이 수십 배나 큰 일본도 그러지 못하는데 무슨 이 땅에서 가수를 하면서 공연이 꽃이니 따위의 얼토당토 않는 소리를 해대고 있어? 방송이 최고단 말이다! 니가 무슨 밥 딜런이라도 된 줄 아냐? 이 땅에서 가수를 하려면 티비를 타야 돼! 이 땅에서 라이브 공연이란 성탄 디너쇼밖에는 없어! 너 이놈아, 내가 무슨 자선 사업 한다고 네 앨범 내준 줄 아냐? 난 사업가야. 판 팔아서 돈 벌어 공장 돌리고 회사 운영하고 직원들 월급 줘야 하는 사람이라구. 내가 너 그렇게 깽판 치라고 판 내준 줄 알아?"

"전 깽판친 적 없는데요."

"어허, 이놈, 아직도 자기가 한 짓을 모르네."

가장 큰 문제는 가발을 집어 던진 부분이었다. 그 행위는 이제까지 이 땅에서 일어난 그 모든 방송 사고를 통 털어서 가장 최악에 속할 짓이라고 했다. 가발이 흘러내린 것만 해도 목불인견의 방송 사고에 해당돼 지탄을 받을진대, 그것을 신경질적으로 집어던지다니. 게다가 분명히 씨인지, 씨발인지, 제길인지, 어쨌든 된소리 욕을 내뱉는 장면이 포착됐다고 주장했다. 가수가 감히 생방송 무대에서 욕을 하다니 절대로 있을 수 없는 행동이라고 거품을 물었다. 클라이맥스를 두 번이나 더 연주하여 무용단을 매우 당황시킨 점, 음정이 불안했고 기타 연주에 있어서 '삑사리'를 좀 냈던 것은, 가발 집어 던진 짓에 비하면 약과 또는 애교에 불과하다고 했다. 무용단과 함께 무대에 서지 못하겠다고 바쁜 조연출을 성가시게 한 것이나, 선배 가수와 마찰을 일으켰던 사건은 거론조차 되지 않았다. 몰라서 언급이 안 된 게 아니라 다른 죄가 워낙 크다 보니 그냥 묻혀버린 것 같았다. 무더기로 심의가 반려된 전적이 있는 가수라는 사실도 쑥 들어가버렸다.

"욕은 무슨 욕이요! 욕 안 했어요!"

"분명히 씨! 하면서 집어던졌잖아."

"힘껏 던지다 보니까 이를 악물어서 그렇게 보인 것뿐일 테죠."

"어찌됐건 간에 넌 가발을 집어 던졌어."

"그게 뭐요?"

"반항적이잖아."

"우와, 그게 뭐가요. 가발이 흘러내려서 그런 건데."

"백구를 친 것만으로도 반항인데, 거기다가 가발까지 집어 던져? 어떻게 그렇게 속수무책이게 반항적일 수 있어?"

그날 이후 이종은에 대한 소속 레코드사의 지원은 완전히 끊겼다. 회사에 가도 사장은 이종은을 노골적으로 피했다. 레코드 판매고가 어떻게 되어 가고 있는지, 그나마 편하게 대할 수 있는 영업부에 물어봐도 그저, 나중에 정산을 해봐야 하겠지만 형편없지 뭐, 따위의 불분명하고 애매한 대답만이 돌아왔다.

그런데 그렇게 회사측의 지원이 거의 없었음에도 그는 라디오에서 자신의 곡을 몇 번이나 들었다. 물론 대히트라고 할 정도의 횟수는 아니지만 말이다.

그는 다시 초라한 무대로 돌아갔다. 자신의 음악적 고향인 클럽의 무대에 다시 섰다.

하지만 취미 삼아 밴드를 하는 학생도 아니고, 생계가 안 되는 무대만 할 수는 없는 노릇이었다. 그래서 수소문 끝에 얻은 일자리가, 생음악 전문이라는 글귀가 간판에 선명히 박혀 있는 한 대형 호프집의 간이 무대였다. 술집 사장은 그가 앨범까지 낸 가수라는 사실에 흐뭇해하며 그의 경력을 손님들에게 어필시키기 위해 애를 썼다. 그 밖에도 그는 시간이 날 때마다 일일 악사를 뽑는 낙원상가의 인력시장에 나가, 나이트클럽이나 카바레의 일감을 구했다.

시간이 지나갈수록 그의 가슴에는 차곡차곡 분노가 쌓였다. 불사단 사람들을 만나 술을 마시고 떠드는 여흥마저 없었다면 어떻게 견뎠을지.

그러다 뜻밖에도 레코드 회사로부터 먼저 연락이 왔다.

"여보세요?"

"이종은이. 어떻게 지내고 있어?"

문예부장은 특유의 기름진 음성으로 거드름을 피우며 말했다.

"잘 지내?"

"글쎄요."

"야, 됐고. 내가 너한테 왜 전화를 했느냐 하면."

문예부장은 2주 앞으로 다가온 음악 페스티벌을 언급했다.

이종은도 그 행사를 잘 알고 있었다. 수도권의 한 항구도시의 야외 무대에서 1박 2일 예정으로 개최되는 그것은, 이 나라에서 거의 최초로 벌어지는 대규모 본격 음악 축제였다. 외국의 유명 밴드들도 세 팀이나 초대되었고, 국내 밴드와 가수들, 특히 음악적 주관이 뚜렷한 언더그라운드 가수들이 대거 등장하는 무대였다. 문예부장은 이종은에게 그 무대에 서지 않겠냐는 제의를 하고 있었다.

"빨리 대답해. 그날 일정 없지?"

특별히 잡혀 있는 일정은 없었다. 호프집 연주는 목요일에 한다. 그런데 문예부장은 이종은이 대답도 하기 전에 재빠르게 덧붙였다.

"있어도 미뤄야지, 안 그래?"

그리고 그는 혼잣말인 듯이 희미하게 무슨 소리를 지껄였는데, 수화기에서부터 잠시 입을 떼고 중얼거린 그 말은 이종은이 듣기에, 네 까짓 게, 였다.

"그래요, 뭐, 하죠."

"전화 끊어."

자세한 계획을 듣지도 못한 채 통화가 끝이 났다. 황당했는데, 몇 십 분 후 페스티벌 관계자로부터 전화가 왔다. 그로부터 이종은은 대충의 행사 계획을 들었고, 다음 날 주최 측 사무실로 가서 행사에 관한 세부 절차를 마쳤다.

낮 2시부터 시작된 페스티벌에서 이종은의 순서는 네 번째였다.

막 기타 줄을 새것으로 교환하여 튜닝 중인 그에게 다가온 사장이 말했다.

"마지막이야."

이종은은 대꾸 없이 줄을 맞추었다.

"이종은."

"그때도 마지막이라고 하셨는데요."

"이 기회가 진짜 마지막이야. 내가 특별히 너를 한 번 더 용서해서 무대를 주선했어. 잘 하라고. 잘 해. 알았어? 너의 모든 것을 보여주란 말이야."

이종은이 고개를 끄덕했다.

"제 모든 것을 보여드리죠."

마침내 그의 순서가 되었다.

앰프 선을 연결하고, 마이크를 키에 맞춘 뒤 기타 줄을 튕기며 손을 풀었다. 하지만 오래 끌지 않고 연주를 시작했다. 처음으로 부른 노래는 라디오에도 몇 번 나왔던, 자신의 대표곡이었다.

첫 번째 곡이 끝난 뒤 그는 방금 연주한 곡목과 자신의 이름을 소개했다.

그때 그는 중앙과 좌우에 설치되어 있는 방송국 카메라를 보았다. 가발을 벗어 던졌던 그 TV쇼와 같은 방송국이었다. 그는 곧바로 두 번째 연주를 시작했다. 원래 주최 측에 알려주었던 것은 앨범에 수록된 A 사이드 두 번째 곡이었지만, 그는 다른 곡을 선곡했다. A 사이드의 두 번째 곡으로 원래 예정되어 있던 곡을 선택한 것이다. 금지 당해 세상으로부터 사장되고 말았던 네 곡 중 하나였다.

원래 음악 페스티벌에 참여한 관중들은 잘 모르는 밴드나 가수가 무대에 오르더라도, 축제의 열기에 젖어 따뜻한 갈채와 환호를 보내기 마련이다. 하지만 이종은은 너무 낯설었던지 첫 번째 곡이 끝이 날 때까지도 큰 호응을 보내지 않았었다.

하지만 두 번째 곡부터 달라졌다. 곡조가 신이 나기 때문에 사람들은 박수로 장단을 맞추고 몸을 흔들어 댔는데, 중간 중간에 비명과 같은 환호성을 지르는 자도 있었다. 아무래도 가사가 던지는 의외성이 사람들로 하여금 배를 잡고 웃게 하며 즐거움에 빠지게 만드는 것 같았다.

세 번째 곡 역시 금지곡이었다. 방송국 카메라는 여전히 열심히 그를 잡아대고 있었고, 무대 바로 밑과 무대의 왼쪽 편에 설치된 단 위에서는 기자들이 연신 카메라 셔터를 눌러대고 있었다. 그들은 그것이 금지곡의 철퇴를 맞아 세상으로부터 사라진 곡이라는 것을 아직 모를 것이다.

관중의 호응도는 갈수록 높아져갔다. 그는 나머지도 모두 금지곡으로 채웠다. 마지막 곡에서 그는 기타로 간주를 넣으며 관중들에게 말했다.

당신들 중에 내 앨범을 가지고 있는 사람이 있을지 모르지만, 앨범을 산 사람이라도 지금까지 부른 노래들을 모두 처음 들어봤을 것이라고. 여섯 곡 중 처음 것만 제외하고 나머지는 모두 금지곡이기 때문이라고. 그는 관중들에게 물었다. 내가 만든 곡을 누가 금지시킬 수 있는지, 그들에게 과연 그러한 자격이 있는지, 그들이 들이대는 잣대가 과연 합당한지 물었다.

그리고 그는 갑자기 바지를 벗었다.

빤스까지 까 내렸다. 꼭 달라붙는 옷도 아니었는데, 벗자마자 그는 육신을 족쇄처럼 조이던 어떤 압박감에서 불현듯 해방되었다. 그는 빳빳하게 고개를 처든 아랫도리를 세상을 향해 바짝 세우며 길고 우렁차게 소리쳤다.

"좆 까라 그래!"

그는 포경이었기 때문에 그 말은 매우 설득력이 있었다.

"금지곡 좆 까라 그래!"

그는 공중을 향해 주먹감자를 먹였다.

"건전가요 좆 까라 그래!"

또 한 방 먹였다.

"포크 음악에 무용단 세우는 방송국 좆 까라 그래!"

연달아 또 한 방.

"빨리 정산이나 하든가, 레코드 회사도 좆 까!"

또 한 방 더!

"우리가 니들의 좆은 아니지. 노동자 죽음으로 몰아넣는 회사들, 모두 좆 까!"

마구 두서너 방 연달아 먹이고!

구호처럼 외치면서 불알을 덜렁이며 방방 뛰다 그는 금방 경비들에게 잡혀 무대 뒤로 끌려 나갔다.

생방송은 아니었기 때문에 방송을 타지는 못하겠지만 방송국 카메라는 왔다갔다 갈피를 잡지 못했고, 특종을 잡았다고 생각한 사진 기자들은 쉬지 않고 연사를 갈겨댔다.

삽시간에 찬물을 끼얹은 듯 얼어붙었던 관중석이었지만, 그가 끌려 나가자마자 갑자기 미친 듯한 웃음소리로 가득 찼고 무슨 까닭에서인지 곳곳에서 욕 대신 환호가 터져 나왔다. 물론 물병 등을 무대 위로 던지는 사람도 있었다. 끌려 나가면서 이종은은 그것이 나를 향해 던지는 돌팔매는 아닐 것이라고 자위했다.

"나는 이제 진짜 전면 금지 가수다! 으하하."

13. 아름다운 테러리스트를 위한 지침서

불사단 회합

김씨와 이철수는 불사단 회합을 소집했다. 시인의 유고를 전하기 위해서였다. 한 명도 빠지는 사람 없이 전원 소집을 이뤄내기 위해 일정을 정리하다보니 시간 맞추기가 어려웠다.

그들은 일단 김씨의 가게에 집합했다. 김씨와 이철수, 김창균과 변상대, 오랜만에 얼굴을 보인 이종은과 최무산 등, 그들은 지각하는 이 없이 모두 제 시간에 김씨의 가게에 도착했고, 그런 다음 바로 밀주집으로 이동했다. 김씨가 이미 할머니에게 전화를 걸어 깊숙한 안쪽 자리를 예약해둔 상태였다.

안주와 탁주 주전자를 올린 쟁반을 들고 나타난 할머니는 끝에 앉아 있던 변상대에게 확 들이밀었다.

"이거 받아라."

상대가 상을 차리기 시작했는데, 할머니가 좌중을 돌아보며 고개를 갸웃거렸다.

"그 양반은 안 보이네? 술 먹다가 벌떡벌떡 일어나 뭐라 하던 그 수염 시커멓게 기른 양반. 시 짓는 사람이라 했었나?"

"아, 예."

이철수는 애매하게 웃으며 고개를 끄덕였다. 하지만 할머니는 앞치마에 손을 닦으면서 구체적인 대답을 기다렸다.

"형이 오늘은 못 나왔는데 다음에는 꼭 오실 겁니다."

할머니가 주방으로 돌아가고 상대가 김씨와 이철수를 번갈아 보며 물었다.

"경구 형님한테 무슨 일이 생긴 거예요?"

다른 사람들도 모두 우르르, 오늘 회합을 소집한 김씨와 이철수 쪽으로 몸을 기울였다. 김씨는 장경구의 집에서 보았던 것을 그대로 이야기했다. 다들 한 대 얻어맞은 표정들이었다.

"안기부가 맞아. 어제도 잠깐 들렀었는데, 형의 시집을 냈던 출판사 사람들이 와 있었어. 그 사람들이 이런저런 루트로 알아봤는데, 안기부가 잡고 있는 게 거의 확실하다고 하더군."

"아니 안기부에서 왜 경구 형을 잡아가요?"

상대가 물었다.

"난들 아나. 다만 형이 쓴 시가 문제가 된 게 아닐까 싶어. 출판사에도 형 시 때문에 이상한 전화를 받은 적이 있었는데."

"그 형은 원래 좀 변태 같은 시 쓰는 거 아니었어요? 음란한 시 쓴다고 안기부에서 잡아가요?"

침울한 표정으로 팔짱을 끼고 있던 창균이 입을 쩍 벌리더니 옆자리에게까지 쨍쨍하게 전달되는 구취를 풍기며 말했다.

"그치들이 언제는 일관성이 있었어? 자기네들 마음에 안 들면 잡아가는 거지."

"으와!"

상대는 어이없다는 듯 고개를 뒤로 젖히며 머리카락을 마구 쓸었다. 기가 막혀 혼자 제 뺨을 찰싹 때렸다. 김씨가 입을 열었다.

"그 형이 그냥 밝힘증만 있는 건 아니잖아. 반항적인 기질이 있어. 좀 정치적인 경향이 있지."

"그 형이 뭐가 정치적이에요?"

"정치적이든 아니든 어쨌든 미풍양속에 어긋나면 잡아가니까. 그래서 잡혀간 걸 수도 있지."

그때 최무산이 갑자기 탁자를 쾅 하고 내리쳤다.

"이런 망할 놈들! 도대체 우리가 언제까지 이러고 살아야 돼?"

최무산이 피를 토하듯 소리쳤다.

"내 이놈의 망할 세상, 확 다 날려버려야지!"

상대는 최무산을 보며 킹콩 같다고 생각했다. 덩치가 산 만했기 때문이다. 상대는 저런 위압적인 최무산이 날린다고 하면 정말 날려버리고 말 것이라는 생각이 들었다. 상대는 왜 이런 상황에서 최무산에게 이런 말을 하는지 자기도 영문을 몰랐다. 그냥 입이 제 혼자 살아 나불대는 것이리라.

"뭘 날리시려구요?"

상대가 최무산의 허리 아래로부터 고개를 발딱 돌려 그의 얼굴을 올려보며 물었을 때, 동상처럼 거대하게 일어나 있던 무산의 몸이 조금 흔들렸다. 눈썹도 꿈틀거렸다, 무산은 매우 작게 아, 하고 탄식을 하더니 손바닥으로 이마를 쓸었다. 무산은, 밑에서 눈꺼풀을 깜빡이며 자신을 쳐다보고 있는 상대를 목격했다. 최무산은 탁주잔을 들어 벌컥벌컥 마시고 상대에게 천천히 말했다.

"아우."

"네, 형."

"내 방금 세상을 날린다고 했잖소. 잘 안 들렸나."

"세상을요?"

"그래. 이 망할 놈의 국가를 확 날려버릴 거다."

"국가를요? 나라요? 나라를 어떻게 날려요? 그 큰 걸."

"안 커. 생각보단. 결국엔 몇 놈이니까. 확 날려버릴 거다."

"확이요?"

"응. 확."

"근데 왜죠?"

"좆 같으니까."

최무산은 김팔봉 반장의 죽음을 이야기했다. 죽음 직전 비참하게 고통받던 모습을 이야기할 때는 격정이 솟구쳐 식탁을 주먹으로 또다시 쾅 내리치기도 했다. 그 죽음에 기만적으로 대처하다가 이제는 무성의한 태도로 일관하는 회사를 성토했다. 그리고 죽음은 김팔봉 반장 한 명으로 끝나지 않을 것이다, 그가 앓았던 병과 같은 증세로 고통받고 있는 동료가 한둘이 아니다, 어쩌면 나의 몸도 썩어가고 있는 중인지 모른다고 했다. 특히 무엇보다 자신이 자리를 비운 사이 정문 앞에서 농성 중이던 동료들이 잡혀간 것에 분개했다.

무산이 말을 마치고 자리에 털썩 앉았을 때 상대는 자신이 수배가 되었다는 사실을 털어놓았다. 무산의 한바탕 격정적인 연설이 지나간 뒤 탁주를 마시고 있던 그들은 거의 한 사람도 빠짐없이 놀란 눈으로 상대를 동시에 쳐다보았다. 어떤 사람은 너무 의외의 말인지라 화들짝 놀라는 바람에 입 끝으로 탁주를 질질 흘리기도 했다.

수배가 되었다는 소식을 들었던 날 상대는 집에도 못 들어가고 다른 수배자들과 총학생회실에서 밤새도록 회의를 했다. 그러는 사이 황망한 마음도 점차 걷혔다. 감방에 가본 경험이 있는 한 선배는, 사람이 인생을 살아감에 있어서 그런 곳을 한 번 다녀오는 것도 나쁜 것만은 아니다, 오히려 더 강해지고 큰 것을 배울 수 있다, 라는 말로 위로인지 뭔지 말하기도 했는데, 상대는 앞으로 난 취직은 끝이구나, 뭘 해먹고 살까, 하는 마음에 눈앞이 깜깜해지기도 했지만, 그 말을 해주었던 전과자 선배는, 그런 건 걱정을 하지 마라, 세상을 바꾸면 될 일이 아닌가, 라고 하는 것이었다. 그래서 상대는 세상을 한번 바꿔보기 위해 그 다음 날도 시위에 나섰다. 사진 채증을 하는 경찰을 향해 V자를 그리기까지 했다. 이판사판, 기왕지사 걸린 거, 복면을 벗고 김치~ 하며 환한 웃음을 띄워 보내줄까 싶기도 했으나, 그래도 또 찍히면 가중처벌 이런 게 될까봐 그렇게까진 않고, 게릴라 저리 가라 얼굴을 완전 가린 복면을 더 높이 치켜 올리긴 했지만 말이다.

두려움과 자포자기, 앞날에 대한 걱정과, 마치 투사로 다시 태어난 것 같은 뿌듯함, 그러한 복잡한 여러 감정 사이를 왔다 갔다 하며 그다음 날도 학교에서 보낸 상대는, 총학생회장 형으로부터 어쩌면 수배가 된 게 아닐 수도 있다는 알쏭달쏭한 말을 듣게 되었다. 상대가 수배자가 되었다는 소식은 채증된 사진 덕분이었다. 먼저 잡혀간 사람들이, 경찰이 내민 여러 장의 사진들 중에서 상대가 찍힌 것도 있다며 면회 온 총학 간부에게 전했고 그 말을 바탕으로 총학은 수배자 명단 안에 상대도 끼워 넣었던 것이었다. 하지만 경찰은 상대가 누구인지 모르는 상황이었다. 평소 운동권 학생들을 파악하고 있는 경찰은, 손수건을 복면 삼아 얼굴을 가려도 어느 학과 누구인지 대충 막 파악해 막 잡아들여갔는데, 하지만 상대는 너무 낯선 존재라 그럴 수가 없다는 추측이 나왔다. 그게 맞는지 며칠이 되었는데도 별 다른 움직임이 없었다. 집에 전화도 해봤다. 국토의 최남단, 땅끝마을이 고향인 베스트 프렌드의 아버님이 갑자기 돌아가셔서 장지에 내려가 있는 터라 집에 며칠 못 들어갔는데, 그 어머님까지 충격에 사로잡혀 오늘내일 하시는 바람에 장례 처리와 병간호 따위로 앞으로도 쭉 집에 좀 못 갈 것 같은데, 혹시 날 찾는 전화는 없었는지, 이상한 자들이 찾아오진 않았는지, 물었다. 그러자 어머니는 그런 거 없는데 왜 그러냐고! 왜 그러냐고, 소리쳐 되물었다. 상대는 호방하게 껄껄 웃으며 그냥 괜히 한번 물어본 거라 얼버무리며, 어머니가 도대체 집에는 언제 들어오냐고, 아버지가 몽둥이 깎아놓고 기다리고 있는데, 라고 말하는 순간, 서둘러 전화를 팍 끊었다.

그러니, 사실 상대도 자신이 진짜로 수배가 되었는지, 아닌지, 아리송했지만 만약에 되었다고 하면, 취직 걱정을 안 하기 위해서라도 더욱 싸울 수밖에 없는 형편이었던 것이다. 세상이 변하면 시위 전력 때문에 취직이 안 되는 일은 없을 것이기 때문이었다.

"뒤집어야 해요!"

상대는 벌떡 일어서며, 너무 감정에 도취된 나머지 당장에라도 탁자를 뒤집어엎을 듯이 탁자 아래로 양손을 집어넣었다. 옆에 앉아 있던 이철수가 깜짝 놀라 워워, 하며 탁자를 내리눌렀다.

그런데 그때 공연음란행위로 기소되어 불구속 상태로 재판 준비 중인 이종은이 벌떡 일어섰다.

"역시나 니미 조오오옷 같은 세상!"

그는 가수답게 가히 로니 제임스 디오*의 샤우팅을 능가하는 우렁찬 목소리로 길게 소리쳤다.

"내 앨범을 걸레로 만들어놓은 놈들, 다 날려버릴 거야!"

상대는 저러다 또, 저 인간, 아랫도리를 내리는 건 아닐까 걱정스러웠으나 그러진 않았다.

"세상사람들한테 대놓고 내 밑천 다 까보였으니 난 이제 무서울 것도 없어! 다 뒤집어엎어!"

자리에 앉는 이종은을 곁에 있던 사람들이 다독여주었다. 그에게 웃으며 주먹감자를 흔들어 보이는 자도 있었다. 그건 이종은에게 먹이는 게 아니라 그가 해보였던 행위에 대한 지지 표현이었다.

이철수는 이제 자신도 잡혀가게 될지 모르겠다고 담담히 말했다. 중간도매상인 청도레코드가 털렸으니 경찰의 수사망이 자신을 향해 점점 좁혀올 것이라고 말했다. 그는 탁주잔을 눈높이까지 올리며 건배를 외치듯 사람들을 향해 말했다.

"뒤집어엎어!"

---

*1942-2010. Black Sabbath와 Dio 등의 밴드를 거쳤던 보컬리스트.

김씨는 형이 구속이 되었음을 털어놓았다. 그러면서 그는 자신의 가게와 비밀 인쇄공장이 이 나라 최대의 포르노 제작, 유통의 전진기지라는 사실을 새삼스레 자랑스럽게 외쳤다. 하루라도 정액을 배출하지 않으면 전립선에 농축액이 껴 결국 질병, 그것도 무서운 암으로까지 이어질 수 있는 가혹한 운명을 타고난 이 땅, 그 수없이 수두룩한 애인 없는 남자들의 성적인 환상을 충족시킨 건 그 누구도 아닌 바로 나라고 소리친 것이다. 평소에 거의 않던 자기 자랑질을 하면서 그는 당당히 좌중을 향해 불쑥 가슴을 내밀었다. 그러자 일동은 모두 감격한 듯 눈빛을 빛내며 박수를 보냈다. 포르노 킴, 김씨가 사실상 그들의 구심점임이 확인된 순간이었다.

창균은 자신의 하나밖에 없는 절친한 친구가 운동권의 사상적 괴수의 혐의를 받고 잡혀갔다는 사실을 밝혔다. 사람들은 포르노물 따위나 수집하는 창균에게, 그런 똑똑한 친구가 있다는 사실이 별로 설득력 있게 다가오지 않아 고개를 갸웃거렸지만, 그의 비통한 표정을 보며, 그가 감당하는 애절한 심정이 그대로 심장으로 전해지는 듯해 하나같이 슬픔에 찬 표정으로 고개를 끄덕였다.

"경구 형이 잡혀간 건 어쩌면 정말 조직 사건 때문일 수도 있어요."

창균이 그렇게 말했을 때 그와 눈빛을 교환하고 있던 상대는 움찔했다.

"뭔 조직?"

"우리도 조직이라면 조직이잖아."

"엥?"

"우리는 이름도 있어. 두주불사밀주단. 줄여서 불사단. 전에 누구더라, 주사단이라고 줄이자고 했던 것도 같은데? 에씨, 누구야! 그러면 진짜 어떻게 될 뻔 했어!? 아무튼 이 나라 공안 당국이 그렇지 않습니까. 짝짓기, 줄짓기, 이런 거 전문이잖아요. 솔직히 이러다가 우리도 단체로 왕창 딸려가는 거 아닌가 모르겠어요?"

그 말에 상대가 소리쳤다.

"진짜 그렇겠네! 나도 수배됐다고! 아니 된 건지도 몰라. 아닐 수도 있지만. 어쨌든 기가 막혀! 여기 사람들 사정 다 비슷비슷하네요!"

"개별적으로 잡아가는 게 아니라," 창균은 사람들을 향해 보따리를 싸는 손짓을 해보이며 "쓰윽, 몽땅 잡아가는 거지." 라고 했다.

최무산이 다시 벌떡 일어났다.

"그전에 세상을 뒤집어엎자고!"

초법적인

그들이 세상을 날리자고 야단을 치고 있을 때 시인은, 조사를 받던 그 건물의 지하 감금실에 갇혀 있던 참이었다. 물론 얼굴로 쏟아져 내리던 조명 스탠드가 때로 동원되기도 했지만 조사받던 방은 기본적으로 전구 하나에 의지한 사방이 컴컴한 곳이었으나, 자백 아닌 자백 뒤 옮겨온 이 방은 무슨 정신병동의 독방처럼 하루 종일, 24시간, 밤과 낮을 구분할 수 없게, 환하게 불이 켜져 있었다.

시인은 자신이 잡혀 온 지 정확히 몇날 며칠이 흘렀는지 알 수가 없었다. 한 달 정도 지난 것 같기도 하고 또 어떻게 생각해보면 불과 일주일밖에 되지 않았을 수도 있을 것이라 싶었다.

사실은 이제 열흘째였다.

조사도 끝났는데, 그들이 묻는 대로 모두 예, 라고 대답해 주었는데, 왜 계속 잡아두고 있는 것일까. 혐의 사실이 입증되었다면 구속시켜 구치소로 보내든가 해야 하는 것 아닌가. 시인은 법절차에 대해서 별 지식이 없었지만 이것이 분명 불법적이고 초법적인 처사라는 것만은 확실히 알았다.

시인은 어째서 자신을 계속 잡아두느냐고 물었다. 그들은 조사할 것이 더 남았다는 말만 되풀이했다. 시인은 더 이상 질문을 할 수가 없었다. 이들을 대하며 깨달은 사실 중 하나는 질문을 굉장히 싫어한다는 것이었다. 이들은 질문을 반항으로 여기는 것 같았다.

그는 그저 그들이 주는 밥을 먹으며 시간을 견디어내는 도리밖에는 없었다.

아름다운 테러리스트를 위한 지침서

상대를 비롯한 불사단은 여전히 밀주집에서 술을 마시고 있다.

상대는 갑자기 창균의 집에서 봤던 책 한 권을 떠올렸다. 그것은 한정판 스웨디시에로티카도, 플레이보이도, 클럽도, 체리도, 허슬러도 아니고, 그렇다고 포켓판 일본 사진집도 아니었다. 붉은 장미를 쥔 손과 권총을 든 손이 엇갈린 장면을 커버로 한, 검정 바탕에 붉은 글씨가 선명히 박힌 책이었다.

"형, 그때 내가 형네 집에서 봤던 그 책이요."

상대가 책의 생김새에 대해 설명을 하자 창균은 기억을 떠올리기 위해 고심하는 표정을 지었다.

"아름다운……?"

"테러리스트를 위한 지침서?"

"어, 맞아. 그거요."

"그거 왜?"

상대는 그 책에 폭탄 제조 방법이 나와 있던 것을 언급했다.

"폭탄?"

"응. 그 책에 폭탄 제조법이 나와 있었잖아요."

"그랬어?"

"몰랐어요?"

"그랬나?"

폭탄이라는 말이 나오자 최무산이 고개를 번쩍 쳐들었다.

"폭탄 제조 방법이 나와 있는 책이 있어?"

"제가요, 전에 창균이 형네 집에 책 교환하려고 갔었거든요. 근데 야한 책만 있는 줄 알았더니 이상한 책들도 많은 거예요? 그렇게 이상한 책 사이에 상당히 이상한 책이 있는 게 아니겠어요? 그 책을 펼치자 떡, 폭탄 제조법이 나오더라구요?"

폭탄이라고 하니 생각나는 일화가 있었다. 며칠 전 교문 싸움이 있던 날, 상대는 원자폭탄이라고 이름 붙인, 자신이 직접 제조한 특수 화염병을 폭격할 뻔했었다. 그 전날 총학생회실에 모여 화염병을 만드는데 정종 병이 눈에 들어왔다. 음식점과 슈퍼 등 소주를 판매하는 곳이 새 술을 들여놓으려면 그 수량만큼 빈병을 반납해야만 하는 것으로 제

도화가 되어 있었다. 화염병을 만들지 못하도록 그 원료인 시너와 휘발유의 판매를 엄격히 제한하는 것 외에, 아예 빈병조차 쉽게 손에 넣을 수 없도록 한 것이다. 그래서 소주병 구하기가 하늘에 별 따기가 되었는데, 그 때문에 과에서 회식이 있거나 따로 삼삼오오 모여 술을 마실 때에도 자기가 마신 술의 공병을 학교로 가져오기 운동이 벌어지고 있었다. 그렇게 소주병이 귀해지다보니 콜라나 환타 병 따위의 잘 깨지지 않는 음료수 병들도 사용하고 있는 형편이었다. 화염병을 만들 때 소주병을 애용하는 이유는 다른 음료수 병들보다 잘 깨지기 때문이다. 콜라병 따위는 두꺼워 잘못 던지면 안 깨지고 그냥 돌돌 굴러가버리는데, 전경들은 그것을 집어 다시 학생들 쪽으로 던진다. 전경들이야 방석복에 두꺼운 각반을 차고 있어 화염병이 터져도 끄떡없지만. 옷에 불 붙어도 휴대용 소화기로 쓰윽 꺼버리면 그만이지만, 일상복을 입은 학생들은 불이 붙으면 바로 심각한 화상을 당한다. 어쨌든 그러다보니 정종병까지 딸려오게 된 모양이었다. 환타병에 시너와 휘발유를 3대7로 섞은 뒤 플랜카드 천에 이불솜을 숟가락 끝으로 콩, 콩, 콩, 단단히 박아 넣고 있던 상대는 버리려고 한쪽에 젖혀둔 정종병을 집어 들었다. 그는 정종병에 시너와 휘발유를 가득 넣은 뒤 심지도 엄청나게 크게 박아넣었다. 완성이 된 다음 시험 삼아 번쩍 들어보니 그 무게감이 일반 화염병에 비교할 바가 아니었다. 거의 예닐곱 배는 넘을 것 같았다. 상대는 A4용지에, 독재의 심장에 날아가 박히는 원자폭탄이라고 쓴 다음 딱풀을 이용해 붙였다. 다른 글씨는 가늘고 평범하게, 원자폭탄이라는 부분은 몇 번이나 덧칠하여 크고 굵게 썼다. 상대가, 자신이 직접 제조한 그것을 사람들을 향해 들어 보이며, 원자폭탄이다, 라고 외치자 화염병

제조에 바쁘던 사람들은 황당한 표정을 지었다. 웃는 여학우도 있었다. 내가 전선의 선두에 서서 적들의 심장에 원자폭탄을 투여하겠다, 뭐 이러고 떠들어대고 있는데, 갑자기 불이 번쩍 일었다. 누군가 뒤통수를 내리친 것이다. 언제 또 들어왔는지, 그 8학번 위 왕초 선배였다.

"변상대 이 놈 큰일 낼 놈이네. 전경 애들 잡을 일 있어? 걔네들 통닭 만들 셈이야? 어서 솜 안 뽑아?"

"왜요?"

그러자 형은 이미 자주 들어 익숙한 이야기를 되풀이했다. 우리의 싸움은 파쇼에 대한 상징적인 공격이지 직접 대치하는 전경들을 다치게 하는 데 목적이 있지 않다.

학생운동권에서도 레프트에 속하는 노동해방 학생회의 높은 분이 그런 소리를 하니, 그들의 강령을 잘 모르는 상대로서는 의아할 뿐이었다. 파쇼의 군대라면 당연히 공격을 해야 하는 것 아닌가? 그럼 나치와 싸울 때, 적은 히틀러니 징집 당했을 뿐인 군인을 향해서는 그냥 총 쏘는 시늉만 해야겠네? 아니 하지만 사실 나도 전경에게 던지는 게 아니라 아스팔트 바닥으로 깔아 던져서 도로에 불붙이는 것뿐인데 이리 심하게 태클을 걸다니. 상대는 구시렁거리며 솜을 뽑아야 했다.

그렇게 탄두를 분리하고 나자 밀려드는 공허를 참을 수가 없었었다. 그것은 지금도 마찬가지. 상대는, 역시 학생운동은 한계가 있다는 생각을 했다. 각자 상황들이 조금씩 다르긴 하지만 학생들은 화초처럼 자라와 간이 좀 작다. 그리고 무엇보다 그들은 기득권층이다. 비록 젊은 혈기와, 공부를 통해 터득한 철학으로 운동을 이끌어가고 있는 선진 집단이긴 하지만, 결정적인 순간에는 나약해질 수밖에 없는 자들이다.

그런데 생긴 것도 무지막지하게 생긴 노동계급 최무산은 다르다.

게다가 최무산이 그렇게 반응할 만한 이유가 있었다. 그가 근무하고 있는 공장의 주요 생산 품목이 화약이었다.

"난 충분히 폭탄을 만들 수 있는 여건이 된다고! 세상을 뻥 날려버릴 거야!"

그리하여 그들은 폭탄 제조에 나서기로 합의하게 되었다.

14. 하늘에 핀 꽃

결전의 날

　마침내 디데이의 아침이 밝았다. 거사 시각은 밤 여덟 시 정각이었다. 점심 무렵부터 분주하게 움직였던 그들은 예정된 시간이 다가올수록 점차 초조감에 빠져드는 기색을 보였다. 이종은은 오랜만에 한 넥타이가 부자연스럽기도 해 연신 목덜미를 쓸어댔고, 김씨는 무릎에 팔을 괸 채 입과 코를 양 손바닥으로 감싸고 말없이 잠자코 있기만 했으며, 가만히 있던 창균은 뜬금없이 벌떡 일어나 다리를 접었다가 폈다가 하는 운동을 하면서 영차, 영차, 어차, 어차, 하는 소리를 내, 순간 주변의 정적을 깨트리기도 했다. 그들은 지루한 듯 연신 시간을 확인해대거나 했다. 시계를 보고 나서 아직도 이렇게밖에 지나지 않았냐는 듯, 하악 하는 신음소리를 내며 발을 달달 떨어대기도 했다. 나중에는 모두 지친 듯 입을 다물고 멍하니 자리에 앉아 있기만 했다.
　다섯 시가 되자 마침내 김씨가 자리에서 일어났다. 그는 의자에 걸

어두었던 상의를 팔에 꿰어차며 말했다.

"자, 슬슬 움직여볼까."

그 말을 신호로 이종은과 창균이 일어났다. 좁은 문을 나설 때 그들은 한꺼번에 출입구로 몰려 서로 간에 몸이 끼이기도 했다. 뭔가 행동들이 부자연스러웠던 것이다.

이동하는 내내 그들은 별 대화가 없었다. 모두 묵묵히 앞을 내다보며 전진할 뿐이었다.

너무 대화가 없어 어색한 나머지 김씨는 뒤를 돌아다보았다. 그는 눈이 마주친 이종은과 창균에게 물었다.

"긴장돼?"

두 사람 공히 무슨 소리냐는 듯 눈을 휘둥그레 뜨면서 고개를 저었다. 하지만 김씨는 눈빛만 보고도 그들이 초조해하고 있다는 사실을 알 수가 있었다.

"긴장하지 마. 겁먹지 말라고. 오늘 우리는 세상을 꽝 날려버리는 거야!"

김씨는 주먹을 불끈 쥐어 보였다. 그러자 창균이 김씨를 따라 주먹 쥔 손을 들었고, 이종은도 역시 앙상한 팔 근육을 드러내며 주먹을 굳세게 틀어쥐었다.

오늘은 대규모 시위가 예정되어 있는 날이었다. 모든 학생 단체뿐만이 아니라 민중 단체, 시민 단체, 종교 단체 등이 연합하여 동시다발적인 시위를 열기로 되어 있었다.

목적지인 경운상가가 가까워져 갈수록 경찰차와 페퍼포그 전차 등이 눈에 띄게 늘어났다. 출격 명령을 기다리는지 방패와 각종 진압 장비를 앞에 두고 인도 한쪽에 줄지어 앉아 있는 전경들 무리가 연달아 등장했다.

무전기를 들고 선 상급자들은, 거의 예외 없이 세 명을 무서운 눈초리로 노려보곤 했다. 김씨는, 나중에 기분이 좀 안 좋아져서 마치 눈싸움을 벌이듯 그들과 시선을 마주하곤 했는데, 그럴라치면 그들은 오히려 더 무섭게 노려보면서, 마치 거기 서! 라거나 뭘 째려봐, 라며 당장이라도 달려들 듯이 입술을 달싹이기도 했다.

김씨의 가게와 경운상가는 빠른 걸음으로 10분, 아무리 천천히 걸어도 20분이면 닿을 정도로 가깝다. 하지만 그렇게 짧은 거리임에도 경찰이 깔리면 몇 번이나 검문을 당할 수가 있다. 그래서 그들은 회사원인 척 하기 위해 양복을 입었던 것이다. 이렇게 말쑥하게 차리고 나왔는데도 저렇게 의심하는 눈초리로 노려보는데, 평소 입는 대로 후줄근했다면 어떻게 될 뻔했나. 이종은이야 생긴 것을 봐서 운동권과는 거리가 멀지만, 창균 같은 경우는 한 삼수한 뒤 군대 갔다 와 복학한 늙은 대학 4년생 정도로 보일 수도 있었다. 그럼 그냥 잡혀가는 거다. 무조건 닭장차에 집어넣은 뒤 한 차 다 찰 때까지 피가 안 통할 정도로 머리 파묻고 있어야 한다.

마침내 그들은 경운상가에 도착했다. 지나친 호객 행위 때문에 창균도 그간 경운상가에 발길을 자주 하지 않았다. 장경구가 뒤를 따라왔던 그날 이후 방문한 적이 없었다. 김씨의 외국서적이 오아시스 역할을 톡톡히 해주고 있는 마당에 굳이 경운상가를 찾을 필요가 없었다. 하지만 오늘처럼 경운상가가 마음의 위안을 준 적도 없었던 것 같다. 그것은 비단 불심검문에 걸리지 않고 수많은 경찰 병력들 사이를 뚫었기에 느끼는 안도감만은 아니었다. 방금까지도 초조함에 손바닥에서 땀이 흘러내릴 정도였으나 이제 마침내 더 이상 물러날 수 없는 전투의 순간에 다다르고 말았다는 깨달음은 일종의 환희심을 일으켰다.

이곳은 우리의 기지, 우리 음란한 마음의 고향, 탈법의 성지구나.

김씨 역시 마찬가지였다. 자신의 가게는 외부에 위치하고 있었으나, 자신의 인쇄소에서 생산한 막대한 양을 이 상가에 공급하고 있으니 이곳은 사업적 기반이며 출발점과 같은 곳이다. 게다가 이 업계로 이끈 형이 바로 이곳의 대장 아닌가.

이종은도 어느새 불안감과 막연한 공포 따위를 걷어낸 지 오래다. 이제 얼마 있지 않으면 우리는 세상을 날려버릴 것이다. 그는 한 번도 자신이 이런 입장에 서리라 생각해본 적이 없었다. 간혹 가수들 중에는, 제 노래가 이 세상의 소금이 된다면, 하고 말하는 자들이 있다. 분명 노래는 세상에 영향을 미친다. 그것도 아주 많이. 그런데 자신처럼 무명인 가수가 노래로써 어떤 영향을 미칠 거라고, 생각해본 적이 없었다.

하지만 지금 나는 세상을 날리려 간다. 영향을 미치는 정도가 아니라 모든 금지의 사슬이 드리워진 억압의 나라를 터트릴 폭탄을 마음에 안고 결전의 장소에 들어서는 것이다.

그들은 경운상가의 계단을 올랐다. 상가 지대를 지나 아파트 부분에 들어선 그들은 엘리베이터에 몸을 실었다. 끝 층까지 올라간 뒤 다시 계단으로 두 층을 오르자 옥상으로 통하는 철문이 나왔다. 손잡이를 돌려보았지만 잠겨 있었기에 김씨는 문을 두들겨 댔다. 얼마 후 조그맣게 발소리가 들리는가 싶었다. 들릴 똥 말 똥 한 것을 보면 조심스럽게 다가오는 모양이었다.

416

김씨는 또다시 문을 꽝꽝 두들기며 말했다.

"문 열어."

문틈 사이이로 조그맣게 들려오는 목소리.

"형이에요?"

"그래."

상대가 문을 따줬다.

옥상은 드넓었다. 보통 평범한 아파트의 두 배는 훨씬 넘을 성싶었다.

그런데 최무산과 이철수의 모습이 보이지 않았다.

"어디 갔어, 다들?"

상대가 손끝으로 어딘가를 가리켰다. 그곳에는 독립된 형태의 물탱크 집이 있었다. 그것을 돌아가자 쭈그리고 앉아 서로 머리를 맞대고 한참 작업에 몰두하고 있는 최무산과 이철수가 나타났다.

"잘 돼가?"

김씨가 걱정스러운 어조로 물었다. 최무산은 묵묵히 작업에 몰두하고 있을 뿐이었다.

"우리가 미리 와서 도와줬어야 했던 것 아냐? 역시 그러길 그랬지?"

작업에 열중하고 있던 최무산이 머리를 흔들었다.

"아니라니깐요. 우리 세 명이서도 충분해요. 같이 움직여봤자 오히려 눈에 더 띄고 번잡스럽기만 해요."

이종은이 옆으로 비켜서며 물었다.

"이게 다 뭐예요? 복잡하네요."

김씨가 아는 체를 했다.

"대포 아냐, 대포. 대포하고 저건 발사장치."

그들이 폭격 개시 시간으로 정한 여덟 시가 점차 다가오고 있었다. 김씨 일행이 옥상에 도착한 지 벌써 두 시간 반가량 흐른 것이다. 김씨의 가게에서 기다릴 때와 달리 그들 중 그 시간을 지루해한 사람은 없었다.

그런데 경운상가의 옥상이 이렇게 전망이 좋은지 이곳에서 근무하던 이철수도 미처 몰랐다. 여기에 서니 시내의 중심부가 그대로 조망가능했다. 그들은, 시 광장에서 집회를 마친 시위대가 여섯 시경 무렵부터 시내의 중심부로 몰려드는 것을 보았다. 집회를 마친 시위대 본진과, 시내 곳곳에서 기습적으로 모인 소규모의 시위대 무리가 한데 만나더 큰 덩치를 이뤘다가 경찰의 해산 작전에 의해 깨어졌다가 다시 뭉치기를 반복하고 있었다. 경찰의 방어선이 마치 칼처럼 시위대의 끝 부분을 자르면, 잘린 쪽의 시위대는 방어선과 반대 방향으로 움직여 다시 시위를 계속했고, 흩어져 있던 개별적 시위대와 만나 서로 흡수되어 덩치가 커져서는 경찰의 수비를 무너뜨리고 본대와 만나 거대한 흐름으로 움직이다, 또다시 경찰의 돌파에 의해 흩어지고 그러다가 또 다른 무리와 만나 커다란 덩치로 태어나기를 되풀이하는 것이었다. 경찰이 시위대를 향해 수백, 수천 발의 페퍼포그를 쏘면 시위대 덩어리는 수은 방울처럼 금세 탁 터져 사방으로 뿔뿔이 흩어지기도 했는데, 그깟 최루탄의 연기는 흐르는 바람에 이내 대기로 사라질 뿐이고, 그러면 부서진 조각들은 장력에 이끌리듯 금방 다시 만나 하나가 되었다.

밤이 깊어갈수록 시위대와 경찰의 공방은 과열됐다. 시내 곳곳에 흩어져 있는 각 학교에서 출정식을 마치고 시내로 이동한 대학생들이 합류하고 직장인들과 일반인들도 대열에 녹아들어가, 시위대의 규모는 어느새 인의 홍수가 되었다. 그 홍수는 불이 흐르는 강과 같았다. 붉은 기운으로 일렁거렸던 것이다. 횃불을 든 자들도 있는 것 같았지만, 대부분 손에 촛불을 들고 흔드는 것 같았다.

시위대로부터 노랫소리가 은은히 울려 경운상가의 옥상까지 전달되었다. 대학원생인 창균이 그 노래를 따라 부르기도 했다. 시위나 집회는 거의 참여해본 적 없었지만 대학생 시절에 자주 들었던 노래들이다. 상대도 노래하고, 노조 활동을 하는 최무산도 따라 불렀다. 그리고 노래가 끝나자 담담히 외쳤다.

"여덟 시다."

그는 마침내 기폭장치의 스위치를 쥔 손을 하늘 높이 들어올렸다.

최무산이 사람들을 향해 비켜서라는 듯 손짓을 했다. 그들은 멀찍이 떨어졌다. 그들은 마치 다정한 연인 사이처럼 옆에 선 사람의 손을 꼭 잡았다.

"피이이이잉 슈우우우우웅 빵빵빵빵빵 빠빠빠빠빠빠 빵빵빵빵빵빵!"

도시를 날릴 듯 천둥 같은 폭발음이 세상을 흔들었다.

그들이 고개를 꺾어 올려다본 하늘에는 꽃이 피어 있었다. 빨갛고 노랗고 주황색의 갖가지 꽃들이 어두운 공중을 거대하게 수놓았다. 스무 개 남짓한 원통형의 포 세트에서부터 차례로 줄을 지어 그들의 폭탄이 솟아오르자 하늘은 그렇게 만발한 듯 불로 수놓아져 가득 웃음지었던 것이다.

최무산은 또다시 폭죽을 장착했다. 그들 모두 고개를 젖히고 하늘을 쳐다보았다. 이종은과 변상대는 홀가분해진 기분으로 폭죽이 터지는 하늘로 동시에 입을 헤벌렸다.

불빛에 드러난 하늘은 폭죽에서 피어난 연기가 흐르고 있었지만 그 것을 제외하고는 구름 한 점 없이 맑았다. 경찰도 자신들이 쏘는 페퍼 포그보다 몇 배는 요란한 폭음에 놀랐는지 최루탄 터지는 소리도 멈췄다. 시위대도 어리둥절하며 놀라긴 마찬가지였을 것이다.

하지만 그들은 곧 어느 폭음과도 비교될 수 없는 천둥의 큰 함성으로 세상을 날릴 듯 환호했다.

그 시각, 시위와 통제로 인적이 완전히 끊긴 시내의 한 이면도로에, 먹물을 끼얹은 듯 온 창문을 시커멓게 칠한 승합차에서, 굴러 떨어지듯 내쫓긴 한 남자가 있었다. 장경구였다. 그는 내내 눈을 가린 채 얼굴을 숙이고 있었기에, 차에서 나와서도 자신이 어디에 있는지 정신을 차리지 못했다.

그러다 갑자기 천지를 진동하는 폭음과 함께 하늘이 깨어났다. 시인은 마치 자신의 머리 바로 위에서 미사일이 터지기라도 한 듯 소스라치게 놀라며 몸을 움츠렸다. 그때 만약, 건물 같은 것에 가려져 폭죽의 아른거리는 불빛을 확인하지 못했더라면, 그는 품위 없이 바닥에 냅다 엎드렸을 수도 있다. 그만큼 폭음은 세상을 잡아먹기라도 할 듯이 컸었다. 시인은 하늘을 올려다본 뒤에서야 그게 그 흔한 다연발 최루탄도, 단발 최루탄도, 사과탄도 아니라 폭죽이었다는 사실을 알게 되었다.

그는 놀라서 구부렸던 가슴을 바로 폈다. 여전히 어리둥절한 상태였긴 해도 검은 하늘에 흐드러지게 피어난 꽃에 그는 감동을 받았다. 시인은 저 불꽃놀이가 마치 자신의 석방을 축하하는 것 같다고 느끼기도 했다.

어느새 준비했던 백 개 남짓한 폭죽도 모두 터졌다. 축제의 밤은 끝났다. 그들은 아련한 여운을 누릴 새도 없이 설치한 포들을 서둘러 해체하고 퇴각했다.

시인의 귀환

예정되어 있던 선거는 직선제 준비로 두 달 늦춰지게 되었다. 투표용지를 다시 인쇄하고 기표소를 마련하는 데 시간이 필요했던 것이다. 그 기간 동안 시위는 많이 줄었다. 보수 언론매체들은 성급하게도 시위가 사라졌다고 보도했지만, 어쨌든 그들은 그 이유를 획기적인 민주화 조치로 인해 학생운동계나 노동계, 재야단체들의 주장이 더 이상 명분과 설 곳을 잃었기 때문이라고 풀이했다.

풀이하거나 말거나, 너님들이 정세를 마음대로 해석하거나 말거나, 선거는 다가왔다. 야당의 후보자들은 선거의 막판까지 후보 단일화를 위해 노력을 했다고 주장했다. 그러나 서로의 의견차를 좁히지 못해 결렬이 됐다고 했는데, 그러니 어떤 사람들은 기적처럼 찾아온 정권 교체의 기회를 날리게 되었다고 발을 동동 구르기도 했다.

어쨌든 선거는 끝났다. 승리는 집권당의 것이었다. 그것이 야당의 후보 단일화 실패 때문인지, 일각에서 주장하는 부정 선거 덕분인지, 국민들이 변화를 두려워했기 때문인지는 알 수 없었다.

분명한 것은 세상은 변한 것 같기도 하지만 사실은 근본적으로는 하나도 변하지 않았다는 점이었다. 그것을 가장 뼈저리게 느끼게 될 사람들 중에는 불사단 멤버들도 있을 것이다. 어쩌면 그들 모두 이 축에 들 것이었다.

폭탄으로 세상을 날려버리겠다고 호기롭게 외쳤던 그들이 어째서 폭죽을 쏘아 올렸던 것일까. 다소 어처구니없는 이유 때문이었다.

그들은, 상대가 상기시킨 창균 소유의 혁명 서적을 놓고 폭탄 제조에 대해 연구했었다. 그런데 문제가 있었다. 스페인어를 아는 사람이 그들 중에 아무도 없었다. 상대는 창균이 책을 읽지 못한다는 데 놀랐다. 그럼 제목은 어떻게 해석했지? 책 제목만 겉장 안에 영어로 나와 있었던 덕분이었다.

까막눈인 그들로서는 대충 그림만 보고는 폭탄 제조라는 위험천만한 일을 하기에는 너무, 너무나 위험하다 싶어 결국 손을 들고 말았다.

그리하여 다시 모인 그들은 결국 폭탄이 아니라 폭죽을 터트리기로 결정했다. 직장 폐쇄 후 정문 앞에서 농성 중이던 노조원들을 모두 쓸어 가버린 뒤, 매일처럼 열리는 대규모 시위에 대비하기 바빴던 경찰은 병력의 극히 일부만 정문 쪽에 배치한 채 금방 철수했다. 공장 사정에 밝은 최무산이 깊은 밤을 틈타 창고에 보관되어 있던 폭죽과 발사장치를 탈취해오는 데는 큰 어려움이 없었다.

상대는, 폭탄 제조 계획을 없던 것으로 하는데, 그냥 다 없었던 걸로 하면 되지 굳이 왜 폭죽을 쏘아 올려 보내야 하느냐는 의견을 내놓기도 했다. 하지만 최무산이 강력하게 주장했다.

세상을 박살내지 못하면 한번 크게 불 밝혀 보기라도 해야지! 그냥 이렇게 만날 술이나 퍼마시고 있을 거야!

디데이가 국민 총궐기 대회가 예정되어 있던 날로 결정이 되었을 때도, 상대는 이 작전에 대한 회의가 가시지 않았다. 그는 그냥 폭죽만 쏘면 정부도, 시위자들도, 나중에 뉴스로 이 소식을 알게 될 국민들도 도대체 누가, 무엇 때문에 폭죽을 쐈는지 영문을 모를 테니, 폭죽을 쏘는 동시에 풍선에 성명서 덩어리를 달아 하늘로 날려 보내서 우리가 왜 이런 일을 하게 되었는가를 알릴 필요가 있다고 말했다.

그런데 성명서를 쓸 사람이 없었다.

그들은 모두 하나같이 '아 경구형' 하며, 시인을 그리워했다. 그가 그 자리에 있었다면 분명 빛나는 필력으로 멋진 글을 썼을 터였다.

그러다 디데이는 다가오고 말았고, 성명서 작성 문제 외에도 종이 뭉치를 띄워 보낼 풍선형 기구 제작에도 역시 현실적인 어려움이 있어, 어쩔 수 없이 그냥 허공에 불꽃만 쏘아 보내게 됐던 것이다.

중요한 것은 마음이겠죠, 상대는 이 말을 끝으로 더 이상 가타부타 하지 않기로 했었다.

지축을 흔들던 페퍼포그의 다연발탄 소음 대신에 우주까지 피어오를 기세로 밤하늘을 뒤덮는 불꽃의 향연을 보자, 상대 역시 하기를 잘했다는 생각을 했다.

그들에게 이것은 어떤 결판이 아니라 축제의 서막이었을 뿐이니까.

시인이 때마침 디데이에, 시내 한복판에 있었던 연유는 이러했다.

폭죽이 터지기 몇 시간 전이었다. 갇혀 있던 감금실의 문이 활짝 열렸다. 그리고 다부진 체구의 검정 선글라스를 낀 낯선 사내가 나타났다. 그는 시인에게 잡혀올 당시 입고 있던 추리닝을 건네주며 갈아입으라 지시했다. 그리고 검은 천으로 시인의 눈을 가리고 밖으로 끌고 나갔다. 얼마 후, 얼굴을 훑는 바람과 냄새로 시인은 자신이 어느새 밖에 나와 있음을 감지했다. 두려움이 몰아쳤다. 시인은 자신을 어디로 데리고 가려 하는지 물었다. 몇 번이나 물어도 아무 대답이 없었다. 그들은 시인을 태운 뒤 차를 몰았다.

사실 그들은 시인을 시 외곽 너머, 경기도 어디쯤에 떨어뜨려놓을 작정이었다. 하지만 그날 도로는 도로의 기능을 완전히 상실하고 있었다. 시내의 모든 도로가 시위대에 점령당해 있었다. 러시아워 교통 정체 같은 것이었다면 경광등을 켜고 프리패스식으로 누빌 텐데, 그들은 이날 오히려 겁을 집어먹었다. 이러다 도로에서 시위대에게 둘러싸인다면 무슨 일을 당할지 몰랐기 때문이다. 그들의 차는 보통 승합차가 아니라 정보기관의 차량임이 금방 티가 났다. 그래서 그들은 시인을 시내 한복판, 그것도 경운상가 근처, 김씨의 인쇄소가 있는 인쇄 골목 입구에 떨어뜨리고는 부리나케 남산 방향으로 도망을 쳤던 것이다. 가까우니까.

시인이 그렇게 풀려났던 것은 시국이 예상하지 않았던 방향으로 흘러가고 있었기 때문이다. 시인의 불온함을 이미 간파하고 있었지만 단파 라디오를 구입했다는 사실을 포착하자 그들은 서둘러 시인을 잡아들였다. 그 프로젝트를 담당했던 안기부의 담당자, 즉, 시인의 시를 접한 뒤 그 불온함에 치를 떤 나머지 치 떨리는 신경질 전하기 위해 시인에게 직접 전화를 걸어 경고의 메시지를 보냈던 전화남은 시인 장경구와 연결된 일당들을 모조리 잡아들여 혐의 사실 모두를 증명해내는 데 있어 자신만만했었다. 매에는 장사 없거든. 막 때리고 거기에 보너스로 며칠 잠 안 재우면 설사 안 했던 일이라도 불게 돼 있거든. 그는 단순히 몇몇 불온한 자들을 검거하는 것이 아니라 사회를 좀 먹는 조직화된 불온의 무리를 싹싹 쓸어 소탕하는 거대한 조직 말살 프로젝트 계획을 짜냈었다. 파고들면 분명 불순한 공작을 벌이고 있는 자들이 고구마 줄기처럼 줄줄이 달려 올라올 거라 믿었다. 장경구의 '자백'으로 명단과 계보 도를 그려낼 수 있었고 거의 완성 단계에 이르러 갈 무렵, 그런데, 위에서 이상한 지시가 내려왔다. 수사를 보류하는 것이었다. 그로서는 도무지 이해할 수 없는 명령이었다. 사연을 알아보니 지금 시국이 너무 혼란스럽다는 이유였다. 선거를 앞둔 시점에서 충격적인 간첩단 사건 같은 것이 터지면 오히려 역풍을 맞을 우려가 있다는 논리였다. 하지만 그로서는 납득이 안 됐다. 이럴 때일수록 오히려 밀어붙이듯 일망타진해서 국민들의 경각심을 일깨울 필요가 있지 않은가. 그건 솔직히 이제까지 대선과 총선 승리의 1차 방정식 같은 것이었다. 그런데 이제 와서 역풍 어쩌고 하다니. 어떻게 이렇게 나약할 수가 있단 말인가. 군인정신 다 어디로 갔는가. 이 모든 점을 상부에 보고 올렸으나 오히려 호통만이 돌아왔다. 그 얼마 전 교체된 윗선들이 문제였다. 나약해 빠진 인간들 같으니라고. 그러더니 아예 한술 더 떠서 갑자기 풀어주라고 나오네. 아 기가 막힌 일이지. 이제 와 무작정 그냥 풀어주면 어떻게 한단 말인가. 솔직히 나쁜 마음이 들기도 했다. 세상에서 흔적 없이 증발을 시켜버리는 것. 이를테면 완전한 실종 같은 것, 아니면 유서 같은 거 조작해서 대청댐에서 자살 시키는 방법도 있는데.

하지만 그는 결국 명령을 따랐다. 그는 그제까지도 군인이 지배하는 국가의 공무원, 그것도 특수공무원이었다.

까라면 까야지, 생좆으로 밤이라도 까라면 까는 거야.

15. 후일담

총학생회장으로부터 사실주의 영화의 PD까지

신임 대통령은 전임 대통령과 같은 군사학교 동창생으로 수십 년 지기의 절친한 사이였지만 통치 스타일을 좀 다르게 가기로 콘셉트를 정한 모양이었다. 그는 여러 종류의 유화 제스처를 선보였다.

그럼에도, 1년이 지나고, 2년이 지나고, 세월이 자꾸만 흘러갔지만, 멤버들이 피부로 느끼는 변한 점은 역시 없었다.

포르노는 여전히 금지였고, 검열도 없어지지 않았으며, 회사에서 잘린 노동자는 노조 활동자라는 지워지지 않는 죄목을 단 채 직업의 전선에 복귀하지 못하고 있었다.

세상은 역시 잘 변하지 않는다. 이런 식이라면 어쩌면 수십 년이 지나도, 그저 변한 척을 할 뿐 근본적으로는 변하지 못할지도 모른다는 두려움이 엄습하기도 했다.

그럼에도 달라도 너무 많이 달라진 게 있으니, 변상대였다. 상대는 윤정 누나의 의해 학습 세미나 테이블에 편입되었다. 그는 그곳에서 많은 학습 투쟁을 거쳤다. 학습을 하기 전만 해도 상대는 시위가 벌어지면 무조건 밖으로 뛰쳐나가 왜 싸우는지도 모르고 돌을 던져왔다. 하루는 윤정 누나가 부르더니 그를 소영웅주의자라고 했다.

"너는 우리가 왜 싸우는지 고민도 안 하지? 그냥 싸움이 좋아서 하지? 난 이제까지 학교 다니면서도 너만큼 단무지, 소영웅주의자는 본적이 없는 것 같아!"

단무지란 단순, 무식, 지랄의 줄임말이다. 그 말에 충격 받아 상대는 열심히 학습했다. 점차 그는 세상의 비밀을 어딘가 알아가는 느낌이었다.

상대가 3학년 말이 되었을 때였다. 총학생회장 선거가 다가오고 있었는데, 그 당시 그가 속한 조직의 상태는 말이 아니었다. 그 몇 달 전에 터졌던 조직 사건으로 인해 중요한 활동가들이 구속되거나 수배가 되어 조직이 무너져가고 있었다. 총학생회장 후보를 내는 등의 주요 안건을 처리하기 위해 조직의 비밀 총회가 소집이 되었는데, 어이없게도 변상대를 후보로 추대하자는 의견이 나왔다. 그를 추천한 사람은 선비 형이었다. 그는 낙제로 인해 여전히 졸업하지 못하고 학교를 다니고 있던 참이었다. 상대는 진심으로 못하겠다고 했다. 결국 후보자를 내지 못하고 총회가 막을 내렸는데, 그 이후에도 지속적으로 상대가 후보로 나서야 한다는 의견이 돌았다. 휴학을 두 번이나 해서 학년은 오히려 상대보다 한 학년이 아래가 된 윤정 누나가 상대를 설득하고 나섰다. 그녀는 거창하게도 대의를 생각하라고 나왔다. 자신을 희생하라고 했다. 희생. 사실 그 말은 상대와 전혀 안 어울리는 단어였다. 그럼에도 며칠 동안이나 그것은 상대의 머릿속을 떠나지 않았다. 희생, 희생, 희생. 희생.

상대의 마음이 조금씩 움직이기 시작했다. 어쨌든 상대는, 주요 활동가들이 다 잡혀갔다고 하더라도 이렇게나 인물이 없는지 처참한 기분까지 들었다. 어떻게 나를? 도대체 왜 나를 총학생회장에 추대를? 총학생회장을 할 사람이라면 1학년 때부터 과나 단대, 총학에서 일을 해와 학생회 실무 경험이 풍부한 사람이어야 하는 것 아닌가. 나같이 대중지지도가 없는 사람이 나가봤자 선거에 패배할 것이다.

하지만 선배들은 하나같이 낙관적인 전망을 했다. 다소 멍청해 보이긴 하지만 어쩐지 강경한 이미지, 그러니까 총학생회 사회부장도 아니면서, 단대 사회부장도 아니면서, 만날 싸움만 벌어지면 제일 앞에 서는 빗발처럼 날아오는, 그 하늘을 빼곡히 뒤덮는 돌들을, 전직 뺀질이답게 거의 한 개도 안 맞고 싹싹 요리조리 피하며 돌진하는, 그 전투적인 활약상을 잘만 부각시킨다면, 학생운동의 우파들, 개량주의자들, 대중추수주의자들, 기만적이고 시대에 모욕적인 안기부 장학생 출신의 프락치 후보, 민간인의 탈을 썼지만 파쇼의 일당일 뿐인 자들이 집권하는 이 정치 상황에 지지를 보내며 학생운동의 퇴출을 주장하는 반동적 자유주의자들의 공세를 뚫고, 결국 승리할 것이라고 했다.

우리 조직에 이렇게나 인물이 없었나 한탄을 하면서도, 상대는 결국 착잡한 마음으로 후보를 수락하고야 말았다.

그런데 조직에 큰 구멍이 뚫린 것은 다른 운동 진영도 마찬가지. 가장 큰 라이벌인 통일운동 진영에서도 워낙 비호감적인 인물이 나오는 바람에 상대는 그만 덜컥, 총학생회장에 당선되고 말았다.

외국 여자의 음란한 사진과 잡지를 즐기던 한 나태한 대학생이 그 학교 3만여 명 학생들의 대표가 된 것이다. 이런 심한 일은 아픈 시대가 낳은 해프닝일지니.

온몸으로 오욕의 역사와 맞서 싸웠던 선배들에 부끄럽지 않도록 학생회장이 된 상대는 열심히 싸웠다. 어떤 사람들은, 변상대는 너무 뻔뻔해서 무슨 소리를 듣더라도 눈도 깜짝 않는다, 오로지 자기가 듣고 싶은 이야기만 들을 뿐 거슬리는 이야기에는 귀를 완전 닫아걸어 버린다, 도무지 소통이 안 되는 사람이다, 어쩌면 저질 변태 기질이 있을지 모른다, 라고 평가하기도 하지만, 그것은 다소 오해, 사실 그는 상처를 잘 받는 일면을 가지고 있었다. 그의 마음에 굳은 살 박힌 한 마디, 소영웅주의. 그는 총학생회 일을 하며 매일 작성을 해야 하는 일지 외에 혼자만의 일기를 썼다. 그날 하루 있었던 일과 자신의 생각, 자신이 했던 행동의 문제점들, 반성해야 할 점들을 차곡차곡 적어 내려갔다.

학생회장 선거에 나간다고 이야기했을 때 부모님은 기절초풍했다. 부모님은 처음에 농담을 하는 줄 알았다고 했다. 그러다가 헛소리가 아닌 것을 알자 제발 조신하게 학교 다니다가 졸업해서 취직이나 하라고 타일렀지만, 결국 말린다고 될 일이 아니라는 사실을 깨닫게 되었다. 회초리까지 들었는데도 무릎을 꿇은 채 꼼짝 않는 상대 앞에서 아버지는 말을 잃었다. 당선 후, 집에 형사가 찾아오고 어수선하게 굴자 부모님의 걱정은 더욱 커졌다. 투옥되어 호적에 빨간 줄을 그으면 남은 인생, 살아가기 매우 힘들어질 것이라 보았기 때문이었다. 하지만 상대는 갖은 감언이설과 뻥으로 부모님의 불안을 덜어주기 위해 애를 썼다. 그러나 사실 자기도 무서움을 느꼈다. 가깝게는 투옥에 대한 두려움, 길

게는 살아갈 날이 훨씬 더 많이 남은 인생에 대한 막막함이 엄습해오
곤 했었다.

그는 그 불안을 일기를 써가며 달랬다. 나약해지는 자신을 다잡고
실패하지 않는 삶을 살기 위해 하루하루 그렇게 일기를 쓰면서 반성하
고 계획했다. 그의 일기장 제일 앞에는 영웅이 되자, 라고 적은 글귀가
있었다. 일기를 쓰기로 하고 이 노트를 구입했을 때 가장 먼저 썼던 글
이었다. 그는 소영웅주의자에서 희생하는 작은 영웅이 되고 싶었다.

총학생회장이 된 지 두 달도 안 되어 그는 불법시위를 주도한 혐의
로 수배가 되었다. 이번엔 진짜 수배였다. 수배 때문에 집에 들어가지
못하고 총학생회 사무실에서 숙식을 해결하면서 몸도 많이 축 났다. 허
약해진 것을 스스로 감지할 수 있었으나 확실히 마음만은 더 튼튼해진
것 같았다. 그는 같이 일하는 동료들을 보며 힘든 시간들을 견뎌내기
위해 애를 썼다.

그런데 그는 졸업할 때까지 잡히지 않았다. 정치적으로 크게 이슈가
된 사건에 연류된 것은 아니기에 임기 말이 되어 관할경찰서에 출두해
조사를 받았지만 무혐의 처리되고 수배 해제가 되었다.

졸업을 한 뒤 동사무소 단기 사병으로 근무를 마친 그는, 야당 국회
의원 사무실에서 근무하는 운동권 선배로부터 같이 일을 하자는 제안
을 받았지만, 현실 정치에는 별로 관심이 없었다. 총학생회장에 출마하
기로 했다고 했을 때 아버지가, 너 국회의원 하려고 그러냐, 라고 물었
던 적이 있었다. 평생을 보수적으로 살아온 부모님에게 모순이 어떻고,
계급이 어떻고 해봤자 아무 소용도 없는 일, 오히려 서로 간의 불화만
키우는 꼴이니 그는 적당히 그럴지도 모르겠다고 대답했었다. 그것

이 부모님에게 세속적 위안이라도 줄 것이라 믿었기 때문이었다.

회사에 취직하는 것도 그랬다. 이미 이 사회의 모순을 깊이 알아버리고 그것에 맞서 싸우는데 앞장서왔던 그로서는 '자본의 노예'가 될 생각이 없었다. 전향하지 않은 운동권 총학생회장을 받아줄 기업체도 없겠지만.

그는 학교 선배들이 차린 소규모 영화사에 들어갔다. 그는 그곳에서 PD로 일하며 사실주의 영화를 제작하는 데 청춘을 바치기로 했다. 세상과 나름대로 싸워오며 세계관을 새롭게 정립하는 과정을 거쳤지만, 그런데 그의 밝힘증은 끝내 치유되지 못한 것인지, 영화를 만들 때 그는 감독을 강력하게 설득하여 꼭 음탕한 장면을 넣도록 했다. 안 넣는다고 하면 싸우기도 했다. 그러면서도 그는 그것이 음란이 아니라 인간의 삶을 있는 그대로 보여주는 리얼리즘이라고 주장했다. 가슴만 있고 머리는 없는 소영웅주의자에서 탈피하기 위해 밤낮으로 열심히 학습 투쟁 해왔던 상대의 '구라빨'을 당할 자는 별로 없어, 감독들도 결국 설득당하곤 했었다.

해고 노동자로부터 노동자 정당의 일원으로

폭죽 사건이 있은 후 최무산은 시골 외삼촌댁에 내려가 있었다. 경운상가에서 폭탄, 아니 폭죽을 터트린 이후 그는 언론에서 어떻게 보도하는지 민감하게 모니터링을 했었다. 그런데 이 사건을 제대로 알리는 매체가 별로 없었다. 그날 있었던 전국적인 시위에 대한 리포트 끝에,

한편 시내 중심가에서 예고도 없이 폭죽이 터져 시민들을 당황하게 만든 일이 있었습니다, 라고 짤막하게 단신으로 알리는 정도였다. 또는, 당국은 이 폭죽이 누가 무슨 이유로 터트린 것인지 조사 중에 있습니다, 라는 말이 덧붙은 경우도 있었지만, 역시 마찬가지로 큰 사안으로 다뤄지지는 않았다. 한 신문 사회면에, 전경들과 시위대가 대치하는 가운데 공중에서 폭죽이 터지는 장관의 사진이 실리기도 했는데, 폭죽에 대한 보도를 위해 쓴 것이 아니라 아무래도 올해의 보도 상 같은 것을 염두에 두고 찍은 작품 사진 같은 느낌이었다.

최무산은 외삼촌네 밭일과 과수원일을 열심히 했다. 한 달간의 농사일이 끝나자 무산은 다시 서울로 올라갔다. 파업은 철회되고 직장폐쇄는 풀렸지만 해결된 것은 아무것도 없었다. 오히려 노조 지도자들은 모두 구속이 되었고 대규모 해고가 뒤따랐으며 병마와 싸우고 있는 병상의 노동자들은 여전히 직업병 상관관계가 드러나지 않았다는 이유로 아무 보상도 받지 못한 채 시들어가고 있었다.

무산의 신분도 해고 노동자가 되어 있었다. 그러던 어느 날, 한 노동자 단체로부터 함께 일하지 않겠냐는 제의가 왔고, 그는 이를 받아들였다. 회사를 다니던 때에 비하면 많이 부족했지만 월급도 나왔기에 생활하는 데도 큰 어려움은 없었다.

강산이 한 번 바뀌고, 두 번이 바뀌는 세월이 지나면서, 노동세력의 전위체들은 합법 정당으로 변신해갔고, 최무산도 어느새 그들의 일원이 되었다.

언더그라운드에서 또 다른 언더그라운드로

페스티벌에서 성기를 드러내는 소동을 벌인 뒤 바로 끌려 나갔던 이종은은 그 길로 경찰에 넘겨졌더랬다. 마약에 취해서 저지른 행동일 거라는 의심을 받아, 소변 검사, 피 검사를 비롯, 생머리카락을 300개나 뽑히면서까지 약물 반응 검사를 받았으나 결과는 깨끗했다. 이 점이 불구속 수사를 받게 만드는 데 영향을 미쳤다. 그는 1심에서 징역 6개월에 집행유예 1년을 선고 받았다. 항소는 포기했다. 송사에 매달릴 여력이 없었기 때문이다.

그날의 사건은 신문과 TV 뉴스에 대대적으로 보도되었다. 우리나라 매체들에는 불알이 모자이크 처리된 채 실렸지만, 유럽 쪽 음악 잡지에는, 짐 모리슨 이후 가장 쇼킹한 사건이 음악 불모지에서 일어났다는 설명과 함께 성기가 그대로 드러난 사진이 공개되었다.

하지만 그의 악명은 드높아져서 세인들의 그에 대한 궁금증은 증폭되었다. 세상사람들은 그를 미친놈이라고 치부했지만, 적어도 그 콘서트 현장에 있던 관중들은 그의 행위에 일면 속 시원한 측면이 있다고 하며 지지를 보내기도 했다.

하지만 그나마 많지 않던 여성 팬들은 정신이상자 바바리맨이라면서 다 떨어져 나갔다.

그 이후 물론 그는 더 이상 오버그라운드, 다시 말해 방송 활동 같은 것은 할 수가 없었다. 어차피 각오하고 있던 바였기에 아무 상관도 하지 않았다. 그는 라이브 클럽과 대학 축제, 페스티벌 현장 등을 오가며 노래를 불렀다.

그리고 다른 건강한 직업도 가졌다. 이삿짐센터 일이었다. 그는 특히 얼굴이 홀쭉해 그저 깡마른 것으로 오해를 받지만, 원래 통뼈였다. 강단이 있기에, 일한 지 얼마 안 돼 혼자서 냉장고를 번쩍 지고 나를 정도로 괴력의 사나이로 변모하고 말았다. 대왕대비전에 있을 법한 대형 자개농까지 혼자 질 수 있다. 아주 천천히 걸어야 하지만.

그는 땀을 흘리는 노동을 통해 행복을 맛보았고, 힘든 일인 만큼 보수도 짭짤해 만족스러웠다.

그렇게 주말에는 이삿짐센터에서 일을 하고 평일에는 오토바이 퀵서비스맨으로 일했다. 물론 틈틈이 곡 작업 하는 것을 게을리하지 않았다.

이종은의 가능성을 높이 보았던 건 이철수였다. 세상을 시끄럽게 한 미친 짓으로 얻은 맨살의 빨간 악명 때문만이 아니었다. 이철수는 이종은 음악의 통렬한 아름다움을 저렇게 사장되도록 내버려둘 수 없다고 생각했다.

폭죽 사건이 일어난 후 얼마 되지 않아 자신의 사업을 정리했던 이철수였다. 그는 더 이상 해적판을 생산하지 않기로 했다. 좋아하는 가수의 음반을 가지고 싶어도, 금지곡으로 몇 곡씩이나 잘려나가고 재킷도 마음대로 수정당한 처참한 몰골의 엉터리 레코드를 사야만 하는 이 땅의 음악 애호가들을 위해 음악가의 작품을 온전히 들을 수 있는 앨범을 만들어야겠다는, 일종의 사명의식으로 일해왔던 그였지만, 그와 같은 애초의 목적만으로는 해적 출판을 정당화할 수가 없었다. 그는 결국 자신이 음악가들의 돈을 떼어먹으면서 부당하게 돈을 벌고 있다는 점을 인정했다. 게다가 LP의 시대는 저물고 있었다.

이철수는 정식으로 음반업체를 세우기로 했다. 그리고 그의 합법 사업체 1호의 작품이 바로 이종은의 앨범이었다.

이종은의 음악은 좋은 반응을 불러일으켰다. 라디오의 전문 음악 DJ들은 이종은=변태라고 생각하는 청취자들과 심의기관을 위한 립서비스로, 그가 저지른 일은 도저히 용서할 수 없지만, 이라는 말을 붙인 뒤, 음악 하나는 좋군요, 하는 멘트로 그의 곡을, 심야를 틈타 종종 기습적으로 소개했다.

이철수는 이종은의 앨범을 세계 곳곳의 업체에게 샘플로 보냈다. 반응이 결코 나쁘지 않았다. 일본과 네덜란드의 전문 레이블과 독일의 큰 규모의 도매상에서 연락이 와, 라이선스 계약은 아니더라도 상당한 물량을 수출할 수 있었다. 시대가 그런 쪽으로 변하고 있었다. 모던락이 득세를 하더니 그 이면의 분파적 장르인 포크계 인디락이 인기를 끌고 있었던 것이다.

이종은은 이철수의 레이블에서 발매한 앨범이 자신의 진정한 1호 작품이라고 생각했다. 그리고 그의 앨범이 이룬 성과는 이철수의 레이블을 지탱하는 데 가장 큰 버팀목 역할을 했었다.

이철수는 언더그라운드에서 활동하고 있는 음악성 뛰어난 아마추어 밴드들을 모아 속속 앨범을 발매했다. 점점 연예 매니지먼트 회사로 변신해가는 거대 상업 레이블들이야 이종은이나 이철수의 작업에, 애들 장난하는 것도 아니고 그 정도 돈 벌면서 회사라고 할 수 있나, 하고 코웃음을 치기도 했다. 실제로 한 레이블 관계자는 그들을 아마추어라고 폄하했다.

하지만 그들은 상업적 성과의 크기만으로 프로와 아마추어를 나눌

수는 없는 것이라고 생각했다. 오히려 음악적 전문성을 따지면 자신들이야말로 진정한 프로라고 감히 자부했다. 그저 평범한 샐러리맨 정도의 수입만 보장이 된다면 언제까지나 이 일을 계속할 것이었다.

포르노 장수에서부터 출판업자로

김씨의 삶에도 변화가 일기 시작했다. 포르노물 출판가, 유통사업자라는 직업에 대한 자부심이 점차 옅어지고 있었다. 무슨 일을 하시는 분입니까, 라는 질문을 받을 때, 이 나라 외설물 출판 사업의 막대한 부분을 책임지고 있는 굉장한 사람이오, 라고 하기에는 쑥스러운 구석이 있었던 것이다. 혹시 결혼을 해서 자식을 낳고, 나중에 자식이 성장하여 내 아비는 포르노 장수였답니다, 라고 떳떳하게 말할 수 있을까. 사명감을 가지고 하던 자신의 사업에 회의가 들기 시작했다.

폭탄 제조를 연구하기 위해 창균이 '아름다운 테러리스트를 위한 지침서'를 가지고 왔을 때 김씨는 먼저 그 책의 아름다움에 넋이 빠졌었다. 그 독특한 책이 풍기는 불온한 기운은 그를 단박에 매혹시키기에 충분했었다. 그는 창균에게 이런 책이 이것 말고도 많이 있는지 물었다. 창균은 고개를 갸웃거리며 말했다.

"글쎄요, 많다고 해야 할지. 제가 원래 이것저것 모으는 성격이라 좀 가지고 있긴 하지만, 이쪽 방면으로는 이것 말고는 특별한 것이 없는데요. 친구가 맡겨놓은 책들이 있긴 하지만."

김씨는 창균의 집을 방문하고서 그의 방대한 포르노 컬렉션에 놀랐다. 서재에는 포르노 업자인 자신도 보지 못했던 희귀 서적들이 아주 완벽한 상태로 보관되어 있었다.

"섹스 책 박물관을 차려도 되겠네!"

포르노 섹션을 지나, 원래 아름다운 테러리스트를 위한 지침서가 꽂혀 있던 부분에 이르렀을 때, 김씨는 자신의 맥박이 묘한 리듬과 감흥으로 두 방망이질 치는 것을 느꼈다. 그것은 뜨거운 의혹이 일 때의 심정 같기도 했으며, 지독히 예쁜 것을 봤을 때 느끼는 흥분과도 비견될 만 했으며, 어떤 굉장한 비밀을 마주했을 때 맛보는 목을 죄는 두려움과도 흡사했다.

하지만 놀라기는 아직도 일렀다. 창균이 방 한 구석에 놓여 있던 라면 박스를 열어젖혔을 때 김씨는 거의 현기증을 느꼈다. 창균의 구속된 친구가 맡겨놓은 순도 100퍼센트의 금서들을 마주한 것이다. 김씨가 떨리는 손길로 그 비밀의 책들을 헤쳐 나갈 때, 창균은 그의 과도한 반응을 신기한 눈초리로 쳐다보다가 정신을 차리라는 듯 그의 무릎을 툭툭 치기도 했다.

김씨가 그 책들을 빌려가겠다고 하자 창균은 자신의 소유가 아니었기 때문에 즉답을 할 수가 없었다. 그런데 때마침 놀러온 상대가 끼어들었다.

"원래 저런 책은 다 서로 돌려보는 거예요. 창균 형 친구 분이 기분 나빠 할 리 없어요. 김씨 형, 저한테도 저런 종류의 책들이 좀 있는데 빌려 드릴까요?"

창균의 집을 나설 때 김씨의 품에는 라면 박스 하나가 안겨 있었다.

그날 이후부터 김씨는 혼자 학습에 푹 빠졌다. 처음에 제목과 표지만 보고 골랐던 책이, 도대체 뭔 소리를 하는 건지 너무 어려워 머리가 터질 것 같았는데, 박스 안쪽에 있던 서류 봉투에 문건이 있었고, 그 문건 중에 세미나 지도 계획서라는 것이 있었다. 거기에 보니 학습 지도안과 커리큘럼이 나와 있었고, 그는 그것을 참고로 기초부터 차근차근히 읽어나갔다.

그렇게 그가 열심히 공부를 하고 있던 어느 날이었다. 두주불사밀주단 모임이 있었는데, 그 자리에서 당시 노동운동단체에서 일하고 있던 최무산의 고민을 듣게 되었다. 무산에 의하면 원래 단체에서 인쇄물을 맡기는 인쇄소가 있는데 사정상 문을 닫고 말았다고 했다. 김씨는 그 이야기에 귀가 번쩍 뜨이는 느낌이었다. 그는 최무산에게 자신의 인쇄소에서 찍어내는 것은 어떻겠냐고 했다. 무산은 김씨가 인쇄소를 가지고 있다는 사실을 그제야 기억했다. 최무산은 김씨의 제안을 고마워했고, 김씨는 최무산이 속한 단체가 요구하는 바에 한 치도 어긋남 없이 맡은 일을 처리해서 납품했다.

이것이 김씨의 공장이 포르노 제작업체에서부터 저항 단체의 지하인쇄소로 탈바꿈하는 시발점이었고, 반합법 출판사로 나아가게 된 계기였다.

하지만 점차 노동운동 환경의 변화로 인해 그의 사업체도 정체성의 변모가 일었다. 최무산이 속한 단체도 그렇지만 다른 여타의 단체들 역시 시간이 갈수록 결사체의 성격을 버리고 대중 생활 투쟁 지향으로 노선을 바꿈에 따라 더 이상 비밀적인 출판물을 펴낼 일이 없게 되었다.

그는 세상에 변화를 일게 하려면 사람들의 사고와 세계관이 단체로 바뀌어야 한다고 보았다. 그래서 출판사를 차렸던 것이다. 이름하여 굴다리서적. 자신이 운영하는 외국서적이 굴다리 밑에 있다는 사실에 착안한 이름이었다. 출판사 이름으로는 상당히 생소하다는 의견이 있었지만, 나름대로 특색 있다고 칭찬하는 사람들도 있긴 했다.

굴다리서적은 세상의 비밀을 알려주는 책들을 펴냈다. 그리고 로드숍인 외국서적은 어느새 사회과학 서점으로 탈바꿈했다.

컴퓨터의 발달은 포르노를 인쇄 매체에서 영상물로 옮겨가게 했는데, 그래도 가끔 시대에 역행하는 자들이, 옛 추억을 잊지 못하고 김씨의 외국서적을 찾았다가 헛물만 켜고 돌아가곤 하는 일이 일어나곤 했는데, 그런 자들에게 김씨는 마치 전도사가 된 양 자신의 출판사에서 발행한 최신 인문서적들을 권하곤 했다. 불쾌한 듯 그냥 뿌리치고 가거나 콧방귀를 뀌며 거칠게 손사래를 치는 사람들도 있었지만, 때로 어떤 자들은 흥미를 보이며 구입하기도 했다. 그건 주도면밀한 김씨가 애호가들도 혹할 만한 제목과 사진이 실린 책들을 권하기 때문이었다.

미국 포르노 산업의 흥망성쇠 – 여배우를 중심으로(컬러화보 수록). / 일본 야애니메이션계의 패권 다툼으로 드러난 거장 감독들의 시각. / 본디지 플레이에 열광하는 자들은 누구인가. / 소외와 지배, 계급화된 성. 애널 섹스의 사회학. / 만화로 보는 타나토스적 정치. / 파쇼의 검열과 포르노의 투쟁 연대기. / 억압의 정치여, 목구멍 깊숙이 자본주의 정욕을 마셔라. 따위가 그것들이었다.

이철수의 레이블에서 이종은의 앨범이 나온 것과 마찬가지로 김씨는 자신의 출판사에서 장경구의 시집을 발간하고 싶은 마음이 컸다. 하지만 그의 출판사는 문학 관련 회사가 아니었기 때문에 당장 실현 가능하지 않았다. 그렇더라도 그는 가끔 자신의 마음을 장경구에게 표현했다.

"형의 신작 시집을 저희 출판사에서 발간을 하고 싶어도 문학 출판사가 아니니 죄송스러워서 부탁도 못 드리겠네요."

"아, 그래? 문학이 아니면 또 어떠냐. 허허허."

"저희 출판사가 자리를 확실하게 잡으면 임프린트들도 출범시키려고 하거든요. 시인과 소설가들 중에서 그 왜 좀 밝히는 분들 있잖아요. 그런 분들이 쓴 엄청나게 야한 시와 소설들을 펴내고 싶어요."

"훌륭한 생각이다."

"보람이 있을 거 같아요."

"열심히 해."

"언젠가는 좋은 작품 주시는 겁니다? 화끈한 걸로?"

"센 걸로만 추려서 보내줌세."

뭐 이런 식으로 대화가 오고 갔다.

사랑 시에서부터 포르노 시에 이르기까지

풀려난 후 장경구는 한동안 집 안에 그저 틀어박혀 있기만 했다. 극심한 고문과 감금으로 그의 신체는 피폐해질 대로 피폐해지고 정신적 스트레스가 한계에 도달해 있었다. 하지만 멤버들과 거듭 술자리를 가지며 위안을 받게 되자 차츰 정상으로 돌아왔다.

정신을 차리고 나니 분노가 치솟았다. 납치되는 순간부터 내내 그를 괴롭혔던 죽음에 대한 공포가 몰려가고 그 자리에 대신 노여움이 가득 찼다.

하지만 무기력하게, 그저 막연한 분노만 되새김질하면서 시간을 보내고 있는데, 한 여성 노동자가 국가기관에 의해 성고문을 당했다는 사실을 세상에 고발하는 일이 발생했다. 그녀의 성명 발표는, 그 전 정권을 계승한 것에 지나지 않는 현 정부를 압박하기에 충분했다. 이제 세상은 또 한 번 뒤집어지려 하고 있었다. 백성들이란 화가 나면 정말 획 뒤집어버리기도 한다는 사실을 경험으로 습득한 정권의 당국자는, 현 정권의 불안한 도덕성에 대한 의심의 눈초리를 불식시키기 위해서라도 고문 정국을 정면으로 헤쳐나가야 한다고 판단했다. 그리하여 수사가 있었고, 그녀가 밝힌 그대로 추잡한 고문이 자행되었다는 사실이 만천하에 드러나게 되었다.

하지만 고문 기술자는 이미 도망친 다음이었다. 그제야 시인도 자신이 고문을 당한 사실을 세상에 알리기로 했다. 이미 여성 노동자의 고발 이후에 이루어진 것이기에, 대중들에게 던지는 충격파가 다소 약했으나, 시인이 당했던 변태적인 성고문은 그녀의 증언을 성까지 무기로 하는 악질 좌파들의 술수라고 주장했던 자들의 코를 납작하게 하는데 일조했다. 물론 그들은 끝까지 모두 음모라고 발뺌을 하고 나섰지만.

이러한 과정을 거치는 동안 시인은 자신이 왜 잡혀갔나를 생각해 보았다. 그들에게 시인을 검거하기로 결정하는 데 최종적인 역할을 한 것은 단파 라디오였을 것이다. 하지만 그들은 그 이전부터 시인을 주목하고 있었다. 그들은 시인의 시를 불온하다고 했다. 단파 라디오는 그들을 움직이게 하는 데 핑계가 되긴 했지만 근본적인 문제는 아니었다. 그들로 하여금 무엇이 시인의 시를 불온하다고 보게 만들었을까.

분명한 것 중의 하나는 시인은 그 시들을 가슴에 돋는 울분으로 써 왔다는 것이다. 그것 때문이었을까.

계속 화나게 만들어놓고 화를 내면 잡아가는 것일까.

판을 싹 바꾸어야 한다고 생각했다. 대통령이 누구에서 누구로 바뀌고 문화부 장관이 문화적인 어떤 인물로 바뀌어봤자 세상은 근본적으로 바뀌지 않는다. 아예 사람들의 의식 자체가 바뀌어야 한다.

그러기 위해서 자신이 할 수 있는 일은 오로지 시를 쓰는 것밖에 없었다.

시인은 김씨에게 달려갔다. 새로운 시심을 불태우기 위한 연료가 필요했던 것이다. 김씨는 한 박스 분량의 엄청난 포르노 서적을 공짜로 건넸다.

"형, 어차피 전 이 장사 슬슬 접으려구요."

"아니, 니가 이 일을 관두면 난 시를 어떻게 쓰라고!"

"제가 하지 않아도 앞으로 이런 일을 할 사람은 수십, 아니다, 수천 명은 더 될 거예요. 무협지 같은 인물들이 나올 테니 염려 붙들어 매세요. 전 그런 일을 하는 사람들이 수만 명 나오게 하는 데 힘을 쏟을 것이니까요."

둘은 뜨거운 포옹을 했다.

집으로 돌아온 시인은 실로, 오랜만에, 몸 안에 가득 차 있던 정액 덩어리를 배출해냈다. 그런데 민망할 정도로 너무 빨리 싸버리고 말았다. 발사가 힘이 넘치고 양도 너무 많아 앞에 대고 있던 크리넥스 석 장의 벽을 가뿐히 넘어 책상 벽에 칙, 칙, 들러붙고 말았다.

20여 분 뒤 그는 이제 좀 여유를 가지고 천천히 한 장, 한 장 음미해가며, 손을 느릿느릿하게 움직여 짜릿함을 즐길 대로 즐기다가, 또다시 흔들어 그날 생산해두었던 남아 있던 마지막 한 방울의 정액까지 쫙쫙 다 뽑아냈다.

도대체 이게 얼마만의 딸딸이인가.

감개가 무량했다. 그는 잡혀 있는 내내 자위를 하지 못했었다. 단 한 번도 섹스를 떠올리지 않았다. 몸이 갇혀 있고 마음이 구속되어 있는데 욕망을 느낄 수 있겠는가, 행복을 느낄 수 있었겠는가, 시를 구상할 수 있었겠는가.

그렇게 연속 2회 딸딸이 후 얼마간은 나른함에 빠져 아무 것도 하고 싶지 않았으나 10분 정도 지나자, 또 다시 항문 근처서부터 숨은 근육이 귀두까지 빳빳해지며 음경을 배꼽에 딱 붙여대더니 심히 부풀어 오르는 것이었다. 연약한 귀두 아래 표피와 음경의 피부를 연결한 살의 끈이 찢어질 듯이 따가 왔다. 욕망이 들끓었다. 시인은 원고지를 꺼낸 다음 미친 듯이 시를 써내려가기 시작했다. 그러면서도 한 손으로는 계속 용두질 해대는 것을 잊지 않았다.

그의 열정은 연료가 소진되지 않는 무한의 내연기관이었다. 계속 시의 피스톤을 돌렸다. 그의 넘치는 의욕은 사출 후 어김없이 찾아드는 나른함마저 불태워버릴 정도였다. 나른함이 웬 말이냐, 계속 움직여라, 계속 휘저어라, 계속 쑤셔라, 계속 후벼파라, 시의 지층에 닿을 때까지, 시의 바닥까지, 시의 끝장까지, 파고 싸고 꿈틀거려 펌프질해 환희심에 도달하자!

몇 달도 안 되어 시집 한 권을 묶어낼 만큼의 시가 모였다. 정액 배출로 일군 값진 성과였다.

새롭게 펴낸 시집 중에서 가장 마음에 드는 것은 '시대의 강간'이라
는 시였다. 시대의 수음의 2탄 격인 시였는데, 그가 당했던 고문의 경
험과 성적 모독을 그대로 녹여낸 작품이었다.

일종의 열풍처럼 시인의 시는 큰 반향을 불러일으켰다. 그건 시인에
게 더 좋은 시, 다시 말해서 더 센 시를 써야겠다는 결심을 하도록 만들
었다. 독자들에게 감사함을 전하기 위해서는 야한 것을 안기는 것 외
다른 방법이 없었기 때문이다.

시대의 강간이 발간된 지 6개월 정도가 지났고 시인은 아주, 아주 센
시를 준비하는 중이었지만, 갑자기 경찰서로부터 소환장이 날아왔다.
사단법인 '미풍양속보존 및 성의 상품화를 반대하는 시민 대책반'이라
는 곳에서 고발장을 접수했다는 것이었다. 어쨌든 오라니 갔다. 그래서
형사 앞에서 조사를 좀 받는데.

이런 시를 쓴 적이 있지요?

예.

이 시와 이 시를 엮어서 출판을 한 적이 있지요?

예.

이 시들이 우리나라의 정서에 반할 정도로 지나치게 성적이라는 사
실을 인지하고 있었습니까?

성적이긴 성적입니다만 그것은…….

이 시들은 상업적으로 출판이 된 것이지요?

출판이 되어서 인세를 받고 있습니다.

돈을 목적으로 출판을 했습니까?

난 직업적 시인이요. 시를 써서 받는 돈으로 연명을 하는데 인세는

다른 사람들 월급과 같은 것이지요.

이 시를 이용해 돈을 벌었군요.

그렇소.

성을 상업적으로 이용했다는 데 동의하시는 건가요?

말이 뭐 그래, 어폐가 있소.

아니, 이봐, 아저씨, 묻는 말에 예, 아니오, 라고만 대답해요, 알았어? 여기가 어딘 줄 알고 이 양반이 말이지, 똑바로 못 앉아?

이런 식으로 조사를 받았는데, 그러고 났더니 혐의 사실 대부분을 인정했다고 했다. 불구속. 그렇게 해서 재판을 받게 되었는데, 1심 때 이상한 판사를 만나 바로 법정 구속이 되어버렸다. 필화 사건으로 영어의 몸이 된 것인데, 세상은 난리가 났다. 시인의 동료들이 모두 들고 일어났다. 하지만 그런 사람 중에서도 시인의 시에 문제가 있다고 보는 자들이 많았다. 그들은 다만, 어떤 사유를 막론하고 글을 쓰는 사람은 외부의 억압으로부터 자유로워야 한다고 봤기에 항의에 동참했던 것뿐이었다.

시인은 2심에서 풀려났다. 시의 내용이 불순한 측면이 있으나 객관적으로 판단할 기준과 근거가 모호하다고 무죄 석방되었다. 하지만 끈질긴 고발 단체와 검찰은 3심까지 재판을 끌고 갔고, 3심에서는 범법 사실이 충분히 인정된다며 다시 유죄를 선고받았다. 그러나 판사는 1심 후 2심 때까지 구속되어 있던 기간만큼만 형을 때렸다. 어쩌면 무죄 선고를 할 수도 있었을지 모르나, 그러면 국가가 구속시켜두었던 기간만큼 형사보상청구권 소송이 들어올 테니 국가의 편리를 위해 그리 했는지도 모른다.

불사단 모임을 가질 때면 시인은 탁주잔을 높이 쳐든 채 이종은과 스크럼을 짜고, 우리는 전과자라고 소리치며 껄껄대곤 했다.

시인의 재판은 사회적으로 큰 논란을 불러일으켰다. 이 문제를 주제로 TV에서는 200분 토론이 벌어지고, 표현의 자유를 주장하는 측에서는 신문과 잡지에, 시인의 구속이 얼마나 부당한지 기고했다.

어쨌든 이 일을 계기로 다시 한 번 시인에게는, 음란하고 지저분한 시를 쓰는 사람이라는 딱지가 붙게 되었다. 하지만 열광적인 지지자 층은 장경구처럼 세상을 보는 사람은 드물다며 환호를 보냈다.

그런데 그의 시를 대놓고 좋다고 하는 노골적 지지자들이 많은 수가 아님에도, 시집은 계속 팔려 나갔다. 그래서 어떤 사람들은 그가 노이즈 마케팅을 하는 것이라고도 욕을 했다. 그런 오해가 신경질이 날 만한데도 시인은 잠자코 있었다. 여러 고초들을 겪어오며 이제 그는, 자신에게로 향한 비난에는 불감증인 상태였다. 이놈아들아 떠들어라 나는 내 음란의 곧은 길을 가련다.

그러나 시간이 지나며 시인의 시는 조금씩 변하기 시작했다. 그는 그동안 자신이 펼쳐온 시작 행위가 세상의, 다 알면서도 모른 척하는 모순된 비밀을 까발리는 작업이었다는 생각에는 변함이 없었지만, 이제는 새로운 이야기들을 해야 할 때가 되었다는 판단에 이르렀다.

시대의 강간 이후 그보다 더 화끈한 시집을 준비했었던 시인이지만, 시간이 지나고 그 시들을 다시 보자 갑자기 지루하다는 생각이 들었다. 시인은 화끈한 시들은 일단 책상 속에 밀어넣었다. 그리고 대신, 시대의 졸업이라는 제목으로 엮어낼 시집에 실릴 시들을 썼다.

시대의 졸업에 대해 세간은 무디다는 평가를 내렸다. 화끈, 불끈한 시를 쓰던 그에게 무슨 심경의 변화가 불었는지 모르겠다는 평이 쏟아졌다. 필화 사건을 거치며 나약해지고 길들여진 것은 아닌가, 독하게 의문을 표하는 자들도 있었다.

시대의 졸업 이후 또 6개월 만에 생활의 봄날이라는 시집을 펴냈는데, 이 시집은 장경구가 완전히 변신했다는 소리를 들을 만했다. 그도 나이를 자꾸 먹어가니 아무래도 몸도 옛날 같지 않을 것이고, 축축 처질 것이다. 항상 대가리 빳빳이 들고 있을 수야 없지 않나, 같은 이야기들이 오고 갔다.

시인은 남들의 평가는 듣지 않았다.

그는 두 번이나 감옥에 갇혔지만, 그러나 두 번 다 오래지 않아 풀려났으나, 어쩌면 자신의 마음은 항상 그 정체 모를 감옥에 갇혀 있는 것은 아닌가, 하는 불안에 시달렸던 것도 사실이다. 그러다 그는 자신의 마음을 가두고 억압하는 것은 오직 국가기관뿐만은 아니라는 사실을 깨달았다. 나는 이래야만 해, 하고 스스로 규정해놓은 틀은 또 하나의 감옥이었다. 가장 큰 지하 감옥일지도 몰랐다. 그래서 그는 자신의 마음을 해방시키기 위해 보다 자유스러워지기로 했던 것이다. 보다 더 큰 세계로 넘어가고 싶었다. 그는 자기가 하고 싶은 대로 하면 된다는 사실을 발견해버렸다. 가장 원하는 것은 그 모든 외부적, 내부적 압박에서 벗어나 앞으로 나가는 것이었다.

0. 불온을 꿈꾸다

포르노와 같은 세상

이철기의 핸드폰이 울렸다. 삼촌 이철수로부터의 전화였다.

"예, 삼촌!"

"나다. 바쁘냐."

철기는 삼촌의 전화가 반가웠다. 그는 얼마 전에 삼촌의 창고에서 대량으로 실어온 해적판 LP들로 상당한 재미를 봤다. 소위 대박을 친 것도 여러 장 나왔다. 이번에도 Deep Purple의 앨범들이 가장 비싼 값에 팔렸다. 입찰자가 많은 것도 아니었다. 다섯 명이 붙었는데, 세 명은 일찌감치 나가떨어지고, 영국인과 독일인이 막판까지 남았는데, 이 둘은 전에도 그러더니 이번에도 피 터지는 싸움을 벌였다. 하지만 결국 또 영국인 승리. 도대체 뭐하는 사람인지 모르지만 Deep Purple 관련 희귀 아이템을 모으는 데 돈을 아끼지 않는 자였다. 혹시 멤버 중의 한 명이 아닌가 하는 추측을 한 적도 있었다. 하지만 이름도 아니었고,

또 낙찰 받은 다른 품목들을 보니 레일 기차 세트도 상당했다. 그냥 돈이 많은 콜렉터인가 보았다. 그 영국인은 비싼 값에 낙찰이 돼 번번이 큰돈을 써도 오로지 자신의 손에 물건이 들어오게 되었다는 사실에 무한한 만족감을 표하는 거래 메일을 보내곤 했다. 물론 그 외에도 이 팀, 저 팀의 여러 다양한 LP들이 각국의 콜렉터들에게 비싼 값에 팔렸다. 지금도 철기는 양손에 가득, 단단히 포장한 레코드판을 들고 우송을 위해 우체국으로 가는 중이었다.

"내가 왜, 저번에 이야기했던 그 사람들 말이야."

"아! 그 술 먹는 모임 분들이요?"

"두주불사밀주단."

"아, 네네."

"그 사람들하고 이번에 속초로 일박 이일 엠티를 가기로 했거든."

"엠티요?"

"이번 주말에. 너 시간 되면 같이 가자구."

"저도요?"

"그래, 너도 만나보고 싶다고 했잖아."

"그, 그랬나요."

"그랬잖니?"

"삼촌. 제가 지금 손에 짐이 많아서 일단 이거 부치고 나서 다시 전화 드리면 안 될까요? 노는 손이 없어서 통화하기가 까다로운데요."

철기는 우체국으로 가 흡사 피자 박스 모양의 LP박스들을 각국으로 부쳤다. 영국, 미국, 독일, 이스라엘, 멕시코, 네덜란드. 일본. 영수증을 받아들고 나오면서 철기는 혼자 중얼거렸다.

"무역 회사 직원인 줄 알겠네."

철기는 핸드폰을 손에 쥔 채 잠시 동안 고민에 빠졌다. 다들 모르는 사람들인데다가 나이들도 많은데, 같이 어울릴 수 있을까. 하지만 멤버 중에 전설적인 포르노 제작업자에 포르노 책 박물관을 차려도 될 장서가가 있다는 사실에 끌리지 않을 도리가 없었다. 사실 포르노 서적들 중 오래되고 희소성이 있는 것은 레코드판 저리 가라, 훨씬 높은 값에 팔리기 때문이다.

그래, 이번 기회에 잘 보여서 좀 얻어내야지.

그는 삼촌에게 전화를 걸어, 가겠다고 말했다.

다인승 승합차의 운전은 철기가 맡았다. 적지 않은 시간 동안 매니저 일을 하면서 쌓아온 운전 실력을 좀 뽐냈더니 멤버들은 질겁하면서도 마냥 신나 했다. 특히 직업이 시인이라는 날씬한 늙은이는 덥수룩한 수염에 두루마기라는 시대착오적 의상을 걸친 채 시트 위에서 방방 뛰며, 저 젊은이 운전하는 거 기가 막히게 마음에 든다고 아주 좋아라 했다.

팬션에 도착한 뒤 철기는 좀 놀랐다. 사람들이 아무것도 안 하고 방과 거실 등에 퍼질러 앉아 있거나 방만한 자세로 누워 빈둥거리고만 있을 뿐이었기 때문이다. 같이 따라서 하품만 하고 있다가 삼촌에게 슬쩍 물었다.

"게임이라든가, 근처 관광지 답사 같은 것 안 하고 그냥 계속 이러고만 있나요?"

"아니. 저녁 준비해야지. 네가 해."

투덜거리며 쌀을 씻어 안치고 찬거리를 다듬었다. 프로듀서 일을 한다는 변상대라는 사람이 와서 도와주었다. 아무 말도 안 하고 그냥 음식만 만들기에는 입이 심심해서, 철기는 상대에게 자꾸 말을 걸게 되었다. 자연스레 화제는 멤버들과 또 그들의 역사로 옮겨갔다. 이미 삼촌으로부터 아주 늘어지게 잡장광설 같은 소설 한 권 분량의 이야기를 들은 참이라 그다지 더 귀담아 들을 말도 없었지만.

"창균 형하고 내가 의기투합해서 이 모임을 만들 때만 해도, 우리 목적은 매우 단순했지. 만날 책만 보니까 현실성이 영 떨어지잖아. 그래서 쌩라이브로 보고 싶다는 소망을 가졌던 거야. 요즘은 다 컴퓨터로 쉽게 다운 받아 동영상을 돌리지만, 스마트폰에 넣어가지고 다니면서 보는 놈들도 있더라? 한강 변에 차 세워놓고 내비로 보는 흉악한 자도 목격한 적이 있다구. 아무튼 그때는 영상이라고 해봤자 비디오테이프였는데, 번거롭잖아. 화질도 떨어지고. 그러니 더욱 실물에 대한 욕구가 컸던 거지. 하지만 그게 어디 쉬운 일인가? 사실 미친 생각이지, 허이구, 창균 형. 어쨌든 도합 세 번에 걸쳐서, 아니 마지막 전문 쇼걸은 아예 섭외조차 못했으니 두 번이라고 해야 하나, 아무튼 그렇게 실패를 거듭해가면서, 어 또 각자 여러 가지로 복잡한 사정들이 생기고, 바빠지고, 그러면서 그냥 술 마시는 모임으로만 유지되는 듯했었어. ……."

하지만 변신을 꾀하기 시작했으니 그것은 어쩌면 필연적인 일이었다. 그들은 점차, 다소 학구적으로 변모해나갔다. 시인 장경구의 제안에 따라 강독회로 자연스럽게 전환이 된 것이다. 시인은 자기가 쓴 신작 시를 세상에 발표하기 이전에 멤버들에게 먼저 들려줌으로써 생생한 반응을 맛볼 수 있었다. 시와 거리가 아주 멀었던 멤버들이었지만 장경구의 영향에 따라 가끔 시를 쓰는 도발을 감행하기도 했는데, 특히 변상대 프로듀서가 시 작업에 열의를 보였다. 시인의 시를 처음 접하던 당시, 저게 시라면 나도 쓰겠네! 라고 했던 그였지만, 그런 생각은 시간이 지나도 변하질 않아, 시인이 자작시를 낭독하면 덩달아 마구 시를 쓰고 싶은 욕망에 시달렸으니, 그 불 당겨진 시심을 고스란히 간직한 채 집으로 돌아와서는 씻지도 않고 바로 책상으로 내달려가 시를 적어 내려가곤 해왔다. 그렇게 쓴 시를 조심스럽게 멤버들에게 보여주곤 했는데 사실 반응은 영 신통치 않았다. 특히 장경구는 변상대의 시를 폄하하기에 몹시 바빴는데, 상대로서는 솔직히 어이가 없는 일이었다. 지가 쓴 거나 내가 쓴 거나. 상대는 그게 다 시인이 자신에게 라이벌 의식을 느껴서 그러는 것이라고 생각했다. 이 분이 나를 질투하는군. 상대는 쓴 시를 모아 신춘문예에도 보냈다. 다 떨어졌다. 자신의 진가를 알아보지 못하는 장경구 및 멤버들에게, 저런 게 시라면 나도 시를 쓸 수 있다, 라는 사실을 증명해보이고 싶었지만, 그게 번번이 잘 안 됐다.

그래도, 항상 낭독해대는 장경구 외에 모임을 풍성하게 만드는 것은, 케이블 방송국의 만담 프로에 고정 패널로 출연하고 있는 가수 이종은이었다. 그는 자신이 작곡한 곡에 붙인 가사를, 마치 시처럼 낭독하곤 했었다. 변상대가 자작시라고 내놓은 것에 대해 거의 항상 시큰둥한 반응을 보이곤 하는 장경구지만, 이종은의 가사에는 늘 열렬히 호응했다. 어떨 때는 자리에서 벌떡 일어나 정신없이 박수를 쳐대기도 했다. 하기야 상대도, 이종은의 가사에 사람의 마음을 쥐고 흔드는 그 무엇이 있음을 종종 깨닫곤 했다. 장경구의 시를 접할 때 느끼곤 하는 저게 뭐야, 하는 마음은 이종은의 가사 앞에서는 일지 않았다. 이종은은 가사를 시처럼 읊은 다음에 멜로디를 덧붙여 기타 반주와 함께 노래 부르곤 했는데, 그럴 때마다 온몸으로 짜릿한 전율이 일었다. 저게 정말 시구나,

하고 인정하지 않을 수 없었다.

　자주는 아니지만 굴다리서적의 대표 김 사장은, 자신이 상상하는 이야기들을 들려주기도 했다. 그의 이야기들은, 때로 소설처럼 길어서 한 시간이고, 두 시간이고 계속되기도 했다. 그는 스탠딩 코미디언처럼 자리에서 일어나 조용조용히 이야기를 들려주곤 했는데,

　"아니 그러면 여기에 온 목적이? 낭독회라는 건가요?"

　철기는 놀라서 물었다. 변상대는 어깨를 으쓱하며, 긍정도 아니고 부정도 아닌 애매모호한 태도를 취했다.

　"웬 낭독."

　안 그래도 따분해 죽겠는데, 큰일 났다싶어, 이철기는 스스로 목을 꽉 졸라, 이 답답한 심경을 피부적으로 느끼고자 했다.

　저녁 식사가 모두 끝났다. 철기가 딴에는 공을 들여 준비한 김치찌개를, 잘도 퍼먹으면서도 맛있다고 하는 사람이 하나 없었다. 삼겹살도 철기 혼자 다 구웠다. 설거지까지 했다. 거기에 장작더미까지 날랐다. 완전 머슴이었다.

　저녁을 물린 그들은 해변으로 나왔다. 모래사장에 둥글게 모여 앉은 그들의 중심에 쌓아놓은 장작에 철기는, 팬션 사장으로부터 고등어 통조림 깡통의 반 정도 얻어온 석유를 끼얹고 불을 붙였다.

　그들 중 가장 먼저 벌떡 일어선 자는 과연 시인 장경구였다. 장 시인은 꼿꼿이 허리춤을 세우더니 자작시를 낭송하기 시작했다. 은은한 후광처럼 그의 뒤로 하얀 별빛이 가득 내렸고, 그는 우주의 사연을 전하는 사제처럼 때로, 머리칼을 흔드는 미풍에 몸을 맡기며 뜨거운 정열이 담긴 시뻘겋고 축축한 시어들을 마구 쏟아냈다.

다음 차례는 김 사장이었다. 그는 처음에는 마치 바로 옆자리의 누군가에게 하듯 소곤소곤하게 말했다. 하지만 잠시 뒤, 발동이 걸리는가 싶더니, 좌우를 둘러보면서, 액션까지 취해가며 떠들어대기 시작했는데, 죄다 포르노 같은 이야기였다.

철기는 부끄러워 혼이 나갈 지경이었다. 볼이 다 막 화끈거리는데, 특히 더욱 놀라운 건, 저런 저질스러운 이야기를 듣고도 별로 개의치 않는 관중들의 반응이었다. 다들 나이도 지긋하신 양반들이건만 그저 그러려니 하는 태도였다. 가끔 가다가 큭큭 거리고 웃음을 터트릴 뿐이었다. 그러다 보니 철기도 차츰 그들의 음란스러운 분위기에 동화되어가기 시작했다. 그는 일렁이는 모닥불 너머로 밀려오는 불끈대는 이야기에 환각처럼 취해 들어갔다.

그의 이야기가 끝이 나자, 삼촌 이철수 사장은 내가 나중에 영화 제작 사업에 진출하면 김 사장의 야한 이야기를 영화로 만들고 싶다고 말했다. 김 사장은 내가 먼저 출간을 할 텐데, 라고 응수했다. 그들은 언제 실현될지 모를 그것을 두고 수입 배분에 관해서 격론을 벌였다. 변상대 프로듀서는 이철수가 영화 제작 이야기를 꺼내자, 저건 또 뭔 소리래, 하고 견제하는 눈빛으로 쳐다보기도 했다. 김 사장은 한편, 내가 하는 이야기는 거의 모두 너무 야해서 과연 영화로 만들 수 있을지 모르겠다고 진지하게 걱정을 했고, 장경구는 아예 포르노로 만들면 되지 뭐가 걱정이냐고 하면서 감독은 내가 하겠다고 나섰는데, 이철수가 뜬금없이 그렇다면 주연 배우는 누가 할 것이냐고 의문을 제기했고, 변상대가 오디션을 봐야지 라고 대꾸하자, 최무산이 마침 생각이 났다는 듯이 우리에게 초대된 그 손님들 중에서 혹시 주연을 맡을 의향이 있는 사람이 있는가 물어보자고 했다. 상대가 난색을 표했다. 그분들은 이제 너무 나이가 많으셔서 육감적인 배역에는 도무지 어울리지 않는다고 했다. 특히 성생활용품 개발자께서는 이제 중년의 고개를 사뿐히 넘어 할멈의 단계에 진입하고 있는 중이었다. 상대는 그런 쭈그렁 할머니의 연기를 누가 보고 싶어 하겠냐고 의문을 표시했다. 그러자 장경구는, 이제 같이 늙어가는 처지인데도, 자기보다 스물댓 살 아래라고 여전히 함부로 막 대하는 습성에 따라 상대의 뒤통수를 치며, 포르노라는 건 인간이 살아가는 모습 중에서 가장 행복하고 열정이 폭발하는 순간을 담는 것인데, 그런 아름다운 삶의 순간을 기록하는 필름이라면, 오히려 현실적인 인물을 밀착 취재하는 것이 더 큰 감동을 불러일으킨다는 사실을, 너는 어찌하여 모르냐고 역정을 부렸다. 변상대가 젊잖게 한마디 했다. 형님 나이가 드시니 벌컥증이 더 심해지셨어요. 그러자 시인이 껄껄 웃었다. 웃는 게 진짜 웃겨서가 아니라 대범을 위장하기 위한 속임수라는 것이 티가 났다.

이철기로서야 처음 대하지만, 사실 그런 논쟁 아닌 논쟁, 잡담과 같은 어수선한 계획에 대한 논의들은 언제부터인지 습관처럼 반복되어 온 모습이었다. 그들은 비슷한 소리를 계속하면서도 지루한 줄 몰랐다.

그런 새벽까지 이어진 잡담의 끝을 최무산이 마무리했다. 노동자 정당에서 일하고 있는 최무산은, 물론 항상 그러는 것은 아니지만 강독회의 끝을 거친 샤우팅 창법의 메탈 곡으로 시원하게 뽑아 부르곤 했는데, 이날도 예외가 아니었다.

이종은이 최무산의 노래를 뒷받침하기 위해 통기타 반주를 넣었다. 하지만 부서져라 튕겨도 그것은 무리, 그가 부르는 곡은 일렉 기타로 두들기듯 조밀하게 연주해야만 제대로 사는 것이었기에 금세 포기해 버리고 말았다. 우연히 주변을 떠돌던 사람에게는 최무산의 외침이 야밤에 돼지 멱따는 것처럼 뜬금없는 고함에 불과하겠으나, 멤버들에게는 수천 수만의 목소리가 합쳐진 호통으로 들려 흐트러진 정신을 가다듬는 역할을 했다. 그 각성과 같은 호통 뒤 어느새 해가 떴으니, 모두 함께 마무리하듯 외친 그들의 합창은 어둠을 깨끗이 물리치고 새벽을 완전히 일깨우고 있었다.

심사평

　김만중 문학상에 응모한 작품은 모두 120편이었다. 그 가운데 본심에 오른 작품은 모두 8편이었으며 최종적으로 논의의 대상이 된 응모작은 장편소설 〈아름다운 테러리스트를 위한 지침서〉, 〈고릴라〉, 〈이탈〉을 비롯해 중편소설 〈해부도〉 이렇게 모두 네 편이었다. 장편과 중편 그리고 단편 모두 소설이므로 하나의 장르로 취급할 수 있으나 각각의 문법이 다르기에 심사가 쉽지만은 않았다. 각각의 특성과 장점을 유감없이 보여주면서도 그 한계를 뛰어넘는 발군의 작품을 만나게 되기를 기대한 탓도 있고 김만중 문학상으로 문단에 얼굴을 내비칠 의욕 있고 재능 넘치는 작가를 발굴하고 싶은 욕심 탓이기도 했다.

　전체 응모작을 살펴보면 역사소설이 눈에 띄게 많았다. 아무래도 응모자들이 〈구운몽〉을 염두에 두었던 탓이겠지만 서포 김만중 선생이 집필한 이 작품은 역사소설이 아닌 당대의 현실을 포착하려는 노력의 산물이었음을 상기할 필요가 있다. 더불어 역사소설이란 단순히 역사적 사실을 소재로 삼아 작가의 상상력으로 재구성한 소설이 아니라 역사적 사건에 빗대어 강렬하게 현재를 환기시킬 수 있을 때 미학적 목적을 달성할 수 있는 것임을 상기할 필요도 있다. 고아하고 품격 있는 문체를 구사하여 필력이 만만치 않음을 느낄 수 있는 응모작들이 꽤 있었으나 역사적 사건을 독창적이고 개성적으로 바라보는 날카로운 시선이 부족하고 결과적으로 현재의 의미를 심각하게 되묻지 못한다는 점에서 아쉽지만 최종적인 논의 대상으로 삼을 수 있는 응모작은 찾지 못했다. 그 외에 중편과 단편의 경우 작품의 완성도의 측면에서 볼 때 수준 높은 작품들이 많았다. 비록 최종적인 논의의 대상으로 삼지 못했다 해도 수준 높은 작품들을 많이 만날 수 있어 한국 문학의 미래가 어둡지만은 않다는 사실을 확인할 수 있었다. 다만 최근의 경향을 비추기라도 하듯 대체로 많은 응모작들이 내면으로 침잠하여 서사의 결을 살리지 못했다는 점이 아쉬웠다.

　마지막으로 논의한 네 작품은 작가의 개성이 뚜렷하고 문장이 안정적이며 이야기를 끌고 가는 힘도 돋보였다. 〈해부도〉는 언뜻 보기에는 낡은 소재라 여겨지는 '무병(巫病)'을 다루었음에도 세부묘사가 뛰어날 뿐만 아니라 오늘날의 젊은이들이 느끼는 소외와 불안을 형상화했다는 점이 장점이었다. 그러나 인물들의 개인사와 굿을 둘러싼 세부적 장면들이 자연스럽게 얽히지 못해 외려 꼼꼼한 묘사가 그 장면들을 돌출시켜버린다는 한계도 지적하지 않을 수 없다. 군대 내 의문사를 다룬 〈이탈〉은 평범한 한 인물이 어떻게 이 세계의 폭력에 노출되어 몰락하는가를 담담하게 보여준 작품이다. 그러나 인물을 바라보는 시선이 단조롭다는 점과 작가의 직접적인 목소리라 여겨지는 문장들이 약점으로 지적되었다. 무기교의 기교라 일

컬어도 좋을 만큼 담백하게 사건을 제시한 점은 좋았으나 외려 그런 이유로 인물 스스로의 행동과 말을 통해 전달되어야 할 섬세한 심리적 결이 살아나지 못한 게 아닌가 싶다. 〈고릴라〉는 어느 시장터에 흘러들어온 괴물과도 같은 한 인물을 둘러싸고 벌어지는 사건을 유쾌하게 펼쳐놓은 소설이다. 여러 인간 군상들의 욕망이 촘촘하고도 세밀하게 묘사되어 문체의 힘을 느낄 수 있었다. 그러나 해학은 날카로운 풍자에 이르지 못했고 절제가 필요한 지점에서 과잉된 목소리가 튀어나와 독자를 압도하는 동시에 억압하기도 했다. 상상하지 않고 즐길 수는 있었으나 상상하게 되면 그 순간 이야기가 멀리 달아나버리는 듯했다. 〈아름다운 테러리스트를 위한 지침서〉는 지나간 한 시대를 하위문화의 영역에서 다룬 매력적인 작품이다. 성(性)이 본격적으로 상품화되어가던 산업화시대의 어두운 영역을 내밀한 시선으로 재현해내면서도 미적 거리를 잃지 않았다. 이 소설의 인물들은 어두운 시대를 적극적으로 저항하며 살지는 않았으나 저항의 새로운 형태, 어쩌면 적극적인 저항보다 끈기 있고 정치적으로 올바를 수도 있는 새로운 저항의 가능성을 보여줬다는 점에서 지나간 한 시대를 다루었음에도 저항의 현재적 의미를 묻는 문제적 작품이다. 그러나 과감히 생략해도 좋을 불필요한 에피소드들과 인물의 행동에 비해 설명이 많다는 점은 약점으로 지적하지 않을 수 없다.

이렇게 마지막으로 논의한 네 편의 작품 가운데 〈고릴라〉와 〈아름다운 테러리스트를 위한 지침서〉를 두고 고심했다. 두 작품 모두 넓은 의미의 세태소설이지만 〈고릴라〉의 이야기 공간의 현실성이 약하다는 점을 지적하다보니 〈아름다운 테러리스트를 위한 지침서〉가 지닌 현실성이 더욱 돋보였다. 이에 〈아름다운 테러리스트를 위한 지침서〉를 당선작으로 내기로 했다. 추천 위원들의 추천을 받아 심사에 오른 기성작가의 작품 가운데 뛰어난 작품이 있어 본상 수상작으로 올리지는 못했으나 분명 한국 문학에 신선한 바람을 불러일으킬 것이라 믿는다. 수상자에게는 축하를 보내면 아쉽게 탈락한 응모자들에게도 격려를 보낸다.

심사위원 백시종, 전지예, 손홍민

수상 소감

2009년 봄에서 여름을 거치며 이 소설을 쓰는 동안, 난 추억에 잠겨 있었던 것 같다. 그중에는 직접 경험한 것들도 있었고, 비슷한 시기를 살아오며 나보다 훨씬 더 치열하게 살았던 다른 이들이 감내했던 통증의 기억도 섞여 있었다. 쓰는 내내 대체로 즐거웠다. 나는 글을 적어내려 가는 게 아니라 이야기 안으로 들어가 주인공들을 만나고 있는 기분이었다. 적어도 그때만큼은, 추억을 되새김질하고 있다기 보단 그 시간을 다시 살고 있는 느낌이었다.

이 소설은 완성된 후, 두세 번에 걸쳐 개보수되었다. 그런데 고칠 때마다 나는 내가 빠져 있었기에 보지 못했던 허점들을 발견하곤 했다. 그간 이 소설에 대한 냉정한 평가와 서슴없는 조언들이 진정 무엇을 가리켰던지 절감했다. 너무 빠지지 않겠다. 내 안에 머물러 나만의 축제를 즐기지 않고, 밖으로 나와 제대로 깨닫기 위해서 노력하겠다. 종종 길을 잃은 느낌으로 내가 있는 곳을 몰라 했는데, 이젠 비로소 출발선 앞에 서 있는 것 같다. 알게 하고 기회를 주신 것에 감사드린다.